最后一个
死去的女孩

[美]哈里·多兰——著　仲召明——译

THE LAST
DEAD GIRL

Harry Dolan

图书在版编目（CIP）数据

最后一个死去的女孩/（美）哈里·多兰著；仲召明译.—北京：北京联合出版公司，2024.3（2024.8 重印）
（九读·这本小说真好看）
ISBN 978-7-5596-7384-8

Ⅰ.①最… Ⅱ.①哈… ②仲… Ⅲ.①推理小说-美国-现代 Ⅳ.①I712.45

中国国家版本馆 CIP 数据核字（2024）第 036900 号

THE LAST DEAD GIRL
by Harry Dolan
Copyright © 2014 by Harry Dolan
This edition published by arrangement with G.P. Putnam's Sons, an imprint of Penguin Publishing Group, a division of Penguin Random House LLC
All rights reserved including the right of reproduction in whole or in part in any form
Simplified Chinese translation copyright © 2024 by Shanghai GoRead Culture Communication Co., Ltd.

北京市版权局著作权合同登记号　图字：01-2024-0424 号

最后一个死去的女孩

作　　者：［美］哈里·多兰
译　　者：仲召明
出 品 人：赵红仕
选题策划：九读文化
责任编辑：龚　将
特约编辑：刘苑莹
封面设计：刘　彬

北京联合出版公司出版
（北京市西城区德外大街 83 号楼 9 层　100088）
北京联合天畅文化传播公司发行
上海盛通时代印刷有限公司印刷　新华书店经销
字数 314 千字　889 毫米 ×1240 毫米　1/32　15.25 印张
2024 年 3 月第 1 版　2024 年 8 月第 4 次印刷
ISBN 978-7-5596-7384-8
定价：69.00 元

版权所有，侵权必究
未经书面许可，不得以任何方式转载、复制、翻印本书部分或全部内容。
本书若有质量问题，请与本公司图书销售中心联系调换。
电话：13052578932

献给我的哥哥特里和妹妹米歇尔

1
纽约州罗马城
1998年4月的最后一夜

他们让我待在一个墙上贴着白色瓷砖的房间里,一对长长的荧光灯管从天花板上射下光。灯管徐徐发出间杂着噼啪的嘶嘶声。我的太阳穴上有个伤口。伤口已经不再流血,但现在很痒。我试图不去想伤口。

他们把我独自留在那里。房间里什么都没有,只有一张木桌和两把金属框架做成的带软垫的椅子。我坐在椅子里,将双手放在桌面上。右手在颤抖——微弱的颤抖,但你可以看到。我在想右手为什么会颤抖:原因不止一个,但我知道其中一个原因是愤怒。我握紧拳头,颤抖停止。

一个小时过去了。房间里没有时钟,但他们也没把我的手表拿走。他们拿走了其他东西——瑞士军刀、钥匙……我口袋里的所有东西。

我站起来,在荧光灯的嘶嘶声中围着桌子转。我伸手摸太阳穴上的伤口。血干了。我走到门边，试了试门把手。锁上了。

我回到椅子旁边，把它拿起来。我想要砸东西。也许可以砸灯：灯管是玻璃的，会碎的。然后我就可以在黑暗中生闷气了。

幼稚。

我在房间里又走了一圈，这次拖着椅子。依然幼稚。椅子的金属腿在地板上发出令我满意的刮擦声。

门开了，一个穿制服的警察看着我，皱着眉。我把椅子放回原处并坐下。门关上。几分钟后，门再次打开，另一个警察走进来，一个我以前没见过的警察。他身穿灰色西装，脖子上挂着警探用的金色警徽。

他在我对面坐下来。

"你为什么要杀那个女孩？"他说。

他的语气温和，厌烦，官僚。我研究他的脸。他有一头剪得很短的黑发，浓眉，长长的鼻子肉乎乎的。他的皮肤呈橄榄色，他已经很久没有刮胡子了。他五十岁左右。眼神疲惫。

"没开玩笑？"我说。

"是的，没开玩笑。"

"你这招管用吗？"

他把头扭向一边。"有时候管用。"

"像这样冷冷地开场——'你为什么要杀那个女孩？'——然后他们就认罪了？"

"你不知道什么东西管用。"

他转动椅子，把手肘放在桌子上。他用拇指摩挲下巴上的胡茬。

他说:"你可以告诉我,你觉得这事要怎么了结。"

我指了指瓷砖墙。"你可以让我在这里再待一个小时。"

"你不会对我大动干戈吧?"他说,嘴唇微微翘起,露出一丝微笑,"我不认为你有那么脆弱。而且我最近有点忙。"

"你可以把你的名字告诉我。"

他若有所思地搓着下巴。"很公平,"他说,"我叫弗兰克·莫雷蒂。你叫达雷尔·马龙,但你用中间名'大卫'。那个女孩叫嘉娜·弗莱彻。有人掐死了她。她二十五岁,是贝拉米大学法律系的学生。你认识她多久了?"

"十天。"

"真精确。"

我耸了耸肩。"就是这么长。"

"十天,"他重复道,"速度很快。"

"你想说什么?"

"没什么,真的。只是说你在很短的时间里接近了她。"

"这是个问题吗?"

"这是个观察。你是怎么认识她的?"

"因为一个意外。"

他又对着我翘起嘴唇。"事情不都是这样吗?有时候,我觉得生活就是一长串的意外。"

"她出了场车祸,"我说,"小事故。我走过去,帮助了她,让她搭我的车回家。"

"这就是你们关系的开始?"

"是的。"

"你是从什么时候开始和她上床的?"

这个问题让我皱起眉。"我不太想告诉你。"

"为什么不想呢?"

"因为这不关你的事。"

"事实上,这关我的事,"弗兰克·莫雷蒂说,"你可以说,我的工作就是查明那些与我无关的事。要不要我告诉你,我今晚进这个房间之前发现了什么?"

我往后靠着椅背。"你说吧。"

"我发现你十天前就开始和嘉娜·弗莱彻睡觉了。这件事挺私密,但是在嘉娜公寓,隔墙有耳,而住在隔壁的房东太太正擅长这种事。"

"这说明她喜欢打探别人的事。"

"她告诉我,从十天前开始,你每天晚上都在那儿。你有自己的钥匙。这是个小细节,但我挺感兴趣。"

"有钥匙方便些,"我说,"嘉娜经常很早就离开家。我起得晚。她希望我走的时候能锁上门。"

莫雷蒂点点头。"我还从别的消息源了解到,你已经订婚了——但未婚妻不是嘉娜·弗莱彻。"

"什么消息源告诉你这个的?"

"我认识《罗马城哨兵报》的一个记者。他在档案室里找到了有关你的资料。他们报纸的本地栏目会刊登公告。订婚公告写得很好，简直是大肆宣扬。订婚公告让我想到马龙这个姓。大学校园里有一个图书馆，图书馆门口有奥斯丁·马龙这个名字。一间科学实验室和一家医院的附楼门口也有这个名字。他是你的亲戚？"

"我的曾祖父。"

"他是怎么挣到这么多钱，让自己风生水起的？"

"剥削大众。这和嘉娜有什么关系？"

"我不能理解这种差距。"莫雷蒂说，"我今晚去了她的公寓，没什么东西。他们家所有人都销声匿迹了。"

"你想说什么？"

"我想说的是，她生错人家了。"

我听见自己在大笑，并不是开心的笑，更像是咳嗽。

"'生错人家了'？现在还有人说这种话？"

"我想说的是，这可能是吸引力的一部分。"莫雷蒂说，"你可以用钱吸引这个女孩。她不是你常遇见的那种女人。她也许愿意做你的未婚妻不愿意做的事，她也许喜欢粗鲁的性爱。她有没有让你掐过她的脖子？"

我感觉到双臂和脖子后面的皮肤在发红。一股酸酸的东西在我的胃里扭动。

"你过分了。"

"也许吧。"莫雷蒂说，然后便不再说话。他疲惫的眼睛盯着我。我也盯着他。荧光灯管在我们的头顶上噼啪地响。我的左手摸到太阳穴上的伤口，轻轻地揉它。

"你想让我叫人进来吗?"莫雷蒂说。

他的声音和他的眼神一样疲惫,而且空洞。我没有回应他。

"叫人来看看那个伤口,"他说,"叫个外科小组过来?你肯定不想留下疤。会破相的。"

我把手放到桌上。"你在浪费自己的时间。"

他长长地出了一口气。"我想弄明白你和嘉娜·弗莱彻的关系。我不觉得这是浪费时间。"

"你的调查方向是错的。我不是杀她的那个人。"

莫雷蒂点了一下头,表明他听到了我的否认之词。

"你打过她吗?"

胃里的东西再次扭动。"你为什么这么问?"

"这不是个答案。"

"我从没打过她。"

"但有人打过。"

他的声音里没有怀疑。他是在陈述事实。

"你是怎么知道的?"我说。然后我想到了答案:那个女房东。

莫雷蒂并没有回答我。"十天前,有人打了嘉娜·弗莱彻,"他说,"在她的脸颊上留下了印痕。十天前,听起来是不是有点熟悉?"

"在我遇到她的那天晚上,印痕已经在那儿了。不是我弄的。"

"谁弄的?你问过她吗?"

"她不肯告诉我。"

"说得真轻巧。"

"这是事实。"

我看着莫雷蒂用手指敲桌面。

"我是这样想的,"他说,"你们两个相遇,立刻产生了火花。你们睡在了一起。第一晚有点疯狂。你打了她。你们也许只是在玩,但你打得比你想的重,重到留下了印痕。这种事如果是发生在激情时刻,女人会原谅的。我或许可以说,她可能喜欢这种粗鲁的把戏。"

他不再敲击桌面。"然后到了今晚,你太激动了,"他说,"你用双手掐住她的喉咙。你以为她喜欢这样。有些女人喜欢这样。但你是个强壮的家伙,你做过头了。太用力了。我不是说你是有意的。你如果告诉我这是个意外——"

我感觉到双肩的肌肉在抽紧。我发现自己在摇头。

"我没有做这种事。别玩把戏了。"

"难道我一直在玩把戏吗?"

"你知道那不是意外,"我说,"是我发现她的。我打了报警电话。我看见了她的样子。那不可能是意外。"回忆让我颤抖了一下,"你其实并不认为是我杀了她。"

"我为什么不能认为是你杀了她呢?"

"杀她的人是破门而入的。我为什么要这么做?我有钥匙。"

"罪犯有时候会伪造犯罪现场,"莫雷蒂耸耸肩说,"他们用钥匙开门进屋,做了不该做的事。然后他们走到门外,锁上门,再踢开门。他们假装自己是这样进屋的。"

我胃里那股酸酸的东西似乎要涌到喉咙了。我试着放松，试着把它压回去。这个房间突然令人感觉很温暖，白墙显得病态。

"不对，"我说，"我能理解你为什么那么想，但你错了。你在浪费自己的时间。"

"这话你说过了，"他温和地说，"那么告诉我，我该怎么安排自己的时间呢？"

我闭上眼睛，努力思考。我尽一切力量排除一切干扰，让它们全都消逝，包括荧光灯管发出的嘶嘶声。

"有人打了她，"我终于开口，"这是开端。你应该去找到这个人。还有——"

"还有什么？"

我睁开眼睛。"你可能觉得我在编故事。但我没有。如果我在编故事，我会编个更好的故事。"

有东西掠过他的脸。一闪而过的欢愉。

"把你现有的故事讲给我听听吧。"

"最近可能一直有人在监视她，"我说，"从一周前开始的。反正她是这么认为的。我们没看见什么人。我没在意这件事。不够在意。"

莫雷蒂不以为然地打断我："所以我应该去找这个你从来没见过的人？一个可能并不存在的人？"

"我觉得他存在。他可能就是打了她的那个人。你说你今晚去过她的公寓。"

"是的。"

"房子的后面有片树林。他可能是从那儿监视她的。我想他可能会落下什么东西。"

"什么东西呢?"

"我去找过了,"我说,"在树林里找过了。我是在一棵倒下的树旁边找到这东西的。但我把它留在那儿了。我怎么知道那是他的呢?我能拿这东西干什么呢?"我语速加快。我努力让自己慢下来。"但你可以去找这东西。应该还在那儿。这东西也许能启发你。"

"你说的是什么东西?"莫雷蒂问。

"也许没什么用,但这东西也许是他的,上面可能有线索,指纹或者DNA——"

"到底是什么东西?"

"一根棍子。"

"一根棍子?你告诉我你在树林里找到了一根棍子?"

"冰棒棍。"

2
一周前

嘉娜·弗莱彻又做了那个梦，梦见她被困在地下一个黑暗的地方。梦中有些声音——小动物在窜动——还有一股潮湿的气味。还有一扇她永远无法走到的门。一扇普通的门，有一个黑色金属制成的把手，看起来是老式的把手。一扇你不想背对着它的门，因为你不能相信它，因为它不属于地下。如果你背对着它，它可能会打开。

她在夜里醒来，坐起来。她听到自己的呼吸声，以及床垫里的弹簧随着她的动作发出的吱吱声。大卫在她身边动了动。她感到大卫把手放在她的后腰上。

"怎么了？"睡意蒙眬的声音问。

"没什么。"她说。

月光照进窗户。她等着大卫重新入睡，然后溜下床，找到大卫的领尖带纽扣的衬衫。她穿上衬衫，赤脚走到浴室。那个梦已经从她的脑海中消逝。它曾经让她心跳加速，让空气在她的肺里呼呼作响；有时她需要一个小时才能从梦中清醒过来。但现在，那些细节就像一缕缕雾气一样从她身上飘走了。

她点燃一支蜡烛，放在浴室的水槽上，看着镜子里自己的脸。她的皮肤既不黑也不白——像是加了奶油的咖啡。她母亲过去常这样说。皮肤透亮，使得她脸颊上的瘀伤更加显眼。嘉娜在烛光下打量着瘀伤：左眼周围一个粗糙的新月形。深紫色，李子的颜色。

这是一件很难解释的事，因为这看起来就是你被人打了一拳后留下的那种瘀伤。

她让蜡烛燃烧着，走到厨房，一边走一边扣上大卫的衬衫纽扣。她转动后门的门锁，打开门，溜出去。纱门在她身后关上，发出轻轻的咔嗒一声。

她站在铺着砖头的小院子里，仰脸看着夜空——半圆的月亮高挂在薄薄的云层后面。空气凉爽，气温大约有二十一度。她喜欢空气穿透衬衫，轻触她皮肤的那种感觉。现在没有雨了，但过去几天下了很多雨。她知道还会下很多雨。

云朵流过月亮。其中一片云是新月形。就像她的瘀伤。

瘀伤已经陪伴她三天，她解释了无数次。因为人们会问。他们小心翼翼，带着歉意——但他们还是问了。宪法课上的一个女人问她发生了什么事，嘉娜把它归咎于一次跌倒：在公园慢跑，鞋带开了，接下来你就发现自己脸朝下摔倒在地。不是很合理的解释，但那个女人相信她。因为这样就说得通了。人们想要相信。他们想要一个令人放心的好的解释。

还有其他解释。她去过的那家咖啡店里，站在柜台后面的那个人也问了。她给他编了一个关于朋友的孩子的故事：一个蹒跚学步的孩子。幼儿玩积木——笨重的木头积木。他们会发脾气，会扔东西。讲到这里就可以了。

你应该弯下身，这个男人说。嘉娜大笑。她下次会这样做的。

然后是她当服务员的那家餐厅的经理：一个慈母般的女人，虽然她大不了嘉娜几岁。她问这个问题时带着比其他人更多的关心，所以嘉娜也回答得更仔细：她组建了一个垒球联盟，非常业余，每周一场，嘉娜打二垒。有人打了一个滚地球，球跳得不好，她没能及时举起手套。垒球没有那么软，真的，反正它打在你的脸颊上时一点都不软。

一个挺不错的谎言，嘉娜想。她最喜欢的部分是"球跳得不好"。她读高中时是垒球队的，教练老是告诫她要小心，要保持警惕，因为球有时候会"跳得不好"。

餐厅经理表情严肃地听她讲。表情里还有怀疑。

"你想就这样？"嘉娜讲完后她问。

"我不是特别明白你的意思。"

经理看起来很悲伤。"我是说，你可以相信我，亲爱的。你可以告诉我究竟发生了什么事。你没必要对我编故事。"

因为这个女人声音里的善意，嘉娜差点动摇了。但她最后说："不是故事，事情就是这样。"她微笑了，"我没有故事。"

经理叹了口气，建议嘉娜休息一段时间，这周晚些时候再来上班，等肿胀完全消退再来。之后她可以用化妆品遮住瘀伤——为顾客着想。瘀伤对生意不利。掩盖起来应该不难；经理可以教嘉娜怎么做——她知道一些技巧。

现在，站在月光下，嘉娜回忆着她们的对话。从那以后，她还没回过餐厅，她不确定自己还会不会回去。但她不后悔自己说谎了，不后悔说到"球跳得不好"，也不后悔说自己"没有故事"。

因为这也是个谎言。她有故事。

例如，她认识了一个叫大卫的人。三天前的晚上，她遇到了他。当时正在下雨。她把他带回自己的公寓，一条死巷里的半栋复式房子。第一晚她就和他上床了，这是她以前从未做过的事。但他很高大，她喜欢他下巴的形状，而且他的声音有点沙哑，好像他正在感冒。

他的手也很有力，但他很聪明，让她来控制。第一次，他让她为他脱衣服，然后躺下，他的脚踝挂在她的床的床脚外面。他的身体很瘦——她用手和嘴探索他的身体。他很快就硬了，而且一直很硬，但他并没有催促她。最后，她亲吻他的胸膛，用一只手环抱着他，跨坐在他身上，把他放进她的身体里，但只让他进去一点点。他仍然在等待，让她引导。她把自己沉到他身上，一直沉下去，然后她感到那双有力的手放在她的臀部，帮助她移动。然后是床垫弹簧发出的声音和他叫她名字的声音，然后她猛地来了，以至于发出呻吟，这也是从未发生过的事。

大卫。她对他的了解不多,只知道他比她大一岁——二十六岁——他是在这里,纽约州罗马城长大的。他去了别的地方念大学,拥有工程学位。她猜他出生在有钱人家,但她不确定。他的言行举止间有种东西——自信。带她出去时,他付账,毫不犹豫。他的工作是为想买房的人调查房产。不是有权势的职位。他开皮卡——不是新车,已经很破了。很复杂的信号。她从没去过他住的地方。

她不知道他是怎么想她的——住在廉价公寓里。他也许会认为她也是出生在有钱人家,生活节俭,希望证明她能够靠自己活下去。

他喜欢她的身体,她的皮肤;这是她吸引他的原因之一,她想。他自己的皮肤很白,他可能喜欢和黑人女孩睡觉的新鲜感。真有意思,因为她从不认为自己是黑人女孩。她父亲是黑人,但她从没见过他。她的母亲是白人,在纽约州日内瓦城抚养她长大。日内瓦城是塞内卡湖畔的一个小城。

大卫。他是个很好的故事。嘉娜不知道他会流连多久,但自他们认识后,他每晚都会回到这里来。如果他们继续在一起,她可能得修修床垫弹簧了,因为她的房东太太住在这栋复式房子的另一半里。这是一位可敬的老太太——现在,嘉娜每次看见她,她都是一脸不认同嘉娜行为的表情。

她不必担心房东太太。

嘉娜走过小院的砖头地面,走进草坪。草坪以平缓的坡度向下一直延伸到远处的树林边缘。湿润的地面被她的赤脚踩出了坑。轻轻的微风吹拂着她的身体,很凉爽。除了大卫的衬衫,她什么都没穿,而且衬衫很薄。她和赤裸着没什么两样。

一个大胆的想法。她的手指解开衬衫的一颗颗纽扣。她把衬衫分开,把它从肩上拉下来,测试自己。大胆的嘉娜。她感到自己的腹部和胸部起了鸡皮疙瘩,感到自己的乳头在空气中变硬了。

大卫在房子里。离她很近。她可以叫醒大卫,把他带到这里,让他躺在草坪上。她闭上眼睛,在脑海里想象这幅画面。

有东西在晃动,她睁开眼睛。她把衬衫拉到肩上,用它裹住身体。她有一种被监视的感觉,一种身体上的感觉,就像空气对她皮肤的触摸一样真实。她想到女房东,她有自己的砖砌小院,在柴堆和连翘树丛的另一边。但她去查看时,发现那里没有人。她向草坪对面看去,想看看树林里是否有什么东西。但她只看到树木之间的黑暗。

你在吓自己,她想,什么都没有。只有月光和夜色。你有点太大胆了。控制你自己,嘉娜。

什么都没有。

我滚到自己那边,伸手去找嘉娜。只摸到皱巴巴的床单。我爬起来,在昏暗的房间里赤身裸体地站着。找到四角内裤,然后穿上。找不到衬衫。我在公寓里慢慢地走,赤脚踩在旧硬木地板上。我并不担心被东西绊倒,因为这套公寓是我见过的最空的房子之一。没有杂物,没有散落的衣服。事实上,嘉娜·弗莱彻拥

015

有的衣服比我认识的任何一个别的女人都少：一个小衣橱和一个抽屉就足以装下她所有的衣物。她有四双不同的鞋：运动鞋、登山靴、休闲鞋和高跟鞋。

家具也极少：抽屉柜、床、床头柜。客厅里有一张书桌；没有沙发，没有电视，也没有电脑。她需要做研究或写论文时，会去大学里的计算机室。

她的书桌面对着一堵空白的墙。桌子旁边有一个烧木头的小壁炉，壁炉上面有个充当壁炉台的架子。架子上放着一根长木条，有人在木条上钻了四个浅孔，每个孔都足以容纳一盏茶烛。

蜡烛正在燃烧着。

壁炉架上的另外一件东西是个陶碗，里面放着一枚硬币：一枚二十五美分硬币。这枚硬币很奇怪。不完整。硬币的一部分磨损了，所以左上角——就在乔治·华盛顿的额头周围——有个尖头。

没有其他的小饰品。没有纪念品，没有花瓶。嘉娜有几本上课用的书和几本风格各异的小说，从大仲马到斯蒂芬·金都有。她有两盆室内植物。我穿过走道进入厨房时看到了它们。仙人掌和非洲紫罗兰种在两个一样的花盆里，摆在餐桌中央。炉灶上方的灯发出的微弱光亮照在这两盆植物上。

公寓的后门是开着的。我透过紧闭的纱门看出去，看到嘉娜站在外面的草坪上。她穿着我的衬衫，衬衫一直垂到她的膝盖。我走近纱门，但没有走出去。我看见她甩开衬衫，露出肩膀和背部。她的黑发垂在两块肩胛骨之间。她的身体在月光下就像一座雕塑，由黑色和灰色构成。尽管我认识她才三天，但我想我可能已经爱上她了。

在我们相遇那晚，我在罗马城外一条漆黑的路上开着车。

人们想到纽约州北部时，想到的是农田和起伏的山丘。他们想到的是像蛇一样蜿蜒的道路和数十年不变的小镇。车子的限速降低至三十公里，随之映入眼帘的是一个加油站，一个杂货店，以及一个有人在卖古董的谷仓。有一个老太太在门廊上摇晃，还有一个路边蔬菜摊。然后车速限制回升到五十五公里，方圆几公里内除了田野和树木，什么都看不到。

罗马城不是那些小镇之一。它是一个城市。它有好的社区，也有不好的社区。它有正在成长的企业，也有正在凋零的企业。它的历史可以追溯到美国独立战争时期。它是伊利运河1817年破土动工的地方，也是整个冷战时期一个重要空军基地的所在地。

和任何一座城市一样，罗马城是灰色的，平摊在大地上。到了晚上，它又和任何一座城市一样亮起来。在我遇到嘉娜的那个晚上，我想远离它。我离开公寓，开车向北，心中没有明确的目的地。我上了46号公路，沿着它驶出罗马城边缘。过了一会儿，我随意转了几个弯，最后在奎克山路上蜿蜒着向西行驶。

房屋让位给树林。在城市灯光可及的范围之外，夜色变得更加纯净。风景开始变得有点不真实，你在黑暗中开车时，风景有时看起来就是会这样。下起了小雨。不是一场危险的雨：只是足以打湿我面前的道路，让路面在皮卡远光灯的照耀下看起来像一片闪亮的黑色。我仿佛是在黑曜石上开着车。

路边有橡树，车灯光扫过时，橡树叶像宝石一样闪闪发光。我记得这一点。我记得自己当时想道，我正在穿越一片绿宝石森林。

那头鹿突然蹿出来。

它从路南边的树林里蹦蹦跳跳地跑过来，并未试图从我面前穿过；它甚至没有进入我所在的车道。我在远光灯下清楚地瞥见它一眼，然后就超过了它。它就在我身边，像一只友好的大狗一样跳跃着跟随我。它就在我身边，在黑暗中朦朦胧胧的。我发誓，我如果摇下车窗，可以伸手摸到它。

由于下雨，我开得慢，但也不是特别慢：每小时七八十公里。我曾在某个地方读到，鹿每小时可以跑六十多公里。但时间一秒秒过去，这头鹿一直跟在我旁边。

我一直没想到加速或减速。

我们来到一个弯道，情况发生了变化。也许鹿开始感到吃力，也许它决定让我赢。反正，它松懈下来。它仍在不停地奔跑，但它现在在我的后视镜里。它成了一个越来越小的影子，最后消失在夜色中。

我吐出一直憋着的一口气。雨水成了细线，落在挡风玻璃上，雨刷器把细线刷走。走了差不多一公里，我看到对向有车头灯在靠近。我把远光灯调成近光灯，一辆车在东向车道上匆匆驶过。这辆车没什么可看的，是一辆破旧的超小型车，但司机在拼命地开。我看着这辆车的车尾灯在我的后视镜中逐渐消失。

我不知道那头鹿是否还在路上。它可能不在了。如果它还在,这辆车的司机可能会看到它。没有理由认为会发生什么可怕的事情,而且即使发生了什么事,我也无能为力。我不需要碰刹车。我不需要开始寻找一个可以转弯的地方。

我发现一条小路,这条小路可能通向某座农场的田地。我把车开上去,又退回来,转了一圈,以便向东驶去。雨什么都不在乎,它一直在下。这个方向上的景色也差不多;树叶也一样,是边缘锋利的翡翠。

就在以为自己已经开得够远,不会有什么发现时,我转过一个弯道,看到远处有灯光。明亮的红色尾灯,以及懒洋洋地闪烁着的危险报警灯。

那辆超小型车就在路边,一动不动。那头鹿也在那里。还有嘉娜·弗莱彻。

3

我把车停在路边上,下车走到雨中。在我的车头灯的照耀下,嘉娜·弗莱彻正从她的车旁走向鹿。她穿着黑色衣服。她走路的方式有些像在梦游。我怀疑她受惊过度。

那头鹿——白尾雌鹿——看起来比之前小,这可能是因为它躺在地上。它侧着身子,头像枕枕头一样靠在路面上。它瞪大着眼睛。

嘉娜在它身边蹲下来,用手指摸着它肚子上的皮毛。我走近时,她并没有抬头。

"你还好吗?"

她的黑发被雨珠打湿了,呈卷曲状,紧贴着头皮。我现在也蹲下了,但她仍然没有看我。

"我没有看见它过来。"她说。

她的声音很轻。我感觉她是在对自己说话。

"我没有看见它，它突然就出现了。"

"你开得太快了。"我说。

她终于抬起头。她的眼睛是棕色的。眼睛里没有惊骇；眼神清澈，目光严肃。"它径直朝我跑过来。它跳到了引擎盖上。你看见了吗？"

"没有。"

"它好像想奔跑着从车上跳过去。一开始我以为它做到了。我想等我开到它躺着的这个地方时，它肯定已经走了，去了树林里。你觉得它死了吗？"

我想它肯定已经死了，但我不想这么说。我听着雨落下的声音，还有我的皮卡的引擎发出的低鸣。

她将注意力转回鹿，用手指滑过它的皮毛。

"它真漂亮。"她说。

她将手移到鹿的肩膀上，这个动作使她失去平衡。她稳住身体，单膝跪在地上。我看着她时，发现了之前没有注意到的事情。她的脸颊上有块红色瘀伤。那看起来不像是在车祸中会受的伤。她的上衣领口大开。我看到上面有两颗纽扣不见了。

"你叫什么名字？"我问她。

她告诉了我，然后我把自己的名字告诉给她。

"你受伤了吗？"我问。

"没有。"

"你的脸怎么了？"

她摸着脸颊上的红色印痕，好像刚刚意识到它的存在。

"没什么大不了的。"

"你或许应该去医院。"

她把双手撑在大腿上,站起来。"我不担心自己。我担心的是这头鹿。如果它没死,该怎么办?"

我也站起来。我们隔着雌鹿的身体,对视着。

"它一动不动。"

"它看起来没受伤,"她说,"没有血迹。"

"它被车撞了,"我轻声说,"我觉得它受的伤我们看不到。内伤——"

嘉娜·弗莱彻固执地摇摇头,雨水从她的头发上滑下来。

"它没有被撞。我告诉你了,它自己跳到了车上。"

"我敢肯定,事情大致是这样:你的车贴地行驶;你撞了鹿,冲力使它飞到了引擎盖上。"

"我只信自己看见的事。"

她把目光从我身上转开,围着鹿转圈。她弯下腰,把手掌按在鹿的肋骨上。

我丢下她,走到她的车前。一辆蓝色的普利茅斯圣丹斯。格栅没有损坏,车头灯也没有损坏。但引擎盖上有多处凹痕,乘客侧的挡风玻璃碎了——这种损坏很可能是受惊的动物试图爬过一辆行驶中的汽车造成的。我可以看到安全玻璃的碎片像钻石一样散落在仪表盘上。

我回到嘉娜身边时,发现她又单膝跪地,抚摸着雌鹿的背。她的上衣被雨淋得湿透了。她一定在忍受夜风的寒意。我的皮卡上有一件旧尼龙夹克,我拿来给她。她谢了我,穿上夹克。

"你有可以打电话的人吗?"我说。

"我母亲住在日内瓦城。"

"也许可以打给离这儿近一点的人。"

"你能帮我吗?"

"当然。我可以带你去任何你想去的地方。"

"我说的是这头鹿,"她说,"你可以帮我把它放进我的车里吗?"

我看向那辆普利茅斯。"你不会想开那辆车的。挡风玻璃坏了。"

"那放进你的皮卡里。"

"我们去哪儿呢?"

"我知道一家动物医院。这家医院晚上也开着。"

她一定是读出了我眼中的犹豫。她去了她的车里,带着一个塑料化妆盒回来了。她打开盒子,把镜子贴近雌鹿的鼻孔。银色的玻璃上出现一层细密的雾。

"你看见了吗?"她说,"它还在呼吸。我们得为它做点什么。"

嘉娜把化妆盒收进车里,看着我,看我是否会帮她。我笑着摇了摇头,但已经在制订计划了。第一步是移动皮卡,让它转向,把它退到近处。然后找些东西来当担架。我想我车上那块篷布能派上用场。把鹿移到篷布上,再把它抬到卡车车斗里。

嘉娜有她自己的主意。她把双手伸到雌鹿的身体下面,移动她的双脚，通过杠杆作用试了试鹿的重量。

"帮我抬这里。"她说。

"等一会儿。"

"它没有那么重。你看。"

"给我一分钟。"

她没有等我。她开始托举。我丢开我的计划，赶紧去帮忙。我单膝跪地，把手伸到鹿的肋骨下面。也许我们真的可以就这样把它弄进车斗里。也许吧。但就在这时，雌鹿的眼睛眨了眨。后腿乱动。我惊讶地后退，跌在路边的草地里。嘉娜比我强。她没摔倒。

雌鹿把四条腿收在身下，转了一个凌乱的圈，蹄子在湿润的黑色路面上踩出醉汉的步伐。它向磨蚀的黄色中心线滑行，在雨中抬起鼻子，然后高抬着白色尾巴飞奔到路的另一边。

我看着它消失在路另一边的树林里。嘉娜往路上走了几步，似乎想跟着。她站在雨中的黄线上。我去叫她回来。我碰触到她的肩膀，她转过身来。她的眼睛明亮。

"多美啊，"她说，"你看见了吗？多美啊。"

我用手机给她的车叫了一辆拖车，和她一起等着拖车来，并提议开车送她回家。她在我旁边的座位上一动不动，但我可以看出她很清醒；我可以感觉到她身上散发出一股激动的能量。我在限速内开着车，不时瞥她一眼，但她一直注视着前面的路。

"你今晚在外面做什么？"我问。

她轻轻地摇了摇头。"别毁了它。"

"你是什么意思？"

"我们刚刚见证了一个奇迹。我不希望闲聊破坏了它。"

"奇迹？"

"不然你怎么描述鹿的复活？"

我想"复活"这个词可能太严重了，但此时我又非常确定，那只动物已经死了。所以随她怎么说吧。

"我只想知道你来自哪里，要去哪里。"

她笑了笑，没有看我。"这话就对了。也许我们都应该利用这点时间思考我们从哪里来，到哪里去。"

我笑了，轻笑声被沉默吞噬。嘉娜悠闲地坐在我身边，腿上放着她的手提包，还有一个绿色的文件夹，文件夹里面装着厚厚的文件——这是她从她的车里拿出来的两样东西。皮卡继续向前行驶，我再次看了看她的轮廓。她的五官——长鼻子，高颧骨——暗含着某种外来的、异国的东西。这使得她脸颊上的红印更含有冒犯之意。我之前问过她这件事，并想再问，但也许最好还是别问。

不过，我还有其他问题。"我对文件夹里的东西挺好奇的。"我说。

她终于斜眼看了我一下。"你现在有点多管闲事了。"

她的房子隐藏在一条死巷里。我们在接近午夜时分到达那里。车道旁长着一棵冠盖巨大的橡树，橡树低处的长长树枝拂过前窗。我把车停在树下，她伸手关掉引擎。

"你湿透了,"她说,"进来吧,我可以用烘干机把你的衣服烘干。"

她不等我回答就进去了。我跟了进去。她将我的尼龙夹克披在一把椅子上,把我留在厨房里。她回来时手里拿着一条白色大毛巾。她举着毛巾说:"过来。"我向前倾,让她擦我的湿头发。她对自己的头发做了同样的处理。然后她把毛巾丢在地上,开始解我衬衫的纽扣。

"我说谎了,"她轻轻地说,抬头看着我的眼睛,"我没有烘干机。"

那是发生在三天前的晚上的事。现在,透过纱门,我看着她半裸着站在月光下,我的衬衫在她的腰上。突然,她把衬衫拉起来,紧紧地裹着。她向右看了看,朝那个方向走了几步,又回来。她站在那里,向树林望去。她仍然背对着我。我打开纱门,走了出去。

4

嘉娜听到开门声,旋即转过身来。一阵喘息、做捂心状过后,她意识到来的只是大卫。他除了四角内裤什么也没穿。他穿过小院,走到草坪上。他的眉间带着忧虑。

"出什么事了?"

"没什么,"她说,"只是感觉不对劲。好像有人在盯着我。"

他朝树林走了几步。"你看见什么人了吗?"

"没有。只是我的错觉。我敢肯定树林里没有人。"

他回到她身边,皱着的眉舒展开来。他抓住她的衬衫前襟,把她拉到自己身边。

"告诉你一个秘密,"他说,"是我在盯着你。"

一个念头飞速闪过:她察觉到的那个偷窥者不是大卫,也不会是任何她想见到的人。她抛开这个想法,微笑起来。

"现在还盯着吗?"她说。

他把手伸到衬衫下面，低下头吻她。她想让他躺在草坪上，但她更想回到屋里。

他肯定有同样的想法。她感觉到他的手沿着她的身体两侧游走，他低头抱起她，又把她扛在肩上。她踢了踢腿，笑起来。他转了她一圈，抱着她进到房子里。

的确有人在盯着她。

你如果愿意，可以叫他K。这种时候，他认为自己是K。而平时，有些事情他是不会做的，比如晚上在树林里溜达，窥视年轻的恋人。这不是他的风格。但K不一样，K没有这种禁忌。说实话，K喜欢做这样的事。

K观察这座房子，已近两个小时。有那么一会儿，他直接溜到卧室窗外。即使在黑暗中，他也能看到他们两个人在里面睡觉；他还能看出，床单下的他们，身体是赤裸的。他想着，如果自己早一点到那儿就好了，因为他觉得他们之前肯定在做爱。他想看看他们做爱的样子。

在窗边待了几分钟后，他蹑手蹑脚地回到树林的边缘。他在树林往里十来米处找到一个好地方，他坐在那棵倒下的树的树干上也可以看到房子。他倾身向前，手肘放在膝盖上，冥想。这是他能想到的最接近自己目前状态的一个词。冥想是指一个人坐着不动，试着不去想任何事情——描述他还算恰当，只不过他还是动了一点点。他有一根木棍，冰棒里的那种木棍。他用右手拿着它，手指旋转着它。可以看出，他动作紧张。

同时，他也在想事情。他忍不住要想。他想着那个女孩，想着自己必须要对她做的事。

然后她出来了。仿佛是他刚才的念想吸引她出来似的。她只穿着一件衬衫就出来了，站在那儿看月亮。

K从坐着的树干上站起来，走近树林的边缘。他想，要是她能一丝不挂地出来就好了。然后那幅景象便发生了，好像是他的意志助推它发生似的。女孩解开衬衫，任衬衫由肩上滑落，他可以看到他想看到的一切。她的乳房，相较于她的身量，丰满得令人惊讶。她的腹部柔软平坦。一小块毛发，被修剪成三角形。

他可以现在带走她，他想，冲过草坪，在她明白发生了什么事之前制服她。这个想法让他像铁一样硬。

这是一个鲁莽的想法，一种失控、冲动的行为。K并不冲动。女孩又把衬衫裹在身上，K又一次觉得衬衫在某种程度上是他裹在女孩身上的。他的内心因为这一鲁莽的想法而备感煎熬。

接着，她的那位男朋友出来了，赤裸着上身，穿着四角内裤——像是身着内裤的人猿泰山。他可能是个麻烦，K想，有他在旁边，做任何事情都是自讨苦吃。

男朋友把女孩扛起来，女孩吓了一跳。女孩尖锐的笑声传到草坪的这一边。K看着他们回到房子里。他待在原来的地方没动。

给他们一点时间，他想，然后又一次悄悄溜到卧室窗外。他也许能看见点好东西。

但他必须谨慎。他不能指望今晚就搞定这个女孩。他必须等待，还要制订计划；重要的是不被抓到。

如果你做了什么事又没被抓到，那么这件事等于从未发生过。

5

第二天上午，我犯了个严重的错误。

我起床时，嘉娜已经走了——去上课。她留下一把钥匙和一张字条，叫我离开时锁好门。我洗了澡，穿上前一天晚上穿的衣服——她穿过的那件衬衫。我从她的冰箱里拿出橙汁，给自己倒了一杯。我拿着果汁来到房子后面的小院里。

早上的太阳烘烤着草坪，但更多的雨即将要下。我走到草坪上时，听到钉耙戳进泥土的声音。嘉娜的女房东正在隔壁工作：把去年的花坛翻开，准备种新的东西。

这个女人很瘦，弯着腰，看上去很老迈。她用头巾包裹住头发，穿着一件破旧的衣服；那件衣服很像是从一个中世纪农民身上脱下来的。我以前见过她，但她从未对我说过一句话，现在也没有，甚至当我向她道早安时也没有。她皱着眉，朝我投来阴郁的一瞥。

我转身背对着她,看着远处的树林。我想到前一天晚上——嘉娜觉得有人在监视她。她后来没把这事放在心上,但有那么一刻她似乎真的很害怕。我下午有个工作,要检查一处房屋,但现在无事在身。我有时间在树林里散散步。

我本可以直接穿过草坪。我不知道自己为什么没有那样做,但我唯一能确定的是房东太太有权利拒绝我这么做。我在这里是个陌生人,不受欢迎。据我所知,那片树林是她的。我没有资格在那里溜达。

我喝光橙汁,把杯子拿进屋,又出去,这次是走前门。我锁上了门。我的皮卡就停在橡树下面。我绕过皮卡,沿着嘉娜家所在的这条小巷向东走,直到走到一条大路,名叫克林顿路。克林顿路以南的三个街区开外有个破旧的操场:没有球网的篮球架,没有垒的棒球场。街边的一块牌子上写着"柏树公园"。

几个孩子在一个生锈的秋千架上玩耍。他们的母亲在附近聊天。我穿过球场,来到树林的边缘,向前走至一个岔路口,这里指向另一条小路。小路在秋天遗落的一地湿叶中径自蜿蜒。我不时看到糖纸或扁掉的易拉罐——孩子们不经意留下的垃圾。

地面开始上升,路径变得直畅,一路向西之后再向北,到一个陡峭的山谷旁;山谷有六米来深。穿越山谷的唯一通道是一座狭窄的人行桥,桥上似乎曾经是有栏杆的,但现在光秃秃的。我慢慢地穿过桥,听着木板发出的每一声"啪"和"吱"。

过了桥,我离开小路,来到树林的北部边界。我找到一个可以俯瞰嘉娜所住公寓后面草坪的地方,看到一个弯着腰拿着钉耙的身影——女房东正在她的花园里工作。我一直处在树木的掩护下，她不会看到我。在离树林边缘十来米的地方，我发现一棵倒下的树，树皮已经脱落。这是一个完美的地方，可以让人坐下来，在月光下窥视嘉娜。

我本以为自己会在一片光秃秃的泥地上留下一串清晰的脚印。但这里的地上覆盖着同样的树叶地毯，还没有被太阳完全晒干。即使有脚印，也模糊不清。然而，有一个明显的迹象表明有人来过这里：一根断掉的冰棒棍躺在树干旁的地上。无法判断它在那里待了多久，也无法判断是谁留下的。也许是黑夜中的窥视者，也许是那些随意丢弃易拉罐和糖纸的孩子们中的一个。

我穿过树林，沿着来时的路往回走；过了那座桥，沿着小路来到柏树公园。孩子们已经不再玩秋千，正在轮流坐滑梯。母亲们在一旁看着。我离开树林，穿过球场。他们没有一个人注意到我。在克林顿路上，一只花栗鼠沿着树篱的顶部爬行，看到我时愣了一下，随后看着我走过去。快要走到嘉娜的复式房子时，我看到一个穿着棕褐色长外套的人坐在房东太太的门廊上，抽着烟。我走上车道，他的目光一路尾随。当我走到嘉娜家的门口时，他掐灭烟头，站起来。

"喂，哥们儿。你跟我，我们谈谈。"

我停下，嘉娜的钥匙插在锁里。"我认识你吗？"

"你不认识我，我也不认识你。我们要谈的就是这件事。"

他的外套下面是丝质衬衫，下身穿的好像是皮裤。

"你不是租客。"他说，一根手指在我面前摇了摇，好像我做了件顽皮的事。

"是的,"我说,"但我认识住在这里的女人。"

"你不应该有钥匙。"

"她把备用钥匙借给我了。"

"你是不是觉得自己住在这儿,嗯?"

"没有。我是访客。"

"你不能住在这儿。她只付了一个人的房租。如果这里住两个人,要加房租。"

"我是访客。"

"我忍不了了。她已经拖欠房租了。"

他脸上有痤疮疤痕,头发油腻;说话带口音,但时有时无。我想那是东欧地区的口音,不是捷克就是波兰。

"既然你有钥匙,"他说,"也许你可以付她欠下的房租。"

"你是谁?"我说。

他笑了,他的牙齿无疑是东欧人的牙齿。"我是房东,哥们儿。"

我摇摇头。"房东是位人很好的老太太,住在隔壁。"

"那是我奶奶。房子是她的,我负责收房租。"

他把手伸进外套口袋,递给我一张脏兮兮的名片:"兰尼克租赁公司。西蒙·兰尼克,租赁代理。"

"这就是我,"他说,"你付还是不付?"

"我为什么要相信你?谁都可以印名片。"

"哦,你可以相信我,哥们儿。"他看向另一边的门廊。老妇人现在就在那里，站着，门半开着。"喂，奶奶，"他对她说，"这个人真狡猾。"

她低下头，一只枯瘦的手在空中挥了挥，仿佛对我们俩都很厌恶。

西蒙·兰尼克转向我。"你有钥匙，真幸运。你不会在这里待很久的，那个女孩也是，除非有人付房租。"

"嘉娜欠你多少钱？"我问。

他犹豫了一会儿，好像正在心里多算点儿钱。

"一百五十美元。"他说。

"我没有那么多。"

"你有多少，哥们儿？"

我把钱包拿出来。"八十，"我说，"八十美元。"

"这只是头期款。"他说着，伸手拿钱。

我把钱收回来，朝老妇人的方向点点头。"我要把钱给她，"我说，"你给我写份收据。"

他大笑。"随你的便，滑头。"

我拿到了收据，西蒙·兰尼克也走了。我进了屋，给自己泡了一碗麦片，想着嘉娜脸上的瘀伤是不是兰尼克弄的。我觉得不大可能是他。看得出来，如果一个女人拖欠房租，他是会打她一巴掌的，但他用铅笔在他的名片背后写收据时，用的是左手；嘉娜的瘀伤在左脸上，我想她一定是被人用右手打的。

我将麦片端进客厅，坐到她的书桌前。她有一本地址簿，封面上有蝴蝶图案。她把名字和号码都写在纸上，因为她没有手机。打她的可能是个男人，因为一般男人会打女人。可能是她认识的人，所以他的名字可能在地址簿上。我翻了翻。大约有三十个条目。在所有的名字中，只有一个让我眼前一亮：罗杰·托利弗。嘉娜提到过他。他是她的法学教授之一，是学院里一颗冉冉升起的新星。

我拖过吸墨纸旁边的记事本，拿起笔，抄下他的名字和电话号码。我不知道自己会就这个名字和电话号码做点什么。打电话给他，问他是不是打了她的脸？问他昨晚是不是躲在树林里，手里拿着一根冰棒棍？

我可以以后再解决这件事。现在，我抄写了更多的名字——我在地址簿中能找到的所有男性名字。然后我想起我遇到嘉娜的那个晚上——我将它称为"雌鹿之夜"。那晚她带着一份文件，一个塞满纸张的绿色文件夹。

"我对文件夹里的东西挺好奇的。"我当时说。

"你现在有点多管闲事了。"她当时说。

我后来再也没有见过那个文件夹。但这张桌子有个放文件的抽屉。我拉开抽屉，发现里面塞满文件夹。所有文件夹都没有标签，只有一个厚厚的文件夹，非常显眼，正是我要找的那个。我把它拿出来。我就是在这时犯下了那个严重的错误。

我停下了。

因为嘉娜·弗莱彻信任我，让我独自待在她的公寓。她给了我一把钥匙，也已清楚地表明，她不想告诉我她的脸怎么了，也不想告诉我这个文件夹里装了些什么文件。

所以我关上抽屉。

但我保留了那份从地址簿里抄下来的名单。我从记事本上撕下那一页,将其折好后放入口袋。但我没有就这份名单做什么事——直到她去世之后。

那是发生在周四——4月24日——上午的事。在接下来的几天里,我了解到一些关于嘉娜·弗莱彻的非常重要的事。

我了解到,她出生在春分之夜,所以她是白羊座,但她不信占星术。我了解到,她小时候摔断过胳膊——从秋千上摔了下来;她还踩到过一条响尾蛇,幸亏被齐膝皮靴救了一命。

我了解到,她打网球,但打得不好;她上过芭蕾舞课;她高中时在莎剧《皆大欢喜》中扮演过罗莎琳德[1]。

我了解到,她唱歌的音准很好;她最喜欢的作词人是雪儿·克罗[2]和达·威廉斯[3]。

我了解到她喜欢狗——漂亮的纯种狗,来自收容所的杂种狗,眼睛又黑又圆、毛茸茸的活泼小狗,她都喜欢。她没有狗,但她在街上看到狗就会想停下来抚摸。

我了解到,她最喜欢的颜色是靛蓝[4],主要是因为她喜欢这

---

[1] 罗莎琳德(Rosalind),《皆大欢喜》女主人公。
[2] 雪儿·克罗(1962—),美国著名创作歌手。
[3] 达·威廉斯(Dar Williams),美国90年代民谣音乐代表人物。
[4] 原文为"indigo"。

个词。我了解到,她最喜欢的餐厅是大学附近麦迪逊街上一个叫"猎鹰"的地方。她喜欢坐在餐厅后方的一个特定的卡座里;那个卡座上方挂着一条独木舟,电线穿过其间,由天花板悬垂而下。

我了解到,她不管什么时候回到家都会点蜡烛;没有食谱,她一样会做饭;她能注意到最微末的细节——比如我翻了她的地址簿,并用她的记事本抄了一些名字。

我是在几天后发现这一点的。周日晚上,外面下着冷雨,嘉娜和我在她的客厅里,壁炉里烧着火。一开始,我们是站着的,还穿着衣服,到后来就赤身裸体地躺在地板上了。在某一刻,我们有意放下毯子和枕头,这样我们就不必躺在光秃秃的木地板上了。

"我知道你做了什么。"她说。

她在我身边,头靠在我的臂弯里,手掌平放在我的心口,右腿绕着我的右腿。我不知道她是什么意思,以为她一定是在说西蒙·兰尼克和房租。

我说:"不是什么大事。八十美元而已。"

"我不是说这个,"她说,侧身支起手肘,"虽然我也知道这件事。你这样做很暖心,但没有必要。我能应对兰尼克家族。另外,我会把钱还给你的。"

我不在乎她还不还钱,但没有这么说。我说:"好吧。我还做了什么事?"

嘉娜从我身上起开,站起来。她从桌上拿起记事本,来到我面前。她跨坐在我的腰上，举着记事本，让我能看到它。

我已经撕掉我写了字的那页，但笔在下面那页纸上留下了压痕。她用一支笔尖秃掉的铅笔在那页纸上轻轻地涂了涂，压进纸里的字母在灰色中显示为白色。

真聪明。我只好笑笑。"你是从哪儿学会这个的?"我问她，"悬疑剧《哈迪男孩》?"

"悬疑剧《神探南茜》。"她说。

"我可以解释。"

"你不需要解释。你还没给他们中的任何一个人打电话，对吧？你还没有试着找他们吧？"

"是的。我想这样做。但我又想，最好别这样干。"

嘉娜把记事本丢到一边。"我很高兴，就这两件事来说。很高兴你被诱惑了，也很高兴你没有向诱惑屈服。"她把双手放在我的肩膀上，"我只是想把这件事说出来。"

我伸手去摸她脸上的印记。"既然现在我们开诚布公了，那么就来聊聊那一晚。"我提起了"雌鹿之夜"，"有些事——"

但她已经在摇头了。"忘掉它吧。这是一件蠢事。它已经结束了。"她转过头，我可以看到她的面部轮廓。"看，"她说，"正在消退。再过几天，你就看不到它了。"

"我不是这个意思。我说的是别的事，我应该告诉你的事。你从来没问过，我那天晚上为什么会在路上——"

她把手指放在我的嘴唇上，让我不要再说。

"这件事很重要吗？"她说。

我点点头。

"这件事很大吗?"

我又点点头。

"我现在不想谈任何重大的事情,"嘉娜说,"但我可以和你做个交易。"她移动身体,把大腿移到我的臀部,"过一会儿,如果还有什么事需要告诉我,你可以告诉我。"

她把手指从我的嘴唇上拿开,我没有说什么。她把双手举到头顶,弓起背,我还是没有说什么。她抬升身体,又放下来,过了一会儿,我已经忘了还要说什么。

6

我那天晚上本想告诉嘉娜的事情是：我已经和一个叫苏菲·埃莫森的女人订婚了。

我们定于秋天，9月下旬的一天结婚。婚礼上将有一辆马车，许多匹马，还有鸽子。鸽子将在适当的时间被放飞，以象征你想通过放飞鸽子表达的所有意思。仪式将在某个庄园的花园里举行，因为苏菲的母亲在她的联谊会上认识了一个嫁入此庄园的人。市长将主持仪式，因为苏菲的父亲认识一个认识市长的人。

苏菲把关于婚礼所有细节的资料都夹在活页夹里：首先是彩排晚宴宾客名单，其次是婚礼当天宾客名单，第三份是仪式后的接待名单；另外还有乐队的节目单，餐饮公司的菜单以及马车公司和鸽子公司的宣传册。资料还在不断地增加。一个活页夹装满后，她又找来一个。她把活页夹放在我们公寓的咖啡桌上。

"我知道你在想什么，"她对我说，"你可能会觉得有点尴尬。

但为什么不能这样干呢?有一点隆重,但对你没什么伤害,而且费用由我父母出。婚礼主要是为他们办的。"

"真的吗?"我逗她,"婚礼是为了他们办的?"

"也是为了我,"她说,扑哧一笑,"我只会结一次婚,而且我真的想要有马出现。"

在我认识嘉娜那晚——"雌鹿之夜"——苏菲和我已经认识六个月;我们已经住在一起三个月。

我们住在离罗马城纪念医院不远的公寓里,苏菲大部分时间都是在医院度过的。她是一名外科实习医生。我第一次见到她时,她穿着一套蓝色的手术服;她戴着猫眼眼镜,头发夹了起来:一个医生和性感图书管理员的混合体。

她准备为一栋房子报价,雇我去调查那栋房子。她选中的那栋房子位于一个很好的社区,看起来非常不错,但地下室有霉菌,还有一些不合格的电线和一个即将报废的炉子。

我带着她在房子里走了一遍,然后把调查报告交给她。

"听你这么一讲,这房子好像很糟糕。"她说。

"好消息是,都可以修。"我告诉她。

"你觉得我最多应该出多少钱?买这样一栋房子是不是太傻了?"

"你自己决定。"

"我觉得我疯了,"她说,"橱柜怎么样?"

我们最后来到厨房里。

"你觉得橱柜怎么样?"我说。

"我觉得它们很丑。你觉得它们怎么样?"

"这方面我不专业。"

"还有这墙,"她说,"太米色了。"

"很多人故意把墙刷成这种颜色。中性色。让房子好卖些。"

"太米色了。我得找人来重新粉刷。"

"粉刷很容易,"我说,"你可以自己干。"

苏菲大笑。"好像我有时间刷墙似的。我甚至都没时间住在这儿。"她在厨房中央转了一圈,仿佛是最后一次看这里。"我不可能买这栋房子,"她说,"你想喝点东西吗?"

"你知道我担心的是什么吗?"苏菲·埃莫森说,"草坪。"

她让我选酒吧,我们最终选择了多米尼克街上的一家小酒吧。商人聚会的地方,我父亲会去的那种地方。

"独栋房子都有草坪,"苏菲说,"你必须修剪草坪,还要浇水,还要除掉杂草。你必须种点东西,修剪它们,砍掉它们,把它们放在纸袋里,然后拖到路边。"

她喝了一口玛格丽特酒。她之前要了一杯大都会鸡尾酒,但酒保否决了她的这个想法。

"但草坪其实是我最不用担心的事情,"她说,"霉菌和坏掉的电线以及所有其他的东西才是。我还没有准备好处理这些事情。"

我抠着啤酒瓶上的标签。"你当初为什么想买房子?"我问她。

她没有立即回答我。她摘下眼镜,揉揉眼睛。

"你会笑我的。"她说。

"不,我不会的。"

"你也许不会笑。但你会看低我。我想买一栋房子,是因为布拉德·加温。"

她告诉我,布拉德·加温是她的同事,医院的另一个实习生。

"你应该看过那些节目,"她说,"在电视上。关于年轻医生的。"

我点点头。

"他们总是在竞争,"她说,"为了最高奖金:谁能做最棘手的手术,谁能做最多台手术。对吗?"

"对。"

"嗯,这些都是真的。但故事并不止于此。医生会在所有事情上竞争,乃至小事情:谁拥有最新款手机,谁台球打得更好。不管在什么事情上,我都要打败布拉德·加温。"

"他买了一栋房子?"

"是的。于是我想:为什么他是有房子的那个人?我也可以买房子。"她戴上眼镜,眼神从玛格丽特酒的上方越过,看着我,"你会看低我的,对吧?"

"不会。"

"你会的,但是没关系。我的性格有缺陷,但我决定改变。"她又摘掉猫眼眼镜,捏住一根眼镜腿,"我问你个问题,大卫·马龙,有人叫你戴夫吗?"

"几乎没有人。"

"我打算叫你戴夫。我问你这个问题,就是为了这个目的。"

她把玛格丽特酒推到一边,在桌子上方朝我这边倾身。"关于眼镜,"她说,"你喜欢我戴还是不戴,或者你觉得根本没分别?"

她的声音中有些东西,不是醉意就是恶作剧。我希望是恶作剧。

我也倾身朝她靠近,从她手里拿过眼镜,打开眼镜腿,替她戴上眼镜。我伸手去拿她头发上的夹子,这是一个危险的动作,很难优雅地完成。我成功了。她的头发散落下来。她用手指梳理着头发。

"原来你觉得有分别,"她说,"我很高兴知道这个,戴夫。"

苏菲没有买房子,但三个月后我们订婚了。她放弃了她一直居住的公寓,我也放弃了我的;我们一起搬进了一套更大的公寓。

厨房里的橱柜已经是几年前的旧样式了,但很容易换。卧室的墙壁是令人难以接受的米色,但我涂上底漆,把它们涂成天蓝色。卧室的窗户朝南,有厚重的、布满灰尘的窗帘。我们把窗帘拆下来,装上百叶窗,这样阳光就可以在早晨透进来。

并不是说苏菲早上经常在家。她的工作时间是实习生的工作时间，我永远无法预测她的工作时间。有时她会在我刚从床上爬起来时爬上我们的床。有时我晚上回到家，发现她在睡觉，床头柜上有一份吃了一半的外卖，她的衣服在地板上堆成一堆。

4月20日，星期天，她在下午四点回到家，跌跌撞撞地躺到床上。她让我在八点半叫醒她，这样我们就可以一起吃晚饭。我让她睡到九点，然后走进去，坐到床上——我的那一边——打开台灯，然后打开时钟收音机的音乐。这是我自创的叫醒她的方法：循序渐进，让她能慢慢习惯。

在等着音乐叫醒她时，我整理了我这一边的房间：把地板上的报纸收拾掉，把脏袜子放进我们步入式衣橱的篮子里。我移步到她那边，拿起她前一天晚上穿的胸罩和内裤，又伸手去拿她回家后脱下的那堆衣服。

这时她睁开了眼睛。她依然昏昏沉沉地说："放在那儿吧，戴夫。我会收拾的。"

我在检查口袋，因为她衣服的口袋里总是会有东西：钢笔、记事本、医药代表想卖给医院的新药的样品……

那一刻苏菲警觉起来，掀开被子下了床。"戴夫，把衣服给我吧。"

一张纸巾，一个空的避孕套包装袋——新品牌，我们从未用过的品牌。

她把那几件衣服从我手里夺走，包括那个包装袋。她攥紧拳头，好像她可以让那个包装袋消失在拳头里。

"这是个意外情况。"

她四处寻找眼镜，找到后戴上。这花了她几秒钟时间，但她似乎故意拖延了这几秒。我等着她。

"戴夫，"她说，"不是你想的那样。"

当你发现了这种事，对方只会说这句话，而事情其实就是你想的那样。

我预见到接下来的对白，也听见自己说了出来："苏菲，他是谁？"

"只有这一次，我发誓！永永远远都不会再发生了。"

"苏菲——"

"我很抱歉，"她说，"你得相信我说的话。"我相信。她在颤抖，我可以看出来。

我搂住她，但不起作用。我说："苏菲，告诉我是谁。"

"我不想说，"她说，"你会看低我的。"

这条线索足以暗示答案。我不想相信这个答案。

"不是布拉德·加温。"我说。

眼镜滑落，她紧紧地抱住我。她的脸贴着我的脖子，她的泪水落到我的皮肤上。她没有说出名字。我们不需要再说它，它已经被说出来了。

过了一会儿，我挣脱她，离开了公寓。我上了皮卡。事情就是这么发生的；这就是催化剂：检查苏菲衣服的口袋。这足以让我在夜里出门，到奎克山路，到我与嘉娜·弗莱彻相遇的地方。"雌鹿之夜"。

7

K不再靠近树林中的那个地方,那个他看着嘉娜·弗莱彻在月光下裸体站立的地方,因为这样的事情只会发生一次。你无法让这样的事再次发生。如果你认为你可以,你就是在欺骗自己。

此外,树林里的那个地方有其局限性。从那里你看不到那栋复式房子的前面,你看不到来往的人。为此,你需要一个更有利的位置,而K找到了一个:街对面一栋破旧公寓楼的停车场。他把车停在停车场的一角时,完全可以看到嘉娜·弗莱彻住处的前门。而且他想在那里待多久就待多久。住在这个小区的人并不是邻里守望的那种。他们看到一个陌生人坐在停着的汽车里,是不会报警的。

因此他在那里待了些时间,但并没有疯狂地沉迷于此。他并不是一天二十四小时都在监视嘉娜·弗莱彻。但他花了足够多的时间弄清楚:她一般清晨离开公寓,下午回来;然后在晚上七点到八点之间,她会开着她那辆蓝色小普利茅斯再次离开。K认为她是去和男朋友吃晚饭了,因为当她回来的时候,她的男朋友开着小皮卡跟在后面。他们会一起进去,他会在那里过夜。

这意味着K不能在晚上做他迫切要做的那些事。至少她男朋友在那儿的时候不行。

K还发现了一件事,隔壁的女人似乎每周有两个晚上会离开复式房子。她会在六点半左右出门,穿上她最好的衣服,戴着头巾和珠宝,像个吉卜赛人。她步履蹒跚地走到一辆大车旁,爬进车内,沿着街道狂奔而去。K不知道她去了哪里。应该不是去约会,这样一个老妪不会做这种事;更有可能是去参加宾戈游戏或者教会聚会。

无论如何,她每个星期一和星期三都会出门去。或者说她似乎是这样。K不能确定——他观察的时间并不长。但连续两周的星期一她都出去了,上周星期三也出去了,而今晚是第二个星期三。

K知道今晚将是一个考验。今天早上,他带着一种使命感醒来,脑海中浮现出嘉娜·弗莱彻的形象,她在月光下的样子。今晚他将在停车场的角落里监视,如果隔壁那女人在六点半出门,他应该至少有半个小时的时间。在此期间,嘉娜独自待在复式房子里。K不需要半小时。他溜进去再溜出来,几分钟就够了。

上午的时间慢慢过去,他开始感到饥渴难耐。中午时分,他上了车,前往嘉娜·弗莱彻家所在的那条街。这是一个温暖的日子,阳光明媚,4月的最后一天。他拐进公寓小区,避开满是昨日积雨的坑洼。他把车开到停车场的拐角处，关掉引擎。他面前有一排纤长的绿色植物，通过两株绿植之间的间隙，他可以看见那栋复式房子。嘉娜的车不见了，男朋友的皮卡停在车道上。

K 想知道她男朋友是不是还在公寓里睡觉。他想，他们的生活一定是这样：整夜做爱，白天睡觉——但不是睡一整天。如果他睡一整天，当嘉娜下午回来时，他仍然会在那里；当老妇人六点半离开时，他仍在那里。而这将破坏 K 的计划。所以男朋友必须不在场。K 必须确保这一点。

怎么做呢？他不可能过去敲门，要求他离开。没有这么简单的方法。但 K 有其他方法。他有自己思想的力量。他知道她男朋友的名字，因为皮卡的边上就有："大卫·马龙，房屋检查"。K 把注意力集中在街对面的复式房子上，把他的思想发送出去，找到马龙，唤醒他，把他带出来。K 加强注意力，将它对准前门，希望门能打开。如果他的注意力足够集中，如果他想这样做，那么他的意志就能使之发生。

他肯定过于专注了，因为敲击车窗的声音吓了他一跳。

K 转过身来，看到一个女人靠在他的车上，左手撑在车顶，脸离车窗只有几厘米。染过的金发；漂亮的眼睛，虽然下面有黑眼圈；饱满的嘴唇被涂成红色。她在问他一个问题，他听不清。他摇下车窗，想听个真切。

"你有烟吗？"

他摇摇头。"对不起。"

"你有钱买烟吗？"

"没有钱。"他说。

"人人都有钱。"

K没有回应她。

"你在干什么?"女人问。

"没什么,就是在消磨时间。"

"真酷啊。我也在干这件事,消磨时间。"

她安静了,但没有离开。K可以闻到她呼吸中的香烟味以及啤酒污浊的气味。她的右手拿着一个红色的外带杯。他看着她喝了一口。

"你住在这儿吗?"他问女人。

"我有许多朋友住在这儿,"她说,"我经常来这儿。他们有时候会让我住在这儿。"

"哦,他们也许能够帮助你。我不会把钱给我不认识的人。"

"是啊,我明白你的意思了,你说得又响亮又清楚。我以前见过你吗?"

"我敢肯定我们没见过。"

"我想我几天前的一个晚上也在这儿见过你。你在这儿干什么?你就是来这儿,然后坐在车里?"

K想要否认,但又改变了主意。"是的,"他说,"我坐在这儿,集中精神,我的意念会让许多事情发生。"

"不可能。"

"是真的。"

的确是真的。在街对面,嘉娜·弗莱彻住处的前门打开。大卫·马龙走出来，赤裸着上身，手里拿着衬衫。那个泰山。

"喂，你在看那个家伙吗？"女人说，"这是不是就像监视？"

"是的，"K说，"这就像监视。"

"你是警察吗？"女人说，声音中有了点疑虑，"我没做坏事。"她暂停片刻，"反正目前还没做。"

"你计划去做坏事？"

"也许吧。但你如果是警察，必须告诉我，否则就是诱捕。"

"我想你搞错了。"K说。

"没有，真真切切。你好像是司法人员。"

"我想你对法律可能并没有那么了解。"

在街对面，马龙锁上弗莱彻住处的门。他站在台阶上，沐浴在阳光里，一边穿上他的衬衫。

"我想你不是警察。"女人对K说。她举起杯子喝了一口，又放下。"那个家伙是谁？"她说。

"他是泰山，"K说，"猿人。"

"你喜欢说胡话。有人告诉过你吗？"

马龙一边扣衬衫纽扣一边朝自己的皮卡走去。

"我要走了。"K对女人说。

"真遗憾，"女人说，微笑着，"我们才刚刚熟悉。"

她的牙齿不错，K想，就是不太整齐。

"你想兜兜风吗？"K说。

笑容更灿烂了。"我还以为你永远都不会问这句话呢。"

这个女人身穿无袖上衣和短裙。她有一双漂亮的腿。当她上车时,K欣赏着它们。他在开车时一边偷瞄这双腿,一边跟着马龙走。他试图猜测她的年龄,认为她一定在三十来岁。她仍然很漂亮,但香烟和太多的日晒已经开始对她的手臂和胸部的皮肤造成伤害。她的衣服似乎很便宜;她带着一个廉价的皮包,包带又长又细。她的左手戴着一枚戒指,银色的;戒指上有一颗紫色的石头——紫水晶。

"你叫什么名字?"他问女人。

"乔琳娜。"她说。

"和那首歌有关?"

"什么歌?"

前面,马龙的皮卡在铁轨上颠簸。K想到这个女人的红色外带杯。他不希望啤酒洒在车上。他伸出手,示意女人把杯子给他,女人顿了一会儿才把杯子给他。他们越过铁轨后,他把杯子还给她。

"你从没听过这首歌?"他说。

"你也许可以唱一段。我可能会记起来。"

他努力回想歌词,但只想到了副歌部分。

"乔琳娜,乔琳娜,乔琳娜,乔——琳——娜。"

她把红色杯子放在大腿上。"太短了,"她说,"你就是在一遍遍地说我的名字。"

"还有很多呢。"K说。

"不过很好听。你有副好嗓子。你在唱诗班待过?"

马龙的刹车灯亮了。他拐上主干道伊利大道,向市区驶去。K紧随其后。

"我逗你的,"乔琳娜说,"关于这首歌。"

"我猜到了。"K说。

"多莉·帕顿的歌。我爱这首歌。我只是想看看你会不会唱。"

马龙开车经过大学和医院,最后把车开进一个公寓小区——嘉娜·弗莱彻复式房子对面那个公寓小区的高级版本。皮卡开进靠近其中一栋楼的一个编号车位,而K在更远的地方找到一个标有"访客"字样的车位。

他看着马龙消失在大楼里。没办法就这样确定哪套公寓是他的。知道这一点可能会很有用。门口有一排邮箱。邮箱上可能有姓名,也可能只有数字。K可以过去看看,但他在想是不是还有其他办法。

"我们在这里干吗?"乔琳娜说。

"嘘。"他说。

这栋房子有三层,上面两层的每套公寓都有一个阳台。大卫·马龙更有可能住在二楼或三楼。三分之二的概率。K相信,如果他集中注意力,他可以让马龙到阳台上来。

"我们要跟踪这家伙多久?"乔琳娜问。

K竖起一根手指让她安静;她喃喃自语,像是在说"你变得有点麻烦了"。但她没有再说什么。他依次将注意力集中到每个阳台:从三楼开始,从左到右;然后是二楼,从右到左。

没有结果。他将专注力转移到最后一个阳台,同时瞥了乔琳娜一眼。她静静地坐着,将红色的杯子放在膝盖上玩平衡游戏。她的两只手都没碰杯子。

他小心翼翼地伸出手,把杯子拿起来。他把杯子抱在腿上,同时搜寻阳台。在乔琳娜打断他的注意力之前,他已经对第三层施加完专注力,对第二层也完成了一半。

"你知道,我没有病。"她说。

"又怎么了?"

她指着红色的杯子。"你如果想喝,就喝一口吧。你不会被传染上什么病。"

"我不渴。"他说。

他的眼睛捕捉到一些动静。一辆车停进马龙的皮卡旁边的车位。

"哦,那你有没有想过,"乔琳娜说,"我可能渴了?"

那个从车里出来的女人戴着眼镜,穿着医生的白大褂。K看着她踏上台阶,进了公寓楼。

"如果你不打算喝却拿着它,"乔琳娜说,"很没有礼貌。"

K把杯子递给她。"拿着吧,"他说,"但小心点儿。用两只手。"

在二楼——最左边——大卫·马龙走到阳台上。他把一杯咖啡放在栏杆上。

"两只手,"乔琳娜说,"你当我是什么,婴儿?"

"嘘。"K说。

"你又嘘我?"乔琳娜说,"我不相信你了。"她喝了口啤酒,两只手捧着杯子。"哇哦,"她说,"快看,阳台上有个男人出现,太棒了。"

阳台上有动静,门被推开,那个戴眼镜的女人出来了。白大褂不见了,她现在穿的是医院的蓝色护理服。她的头发之前是夹起来的,现在垂下了。另一个美女,K 想,马龙也许在全城有许多个漂亮的女朋友。

"哦——喂,"乔琳娜说,"阳台上现在有两个人。"

K 不理她。他看着阳台上那一幕的发展。马龙和那个女人看起来并不高兴。他们彼此之间保持着距离。马龙拿起咖啡杯,喝了一口。

"哦哦,"乔琳娜说,"他没有用两只手。"

8

苏菲·埃莫森仍然戴着我给她买的订婚戒指。她来到阳台时我第一眼注意到：钻石在阳光的照耀下金光闪闪。

"我想你。"她说。

我呷了一口咖啡，这样我就不必马上回应她。因为我可以给出几种回应："我也想你。"这是一种。"我完全没有想到你。"这是另外一种说法。而事实处于两者之间：我想过她，但没有那么想，没有我以为的那么想。

我们已经分开十天，虽然我在这些日子里来过这套公寓，但我总是在她出去的时候来——在她忙于实习工作的时候。她给我的手机打过电话，开始时一天三四次，而后随着时间推移慢慢减少。我没有接她的任何一个电话。

"我们不能再这样下去了。"她说。

我放下咖啡杯。"我知道。"

"我感觉很糟糕。"

"这个我也知道。"

"没有再发生过,和布拉德,如果你想知道。和任何人都没发生过。只是为了说清楚。"

"苏菲——"

"而且也不会再发生,我向你保证。所以问题是:我们能讲和吗?我要怎么做,你才能回到这儿?"

咖啡又发出救援信号,因为我需要拖延时间,需要一个不用回答她的借口。我喝了一口后把咖啡杯放在阳台栏杆上。

"我得告诉你,"我说,"那天晚上后来发生了什么事。"我差一点对她说出"雌鹿之夜"这个词,但这个词对她毫无意义。对于我和苏菲,那天晚上意味着别的东西:"避孕套包装袋之夜"。

"好的。"她说。

"我离开这儿之后,就开车离开罗马城。然后我认识了一个人。"

"哦。"

"我并没有打算去认识谁。那是一个意外。"我对她讲了那个故事,但只讲了她需要知道的部分:雨、鹿和那个女孩。

她表情冰冷地听着,我以为她不会说什么,但过了一会儿她说:"她叫什么名字?"

"嘉娜·弗莱彻。"

"所以这就是你这十来晚的去处?和她在一起?"

"是的。"

苏菲转身背对着我，趴在栏杆上。我看着她手指上的戒指。阳光依然耀眼，但照不到钻石上。

"第一晚，"她说，"你离开家之后，我很担心。一部分的我知道你有充足的理由离开，你对发生的事情感到很气愤；但另一部分的我想，你在下雨天出门，天又那么黑，你的皮卡可能会撞到树上。一切都是因为我做的一件蠢事。"

苏菲咯咯一笑，这声音令人意想不到。"实际上，为了确认你没有受伤入院，我去医院看了看。后来，你没有回家，也没有打电话，我就生气了。我觉得你在耍小孩子脾气。但我今天看到你时，我想一切可能都会好起来。"她低下头，头发遮住她的脸，"现在你给了我一记闷棍。那天晚上发现布拉德的事情时，你应该就是这种感觉吧？"

"是的。"

"我很抱歉对你做了那样的事。你肯定恨我。"

"我不恨你，苏菲。我受到了伤害，但已经缓过来了。"

"真的吗？"

"所以你没必要为那件事责备自己。你不应该沉浸在悔恨中。我不怪你，我也不后悔。"

苏菲从栏杆上立起身，面对着我。"真的吗？"

"是的，"我说，"我想所有这些事可能注定会发生。我们也许只能让一切都过去。如果没有发生那件事，我可能也不会遇见她。"

这种话不应该对着一个戴着你送的戒指的女人说。

对于接下来发生的事情，我一点也没想到。前一刻苏菲的手还在栏杆上，后一刻它就快速移动了。她打了我两下。首先是手掌——轻巧的一巴掌，比起受伤我更多感到的是吃惊。我想，她也很惊讶。第二下更蓄意，意味深长。她用手背打我，钻石戒指在我的太阳穴上划了一道口子。

"刚才怎么了？"乔琳娜说。

"我不知道。"K说。

"挺好的一场戏，对吧？结尾有高潮。"

阳台上现在空了。马龙进了玻璃推拉门，那个女人跟着他。

K发动汽车，把车开出停车位。

"我们要走了？"乔琳娜说。

"没有什么可看的了。"

K瞅准一个空隙，向左拐到街上。在他身边，乔琳娜用双膝夹着外带杯。

"别担心，"她说，"空了。"

"没事的，"他告诉她，"我很抱歉刚才对你粗鲁了。"

"你人还不赖。"

"我想补偿你。看看手套箱。"

"这里？"

"对。看见了吗？"

"我看见一份用户手册。"

"下面。"

K听见她翻找的声音。

"一根冰棒棍。"

"继续找。"他说。

"等一下,这是卷烟纸吗?"

"你快找到了。"

她发出一声尖叫,拽出一个小袋子,举起来。"中大奖了!"

"送给你。"

"喔,你太棒了,"她说,"你是最棒的。"

K把车开到野外。这就是他的计划。在城市边缘之外的小路上,他在找一个他记得的地方:一个岔路口,一段由木头柱子组成的破旧栅栏,以及树下的一条旧骡子路。当他找到岔路口时,乔琳娜已经打开袋子和卷烟纸,在行驶的汽车里有条不紊地"制作"——她卷了两根粗粗的烟卷。

他们下了车,翻过栅栏。他们看不见公路之后,乔琳娜从小包里拿出一个打火机,点燃其中一支大麻。她让烟待在肺里的时间长得超乎K的想象,然后她在一阵笑声中把烟吐出来。她的头向后仰,脸朝天。

这条小路笔直而平坦。他们在温暖的午后沿着它向东走,一路只听到鸟鸣和他们自己的脚步声。他们互递着大麻,直到烟卷被烧得一干二净,K本以为乔琳娜会马上抽第二根,但她漫步了一会儿,哼着歌,欣赏风景。小路的一边生长着树木,另一边是条水渠——水渠又低又宽又黑。乔琳娜停下来,往下看,好像第一次注意到它。

"这是什么?"她说。

"从前是伊利运河。"K说。

"不可能。"

"我敢和你打赌。"

"我不知道这条运河还在使用,"她说,"我记得这条运河好像是两百年前开凿的。"

"很多段都被填平了,但你还是能看到一些有水的运河段。"

他看着女人朝水面倾身。

"这条路曾经也是运河的一部分,"他说,"骡子走在这条路上,拉运河上的驳船。"

"我知道这个,"她说,"我们在学校里学过。我们从前唱过一首关于运河的歌。"

"'桥好矮',"K说,"'所有人都掉下了河'。"

"就是这首。"

"'我有一头骡子,萨尔是它的名字',"他唱道,"'在伊利运河旁走了几十里'。"

"你真的从没在唱诗班待过?"

K大笑。乔琳娜仍在倾身看着河水,K意识到她是想看到自己的倒影。K抓住她的手,稳住她。

"别掉下去了。"他说。

"我在唱诗班待过。"乔琳娜说。

他们继续往东走。她紧靠着K,他们的胳膊有时会碰到一起。

"我那时候读高中,"她说,"有一次,我们去纽约参加比赛。我们没赢。但我记得那时候是圣诞节,我们去看了一场表演。火箭女郎舞蹈团的节目。"她在犹豫,正在考虑应该讲多少,"然后我就决定干这个,当舞者。但妈妈说我不够高。"

K把一颗小石子踢到路边。"你得多高才行呢?"

"我不知道。"声音轻柔又悲伤。

"我看你可以当舞者,"他说,"你的腿很漂亮。"

这句话让她开心起来。"你真可爱。"她说,害羞地挽起他的胳膊,好像他们是少男少女,而K正送她回家。

"我一直在想你到底是什么人,"她说,"我想你可能是私家侦探什么的,你正在跟踪那个家伙,因为他妻子雇了你。你在搜集他出轨的证据。我的猜测接近正确答案吗?"

差得太远了,K想。

"差不多是这么回事。"他说。

"那么,阳台上的那个女人是妻子还是情妇?"

"我不能谈论这个,"K说,"这是机密。"

他看向小路前方,发现一只牛蛙在一片阳光底下悠闲地趴着。他停下脚步,拉住乔琳娜,把牛蛙指给她看。几秒钟后,他小心翼翼地向前走了一步,那只牛蛙跳到运河的边缘。它又向前了一步,接着跳进黑色的水中。

乔琳娜去寻找它,站到小路边上,盯着荡漾的水面。K走到她身后。

"它不见了。"她说。

K什么也没说。他用双臂环住女人的腰,女人向后倚进他的怀里。

"这样真好。"她轻声说。

她闻起来有烟草和大麻的气味,但还有别的气味。一种甜蜜的气味。他想她一定是在小包里放了薄荷。

"我知道你为什么带我来这里。"她说。

"你知道?"

"这里很漂亮。大路上的人看不见我们。完美。"

"完美,对吧?"K说,"你知道,我等会儿有事要做,我一整天都在担心做不成这件事。我需要放松。和你在一起我放松下来了。"

"真酷。这也是我的想法,帮助你放松。这里只有我们两个人,我想我们可以让那件事发生。如果我们有毯子,会更好些,但我们可以将就一下。"她的屁股贴着他,摩擦着,"你想做这件事,对吧?"

"是的。"

"我想也是。"

他把下巴垫在她的肩膀上。"但我不知道应不应该做这件事。"

"哦,我想你应该。"

"这件事很复杂。需要考虑到许多因素。"

"不要想那么多,"乔琳娜说,"就想想我能为你做哪些让你放松的事。"

K的双手从她的上衣下滑过,她肚子上的肌肉抽紧。然后她打了个哈欠,一个大哈欠,使她拱起了背。她打完哈欠后咯咯笑起来。"大麻有时就会对我产生这样的效果,让我疲惫不堪。"

"它还会产生什么效果?"K问,"会影响你的记忆吗?"

"不会。从来都不会。"

"饮酒呢——会让你忘记发生过的事情吗?"

她大笑。"你觉得我今天喝了多少?"

K低头看了看平静的水面。"所以你不会忘记我?你不会在明天醒来时只模糊地记得我的模样或你在哪里看到过我?"

乔琳娜用自己的身体摩擦着他。"完全不可能,"她说,"我肯定会记住你的。"

K从女人的腰部抽出一条胳膊,环住她的脖子。

"我也是这样想的。"

9

在墙上贴着白色瓷砖的房间里——在嘉娜·弗莱彻去世后，在我发现她的尸体后——我看着弗兰克·莫雷蒂警探用指尖捏着他那肉乎乎的鼻梁；我听见他深吸一口气。

"冰棒棍？"他说。

"在嘉娜公寓后面的树林里，"我说，"我可以带你去。"

他一只手按着我们两人之间的桌子。"我们不要自作主张了。我需要知道关于她的一切，你知道什么就告诉我什么。从你们相遇的那一天开始，我们就从那时开始。"

我照他说的做了。我告诉他我记得的关于"雌鹿之夜"的一切，以及嘉娜认为她被监视的那个月夜。我对他讲到女房东的孙子西蒙·兰尼克。我们谈到了我每次见到嘉娜的情况，我们一起去的每个地方。莫雷蒂有时会做笔记。偶尔，他的某个同事会敲门，把他叫到走廊上，我会听到他们谈话的片段——在莫雷蒂离开关门时和回来开门时的瞬间。

我们也谈到了苏菲·埃莫森。我不该把她牵扯进来,但莫雷蒂已经知道她的存在——知道我们订过婚。而且他可以看见我太阳穴上的伤口,想知道发生了什么事。我告诉了他,他哈哈大笑。"你这算轻的。"他说。

苏菲打了我之后就后悔了——至少,她说她很抱歉。我不知道她是否真的后悔,或者是否应该后悔。她提议为我缝合伤口,或者开车送我去医院,让别人来做。我最终自己处理了伤口——在我们公寓的浴室里用酒精擦拭,然后又用纱布和胶带包上。

那时,嘉娜还有四个小时的生命,在那四个小时里,我没有做任何能增加她生还概率的事。

我溜出公寓,没有再跟苏菲说一句话。这很容易——她好像并不想阻止我。我在市中心的一家小餐馆吃了午饭。之后,我开车去了一个有人工湖和九洞高尔夫球场的小区,为一个保险推销员和他怀孕的妻子做房屋检查。四个卧室,三个卫生间,装修好的地下室——除了屋顶需要重修,其他都很好。

我去保险推销员那里取了一张支票,又去银行把支票存进我的账户。然后我停车喝了杯咖啡。那时已经快到五点了,我和嘉娜定好七点半在"猎鹰"餐厅吃晚饭——就是天花板下面挂着独木舟的那家餐厅。

计划是这样,但我本可以不按计划行事。我本可以主动去找她,完成我一直在拖延的事情——告诉她关于苏菲的事。

而我却继续开着车,思考该怎么告诉她关于苏菲的事,如何实施计划。你可以说太阳穴上的伤口让我对和女人说话感到胆怯。你也可以说我是个懦夫，我的懦弱让嘉娜失去了生命。

很难回想起我开车路过的每一个地方，尽管弗兰克·莫雷蒂想让我回想起来；在满墙白色瓷砖的房间里，他向我询问了每一个细节。我知道我去了奎克山路。除了普利茅斯挡风玻璃碎裂后落下的几块碎片，没有任何东西可以标记嘉娜与鹿相遇的地点。

七点半，我坐在我们平常坐的卡座里，就是独木舟下面的那个位置。我撕掉太阳穴上的胶布和纱布，因为我想，伤口无论看起来有多严重，都不会像头上贴着一个白色方块那样引人注目。我等着嘉娜。

七点四十五分，嘉娜还没有出现，我用手机打电话到她的公寓。没有人接。我给电话答录机留了言。八点时我又打了一次，还是没人接。

八点十分，我喝完我点的饮料，把账单钱留在桌上给服务员。我开车去嘉娜的公寓——速度很快，但不是太快。因为一方面有人把她弄伤过，这个人可能还在树林里偷看过她；但另一方面，我不想反应过度。也许出现了什么意外情况，也许她的车坏了。

我在八点半左右来到她的公寓所在的街上，看到她那辆破旧的普利茅斯停在车道上——挡风玻璃是崭新的，那是在鹿撞碎了旧挡风玻璃后新装的。公寓里所有的灯似乎都关了，但除此之外，没有任何问题。起初，连前门看起来都很正常。但在我正要把钥匙插进锁里时，门自己向内转开，随后我看到门框的一部分已经裂开。

关于灯光,我错了。屋里还有一盏灯亮着。有一盏茶烛在客厅地板上烧着,离嘉娜的左脚四十五厘米左右。

我打开开关,头顶上的灯亮了。如果我此前心中对嘉娜已经死了还有怀疑,那么现在怀疑消失了。

她仰面躺着,睁着眼睛,脸向右肩倾斜。我记得自己当时在想,她脸颊上的新月形瘀伤已经消失了。

"正在消退。再过几天,你就看不到它了。"

但她身上现在有其他伤痕:脖子上有好多处丑陋的瘀伤,有人用拇指掐住她的喉咙。她的上衣被撕开了。她的牛仔裤和内裤被拉到了膝盖上。她光着脚。

壁炉台上的那根木条现在在她身边的地板上。它有一百二十厘米长,比棒球棒还长——她可能把它当成了棍子使用。我希望她这样做了,我希望她至少用这根木条痛打了杀她的人一次。

如果她这样做了,就可以解释茶烛的情况了。它们本来是在壁炉台上燃烧着的,在木条上的浅孔里。现在茶烛散落在硬木地板上,其中三盏已经熄灭,只剩一盏还在烧着。

我现在还能回忆起那一幕,但无法回想起嘉娜的表情,这是一件幸事。我只记得她的表情不对。就像你在街上瞥见一个你认识的人,而他们不知道你在看他们,他们表情痛苦,或愤怒,或沮丧,你看到的是并未处于防备状态的他们。他们看起来不对劲,他们看起来不像他们自己。

这个比喻不够贴切，但已经接近事实。我只能做到这么接近了。

"所以你根本就没检查脉搏。"弗兰克·莫雷蒂说。

"是的。"

"有些人会检查脉搏。"

"我根本没必要那样做，"我说，"她已经走了。"

"你也没有盖住她。"

"盖住她？"

"用床单或者毯子。"

"我应该那样做？"

"你没那样做更好，不然可能会破坏证据。"

"那为什么——"

"因为一般人会那样做，"莫雷蒂说，"她在地板上，衣衫不整，脆弱不堪。关心她的人可能会想把她盖起来。"

"你的意思是我不关心她。"

"我没这么说。"

不管怎样，我握住她的手。我用手机报了警，跪在她身边等待。她的手既不冷也不热，感觉像手套一样空空如也，但我还是握着。我不知道自己握她的手握了多久，反正一直持续到第一个警察出现。

他很年轻，是一名执行交通任务的巡警。我去门口迎接他，他一眼就看到尸体，迅速从我旁边擦身过去。我站在通往厨房的过道上看着他的背影，他正低头看着嘉娜。我想这一定是他第一次遇到凶杀案。他终于转过身来时脸色灰暗。我向后退到厨房里，对着水槽做了个手势。我想他可能需要水槽。

他最终没吐。他趴在水槽上，张着嘴，大口大口地呼吸着空气，但没吐出来。然后他直起身来，用袖子擦了擦嘴，尽管在我看来他的嘴巴上干干净净的。

"你没事了。"我告诉他。

我说错话了，因为这话提醒了他，我一直都在他旁边。他一直很粗心。谁知道我在他背对着我时能做什么？我本可以打他的头，抢走他的枪，开着他的车去兜风。他决定强硬起来。

"双手抱头。"

"哦，别这样。"

"快点儿。"

他解开枪套，摸到枪柄，我把双手放在头上。他让我转身，我也照做了。我面对着过道旁边的墙壁。我听到汽车驶入车道的声音，更多的警察来了。我感觉到他把手放在我的衣领后面，听到他说我有权利保持沉默。他粗暴地把我往前推，我想我如果没有转头，鼻子就被他弄断了。果然，我的侧脸撞到墙上，太阳穴上的伤口被撞得裂开了。

在满墙白色瓷砖的房间里，我的手指不断回到太阳穴的伤口上。伤口好像是地貌独特的一个区域：一条长长细细的山脊。莫雷蒂给了我一片创可贴,但创可贴不够大,盖不住伤口。我可以感觉到伤口两边的末端。

莫雷蒂看着我不停地摸伤口。他合上笔记本,说:"好吧,我们要休息一下。十分钟,然后我们从头开始。"

"不用了。"我说。

"不用?"

"我要走了。"

他听了这话后笑了。"你哪儿也去不了。"

"我已经把自己知道的一切都告诉你了。"

"我还有问题要问。"

当时差不多是凌晨三点,我也有问题。不是那种可以在那个房间里得到答案的问题。我很累,我需要知道我的处境。要知道我的处境,唯一的办法就是直面这个问题。

"我已经在这里待得够久了,"我说,"你必须让我离开,不然就以什么罪名控告我。但我不认为你会控告我。"

"为什么呢?"莫雷蒂说。

"因为你现在已经可以弄清楚嘉娜是什么时候去世的。"我这是在猜测,但这似乎很有可能。这可能是他在走廊上的一次谈话的主题。"嘉娜可能是在我坐在'猎鹰'餐厅里等她的时候去世的,你可以去证实这一点。你可能已经这么做过了。"

我希望这可能是真的,但莫雷蒂的反应——只是摇了一下头——表明我不会那么幸运。

"法医猜测,嘉娜·弗莱彻很有可能是在六点到七点之间死亡的,"他说,"这意味着事情发生在你开车、思考的时候,根据你的故事来说。"

"那不是故事。"

"在我确认之前就是故事。"

我耸耸肩。"你不会起诉我的,太仓促了。你想拿得准一些。你不会希望自己过几天就被证明错了——当你发现另有其人时。那会让你难堪——"

"我不在乎难堪不难堪。"

"不让我走,对你和整个警察部门都不利。你好像忘记了我是谁。这个城市的好几幢建筑上都有我家的姓。你如果在这件事上做错了,我可以让你吃不了兜着走。"

莫雷蒂皱眉。"你在威胁我吗?"

"不是。我已经没话和你讲了。你如果打算把我留在这儿,我要打电话给律师。"

我坐回到椅子里,抱起胳膊;他浓眉下的眼睛瞪着我。在我们头顶上,荧光灯嘶嘶作响——为我们的意志较量提供了恰当的背景音。我们本可能就这样待很长时间,但有人敲了门;莫雷蒂慢慢站起来,拿着笔记本走了出去。

他在外面待了二十分钟。第一个十分钟后,我起身检查了一下门(锁着),然后伸了个懒腰,在桌子周围踱步。我听不到走廊上的任何声音,但我猜莫雷蒂正在外面和某个人谈话——他们也许在谈如果他们拒绝放我走,我是否真的能给他们带来麻烦。我希望他们在谈论这个问题,我希望这种可能性能让他们感到紧张；但我不认为自己能给他们制造什么麻烦——他们调查一下我和家族的关系就会知道这一点。我对莫雷蒂说的一切都只是虚张声势。

是莫雷蒂主动提奥斯丁·马龙这个名字的——那位成功使自己的名字雕刻在贝拉米大学的某些建筑上的人。奥斯丁的确是我的曾祖父，他在他那个时代是个有钱人。他从他父亲那里继承了生意：一家生产电话铜线和铜制水管的工厂。但工厂是脏兮兮的地方，而奥斯丁·马龙对待在脏兮兮的地方没兴趣。他在父亲去世后将工厂卖给了雷维尔铜业公司（1928年），并用这笔钱买下了它能买到的所有声名和精致的生活。

这笔钱买到了相当多的东西。奥斯丁·马龙没有投资股市，平稳度过了大萧条时期和第二次世界大战。但他于1949年去世时，身边有五个儿子和三个女儿——一笔巨大的财富被分成八份后，相当于八份非常普通的财富。时光荏苒，两代人之后，那笔财富已经不剩什么，只剩下随处可见的石头外墙上刻着的名字，以及舒适的中产阶级生活。我的父亲是建筑承包商，便也送我去大学学习工程。我的亲戚们都有很好的职业——我有个表弟甚至从事和法律相关的工作，但他学的是税法而非刑法。他帮不到我。

所以我对弗兰克·莫雷蒂的威胁只是空谈。我无法给他带来任何麻烦。如果他想给我制造麻烦，马龙家族中没有人能一个电话就让麻烦消失。

我不知道是我的虚张声势起了作用，还是莫雷蒂是个诚实的警察,不想在情况不明确时以谋杀罪逮捕一个人,但在他离开的二十分钟里,有些事情发生了变化。他回到房间的时候,眼睛里没了神采,又显出很疲惫的样子。他拿着一个塑料袋,塑料袋里面装着我的钱包、手机和其他财产。他把塑料袋扔到桌子上,扶着门说:"你可以走了。"

10

罗马城的中央警察局位于詹姆斯北街的旧法院大楼内。前面有宽阔的台阶,通向一个有水池和喷泉的广场。水池周围种有樱桃树,樱桃树之间有长椅。

我以前来过这里,知道喷泉值得一看,特别是在日落之后,当他们打开水池周围的灯光时。但在凌晨三点,没有人欣赏到这一景观:灯光已经熄灭,水也静止了。

我走下法院大楼的台阶,穿过广场,经过一个写着天黑后禁止闲逛的标志。我没有闲逛。我来到街上,想到我的皮卡,它仍停在嘉娜的住处。我可以叫辆出租车送我过去,但眼前没有出租车。

我步行走了一个街区,来到一个公交车站,坐在候车亭下长椅的一端。一个穿着风衣的黑人老人坐在长椅的另一端。他的风衣肩部撕开了一条口子,口子上贴着胶带。

"你知道下一班公交车什么时候来吗?"我问他。

"我猜,凌晨六点左右吧。"

"你在等的就是这一班公交车吗?"

"我不等它,还能等什么呢。"

候车亭的墙上有一张公交线路图,我快速看了线路图后知道,就算我等到六点,也没有一辆公交车能把我带到嘉娜的公寓附近。我在墙上贴着白色瓷砖的房间里坐得太久,我的背现在很痛,太阳穴上的伤口也很痒。我很累。我拿出手机想叫辆出租车,屏幕上显示有七个未接电话,都是苏菲打来的。

我试着想出我可以对她说些什么,但什么也想不出来。我把手机放在长椅上。我把头靠在候车亭的有机玻璃上,闭上眼睛,让它们休息一会儿。

穿着风衣的男人说:"小伙子,不能在公交车站睡觉啊。警察肯定会来找你麻烦的。"

"我不会睡着的。"

他大笑。"一个人会不会睡着,我可是一看就知道。"

我睡着了。也做梦了,不过记不得梦里太多的东西。我只记得梦里有蜡烛,有嘉娜·弗莱彻,她还活着。

穿风衣的男人摇晃我的肩膀,我醒了。

"动起来,小伙子,你的车来了。"他说。

我坐起来,揉揉眼睛。

"你真是个幸运的家伙,"他说,"看看你这车。"

我四处寻找出租车,然后想起我没叫过出租车。穿风衣的男人把我的手机递给我。"我自作主张,替你做了这种安排,"他说,"希望你别介意。"

在街道的另一边,一辆汽车停在路边。警示灯在闪烁,驾驶室的门开着。一个女人站在门边。她戴着猫眼眼镜,头发被拢在一个夹子里。苏菲。

"在你睡觉的时候,你的电话响了,所以我就自作主张了,"穿风衣的男人说,"幸亏我接了,是你的夫人打来的。"

苏菲看着我,但站着没动。她没有穿过街道。

"赶紧过去啊,"穿风衣的男人说,"不跟着这样的女士走,你就是个大傻瓜。"

第二天下午,我十天来第一次在自己的床上醒来。

百叶窗是关着的,但我可以看到透进来的阳光。我坐起来,掀开被子,站到地板上。抬手摸了摸太阳穴,感觉到苏菲把我带回家后在那里缝的针。

她之前在车里时异常安静。

"我给你打了七个电话。"她说。

"很抱歉。"

"我听说了新闻,关于那个女孩的新闻。本地新闻,晚上十一点钟的。我不知道你在哪儿。我给你打电话,你没接。"

"警察拿走了我的手机。"

"我以为你死了。"

"为什么——"

"我以为你和那个女孩在一起,已经死了,和她一样。新闻没有提到你,但我想他们也许是有意不提的——他们也许要在警察通知了你的近亲后才会在电视上说你死了。我不是你的近亲,我只是你的未婚妻。他们也许会试图给你在佛罗里达州的母亲打电话——"

"苏菲,我还活着。"

"七次。最后终于有个警察接了电话,然后又把你的手机交给另一个警察。这第二个警察除了说你正在接受讯问,不能接电话,什么都没说。"

"第二个警察可能是莫雷蒂——"

"所以我到这会儿才知道你还活着,但然后我又只能不停地想你是不是谋杀案的嫌疑人。"

"我不是。"

"那他们为什么要把你留到深更半夜?"

"嗯,我可能,有一点嫌疑,"我说,"但已经没事了。不是我干的。"

苏菲眼睛仍看着路,捶了我一拳。接着又是一拳,更重。第三拳。

"不是你干的,"她大声喊道,声音在我的耳朵里轰鸣,"你觉得我认为是你干的?"

到家后,她撕开我太阳穴上的创可贴,看了看我的伤口。我没有做太多的清理工作——伤口周围仍有干掉的血迹。

"发生什么事了?"她问。

我对她讲起嘉娜公寓里的那个年轻巡警。

"你不能这样随便弄一弄,戴夫。不然伤口不能愈合,而且会感染。"

"缝起来吧。"我告诉她。

她挑了挑眉。"现在你信任我,敢让我给你缝了?"

"缝吧。你有全套设备,对吧?"

"我有缝合工具包,"她说,"但会很疼。我没有麻醉药。"

"缝吧。能有多疼?"

"我们试试就知道了。"

她用水和酒精清洗伤口时,我觉得一切正常。然后她拿起工具,缓慢但熟练地缝上第一针,拽着线。

"哦,天哪,疼。"我说。

苏菲咬着嘴唇。"还有两针。"

"你确定吗?"

"也许是三针。"

"天哪。"

"不要躲。"

"有一根针,"我说,"正在往我的肉里戳。"

"想象一下你是在为我做这件事。"

她缝上最后一针,打结,剪掉线。

"不要再碰它,"她说,"也不要再让人把你的头往墙上撞。"

我打开卧室的百叶窗，日光并没有让我不舒服，所以我绕着公寓走了一圈，打开所有的百叶窗。苏菲走了，但给我留下了一份礼物：厨房桌子上有一盒大号防水绷带。我冲了咖啡，喝了一杯。又倒了一杯，带着它来到我用作办公室的次卧。

那是1998年，我有一台电脑，电脑占据了整张书桌：一个鞋柜一样大的显示器，一个中央处理器塔，键盘和鼠标——所有这些东西由纠结的电缆连接在一起。我启动电脑，查看日历。我一点钟要做一个房屋检查，不过那会儿我在睡觉，但五点时还有一个。现在已经快四点了。已经来不及取消，我必须抓紧时间。我需要洗个澡，而且我还得去嘉娜的住处取皮卡。

我一直走到门口才回头。我回到书桌前，打开中间的抽屉，看到一张折起来的纸：我从嘉娜的地址簿上抄下来的名单。我三天前把它扔在了那儿。

有十几个名字，但我只对其中一个熟悉：罗杰·托利弗，嘉娜的教授之一。我有他的电话号码，但没有地址。

我没有时间处理这份名单，因为我要去检查房屋。我必须二选一。

我摇摆不定，最后决定先查一个名字，其他的留到以后再查。罗杰·托利弗——就先查他。我可以用电脑查，但那是拨号上网的年代。查电话黄页更快。

我找到他了。"托利弗，罗杰"这个名字正在黄页里它应该在的地方，在"托利弗，保罗"和"托里曼，朱利亚"之间。在黄页里找到他之后，我就做出了决定。我决定丢开检查房屋的工作。罗杰·托利弗住在奎克山路。

奎克山路上的房屋彼此之间保持着一定的距离。这里的房子大多建于20世纪40年代，有石头烟囱和白色墙板。但托利弗的房子不同：新建筑，两层楼，附带车库；前面是砖制外墙，其他地方用的都是乙烯基材料。

我五点以后才到那儿，因为我要花很长的时间洗澡、吃饭和坐出租去取我的皮卡。我想托利弗可能在家，但是当我敲门之后，没有回答。我更正一下：没有人来应门。我确实得到了回答。托利弗有条狗——听叫声是条肺活量很大的愤怒的大狗。你可能会在战俘营看到这种狗：奋力挣着绳子，龇牙咧嘴地咬着空气，提醒你试图逃跑是疯狂的。

我刚一敲门，这条狗就开始叫；我走下门廊后，它还在一直叫。我绕到后面，拨开长在窗户下面的树篱。我靠近窗玻璃，看到了房子里的这条狗。它没有我想象的那么像狼。它是一条牧羊犬，安纳托利亚种，通体浅褐色，嘴巴是黑色的。它还在疯狂地叫着，就像抓到了一个正在墙上凿洞、想要逃跑的犯人。

但事实证明它是被关起来的那个。托利弗把它关在一个金属笼子里，笼子的空间几乎不够它转身——可能是为了防止它咬家具。

人类总是不够小心。

罗杰·托利弗那天离开家时锁好了门，不管是前门还是后门。窗户也锁上了,至少一楼的窗户是如此。谁会去检查楼上的窗户有没有锁好呢?

我的皮卡上有架梯子。我把梯子拿出来,伸长,靠在车库前面。车库的一段屋顶斜向房子二楼的两扇窗户,我可以看到左边的窗户开了几厘米。

你如果没有经验,在倾斜的屋顶上行走会很危险。我有很多经验。你在做房屋检查时,并不是每次都需要爬上屋顶;你从地上可以看到你需要看到的一切。但我总是上去。客户喜欢这样。你在做一些他们自己不想做的事情。这会让他们觉得,他们的钱花得值。

我爬上去,把纱窗拉开,再把窗扇拉起来。溜进一个看起来像是客房的地方。把纱窗拉回原位。那条狗叫得更响了。

我找到楼梯,下楼去找那条狗。托利弗的房子有一个带壁炉的大房间。壁炉周围有块石板,狗的笼子就在石板上。我跪在金属笼子旁边,让牧羊犬闻闻我的手背。吠叫声变成咕咕声——这声音似乎表明,我们也许会成为朋友。

我从它身边退开,去往前门时,它又咆哮起来。我打开门,走到外面,把梯子拿下来,折叠好放回皮卡。当我回来的时候,那条狗已经把我们的友谊忘得一干二净。我们又回到监狱,它发现我正试图翻越大门。

我任由它叫。我希望它把自己累垮。很难估计我在托利弗回家之前还有多少时间——大学教授时间自由。根据我目前看到的情况,我认为他是一个人住。楼梯旁的墙上挂着带相框的照片,照片里有一个男人和两个小孩——一个男孩和一个女孩——估计这就是托利弗和他的儿子和女儿。所有的照片中都没有妻子。我检查门旁的壁橱,发现了男人的外套,但没发现女人或孩子的衣服。壁橱里有玩具,但打包好了。好像是孩子们来看托利弗,但没有住在这里。

干正事。我非法进入罗杰·托利弗的房子有两个理由,这两个理由很简单:纽扣和冰棒棍。

我先解决第二个问题。在托利弗的厨房里找到冰箱,打开冷冻室的门。里面有冷冻比萨和冷冻鱼。没有冰棒,但他喜欢吃冰激凌。他有几品脱的哈根达斯,还有冰激凌三明治和冰激凌条。

里面有木棍的冰激凌条。

这当然说明不了任何问题。冰箱里有冰激凌条的人有多少?

我关上冰箱门,去找纽扣。

想一想:在"雌鹿之夜",当我在奎克山路遇到嘉娜·弗莱彻时,她的脸颊上有瘀伤。现在看,瘀伤可能是她的教授罗杰·托利弗弄出来的。我如果直接问他,他可以否认。他可以说,他那晚看见嘉娜时,瘀伤已经在那儿了。他还可以说,嘉娜那晚根本没来过他家。而我没办法证明他说谎了。

除非我能在这里找到嘉娜上衣上的纽扣。

那天晚上,在雨中,嘉娜穿着一身黑色衣服。她的上衣靠近衣领的两颗纽扣没扣上,因为那两颗纽扣不见了。

我在托利弗的房子里到处找。我还记得纽扣的样子:在黑色上衣的映衬下，就像乳白色的珍珠。托利弗家各房间的地毯全是纯白色或米白色，所以我只能趴在地上找，有时还得摸。在这个过程中，那条狗一直在叫。我在软垫中间找，在家具下面找。我从一楼找起，然后又上了二楼。我找遍每一个角落和每一块踢脚板的缝隙，但一无所获。

然后我想到去壁橱里找找看。我在客房的壁橱里找到一样东西：吸尘器。

我去楼梯口的卫生间拿来一条毛巾，铺在客房的地上。

那条狗正在楼下狂叫。从它的声音听来，我们好像正在进行一场全面搜捕。我想象着穿着黑色靴子的士兵正在奔跑，探照灯扫过地面。

我把吸尘器撬开，把垃圾袋拽下来，用小刀划开。我将手伸进那团灰色的污垢、灰尘和头发中。自然，袋子几乎是满的。我开始一把一把地将垃圾往外掏，摊在毛巾上，然后用手指翻检。

灰尘飘到空气中。我试着屏住呼吸。狗仍在叫。我又把手伸进袋子里掏了一把，手指碰到一个又扁又圆的东西。不知何故，狗叫得更响更狂了。

那个圆圆的东西从我的指间滑掉了，但我又摸到了它。狗叫声上了楼梯，正在向我靠近。我的手从袋子里抽出，扫掉嘉娜衣服纽扣上的泥污，与此同时，我转过身，看到狗在门口，罗杰·托利弗牵着狗链。

11

"罗杰不喜欢你。"罗杰·托利弗说。

我站起来,想弄明白这句话是什么意思。要么托利弗有以第三人称称呼自己的习惯,要么——

"这条狗叫罗杰。"托利弗说。他扯了扯狗链,吠叫变成低鸣。"我妻子取的。她觉得这样很好玩。这件事能让你对婚姻生出一点思考。你能把刀收起来吗?"

我记得刀是在地上,但它现在在我手上。

"你能控制住这条狗吗?"我问。

"就算我松开绳子,它也不一定会咬你,"托利弗说,"它当然能把你扑倒。我猜它可以按住你。它会咬住你,但不会咬你。你明白这种区别吗?"

我点点头,但其实并不明白这种区别。我知道自己不想看到这条狗演示这种区别。狗又叫了,露出牙齿。我没把握它不会咬我。

"我会牵着它,"托利弗说,"我还没报警。我不知道该怎么对他们说。有人为了破坏我家的吸尘器闯进我家——谁信呢?"他耐心地拍拍狗,"你是怎么进来的?"

我看了这个房间的窗户一眼,窗户打开了几厘米,和我发现它时一样。

"我用梯子。"

"你的工具还真是多,"托利弗说,"如果车道上的那辆皮卡是你的,那么你就是大卫·马龙了。这意味着你是为了嘉娜来这里的。你如果想谈谈嘉娜,我欢迎你。我可以为你开门的。"

我把刀折叠好,放回口袋。然后举起嘉娜上衣的纽扣,好让他看到。"我是为了这个来的。"我说。

他不停地收狗链,直到抓到狗项圈。他伸出另一只手接纽扣。他的眼神先是困惑,后来恍然大悟。

"哦,天哪,"他说,把纽扣递还给我,"那么来吧,我们谈谈。"

我们在外面谈。托利弗家的后院有一条狗道:一块四米宽二十来米长的地方,被铁链栅栏围了起来。他把这条叫罗杰的狗从大门里带进来,解开绳子。我走到栅栏的另一边。

"我白天不在家的时候,通常是把它关在这儿,"托利弗告诉我,"但如果没有人和它在一起,它会发疯的。"

尽管托利弗现在和它在一起,它看起来也相当疯狂。这条狗从栅栏的一端冲到另一端，不时停下来，跳起来，把爪子放在托利弗的肩上。它这样做时，托利弗会把它推下去，而它又会跳起来。

"独自在外面待太久，它会在栅栏下面挖坑。"托利弗说，根据地面的状况，我可以看出这是真的，"所以它最好待在房子里面，待在笼子里。这能让它保持平静。"

狗冲刺到跑道远端，旋过身，又回来了。它想起来了它不喜欢我这件事，隔着栅栏向我吠叫。托利弗刚才从房子里出来时带着一袋玩具：生皮骨头和网球。他挑了一个球，朝远处扔出去。狗在后面飞快地追赶。

"太可怕了，"罗杰·托利弗说，"发生在嘉娜身上的事。"

"她人在这儿，十来天之前，"我说，"20号那天，是吧？"

"没错。"

"她离开的时候，衣服上少了几颗纽扣，"我说，"脸上还多了块瘀伤。"

"我知道。那是罗杰干的。"

狗嘴里衔着球回来了。托利弗把球从狗嘴里拔出来，扔到跑道的另一头。

"那天晚上，嘉娜第一次来这里，"他说，"我把狗关在笼子里，有其他人在家时，我有时就把它关在笼子里。嘉娜看到它被关起来了，表示她不喜欢这样，即使我解释了原因。我把它放出来，它立马就把嘉娜扑倒了。它很顽皮，你也看到了。"

仿佛是得到了鼓励，狗衔着球跑了过来。托利弗试图把球从它的嘴里拔出来,他们两个开始了拔河比赛。

"它很顽皮,"托利弗再次说道,"玩得很凶。当有人想和它玩时,情况会更糟,尤其是爱狗的人,比如嘉娜。"

这条叫罗杰的狗赢得了拔河比赛,躺在地上啃起了球。

"你看见它是怎么跑的了,"托利弗说,"它在房子里也是这样跑的。它从一个房间冲到另一个房间再折返。那个星期天晚上,嘉娜让它非常兴奋。它兴奋起来后,力气大得吓人。在嘉娜弯下腰捡它的一件玩具时,它就冲向了嘉娜。它的头顶撞到了嘉娜的脸颊。"

托利弗和我站在铁链栅栏的两边,我在思考是否应该相信他。

"纽扣呢?"我问,"也是狗干的?"

他点点头。"就像我说的,罗杰玩得很凶。我都没办法告诉你它抓掉了多少纽扣,撕破了多少衣袖,咬破了多少裤腿。我对整个事情感到羞愧,但嘉娜在脸颊上敷了些冰块,一笑置之。"

他耸了耸肩,好像这件事让他很尴尬。我看着他的眼睛,再次试图判断他是否在撒谎。他有一双明亮、敏锐的眼睛和一张令人愉快的脸,棕色的头发,头顶部分发量已经开始稀疏,但两边还很厚,而且是卷曲的。他比我矮几厘米,大概四十岁,肚子有点大,但这并没有让他行动迟缓。他的着装很随意:没有打领带的斜纹衬衫,卡其裤,添柏岚[1]牌的靴子。

---

1 Timberland,全球知名的户外服饰品牌。

他看起来并不像一个会对学生动手动脚、撕掉她们上衣的纽扣并殴打她们的人,但外表什么都说明不了。他是法学教授,这意味着他是律师,也意味着他接受过游说演讲训练。他的工作就是要让人信服。

所以现在就认定他说的是真话还为时过早。另外,我还有许多问题要问。

"你说,嘉娜那晚是第一次来你家。"

"对。"

"她来这里干什么?"

托利弗转过脸,低头看着脚边的狗。

"哦,"他说,"这是一个很长的故事。"

"你听说过'无辜者计划'吗?"罗杰·托利弗问我。

"有些耳熟。"我说。

我们坐在他院子里露天平台上的椅子里。罗杰那狗从狗跑道的一端跑到另一端,看着我们,似乎还不能决定应该对自己被抛在一边这件事作出什么反应。

"这是一个试图帮助被司法误判的人的组织,试图推翻那些对无辜者的判决,"托利弗说,"当然,这是很多律师长期以来一直在做的事情。而且你不必以某个官方组织成员的身份来做这件事。"他停顿了一下,害羞地看着远方,"好吧,在过去的几年里,我一直在大学里运营着自己的一个小小的'无辜者计划'组织。"

他脚边的木板上有个大花盆。除了一些三叶草,里面什么都没长。我看着他把一只穿靴子的脚搭在花盆的边缘。

"我们已经取得一些成功,"他说,"纽约州锡拉丘兹20世纪70年代的一个案子:一个年轻的西班牙裔男子性侵了许多女大学生。一个二十岁、名叫赫克托·德尔加多的年轻人被定罪,因为一些受害者从一组照片里挑出了他。警方当时从犯罪者的精液和唾液中提取了DNA,但从未进行测试。当时的技术还不够成熟。两年前我们赢得上诉,因为最终的测试证明,两者的DNA并不匹配。他在服刑十六年后被释放出狱。"

"《锡拉丘兹先驱报》报道了这个故事,美联社也报道了。《新闻周刊》做了专题,他们派了一名摄影师来给我拍照,大学里的同事们还为此取笑我;但这种宣传有助于吸引学生来法学院——那些想有所作为的学生。"

"比如嘉娜。"我说。

"的确如此。"托利弗说,"我通常不与一年级学生一起工作,但嘉娜很热心。1月份,新学期刚开始,她就加入了这个项目。我依靠学生帮忙处理大量的日常工作:对案件进行基本研究,回复囚犯及其家人——寻求帮助的人——的询问。"

他双手抱着肚子,手指交错。"事实上,"他说,"我们不断收到求助信息,电话、信件和电子邮件的数量,远远超过我们的处理能力。在这个国家,最终被推翻的刑事定罪数量非常少,而每一次上诉都需要投入大量的时间和资源,所以你必须有所选择。一些学生很难理解这一点。

"嘉娜就是其中之一。她被一个案件吸引了,一个本地案件——加里·迪恩·普鲁伊特案。他被裁定谋杀了妻子。虽然证据不足,但普鲁伊特是个情况很不妙的被告。他是高中教师,与以前的一个学生有染,这足以使他不被陪审团同情。妻子凯西发现了他有外遇,他承认他们为此争吵过。但据他说,妻子在一个周六下午凭空消失了,开车离开后,再也没回来。

"凯西·普鲁伊特也是一名教师。警察开始搜寻她的时候,发现她的车停在她任教学校附近的一条街上。三个星期后,他们在城郊野地里发现了她的尸体。她先被刺伤,然后被闷死了。他们很早就怀疑加里·普鲁伊特,他们搜查他的车时,在后备厢里发现了他妻子的几缕头发。但这是他们找到的唯一能将他与她的死亡联系起来的实物证据,而且这根本算不上是什么决定性的证据。普鲁伊特的律师声称,这些头发来自后备厢中的一条毯子,普鲁伊特和妻子常在野餐时用这条毯子。"

"他们如果只有这么点证据,怎么能定他的罪呢?"我问。

出乎我的意料,托利弗的眼角漾起笑意。"他们不只有这么点证据,"他说,"他们还有拿破仑。"

"拿破仑?"

"他叫拿破仑·沃什伯恩,信不信由你。他的绰号叫坡。"托利弗向西望去,太阳正在那里向树顶处下坠,"坡·沃什伯恩是个小混混,"他说,"入店行窃,小偷小摸。他因为常偷自行车臭名远扬。后来他因为犯了更严重的事被抓了:他偷了一辆车。他面临真正的刑罚。他在县监狱里等待判刑——与此同时,加里·普鲁伊特也在等待审判。他们被关在相邻的监室里。沃什伯恩称,有一天他们聊了起来,普鲁伊特承认杀了妻子。"

"你觉得沃什伯恩说的话是真的吗?"

"很难说。但教训是,你如果是嫌疑人,那么除了律师,最好不要和任何人聊案子。不要和最好的朋友聊,不要和警察聊,也不要和你在监室里认识的人聊。这是个常识性的原则,但人们总是忘记它。"

他张开双手,希望我能认同。我点点头。我没对他说自己昨晚和一个警探聊了几个小时的事。

"所以沃什伯恩在审判中为所谓的'认罪'作证,"托利弗说,"而陪审团投票判定被告有罪。加里·迪安·普鲁伊特正在服无期徒刑。"

"你觉得他是无辜的吗?"我问。

"我不知道。他声称自己是无辜的。"

"然后他向你求助——联系了你的'无辜者计划'组织?"

笑意又回到托利弗的眼睛里。他摇摇头。"怪就怪在这里,"他说,"那个自行车惯偷打了电话给我们。"

"沃什伯恩?"

托利弗点点头。"接电话的是嘉娜——这是2月中旬的事。很显然,坡·沃什伯恩正在受良心的折磨。他告诉嘉娜,没有什么监室里的认罪,那是他编的。嘉娜对普鲁伊特的案子做了点调查,发现证据太薄弱了,所以把它交给我。我告诉她,我们得跳过这个案子。"

"为什么？"

托利弗用一只手掌摸了摸头发。"因为有些现实是你必须接受的。你不可能拯救所有人。你必须权衡概率。在大多数这类案件中，定罪被推翻，是因为有 DNA 证据。谁也不能和 DNA 争论。DNA 不匹配，就等于你抓错了人。但在普鲁伊特案中，没有犯罪者的 DNA。普鲁伊特的妻子并没有受到性侵。

"再来说监室里的认罪。假设那是沃什伯恩编造的。你必须让法官相信，他以前说的是假话，现在说的是真话。然后你还必须证明，没有监室里的认罪，法官就不能定加里·普鲁伊特的罪。但这可不一定。就算你能证明这一点，普鲁伊特还是不能重获自由，还是不行。你最多只能让他被减刑。

"最重要的因素是时间。普鲁伊特的妻子是在不到两年前被杀害的，普鲁伊特是去年春天被定罪的。如果不是他干的，那么他一直在遭受着可怕的不公正。而有些人几十年来一直在遭受同样的不公正。时间不应该成为接案条件，但它确实重要。如果不能帮助每一个人，那你就努力帮助那些等待时间最长的人。"

托利弗把脚从花盆上拿下来，朝我倾过身来。"2月份的时候，我对嘉娜也说了上述所有观点，"他说，"嘉娜不开心。我不能怪她。我也不开心。"

"但她没有放弃这个案子。"我说。

"是的。所以她上上个周日到这里来了，再次试图说服我，"他皱眉，"但她收获了个黑眼圈，因为罗杰太调皮了。"

"但是你没改变主意？"

"是也不是,"他说,低头看着露天平台的木板,"我没有作出什么承诺,但说我会和坡·沃什伯恩谈谈。我想我至少可以做这件事。"

"那么你和他谈了吗?"

"是的,在电话里谈的。谈得不好。我问他是否愿意在宣誓书上签字——关于他谎称普鲁伊特认罪这件事——他没有直接给我答案。'我想做对的事,'他告诉我,'但很难知道什么是对的。而且我需要确定,你能够照顾我。'"

"他是什么意思呢?"我问,"他害怕告诉你真相会发生什么对他不利的事吗?"

托利弗抬头看着我。"这是个暗示:如果他改变说法,有人会不喜欢。但这个暗示也和钱有关。他谈到自己想要个新的开始。'我必须离开这个城市,'他说,'所以要花不少钱。'最后我直截了当地向他提出这个问题:'普鲁伊特到底有没有向你认罪?''你需要我说什么,我就说什么,'他告诉我,'只要你愿意照顾我。'"

托利弗耸耸肩。"谈话就这样结束了。我知道他并非想帮助加里·普鲁伊特。他联系我们,是因为他想从这个案子上弄点钱,他作为证人是没有用处的。"

我看着托利弗对着花盆弯下身,摘了一片三叶草。

"你把这次谈话告诉嘉娜后,她说了什么?"我问他。

"我没告诉过她,"他说,"我前天看到她了,本来想告诉她。但我知道她会失望的。她最近有点不一样了,似乎比以前更快乐了。我问她发生了什么事,她说她认识了一个人。'他叫什么名字?'我问。'大卫。'她告诉我。所以今天在外面的皮卡上看到你的名字时,我就知道你是谁了。"他在指间揉了揉三叶草,然后把它弹开,"所以我们聊到这里了,嘉娜走了。警方有什么线索吗?"

我思考着该如何回答他。我能提供给弗兰克·莫雷蒂的唯一线索就是树林里的一根冰棒棍。

"我不是特别清楚。"我说。

托利弗从椅子里站起来。罗杰仍在院子里欢腾:它正在铁链栅栏下面刨土。

"你应该小心一点儿,"托利弗说,"男朋友总是会成为嫌疑人。"

我本想说大学生受害者的教授也是如此。

他掏出钱包,拿出一张名片递给我。"最好离警察远一点,"他说,"如果有需要,打电话给我。"

我站起来,接过名片,思考着罗杰·托利弗对我的态度。他是对的:我是嫌疑人。但他似乎一点也不怀疑我。也许这是辩护律师的守则:每个人都应该被假定为无罪。也许他相信嘉娜的判断力,认为她不会和一个会谋杀她的人扯上关系。或者他知道我是无辜的,因为他清楚地知道在嘉娜身上发生了什么事,因为他就是那个把双手放在她喉咙上的人。

我们站在夕阳下他家院子里的木制露天平台上,我想不出个所以然。

"你觉得是谁杀了她?"我问他。

这个问题似乎让他很惊讶。"我不愿意瞎猜,"他说,"可能是随机犯罪。她住的那个地方……"他撇了撇嘴,好像不需要再说什么了。

"有没有可能是坡·沃什伯恩?"我问。

他皱起眉头。"沃什伯恩没有暴力犯罪记录。我不知道他的动机是什么。"

我紧追不舍。"有没有可能是沃什伯恩害怕的那些人呢?"

"他们为什么要杀嘉娜呢?"

"他们想让沃什伯恩闭嘴,嘉娜想让他开口。"

我的这个想法让他有些不快。我可以从他的姿势和眼睛里看出这一点。但这可能是装出来的,如果是装出来的,那么他演得很好。

"我觉得沃什伯恩在编瞎话,"托利弗说,"他想证明向我要钱是合理的。我不相信他真的面临什么危险。"他的眉头又皱了起来,"你认为我错了吗?"

12

我在白日的最后一丝余晖中沿着奎克山路向东行驶,经过我在路边遇到嘉娜·弗莱彻的那个地方。我没有回答托利弗的问题就离开了,但我问了他我想问的最后一个问题。我想知道在嘉娜拜访他的那个晚上,也就是在我和嘉娜相遇的那个晚上,嘉娜带着的是什么文件。托利弗证实了我的猜测:那是她对普鲁伊特案的研究笔记。

从昨晚开始,我就一直在想着这份文件。与弗兰克·莫雷蒂在那个贴着白色瓷砖的房间里时,我想起了它,那时我就认为它可能很重要。我想象着它:嘉娜书桌抽屉里的一个厚厚的绿色文件夹。

我没有对莫雷蒂提到这个文件夹。

我知道,如果我告诉他,他会把文件拿走。它可能会被登记为证物,那样我永远都没有机会看看文件的内容。但如果我不让这份文件引起他的注意,他可能会忽略它。文件可能还在抽屉里,我以后总有机会拿到它。

它现在似乎比以前更重要了。

当我转入嘉娜的公寓所在的街道时,天空是越来越暗的灰色。我把车停在橡树下,树枝在风中摇曳。嘉娜公寓的前窗似乎浮了起来,是一个黑色的长方形,是一扇通往虚空的窗户。

警方在门上贴了封条:"犯罪现场,严禁进入。"他们似乎把损坏的门框也修好了。他们没有换锁,我的那把钥匙还在,封条也很容易撕开。但也许还有其他办法。

我绕到后面,希望能找到一扇开着的窗户。这是栋平房,所以我没法像在托利弗家那样用梯子进去。

窗户全都关上了。后门上没有封条,有没有封条都一样。要打开这扇门,需要另一把钥匙——我的钥匙不行。

我又绕到这栋复式房子前面的女房东那边。她的车,一辆水星牌大轿车,和嘉娜的普利茅斯轿车并排停在车道上。我敲了敲门。没有回答。我可以看到前窗的窗帘后面有灯光。我又敲门,灯灭了。

我等着,听着门后的动静。我想我听到了脚步声。

"我会一直敲的。"我说。

没有回答。我再次敲门,向她表明我是认真的。

灯又亮了。我听到门锁转动的声音,门开了几厘米,直到一条铁链锁让门不能再动。房东太太的脸出现在门缝里,头巾包住头发,眼睛是无底的黑色。

听她那浓重的口音，你会觉得她是吸血鬼城堡里忠诚的家仆。

"我不喜欢你，年轻人。"

我不为所动。"罗杰也不喜欢我。几乎没有人喜欢我。"

"走开，"她说，"不然我要报警了。"

"我希望你别报警。"

"我会报的。"

"我不喜欢警察。"

"这不怪你，"她说，"他们都是傻瓜。"她哼了哼，表示对警察的不满，"罗杰是谁？"

"这是一条狗的名字，"我说，"也是一个律师的名字。不喜欢我的是那条狗。"

她眯起眼睛。"你在讲笑话吗？我不喜欢笑话。"

"不算是笑话。"

"现在不是讲笑话的时候。那个姑娘死了。"

我长出了一口气，忽然觉得特别累。

"你说得对，"我说，"不讲笑话。我得进她的公寓。"

"你没办法进去。"

"我知道贴了封条。"

"任何人都不能进去。他们是这样对我说的。"

"后门上没封条。你如果可以把钥匙借给我——"

"你为什么要进去？"

"私人原因，"我说，"里面有些我需要的东西。"

"里面没有什么东西了，起码没有任何人需要的东西。"

"花不了多少时间。警察不会知道的。"

她满脸怒容，不知为何，愤怒让她那张苍老的脸在片刻间显得年轻了些。

"不要对我说起警察，"她说，"警察都是笨蛋。你是杀手吗？"

这个问题让我猝不及防，我没有马上回答，她不耐烦了。

"是你杀了那个姑娘吗？"她说。

"不是。"

"很好。那就离警察远一点，离这房子远一点。你有家人吗？"

"他们不住在这一带。"

"没关系。去找他们，敲他们的门。不要在这儿烦我。"

她没有等我回应。她关门，我没有试图阻止她。我听到锁舌锁上的声音，在门阶上站了一会儿，听着风声。

一条铺着石子的小路从门阶通向车道。我走下去，爬上皮卡，坐在车里看着贴着警方封条的嘉娜的前门：只是一张纸，上面写着"严禁进入"，不算什么。我走过去，把钥匙插进锁里，撕开那张纸，就可以进去了。但这样做有什么意义？那位老妇人是对的。里面什么都没有了。

她提了很多好建议。离警察远一点。抛开口音不谈，这和我从罗杰·托利弗那里听到的话一样。我也许应该听他们的话。如果我想离警察远一点，第一步就是不要破坏嘉娜门上的封条。

我坐在皮卡里，发动引擎，但我并没有离开。我看着嘉娜公寓的前门，看着呈黑色长方形的前窗，看着风吹动着橡树枝，看着那个警察走向我。

那是一辆黑色雪佛兰轿车，很多警探都会开的一款车。它停在车道上，我在后视镜里看着它的灯光变暗。弗兰克·莫雷蒂不慌不忙地从车上下来。他穿着一套灰色西装，很像他昨天晚上穿的那套，但这套的颜色浅一些。他从车斗后面绕到皮卡的另一边，打开副驾驶侧的车门，爬了进来。"你在这里做什么？"他说。

他看起来不大一样。没有昨晚那么疲惫了——这是其中一个不同之处。但他的身形也显得更小了。在那个贴着白色瓷砖的房间里，他看起来似乎是个大块头。但现在我可以看出，他身高不超过一百八十厘米。

"我不能回答你。"我说。

"不能还是不愿意？"

"我今天和律师谈过了，"我说，"他警告我不要和警察谈话。"

"他应该也告诉过你不要回到犯罪现场。阿格妮斯和你说什么了？"

"阿格妮斯？"

莫雷蒂朝老太太家的门点点头。"阿格妮斯·兰尼克。你们两个说过话吧？"

我从后视镜里看着他的车，想知道他是从哪里来的，已经在这里监视了多久。

"你一直在跟踪我?"

"是啊,我一直在跟踪你,"他冷淡地说,"我派了好几个人撅着屁股跟踪你,他们挣了不少加班费。你就是这么重要。"

我想到另外一种可能。"你派了人监视嘉娜的公寓。"

"你快要猜中了。你不打算告诉我阿格妮斯对你说了什么吗?"

"她叫我走开。"

"我不惊讶。那么你为什么还在这儿呢?"

我想着嘉娜书桌抽屉里的绿色文件夹。现在,我可以对莫雷蒂讲讲这个文件夹,他可能会进屋把文件拿走,而我则永远没有机会看它一眼。但我也可能错了,他也许会非常感激我。我们也许可以坐在皮卡的驾驶室里,一起翻看文件。阿格妮斯·兰尼克说不定还会送点饼干来……

我决定不提文件。

"你认识加里·迪恩·普鲁伊特吗?"我问莫雷蒂。

他顿了一会儿才回答我。我试图读懂他的表情,但只看到恼怒。最后他说:"我知道他,他杀了妻子。"

"有人认为他是无辜的。"

"'有人'是指哪些人?"

"嘉娜·弗莱彻是其中之一。"

他不耐烦地叹了口气。"你是从哪儿听来的?"

"我见过的那个律师——他是嘉娜的法学教授——罗杰·托利弗。"

我向莫雷蒂简要介绍了我了解的情况：关于托利弗的"无辜者计划"和嘉娜在其中的作用。关于拿破仑·沃什伯恩，他告诉嘉娜，他谎称普鲁伊特在监室里认罪了。

"拿破仑·沃什伯恩。"我说完后，莫雷蒂说。

我点点头。"很明显，人们叫他坡。"

"我应该认为是他杀了嘉娜·弗莱彻？"

"也许不是他。也许是某个不希望他和嘉娜联系的人。"

"我应该去追查这个也许并不存在的人？"

"我并不是在告诉你应该怎么做。"

莫雷蒂慢条斯理地看了我一眼。"是的，你没说，"他说，"但你心里是这么想的。"我想要回应，他举手制止了我。"听我说，"他说，"我希望你离开这里，回家去。我希望你不要再和别人谈论这个案子了。我希望你能意识到自己是多么幸运。我现在就可以带着我所得到的关于你和嘉娜·弗莱彻的关系，以及你不存在的、所谓的在开车的不在场证明的信息去找检察官，我敢打赌我可以让他提起公诉。我没有这么做，因为我愿意深入挖掘，看清事实。而你现在说出的每一个字都让我对这个决定感到后悔。"

他打开身边的车门，爬了出去。

"等一下。"我说。

他瞪着我。"你已经躲过了子弹。不要想再回到子弹前面了。"

那天晚上我回到家时，苏菲已经睡着了。我在冰箱里找到吃剩的中餐外卖。我拿着食物和一瓶啤酒来到阳台上。我坐在阳台上，夜晚的空气越来越冷。

其间我进屋找了一支蜡烛，因为蜡烛让我想到嘉娜。我把蜡烛放在阳台的栏杆上，看着火苗。然后我又走进办公室，带回电话簿，因为我想知道拿破仑·沃什伯恩住在哪里。显然，我喜欢躲避子弹。

电话黄页上有四个姓沃什伯恩的人，但只有一个人的名字首字母为N，地址在林奇大街：一个治安不太好的社区，适合做贼的居住。

十一点，食物早已吃完，啤酒瓶也空了。我还不能决定该拿沃什伯恩怎么办。十一点访问文明人太晚了，但访问坡也许还不算太晚。

莫雷蒂让我思考了很多。我记得他从皮卡里爬出去时瞪着我，但我们的谈话并未结束。他太紧张了。他还有很多话要对我说。

他又回到皮卡里，猛地摔上车门。"我给你个礼物，"他说，"你不配得到这个礼物，但我还是愿意给你。你以为我们在监视嘉娜的公寓？错了，我们在监视老太太的住处。街对面有一辆没有警方标志的车，不用找了，我们在监视那个孙子，西蒙·兰尼克。"

他顿了一下又继续说："嘉娜去世后，西蒙不见了。马萨诸塞州对他发出了逮捕令，因为几年前发生的事情。他在波士顿的一家酒吧外殴打了女朋友。"

"情况不太一样,"我说,"嘉娜不是——"

"闭嘴。听着,阿格妮斯·兰尼克在这一带还有七栋房子。西蒙负责收取所有房屋的租金。我们已经和租户们谈过了,他们中的大多数都是年轻女性。她们告诉我们他是怎么收房租的。如果西蒙来收房租,而你没钱,他会建议你用另一种方式支付。建议提得直截了当。有时,即使你有钱,他也会提出建议。有时,他提出这个建议,只是想给租客一种他可以为所欲为的感觉。"

莫雷蒂看着嘉娜公寓的门,然后又看向我。"所以你觉得哪一种可能性更大?"他说,"嘉娜去世,是因为她和沃什伯恩谈过话——还是因为西蒙·兰尼克催房租,然后事情失控了?假设他对嘉娜提出了那个建议。也许他动手动脚了。嘉娜叫他退后,说她会告他,这是他最不想看到的事。他掐她的喉咙,只是为了让她闭嘴,然后就出人命了。"

我可以想象出这样一幅画面:西蒙·兰尼克,头发油腻腻的,穿着丝质衬衫和皮裤,傲慢非常。嘉娜认为她可以对付他,威胁要去报警,因为法律会站在她这边。事情就这样发生了,就在这一瞬间。兰尼克并没有预谋?似乎不太对。

"冰棒棍呢?"我问莫雷蒂。

他摇摇头,好像对我很失望。"冰棒棍怎么了?"

"如果兰尼克并没有计划要杀她,如果它只是突发事件,怎么解释有人在树林中监视她呢?"

"我们不能确定有人在监视她。"

"我们也不能确定是兰尼克杀了她。有租客遭遇过他的暴力对待吗?"

莫雷蒂又慢条斯理地看了我一眼,声音变得很轻。"我不和你讨论这个问题了。回家去吧。"他伸手去抓门把手,打开车门。

"你有没有去找过冰棒棍呢?"我说。

他让车门开着,呼吸夜晚的空气。"是的,"过了一会儿,他说,"我找到了。我把它送到了县里的实验室。他们最近会检测它。他们不会在上面发现任何东西,因为它已经在地上躺了不知道多久。他们也可能会找到指纹,这个指纹也许与坡·沃什伯恩或他认识的某个人匹配,这个人参与了一个精心策划的阴谋,试图掩盖究竟是谁杀害了加里·普鲁伊特妻子的真相。"

莫雷蒂爬出皮卡,回头对我说:"我现在就可以告诉你,后一种可能性不存在,因为这样的事没有发生。已经发生的情况是,嘉娜·弗莱彻这样的女人被她们认识的西蒙·兰尼克这样的男人杀害。而当你查明的时候,你会发现杀人的原因微不足道,普普通通,愚蠢至极。"

他的语气中没有愤怒,只有不甘心。他关上车门——没有摔门。我在后视镜里看着他,他还是那样不慌不忙地走向他的车。引擎响起。车灯亮了。他把车倒到街上,开车离开。

十一点,我坐在家里的阳台上,注视着一支燃烧着的蜡烛,想着西蒙·兰尼克和坡·沃什伯恩。他们中的一个应该和嘉娜的死有关。我不知道去哪儿找兰尼克,但有沃什伯恩的地址。十一点,登门造访不算太晚。蜡烛的火苗摇曳不定,我作出了决定。

13

K 发现自己想念乔琳娜。

她死得很轻松。他为此感到高兴。哦，坦率地说吧，起初，她死得很艰难：扭动、挣扎，抓挠他掐住她喉咙的手臂。幸运的是他穿着长袖衬衫，否则她会留下痕迹。

她也试图踩他的脚，尝试了一切办法：向后推他，踢腿。除了把她的一只鞋甩进运河，踢腿毫无效果。最后，她放弃了。所有的挣扎都停止了，她的四肢也松弛下来。他把她放在地上时，只感受到她轻轻的身体，就像把一个熟睡的孩子放到床上。

K 想就这样离开她，让她躺在小路边上。他把她的双手交叠在腹部，把一只纤细的脚踝搁在另一只脚踝上。用手帕擦她，因为总有可能留下指纹，即使是在尸体上。

他试图合上她的眼睛，但眼皮总是又翻上去。他转而用她的头发盖住她的眼睛，一缕缕被染成金色的头发成了眼罩。

阳光落在她戒指的紫水晶上。

他低头看着她，想道，她看起来很平静。也许更美了。

多愁善感的 K。

把她放到水里更好些。他懂这个。如果她的身体上有他的任何痕迹，哪怕是一根头发，水都可以冲走。

他再次看着她手指上的戒指，想知道戒指是谁送给她的。一个爱她的人，他想道。想到这个，他全身充盈着一种类似后悔的东西。

他想把戒指作为纪念品带走，又觉得最好不要这样。

看了她最后一眼后，他把鞋尖插到她的背下，把她抬起来一些，然后滚到运河里。

乔琳娜是个很好的练习。在某种程度上，她救了他，因为他那天晚上拜访嘉娜·弗莱彻时，已经准备好了。

首先，他穿的是钢头靴；还戴着手套，黑色的皮手套。这是常规预防措施。

当然，他又穿了长袖衬衫，外面还穿了件夹克，作为额外的保护。当嘉娜拿着一米多长的木条打他时，夹克起到了保护作用。

这个他没想到。

她从壁炉台上抓起木条，木条上还有蜡烛之类的东西。她像挥舞棍子一样挥舞木条。火苗和热蜡向他袭来。要不是穿着外套，他可能会被烧到。

但她伤不到他。他对她来说太强大了。他从她手中夺过木条，把她打倒在地，然后就是时间和压力的问题了。她的腿在踢，她的脚在跺。要不是戴着手套，穿着长袖衣服，她的指甲会挖到他的肉里。她一开始很有力气，然后放松下来，就和乔琳娜一样。

之后，他对她没有任何柔情。他没有想过合上她的眼睛或让她平静地交叠着双手。他用钢头靴踢了她的肋骨一脚。撕开她的上衣，把她的裤子扯到臀部。一个等着被人发现的漂亮的、淫秽的场景。任由他们解读。

K没有留下任何可以把他和嘉娜·弗莱彻联系起来的东西。他已经处理掉杀她时穿的衣服——把它们装进袋子里，扔进垃圾箱。外套和手套也在里面。这比试图洗掉蜡油容易。

他也没有和乔琳娜有关的任何东西——除了那个外带杯。他沿着运河边的小路回到车里时，注意到的第一件事就是：空空的红杯子躺在副驾驶座的脚垫上。

到了晚上，红杯子还在那里。K俯过身，把它捡起来。他可以在杯子内壁看到她唇膏的印记。乔琳娜，他真的想她。她帮助了他，无可否认。

但她不能再帮他了。比如，不能再在拿破仑·沃什伯恩的事情上帮他了。

沃什伯恩在一家叫"凯西吧"的公路酒吧里待了两个小时。

在这两个小时里，K一直在外面等着他。他不介意等待。第一个半小时过去后，他感到无聊，打开手套箱，拿出一根冰棒棍，坐在那里用手指反复转动。

过了一会儿，他把冰棒棍放了回去。他想到乔琳娜，想到她的腿，想到从她身体里流出的力量。他拿起她的红色外带杯，放在膝盖上。他希望能保留这个杯子，但知道杯子上有乔琳娜的指纹，可能还有DNA。他转身从后排座位上拿过一盒纸巾，拽出一些，用纸巾擦拭杯子。他打开车门，把杯子丢在地上。

他的罪行清单上应该加上乱扔垃圾这一项。

公路酒吧里面播放着乡村音乐，音响系统的低音太响。K听到砰砰声穿过停车场。人们来来往往，开着皮卡和SUV。他们穿着靴子、牛仔裤和法兰绒衬衫。这就是纽约州北部的秘密之一：这里到处都是乡下人。

拿破仑·沃什伯恩就是个乡下人。他住在一条路面没硬化的街上，那栋房子就像老鼠窝一样。据K所知，他独居。K在街边观察过这栋房子。沃什伯恩在九点左右出来，嘴里叼着一根烟，跌跌撞撞地走下门阶。他身穿黑色T恤和牛仔裤，脚上是乡下人常穿的"踩屎靴"。今天是掐死他的好时机。他身高超过一米八，比那个最有名的拿破仑要高得多。K知道他不容易倒下。

沃什伯恩的皮卡和大卫·马龙的那辆有点像，但锈迹斑斑，消声器也坏了。他开着皮卡走了大约五公里，来到公路酒吧。皮卡一路上喷着尾气，发出一整个坦克师才能发出的噪声。K根本不用担心跟丢。

现在，K在停车场等着他。他没进去，因为他不想和拿破仑·沃什伯恩有任何形式的联系。

十一点左右，公路酒吧的大门打开，沃什伯恩跟跟跄跄地走出来，咧嘴笑着。K怀疑他离开家时就喝醉了，在酒吧里只是更醉的两个小时。他一手拿着烟，一手搂着一个穿着过膝长靴、牛仔裤和紧身长毛衣的女人。她的头发扎得高高的。她有点胖，穿上毛衣不好看。

他们两个人沿着停车场的一排汽车嘻嘻哈哈地走着。他们在沃什伯恩的皮卡旁停下，沃什伯恩扔掉香烟。他们接了个沉醉的吻，吻变成亲热——沃什伯恩磨蹭着女人，最后女人笑着从他身边挣脱。

沃什伯恩钻进皮卡，开着车出了停车场，女人开着自己的车跟在后面。K跟着他们，闻了沃什伯恩的皮卡尾气五公里路，来到那条路面未硬化的街上，来到沃什伯恩那老鼠窝一样的房子旁。

女人随沃什伯恩进屋，待了十二分钟。K数着时间。

估计三分钟准备，五分钟进行毫无意义的性爱，余下的四分钟用于穿好衣服，意识到一切都已结束，然后尴尬地告别。那个女人独自走出来，没有在门口的最后一吻。她抬起下巴，慢条斯理地走向自己的车，这是自尊或不甘的表现。

她走后，K观察房子里的动静。沃什伯恩似乎很可能会在原地睡一夜。这给了K一个完美的机会。他只需要一个计划。

前窗的窗帘后面没有动静。沃什伯恩喝醉了。他可能已经睡

111

着了。他没有把那个女人送到门口。门可能没锁。K可以直接走进去。

K观察着房子。想象沃什伯恩四仰八叉地躺在房子里的床上或沙发上。如果他还没睡着，K可以让他睡着。他只需要动用意念，想象他仰面躺着，嘴张着，打着呼噜。很容易。

K下了车，穿过街道。他从外套口袋里拿出一副手套，戴上。新手套，新外套。他的衣服都成一次性的了。沃什伯恩家的门阶是用煤渣块砌的。门阶上面是塌了一段的门廊。一把扫帚靠在门旁，断成两截：稻草刷子，粗粗的木柄。仿佛是有人有意把它放在那儿，留给K的。

K试了试门把手，门把手转动，门开了。K紧握着扫帚柄走进去。前厅空荡荡的，墙纸剥落，粗糙的家具上雕着花纹。这地方充斥着恶臭的烟味。一个烟头溢出的烟灰缸放在一个被用作咖啡桌的白色牛奶箱上。

K异常小心地穿过房子，一步一步缓慢地走着，把扫帚柄像护身符一样握在身前。他检查了厨房和一楼的杂物间，沃什伯恩不在这两个地方。他爬上楼梯，看到浴室的门开着，看到沃什伯恩的靴子被踢掉了，丢在走道里。

两间卧室。房子后面的那间里堆满箱子和旧衣服。K走到前面那间，缓缓地打开门。拿破仑·沃什伯恩躺在地板上的床垫上打鼾，正如K所想。

房间里只有一扇挂着长窗帘的窗户。床垫和窗户之间的地板上有一盏灯光微弱的台灯。灯光照在散落的裸女杂志上。杂志旁边放着一堆纸巾和一个用过的避孕套——沃什伯恩与那个穿紧身毛衣的女人约会的遗迹。约会过后,沃什伯恩穿上了他出门时穿的T恤和牛仔裤。他没有费心拉上拉链,也没有扣上皮带。

一根香烟仍在台灯下的陶瓷烟灰缸里冒着烟。K看着烟雾升起,一缕缕灰色的线。他站在沃什伯恩身旁,像握着矛一样握着扫帚柄。他把断裂的一头对准沃什伯恩的心脏。

沃什伯恩在熟睡中动了动,侧身躺着。

K听着沃什伯恩的呼吸,看着那一缕缕烟雾。他有了个想法。他慢慢地蹲下身,每次下蹲一点点,直到单膝跪在床垫旁边。他悄无声息地把扫帚柄放在地板上。他把戴着手套的手伸向冒烟的香烟,然后决定换个方法,因为黑色皮革会让他的手太笨拙。他脱下手套,从口袋里掏出手帕。

他用手帕捡起香烟,烟灰缸里现在只剩下烟灰。他让烟头与地上的一张纸巾接触。他就这样耐心地拿着香烟。什么也没发生。他等待着,纸巾终于开始冒烟。

他弯下腰,让呼出的气能落在纸巾焦黑的边缘。他看到一块橙色的光芒,然后是一团火焰。

他把香烟放在地上,把手帕塞回口袋。他捡起被他放在地上的手套,用它把燃烧的纸巾推向另一张纸巾。这第二张纸巾也烧着了。

K戴上手套,打开去年10月的一本裸女杂志。他拿出插页,展开,让页面的一角碰到燃烧着的纸巾。

火苗蔓延开来,吞噬了"十月小姐"。

他打开另一本杂志。"七月小姐"。金发女郎,和乔琳娜有点像。七月小姐可以成为十月小姐和窗帘之间的完美桥梁。

窗帘一定是由某种合成材料做成的。窗帘熊熊燃烧着,散发出一股塑料味。

K拿起扫帚柄,站起身。沃什伯恩仍在床垫上打鼾。K看了看天花板。没有烟雾探测器。他也不记得走道里是否有。他走出卧室时关上了门。

下楼梯,穿过前厅出去。他转动门把手上的锁,然后关上门。他把扫帚柄放在门廊上他发现它的地方。

他镇定地穿过街道。没必要着急。他把手套丢在副驾驶座上,启动汽车。这样做效果不错,他想,比用扫帚柄刺他或打他要好。那样会造成一场混乱。而K知道沃什伯恩和嘉娜·弗莱彻有过联系。这两人在两天内死去——让其中一个的死看起来像意外更好些。拿破仑·沃什伯恩去了一家酒吧,醉醺醺地回到家,抽着烟时睡着了。

K注视着楼上的窗户。窗帘已经烧掉了,火焰现在应该已经转移到墙壁上。他可以看到,在微弱的灯光下,烟雾沿着天花板不断地往下冒。该走了。

他开车沿着路面未硬化的街道行驶时看到了些东西。他碰了刹车,大声咒骂。他想停下来,但他继续前进。他看到的是大卫·马龙的皮卡。

我找到坡·沃什伯恩家时,他家正在起火。

我一开始没能找到他家。我在找门牌号,但在夜色中很难看清数字。我把车停在沃什伯恩一个邻居家前面的街道上,走到邻居家的门廊上。意识到搞错了之后,我转过身来。

但它就在那里,再走过一栋房子就到了。我走向门阶时听到一阵玻璃爆裂声。大火的热量击碎了楼上的一块窗玻璃。玻璃碎片从门廊的顶上滑下来,落入我身边的一个花坛。

我抬头看了看破碎的窗户,看到了烟雾。我用手机打了报警电话,接电话的女人一口公事公办的语气:紧急情况的性质、姓名和地址,是否有人在房子里。我告诉她我不知道。

"消防员已经在路上了,"她说,"不要回房子里。"

"我从来没进去过。"我告诉她。

"不要进去。"

我挂断电话。门廊旁边的碎石车道上有一辆生锈的皮卡,正是沃什伯恩可能会开的那种车。他可能就在房子里。

现在进去可就太傻了。

我走上由煤渣块砌成的门阶,试了试门把手。锁住了。我犹犹豫豫地用肩膀撞了一下门,像我想的那样没什么效果。我又回到门阶上,拿起一块煤渣。

煤渣块的一击撞开了门。前厅里没有活物存在的迹象,平静得令人毛骨悚然。我可以闻到烟味,但看不到任何冒烟的东西。这里没有。我把煤渣块扔在门廊上,走进去。

我找到楼梯,站在楼梯底部,仰望着一团灰色的烟雾。烟雾正在那里聚集,准备下来。

"沃什伯恩?"我喊道,"坡? 有人在上面吗?"

没有回答。

上楼去就真的是太傻了。

我冲过前厅来到厨房,在水槽里放水。找不到毛巾。在抽屉里翻来翻去才找到一条。把它浸泡在水中。用它捂住口鼻,呼吸,看看有没有效果。

我转身回到前厅时,听到咳嗽声。沃什伯恩一定是头朝下地爬下了楼梯。他在楼梯底部挣扎着站起来。他高高瘦瘦,眼睛一眨一眨,黑发乱糟糟的。他左手拿着一双靴子,右手搭在裤子上,试图扣上皮带,但没成功。

他突然注意到我。我把毛巾丢开,说:"坡?"

他的脸扭曲了,眼睛眨了眨。他朝我走两步,踢了一脚,一个白色的牛奶箱朝我的方向飞来。牛奶箱上有个烟灰缸,烟灰缸在空中旋转,撞到墙上,烟头散落开来。我挡开牛奶箱,但沃什伯恩随即冲过来,用右肩撞得我摔在厨房的地上。

他落在我身上,跪起来,跨坐在我身上。他左手仍然拿着一只靴子。他甩起靴子,狠狠地砸在我脑袋的侧面。

"你他妈的在我家干什么?"

我看着他的脸出现在我目光的焦距里又消失。整个世界在慢慢旋转。"我在帮你。"我说。

沃什伯恩咳嗽了几声,往地上吐了口痰,把靴子换到右手上。他的左手抓着我衬衫的领子。

"是啊,你他妈的是个大帮手,"他说,用拳头抵住我的脖子,"你想帮忙？我来告诉你怎样才能帮上忙。你给我听好了。"

我刚要说我在听着,他又用靴子打我的头。

"你现在才叫听着呢,"他说,"告诉他我知道了,我收到消息了。叫他不用担心。"

"告诉谁？"

他的脸靠向我,我闻到一缕酒气。

"告诉他没必要烧掉我的房子。我不会说的。我从没想过主动开口。就这样对他说。听清楚了吗？"

我点了点头,因为这似乎是我应该做的事。他的拳头压在我的脖子上,整个世界仍在旋转,这个世界的一部分是他的那只拿着靴子的手。我看到一个光环,不知为何,这个光环有股烟火味。靴子挥舞下来,打在我的太阳穴上。

14

在接下来的一段时间里，我一会儿醒着，一会儿睡着。我醒着的时候，看到头上有许多张脸。这些脸上有嘴唇，嘴唇在动，但我听不懂他们说的任何话。有时我看到许多只手，这些手上布满针状的光点。不知何故，这些光点变得像太阳一样大。所有这些太阳都有烟火味。

有一次，我感到有人握着我的手。我看到一张脸出现在我的上方，那是张谢顶男人的脸，眉毛杂乱。他的嘴唇在动，发出的声音就像通过长纸筒练习鸟叫。一道光在我眼前闪过——不是太阳，而是非常亮的星星。星光一闪而过，天空暗下来。

我终于真的醒来时，觉得自己是在那个墙上贴着白色瓷砖的房间里，但没有椅子和桌子，没有莫雷蒂，也没有瓷砖。

我在一个白色的房间里醒来，有人握着我的手。我以为是墙壁的东西是帘子。那个谢顶医生在那里，他的眉毛杂乱。他的拳头里握着一盏小灯。他问我的名字。

我感觉嘴唇很干。我试图用舌头湿润嘴唇,但我的舌头也很干。我没有告诉医生我的名字。但是,我让他知道了一个秘密。

"我通常不会像这样和你握手。"

他的右手按掉了灯。他的左手进入我的视野,做了一个表示和平的手势。"我举着几根手指?"他问。

"你有几只手?"我数着。

他挑了挑眉,看向左边。有人在那里动起来,另一张脸靠近我。头发拂过我的脸颊。头发闻起来很甜。一点烟火味都没有。

"浑蛋,你握的是我的手。"苏菲·埃莫森说。

我再次醒来时,发现谢顶医生已经走了。苏菲正坐在我床边的椅子上读书。

"几点了?"我问她。

她合上书。"差不多五点。"

"早上?"

"是的,早上。不要打什么主意,你哪儿也去不了。"

我坐起来时,以为她会阻止我,但她反而帮着我坐起来。她摆弄了一会儿床边的控制器,然后拿来一杯水让我喝。没过一会儿我就自己拿着杯子。

"我的名字叫戴夫。"我说。

她笑了。"是的,你很聪明,但你还是哪儿也去不了。你有脑震荡。"

"就好像有人把我的脑袋当成鼓敲了?"

"有点像吧,"她说,"脑震荡是一种创伤性脑损伤。脑震荡就是指你的脑袋发生了震荡。你有什么感觉?"

"就好像有人把我的脑袋当成鼓敲了。"

她敲敲自己的太阳穴。"伤口又裂开了。我告诉过你,不要让人把你往墙上撞。"

我伸手摸自己的太阳穴,摸到纱布。"他用的是靴子,"我说,"他们抓到他了吗,坡·沃什伯恩?"

苏菲摇摇头。"他们只在房子里找到你一个人。"

"他肯定是溜了。"

她耸耸肩。"你也许可以找警察问问他的情况。你睡着的时候,有个警察来找你,一个叫莫雷蒂的警探。"

"哦。"

"他这个人挺有意思,"她说,"他不能和你谈,就要求和我谈。"

"谈什么?"

"谈那天晚上。"

那天晚上,她指的是嘉娜去世那晚。

"那晚我在医院里,"她说,"医院送进来一个摩托车手,很严重的事故,得把他的脾脏取出来。如果你想知道,大约有十几个人可以为我作证。"

"我不想。"

"莫雷蒂警探似乎很满意。他说他从来没怀疑过我,但他必须把我排除出去。"

"我想他没说假话,"我说,"他有别的嫌疑人。"

"不是你吧,我希望。"

"不是我,是一个叫西蒙·兰尼克的人,嘉娜房东的孙子。"

"那就好,"苏菲说,"但你要当心莫雷蒂,他对昨晚的事很不高兴。火灾,我猜他想以纵火罪控告你。"

"他不喜欢我。"

"幸好他说了不算。我了解到,警方有个纵火案专家,这个专家认为,火灾是意外。有人在床上抽烟。"

不是意外,我想,时间上太巧了。坡·沃什伯恩相信有人为了给他传递信息放火。我想到另一种可能性:有人试图在我和他谈话之前杀了他。("一个宏大的想法,"我听到莫雷蒂的声音在我脑中响起,"是的,你就是这么重要。")但无论如何,这场火灾不是意外。

但我把这些想法放在心里。我问苏菲:"我什么时候可以离开这儿?"

她坐在床沿上。"如果你坚持要走,他们也许现在就会打发你走。但我一定要让他们给你做次CT扫描。"

五小时后,在CT扫描、大量的手续以及一顿糟糕的早餐之后,我离开了医院。上午十点,我走到明亮的日光下。

苏菲开车送我回家。扫描显示我的大脑没有出血,所以我的脑震荡只是脑震荡。处方是休息和泰诺。我打了一会儿盹,起身,走到沙发旁坐下,打开电视。苏菲来了,给我盖上毯子。她给我做了汤。我问她能否带我去取我的皮卡。她说:"那就不是休息了。"

下午,报纸来了,我看报纸。《罗马城哨兵报》头版报道了这场火灾。邻居们看到沃什伯恩离开了家:在门廊上穿上靴子,在消防车到达时开车离开。警方想和他谈谈。

报道提到了我的名字,说我受伤了。罗杰·托利弗看到了报道,打电话来问我怎么样,是否需要什么帮助。我告诉他,我如果需要帮助,会告诉他的。

报纸没提到坡·沃什伯恩和嘉娜·弗莱彻有任何联系。关于嘉娜被害案的另一篇报道说,警方仍在追查线索。报道指出,警方正在寻找西蒙·兰尼克。警方不会站出来说他是嫌疑人,但这是明显的暗示。

弗兰克·莫雷蒂那天下午来了公寓两次。第一次,苏菲告诉他我在睡觉。第二次,她告诉他,如果他想和我谈话,他可以找我的律师协商。她给了他罗杰·托利弗的电话号码,让他离开。

他打电话给托利弗,托利弗同意我们可以第二天见面——不是在警察局,而是在托利弗位于法学院的办公室。

贝拉米大学法学院占据了一座精美的老建筑,前面有宽阔的草坪,柳树成荫。托利弗在二楼有间办公室:办公室里有很多书柜和两扇百叶窗,还有一张光滑的现代办公桌,桌上铺着一块玻璃。

莫雷蒂到达时,已经冷静了一些:他已经不打算以纵火罪起诉我。但我仍然脱不了干系。

"妨碍谋杀案调查——听起来怎么样？"他对我说，"我特别告诉你不要去找坡·沃什伯恩。"这话并不完全正确：他告诉我的是不要和任何人谈及嘉娜被害案。

但我没有把这话说出来。我什么话都没说。罗杰·托利弗已经准备好替我辩护。

"警官，首先，"他说，"只是和别人谈及此案并不构成妨碍调查。其次，马龙先生和沃什伯恩先生的会面不是谈话，而是口角——马龙先生没有做过任何可能会引发此次口角的事。他们争论时，并没有说到弗莱彻小姐被害案。"

"第三，"托利弗说，"如果新闻报道可信，你们的调查集中在西蒙·兰尼克身上。如果兰尼克先生杀了弗莱彻小姐，那么拿破仑·沃什伯恩就和她的死毫无关系。因此我的客户和沃什伯恩先生见面理所当然就不应该被认为妨碍了你们的调查。"

还有第四点，这第四点与我美利坚合众国公民的身份，以及宪法第一修正案规定的我可以与任何想与之交谈的人交谈的天赋权利有关。但托利弗讲到此处时，莫雷蒂逐渐开始以一种灼人的眼神看着我。

他就沃什伯恩房子里当时的情况问了几个问题，然后起身告辞。托利弗问他是否知道沃什伯恩的下落。"无可奉告。"莫雷蒂说。

"但你肯定要以袭击马龙先生的罪名逮捕他。"

"这是我要做的头等大事。"莫雷蒂说。

会面结束后,托利弗开车带我到坡·沃什伯恩家那儿。消防员尽了最大的努力,但那地方已经是一片废墟。二楼的可燃物烧光了,大部分屋顶已经塌陷。整个房子需要被拆掉,重建。

托利弗看着废墟说:"你也许应该丢开这一切。"

我知道他不是在说这栋房子。

我感谢他开车带我过来。答应他如果莫雷蒂再联系我,我会告诉他。皮卡还在我当时停的地方。我爬进皮卡,看着托利弗驾车离开。

我没有去找坡·沃什伯恩。我回家了。

那天晚上,苏菲做了一道炒菜:青椒、西蓝花和豆腐,配糙米饭。晚饭后,我走进卧室躺下。她在医院的值班时间十点开始,但在离开家之前,她进来看了我。

"你的头还疼吗?"她问,单膝跪在床边。

"没事了。"我告诉她。

"如果还疼,吃点药。"

"好的。"

"你应该好好休息,"她说,"再休息几天。"

她在告诉我一些事情,也在索求一些东西。我抓住她的手,她突然倾下身,激烈地吻我的嘴唇。

事后,她把自己的额头贴在我的额头上,低声说:"不要再让自己从着火的房子里被拖出来。"

那天是周六。我休息了一整晚和周日一整天。但我周一没法休息——周一是嘉娜·弗莱彻下葬的日子。

15

葬礼在纽约州的日内瓦城举行,那是嘉娜长大的小城。罗杰·托利弗告诉了我时间和地点,他提出让我坐他的车去。我选择自己开车去,开了一百五十公里,大部分时间是行驶在州际高速公路上。我开车的时候下了一会儿雨,但最后天放晴了。我在城里的主街上向南行驶时,可以看到塞内卡湖上方的蓝天。

我到得早,所以把皮卡停好,走到湖边。有学生在湖岸边的小路上骑自行车。日内瓦城有两所共享一个校园的学院——霍巴特学院和威廉史密斯学院。校园占地近两百英亩,我看到的部分很漂亮:郁郁葱葱,古老的建筑,风化的石头墙面。嘉娜的母亲在校园的一个食堂当厨师,她的名字叫莉迪亚——这是嘉娜告诉我的关于她母亲的唯一两件事。

莉迪亚·弗莱彻为女儿安排了一场仪式,仪式在主街区旁边一个叫圣约翰的小教堂举行。仪式在十点过后几分钟开始。牧师的声音强健低沉，让人想到用拉丁语吟诵的僧侣。我坐在最后一排，让他声音的节奏把我带走。时间过得很慢，就像我小时候在教堂时那样。我抬头看拱形的天花板，有时看祭坛后面高高的薄窗，偶尔也会试图把注意力集中在牧师说的词句上。那些词句是阴郁的："主啊，在你眼里，一千年就像刚刚过去的一天，或像黑夜中的一次守望。然而，你在死亡的睡梦中带走了人们，他们就像早晨的新草。早晨破土时是新的，到了晚上就干枯了。"

现场有五六十个人，其中大多数人年纪较大——我想，他们是嘉娜母亲的朋友。我发现罗杰·托利弗一个人坐在前面几排，我们互相点头致意。我在仪式结束前走了出去，当时其他人正在唱《奇异恩典》。

在墓地，我在人群的边缘徘徊。我想和莉迪亚·弗莱彻谈谈，但又害怕和她说话。我在小教堂里把她认了出来。这并不难，她与嘉娜长得很像。她站在墓旁，旁边有一对年轻男女，他们是我看到的少数几个与嘉娜同龄的人。这对男女似乎是夫妻。妻子有张丰满的脸，黑亮的直发长到肩上。她怀孕了——我猜有七八个月。

丈夫的头发比妻子的长。他把头发扎成马尾辫。他体形偏胖，但看起来曾经更胖过。他的黑色西装尺寸太大——好像他已经瘦了，但还没来得及买新衣服。他像个儿子那样在莉迪亚·弗莱彻身边徘徊，有时他们手拉手站在一起。但我知道嘉娜没有兄弟。

他的名字叫沃伦·芬恩。牧师向聚集在一起的哀悼者介绍说，他是嘉娜的朋友，从小学时就认识她。然后牧师退后，沃伦站在嘉娜的灵柩旁，读了《旧约·传道书》里的一段内容："凡事都有定期，天下万物都有定时。"他应该是不习惯在公众场合讲话的那种人，艰难地读完了这句话。他又读了几句重要的话："哭有时，笑有时。哀恸有时，跳舞有时。"但他跳过了其他几句话，比如"抛掷石头有时，堆聚石头有时"，我并不在意。我从来都不知道这句话是什么意思。

之后，这三人在墓前逗留的时间最长：莉迪亚·弗莱彻、沃伦·芬恩和他的妻子。罗杰·托利弗与他们简短地交谈了几句，然后慢慢走向他的车。其他人也是如此。我沿着一排墓碑走了一圈，走到墓地的栅栏时，又沿着栅栏转了一圈，从一个角落走到另一个角落，最后回到开始的地方。那时莉迪亚·弗莱彻正要离开，沃伦·芬恩在她的一侧，他的妻子在另一侧。沃伦回头看了我一眼，似乎想让我知道他一直在关注着我。这并不是我最后一次见到他。

他们三人驾车离开后，我独自在嘉娜的墓旁待了一会儿，但我不知道该对她说些什么。我对她说我爱她，但这话听起来空洞。在她活着的时候，我从没对她说过这句话。我们相识的时间太短暂了。

一台割草机在不知什么地方启动。一只知更鸟飞上天空。我开始察觉来自远处的声音：墓地的人，正在等待填土的工人。现在是做出最后动作的时候了：把玫瑰扔到墓穴里。我没有玫瑰。现在再去买就太晚了。

我默默地说声再见，然后转身离开墓地。走到我停车的地方需要十分钟。我坐进皮卡里，皮卡因为日晒暖暖的。我启动皮卡，绕着湖边开起来。我来到一条长长的直路，这条路将带我离开日内瓦城，回到州际高速。我看着两边的田地向后退去。它们退得很慢，我意识到自己正以每小时三十公里的速度行驶。我加速到每小时四十、五十公里，但感觉还是不够快。到了每小时七十公里，似乎好些了。我想我该试试每小时八十公里。主啊，在你眼中，每小时八十公里，就像在海滩上愉快地漫步。

当指针指向八十五时，我把脚从油门上抬起来，让皮卡滑行；看着指针下移，等待皮卡自己停下来，但它不会停下来。发动机的空转使皮卡继续前进。我把车停在路肩上，转了个大弯，往回开。

莉迪亚·弗莱彻住在日内瓦城西部边缘的 6 号县道上。我在离开家之前就查过了。她家所在的那条街上的房子都是一样的：一层，牧场风格，附带车库。我寻找阴凉的地方停车，在街道很远的另一头找到一个地方。

弗莱彻家的前门被涂成了绿色。窗台上有花箱，前面的树上挂着喂鸟器。我站在人行道上，想着嘉娜在这里长大是什么感觉，想着我该对她母亲说什么，我是否应该说什么。就在决定走过去敲门时，我听到一个声音。

"我不知道她是不是想见到客人。"

沃伦·芬恩。他穿着他在墓地穿的那套衣服，不过脱了外套,摘了领带。他站在隔壁房子的车道上,身后车库的门开着。

我走过去介绍自己。"大卫·马龙。我是在罗马城认识嘉娜的。"

他在考虑要不要和我握手;最后决定要,向我展示他有多强的握力。

"猜到是你了,"他说,"我们这里的人听说过你。"

我想应该是罗杰·托利弗提到了我,但我错了。

"一个警探来找过我们——莫雷蒂,"沃伦说,"他问嘉娜有没有提起过你。嘉娜有没有告诉过我们,你打过她。我帮不到他。嘉娜从来没对我提起过你。"

"我从没打过她。"

他耸耸肩。"她母亲也是这样想的,但不是根据嘉娜说的话。莉迪亚对施虐的男人从来没有耐心。她想,嘉娜知道最好不要和任何对她动手动脚的人在一起。"

他退回到自家的车库里,似乎他在那里感觉更舒服。车库里有一辆车,其余的空间是一个木工车间。他有一台台锯、一台钻床和一整套的手工工具。他似乎正在做一件东西:梳妆台或橱柜——我说不上来。有块木头被夹在老虎钳里,他在我来之前一直在用砂纸磨这块木头。他的拇指划过木头光滑的边缘。

"我告诉你一件有趣的事。"他说。他在"有趣"这个词上停顿了一下,好像他知道这样说不对。他犹豫着。我现在离他很近,注意到两件我之前没注意到的事情:一件是他眼神游移不定,不太想看我;另一件是一条垂直的白线从他的上唇延伸到鼻子——很久以前的一道疤痕。

他又说话了:"我告诉你一件事。在我们还是孩子的时候,嘉娜和我,我们希望在这个小镇上能发生一些令人兴奋的事情:绑架、外星人入侵,或者谋杀。任何可以打破无聊的事情。我不确定那些事情的吸引力是什么——也许是有一个谜团需要解决。我希望能找回那种无聊的感觉。"

他松开老虎钳,把木板翻过来,又用老虎钳夹住木板。"我不知道为什么有人想杀她,"他说,突然抬头看着我,紧盯着我的眼睛,"莫雷蒂似乎认为,凶手是她认识的人。"

这是没有言明的挑衅。我没有上钩。他如果想指控我谋杀,必须大胆地说出来。

他沉默了一会儿,再次说话时,似乎已经读懂了我的心思。"如果我认为是你杀了她,"他说,"我不会让你活着离开这里。所以,我不知道是谁杀了她也许是件好事。"

我实在不知该如何回应他。我看着他拉开工作台的一个抽屉,拿出一把锉刀。他并没有用它来刺我。他开始在老虎钳中的木板上工作,把一个角磨圆。

一会儿之后,他抬起头来,仿佛以为我已经走了。他把锉刀朝莉迪亚·弗莱彻的房子挥了挥。"你如果真的想,可以试着和她谈谈,"他说,"但不要待得太久。我知道她很累。"

16

"沃伦是个可爱的男孩。"莉迪亚·弗莱彻说。

"他有点……"我寻找合适的词汇,"紧张。"

我在敲她家门时已经想好道歉的话:我不想打扰她。我可以以后再来。但她欢迎了我,并坚持要煮咖啡。她为我们两个人都倒了一些咖啡,用的是精美的瓷杯。

"哦,他的人生比较艰难,"她说,"因为……"她的手指转了一圈,指向嘴巴。我想到沃伦的伤疤。

"兔唇,"她轻声说,"天生的,医生们尽其所能治疗了,但其他孩子总是取笑他。嘉娜没这么做过。她对他全心全意,尽管她本可以有……其他朋友。"她已经开始要说"更好的朋友",但控制住了自己。

我们在狭长的客厅里相对而坐。在葬礼上,莉迪亚·弗莱彻穿的是黑色毛衣和裙子;她现在还穿着毛衣,不过裙子换成了牛仔裤。她有和嘉娜一样的棕色眼睛和卷发，不过她的头发里有些灰色。她五十岁左右。

我可以看出她此前一直在哭，但她已经整理好心情，现在看起来很自在，或者说在这样一栋房子里那已经是她所能做到最自在的状态了。因为这房子有些不对劲、不协调的地方：家具很旧；我的椅背上没有挂着印着百合花的织物，但我想这样的房子里应该有百合花；一部分墙壁上贴着墙纸；没有贴着墙纸的那部分墙壁上嵌着廉价木条，挂着古董镜子和油画——画着别墅和灯塔的油画。

边桌上有些嘉娜的照片——入学照——但没有其他东西可以表明这里曾经住过孩子，甚至连我们喝水的杯子也好像时空错位了：它们脆弱而精致，装饰着复杂的几何图案，就像哥特式大教堂的窗户。这是七十岁老太太的杯子。

我尝了口咖啡，加了些糖。我指了指房间，说："这就是嘉娜长大的地方？"

莉迪亚·弗莱彻点点头。"我可以带你去她的卧室，但那里没什么可看的。她在离开的时候带走了所有东西。没带走的东西全被她扔掉了，但我有照片。"她迅速站起来，消失在走道尽头，片刻后带着一本厚厚的相簿回来了。

她在咖啡桌上打开相簿，然后拍拍身边的沙发靠垫，请我坐过去。我端着咖啡坐过去。

"这是我和嘉娜的父亲。"照片上有个漂亮的女孩，她穿着扎染的衣服，梳着辫子。她旁边是一个身材高挑的黑人男子，笑容可掬。嘉娜的父亲身穿斜纹软呢外套,戴着圆形金属框眼镜。

他在本地的大学里任教,莉迪亚告诉我,他是来自苏丹的客座教授,她是他的学生。那时候,莉迪亚想学历史。

"在我怀孕之后,一切都泡汤了。"她说。

嘉娜的父亲在嘉娜出生前就离开了这个国家。他的签证一直都是临时的。他本想回来,但一年后死在喀土穆街头的抗议活动中,成为防暴警察的受害者。莉迪亚·弗莱彻从大学辍学,回来和母亲同住。莉迪亚的母亲是个面相严厉的女人,留着蜂窝状的头发——我们现在待的这栋房子就是她的。

"我母亲的这张照片拍得不好,"莉迪亚对我说,"她有时候还是会笑的。她把我从悲伤欲绝中拯救出来,让我住在这里。而且她把嘉娜照顾得很好。"

嘉娜看起来的确被照顾得很好。在照片中,她总是笑容灿烂。在一张照片里,她是个穿着高帮运动鞋的假小子,待在树上;在另一张照片里,她骑着自行车,牛仔裤的膝盖部分有补丁;还有张照片拍的是过万圣节的嘉娜,她是拿着光剑的莱娅公主,旁边是胖乎乎的沃伦·芬恩,他打扮成了天行者卢克。

这些照片都有故事,莉迪亚·弗莱彻讲了这些故事。她说了很多细节:谁来参加生日聚会了,他们带了什么礼物;去罗切斯特的动物园玩过好几次;去蒙特利尔做学校要求做的田野调查。

嘉娜在高中时开始了戏剧表演。我知道她演过《皆大欢喜》,但她也演过其他的:《我们的小镇》《红男绿女》《不可儿戏》《大鼻

133

子情圣》[1]。嘉娜演大鼻子情圣的妹妹罗克珊,身穿白色长袍,头发上插着鲜花,显得格外空灵。

高中毕业后,嘉娜进了日内瓦城的大学。"她拿到了其他大学的录取通知,"莉迪亚·弗莱彻告诉我,"她可以去那些大学念书,但她留下来帮我。我母亲病了,肾病,必须有人每周带她去透析三次。"

所以嘉娜一边照顾外祖母,一边在大学里孜孜求学。她主修心理学。她在大学里一直是个好学生,演了更多的戏。我看到了照片:她是《暴风雨》中的米兰达,《无事生非》中的贝特丽丝,《武器与人》[2]中的瑞娜。

我们来到嘉娜大学生活的尾声——嘉娜站在草坪前面,穿着学士服,戴着学士帽——我们的咖啡早就凉了。莉迪亚收走咖啡杯,又拿着一瓶酒和两个盛着冰块的平底杯回来了。

"大卫,你喝威士忌吗?"她问。

我告诉她我不喝。

"你介意尝尝吗?"

她需要威士忌,因为在嘉娜大学毕业后,事情变得棘手。在母亲的祝福下,嘉娜申请了法学院——也申请了戏剧专业,但没有告诉任何人。

---

[1]《我们的小镇》是美国知名剧作家桑顿·怀尔德的代表作,曾获普利策奖。《红男绿女》是百老汇长寿音乐剧,马龙·白兰度演过该剧电影版。《不可儿戏》是奥斯卡·王尔德写的讽刺风俗喜剧。《大鼻子情圣》是法国剧作家罗斯丹的作品,多次被改编成电影。

[2] 萧伯纳的名剧。

"我希望她能去康奈尔大学或宾夕法尼亚大学学习法律，"莉迪亚说，"但她对纽约大学的戏剧专业情有独钟。我们负担不起任何一所学校，但通过财政援助和贷款，她可以去读。而且，她如果读法律，还有一些偿还贷款的希望。我希望她能务实些。"

嘉娜顺从母亲的意愿，接受了康奈尔大学法学院的录取。但她没去康奈尔大学——她外祖母的病情恶化了。

"痴呆症。"莉迪亚·弗莱彻看着酒杯边缘说，用的是她说"兔唇"这个词时用的那种柔和的声音，"回过头来看，我可以告诉你，症状很久之前就出现了。但在嘉娜大学毕业后的那个夏天，母亲迅速走下坡路，情况恶化到你无法离开她的地步。你无法预测她会做什么。她可能会走到街上，开始脱衣服。"

所以嘉娜为了外祖母放弃了法学院。外祖母又活了一年，到最后她自己什么事都做不了了。必须有人替她洗澡和换衣服，给她喂饭。

"她在两年前的5月底去世了，"莉迪亚·弗莱彻说，"这是一种解脱，对她自己和嘉娜都是这样。我看到了照顾外祖母对她的影响，而她从来没有抱怨过。但是，随着我母亲的离去，我认为嘉娜终于可以过自己的生活了。她可以去康奈尔大学——他们已经同意将她的入学时间推迟一年——她会很高兴。"

我看着莉迪亚拧开威士忌的盖子。"她没有去康奈尔。"我说。

"是的，"她说，"她有一年的时间考虑，考虑自己到底想要什么。一年的时间，早上帮我母亲下床，晚上帮她上床——以及做一整天里要做的所有其他事情。她得离开日内瓦城，但她不想去法学院。她想表演。"

嘉娜下定决心后就迅速行动。"我希望她慢慢来,做好计划。"莉迪亚说,"她需要重新申请戏剧学校,而且当时申请秋季入学已经太晚了,但嘉娜已经厌倦了等待。她有辆车,一辆我母亲过户给她的旧别克名使。6月的一天,我回家后发现她在收拾行李。

"她告诉我她要去纽约。她会找一份服务员的工作,同时参加试演。她也许还会上戏剧课。我告诉她,她太鲁莽了。她在那儿一个人也不认识。她没有住的地方。她在那儿的生活会很艰难——她想象不到会有多艰难。'比去年还难?'她对我说。"

莉迪亚端着杯子倚到沙发上。"我担心她,我们争论了,她不听我的。她那天晚上就离开了,太疯狂了。她至少应该等到早上,但她生我的气。她在纽约时从没给我打过电话,一次都没有,而我不知道怎么打电话给她。她给我寄了几张明信片,让我知道她很好——我记得有一张关于现代艺术博物馆的明信片,还有一张自由女神像的照片。我想去找她,我想报警,让他们去找她。但他们肯定不会做任何事,如果他们真的找到了她,她肯定会因此恨我。

"最后,我是对的:她在那儿的生活太难了。她三个月后回来了,突然就在9月的一天出现在这里。试演从来就没有通过过,做服务员也没能挣到足够的钱。她为了付房租,只能卖掉我母亲的车。她是坐灰狗大巴回家的。"

莉迪亚把杯子放在腿上,它现在只是个道具——她并没有用它来喝酒。她说:"嘉娜不愿留在这里,留在这栋房子里。我想她认为我不相信她,而她不得不回来只会使情况更糟。她住在隔壁,和沃伦在一起。这让我很担心,因为他们之间发生了一些事情,这是新情况。他们以前从来就不是一对。沃伦的父母退休后把那栋房子给了他。他们现在住在亚利桑那州。沃伦在大学里有一份工作,在书店工作。我担心嘉娜最后会和他结婚,他们会生孩子,她会永远被困在这个镇上。但到了第二年春末,她又搬回来和我一起住,而且她又说起法学院。这次是贝拉米大学的法学院,因为她听说了一位教授。"

"罗杰·托利弗。"我说。

"就是他。我放心了。嘉娜的生活似乎回到了正轨。但此时此刻,我希望她当时能和沃伦待在一起。我希望她干什么都可以,就是不要去贝拉米。"

莉迪亚转头看向窗户,我追随她的目光。从这扇窗户可以看到沃伦·芬恩房子的一部分。

"他现在和别人在一起了。"我说。

她点了点头。"罗丝。当嘉娜从纽约回来的时候,他们正在约会。当嘉娜搬到他家时,沃伦就与罗丝分手了。而当嘉娜离开他时,他又和罗丝在一起了。现在他们已经结婚了。"她把目光从我身上移开,但我已经看到了眼泪,"我一直在想,现在住在那栋房子里的可能是嘉娜,嘉娜还有一个即将出生的孩子。那幅景象有那么可怕吗?但她做了我希望她做的事,她去法学院了;而现在我失去了她。"

泪水从她的脸颊滑落,她坐直身体,用手背擦去泪水。她把杯子递给我,我接住。她找出一盒纸巾,抽出一张擦擦眼睛。我把杯子放在咖啡桌上。

她低头坐着,拿着那张揉皱的纸巾。"不要把我想得太坏,"她说,"我女儿走了,我却在这里为自己哭泣。"

"我没以为——"

"我并不想这样的,"她说,"你能来这儿很好,我有事情要问你。你可以跟我说实话。"

"你可以问我任何事情。"

"因为我从来没有去罗马城找过她。我不知道她的生活是什么样子。"她伸出双手,抓住我的一只手,"现在只有一件重要的事了。你也许可以告诉我。你觉得她快乐吗?"

17

那天，我天黑后才到家。我本可以早点到家，但莉迪亚·弗莱彻想给我弄点吃的，而我不想拒绝，而且我觉得最好给身体一点时间消化威士忌。

她做了培根、鸡蛋和薄饼。"晚上吃早餐，"她说，"嘉娜小时候最爱这样吃。"鸡蛋是炒蛋，薄饼里有蓝莓。莉迪亚做的分量大过我们的饭量，而我吃得也比做客应该吃的多。当她把剩余的食物装在特百惠塑料盒里，让我带走时，我接受了。

我也带走了一张照片——嘉娜大学年鉴上的肖像照。莉迪亚想让我收下这张照片，我很高兴。当我把照片塞进钱包时，我意识到这是我拥有的唯一一张嘉娜的照片。我从来没有给她拍过照，那是每个人都带着手机里的相机到处走之前的那个时代。

到家后，我发现苏菲已经睡下了。我躺到她身边。我醒来时，她已经走了。实习生的工作时间。我睡不着了，所以去厨房接杯水。她在桌子上给我留了张字条:"想你。希望一切都好。"

我拿着水杯来到阳台上。很凉,依然是深夜,星星不见了。我想着苏菲留的字条:两行字,但读法有很多。"想你"——"因为尽管住在一个屋檐下,我们并没有沟通。我们一直在想念彼此。"这句话也可以表示:"你今天不在,我很难过。我想你。因为我仍然关心你。你想我吗?"

"希望一切都好":"希望你睡过的另外一个女人的葬礼一切都好。"

"希望一切都好":"但事情已经过去了,我们必须往前走。可以吗?"

好问题。我喝了些水,想着这个问题的答案。是时候作决定了:继续沉迷于一个你几乎不了解的、已经去世的女人,还是抱紧这个试图和你在一起、想念你的活生生的女人?一个理智的男人会怎么做?

答案很明显:我不是个理智的男人。我需要沉迷,至少再沉迷一段时间。

我摸出手机,打电话给罗杰·托利弗。手机响了四声,他才接电话。

我说:"她快乐吗?"

托利弗清清嗓子。"谁——"

"嘉娜的母亲问我嘉娜快不快乐,"我说,"我应该怎么说?"

"几点了——现在已经过午夜了。"

"我认识她十天,"我说,"她看起来快乐。但我怎么知道呢?"

"大卫——"

"而且'快乐'是什么意思呢？不同的人对它的定义完全不一样。有些哲学家说，你只有过一种好的生活，一种道德的生活，才会快乐。"

"哲学家?"

"古希腊哲学家。嘉娜过的是好的生活吗？她尝试做正确的事，尝试帮助加里·迪恩·普鲁伊特，因为她觉得他是无辜的。这是道德的，对吧?"

托利弗叹了口气。"大卫，你喝醉了吗?"

"没有。我清醒的时候就是这样。我需要知道更多关于嘉娜生活的事情。否则——"

"停下，"托利弗说，"你就是这样和嘉娜的母亲说话的吗?"

"什么样?"

"当她问你一个简单的问题时，你抛出许多关于古希腊哲学家的废话。"

我站起来，走到阳台栏杆旁。"没有，"我说，"我做了自己应该做的事情。"

"很好。"

"但这不是个简单的问题。重点就在这里，我看到了嘉娜生活的一角，但还不够。"

"不够干吗?"

"还不够。我需要知道更多。她和哪些人谈过?"

"你是什么意思？"

"关于加里·普鲁伊特的案子，她和坡·沃什伯恩谈过。她还和哪些人谈过？"

电话那头沉默了一会儿。然后托利弗说："我敢肯定她和普鲁伊特的律师谈过，也许还有他的家人。我记得他有个弟弟——"

"我想和他们谈谈，"我说，"你能把名单给我吗？"

"应该可以吧。但你想了解什么呢？"

"我想知道她为什么会死。"

更长的静默。我可以听见托利弗那边有动静，他可能正在床上坐起来。"就为了这个？"他问我，"你觉得你能找到杀她的凶手？"

"我想知道关于加里·普鲁伊特案的真相，"我说，"如果嘉娜是因为他而死的，如果他有罪，那嘉娜的死不代表任何事情。如果他是无辜的，应该有人为他的案子做点什么。"

托利弗的声音变得严肃。"你并不是真的关心普鲁伊特。"

"我关心嘉娜。"

"但你现在不能为她做任何事情。"

我抬头看着星星。"我能查明普鲁伊特是不是无辜的，"我说，"也许能让他的案子得到重新审理，这是嘉娜希望看到的事情。"

"你觉得这么做有意义？"托利弗说，"对嘉娜？"

"对我。"

*

在因杀妻入狱之前，加里·迪恩·普鲁伊特是高中代数老师。

如果我住在他任教的那所学校所在的学区，他可能是我的老师之一。但他在东罗马城高中教书，而我是在市中心的罗马城自由学院上的学。我的代数老师是我父亲的一个远房表弟，一个奇怪的小个子，剪着时髦的发型，戴着角质眼镜，很像阿波罗计划中美国宇航局的科学家。我父亲从来都不喜欢他，但他基本上不喜欢任何一位学校教师。他觉得他们很傲慢。他注意到他们喜欢和教师交往并结婚，他的结论是，他们认为自己比其他人都好。

我不知道加里·普鲁伊特是否傲慢，但他在某个方面符合我父亲的刻板印象：他娶了一位教师同事。凯西·普鲁伊特生前教历史和地理。

加里有个弟弟，同一所高中的另一位老师，尼尔·普鲁伊特。教化学和物理。第二天下午大约四点半，我去找他。我没有找到他，我找到了他的妻子。

她三十多岁，非常瘦，脖子很长，下巴和鼻子很尖。我父亲会说她举止傲慢：肩部呈方形，姿势僵硬。我得知她的职业时并不感到惊讶，她在一所初中教英语。

梅根·普鲁伊特并没有让我进门，她走到门廊上与我交谈。当我提到嘉娜·弗莱彻时，她表露出同情。

"发生在她身上的事是个悲剧，"她说，"她那么年轻。她当然来过这里，想谈谈加里，谈谈他是否得到了公正的审判。她听说认罪是假的。"

"你不相信嘉娜的说法?"我说。

梅根·普鲁伊特摇摇头。"我也许有偏见——凯西是我最好的朋友。但据我所知,加里的确有罪。"

梅根从大学时代起就认识凯西·普鲁伊特。"纽约州立大学奥尔巴尼分校,"她说,"我们在大一的时候是室友。她当时还叫凯西·多恩,而我是梅根·林尼。毕业后,我们一起在波基普西[1]找到第一份教师工作,然后我们一起搬到这里。"

凯西·多恩在东罗马城高中认识了加里·普鲁伊特。他们约了会。她把梅根介绍给加里的弟弟尼尔。

"所以你们很亲近,"我说,"你们四个。"

梅根·普鲁伊特站在门廊的栏杆旁边,看向街道。"亲近得不能再亲近。"她说。

"那么你对加里和凯西这对夫妻怎么看?有什么危险的信号吗?他对妻子使用过暴力吗?"

"没有,"梅根说,"如果有过,她肯定会告诉我。加里的情况很微妙。他是个骗子。你知道他外遇的事情吗?"

她没有等我回答。她想对我讲述这件事。

"他们结婚几年后,凯西开始觉得他们在渐渐疏远。但如果她试图和他谈谈,加里会说一切都很好,说他试图过得更积极些,以及他们是两个不同的人,应该有自己的兴趣。但这实际上

---

[1] 纽约州东南部城市。

只是他出门的幌子。他们在同一所学校教书,所以他不能利用寻常的借口,他不能说他必须工作到很晚。所以他报名参加了夜间课程:诗歌和摄影,只是她从来没有看到过什么诗歌或照片。他有时候声称要自己去看电影,像是科幻片和恐怖片,都是她没有兴趣看的东西。他总是以诸如此类的借口晚上一个人出去。

"凯西不傻。她想到肯定有什么事正在发生。但当她问加里时,加里说她疑神疑鬼。她对我说了,因为我们无话不谈。我决定跟踪加里。"

梅根看着街上来来往往的汽车。她现在信任我了。"你必须明白,我们就像姐妹,"她说,"我们在大学里时就彼此照应。如果我在聚会上喝醉了,她肯定会确保我安全到家。如果她觉得男朋友在骗她,我就会主动去弄清楚这是不是真的。我们是彼此的后盾。"

"我在跟踪加里的时候发现,毫无疑问他并没有去看电影,除非他看的是你在廉价旅馆看的那种电影。他进去后,我就在旅馆的停车场等着。我想看看他见的是谁。我怕是我们认识的人,比如凯西在高中的同事。但出现的那个女人看着面生。

"后来当他们从旅馆里出来时,我得以更仔细地看看她。然后我发现她很年轻。后来我查到她叫安吉拉·里斯。她刚刚高中毕业——那时候是夏天,她那时候十八岁,现在二十岁。

"我不敢把事情告诉给凯西,但知道自己必须这么做。当她和加里对质时,加里否认。他说我肯定把别人错当成了他,但他最后意识到撒谎没用。比起他,凯西更信任我,所以他承认了。

但他发誓说,这事只发生了几次。而且,是的,那个女孩是他的学生,但在她毕业之前,他碰都没碰过她。他不是变态。"

梅根·普鲁伊特皱起眉,回忆着。"我告诉凯西,她应该和加里离婚,但她出生在宗教家庭,一直都是个听话的女儿。她从没喝过比红酒更烈的酒,从没抽过烟,从没试过毒品,哪怕是含有大麻的烟卷——至于她的婚姻,她把它看得很重。她想修补婚姻。加里就顺水推舟。他说他爱凯西,说他很抱歉。他把这件事归咎于中年危机。他有点发疯了,但事情已经过去了。他将向凯西证明,他可以成为一个更好的男人。"

她又看向街道。"在头几个星期里,他似乎真的改变了。他会带凯西出去。给她买花,给她留些甜蜜的字条。但一天晚上,晚餐过后,他说他想去看电影——没什么关系吧?好像他在请求凯西的允许。凯西说她和他一起去。他告诉凯西,他想看一部动作大片,不是她喜欢的那种电影,她肯定会觉得无聊。所以凯西这时发现什么都没变。

"当时,我又对凯西说起离婚的事。我告诉凯西,我如果处在她的位置,不会想第二次。那会是我最容易下的决定。她生我的气了。我并不处在她的位置,她说,如果我没有跟踪她的丈夫,逮到他——她从没让我这样做——她也不会处在这样的位置。她对我大发脾气。我不能怪她。她很伤心。"

梅根·普鲁伊特转身背对街道,僵硬的姿势第一次摇晃起来。她懒洋洋地靠在木栏杆上。"我认为她最终会和加里离婚,"她说,"但她想做最后一次努力:婚姻咨询。加里并不感兴趣。

我知道他们为此争吵过。我不知道接下来到底发生了什么事，但在她提出婚姻咨询的几天后，她就消失了。她是在7月底消失的。他们在8月中旬发现了她的尸体。"

"所以你毫不怀疑是加里杀了她？"

梅根把头歪向一边。"她问过我同样的问题——你的朋友嘉娜·弗莱彻。答案是'是的'。我毫不怀疑。加里声称，一天下午，凯西什么话都没对他说就离开了家。但她当晚没回家，第二天也没回家，可他并没有报警她失踪了。他什么也没做，直到我去她家——因为我好几天没有她的消息了。"

"当警察讯问他的时候，他说他猜凯西离开了他。他以为凯西一定是跟我和尼尔在一起。但如果他是这么想的，他为什么没有打电话给我们，确认一下呢？"

"如果是他杀了凯西，"我说，"他的动机是什么呢？你不可能因为不想去做心理咨询就杀了妻子。"

"如果妻子威胁要和你离婚，你也许就会这样做，"梅根·普鲁伊特说，"有些男人会这样做。我并不认为加里是这样的男人，但我从不怀疑他欺骗了凯西，睡了一个十八岁的女孩。"

这作为动机似乎弱了点。但当我这样说的时候，她打断了我。

"你必须记住，加里是个骗子。他声称，他和安吉拉·里斯的事是在安吉拉毕业后开始的。但我并不相信这一点。我敢肯定凯西也不相信。如果这件事更早就开始了，他就处在危险的境地。就算她已经到了性同意的年龄，睡学生也可能会让你丢掉工作。如果凯西威胁要举报他呢？我并不是说她这样做了，但她可能会这样做——如果他们争吵了，如果她正在气头上，这就足以让加里发狂。"

这听起来有道理，我想，但这仍然是一种猜测。

"不能确定动机，"我说，"会让你困扰吗？"

她的一根手指划过栏杆。"如果加里没有那么可怕地威胁过凯西，我想我会困扰吧。但说实话，还有其他解释吗？来了个陌生人，这个陌生人杀了她？"

"但你不希望针对加里的证据更有力些吗？"我问，"审判基于可能并未发生过的认罪，这会让你困扰吗？"

她默默地想了一会儿才回答。"她也问过我这个，你的朋友嘉娜。'凯西对这一切会怎么想？'她说。她真的想知道。这对她很重要。如果根本就没有认罪这回事呢？如果加里最后被证明是无辜的呢？凯西不希望他受苦，对吧？这当然没错。凯西痛恨加里背叛了她，但她肯定不希望加里因为自己没做过的事而在监狱里待一辈子。"

梅根·普鲁伊特又笔挺地站着。"但这都是假想。他杀了凯西。我旁听了庭审，每场都听了。我相信是他杀了凯西——就算他并没有在监室里认罪。"

18

我离开梅根·普鲁伊特之后,开车来到大约一点五公里之外凯西和加里·普鲁伊特的房子。那是一栋两层楼的房子,漆成淡蓝色,不大,但高。房子两边有草地和树篱,将其与其他房子隔开。

房子前面草地的面积更大,没有修剪,遍布着蒲公英。我原以为,看到这栋房子可能会让我对曾经住在这里的那对夫妇产生一些感受。结果我什么感觉都没有。但我来这里还有个原因。梅根·普鲁伊特告诉我她丈夫住在这里。他们在加里被审判后分居了。

"实在太难了,"她说,"待在一起。"我按下门铃后,尼尔·普鲁伊特立刻就来开门了。他一直在等我;他的妻子打过电话给他,告诉他我要来。他把我领到房子的后部,让我在厨房坐下。这个地方看起来有点杂乱——盘子堆在水槽里,料理台上有碎屑。

"抱歉,太乱了。"他说。

"没那么糟。"

"梅根觉得我肯定坚持不了太久——一个人住。她觉得我最后会穿得破破烂烂,在地板上吃饭。"

也许他最终会变成那样。他现在还没到那个地步。他穿得还算整齐:白色牛津衬衫,卡其裤,平底便鞋——高中科学老师的行头。他摘掉了领带:海军蓝配黄色条纹的领带。我看到领带挂在一把椅子的椅背上。他四十来岁,沙金色头发剪得短短的,圆圆的脸毫无特征。

"你和她谈过了,"他说,"你有什么印象。"

我意识到他指的是他的妻子。"对于加里的事,"我说,"她观点明确。"

他大笑。"观点明确。没错。所以她在那儿,我在这儿。当你觉得你的哥哥是无辜的,而你的妻子肯定他是有罪的,婚姻就紧张了。"

他耸耸肩,丢开这个话题。随后我们谈了几分钟嘉娜。尼尔·普鲁伊特证实嘉娜来找过他。他说他对我的损失感到很抱歉——嘉娜看起来是个很不错的年轻女性——又问我警方的调查有没有进展。我把我知道的那点儿信息告诉他,他安静地坐在那儿听着。过了一会儿,他把话题拉回到他哥哥的案子上。他知道嘉娜和罗杰·托利弗一起工作,在做托利弗的"无辜者计划"。他猜我也是"无辜者计划"的人。

"你有什么新信息要告诉我吗？"

我告诉他我没有，他对此并未表示不满。我没说我不是律师，甚至都不是法学院学生。

"哦，还处于早期阶段，"尼尔·普鲁伊特说，"加里的律师提醒我，不要抱太大的希望。她对赢得上诉持悲观态度。"

"她相信加里是无辜的吗？"我问。

"不好说。她就算不相信加里是无辜的，我想她也不会说出来。你如果问我，我会说她只是个唯利是图的律师而已。她收的费用可不低。"普鲁伊特面色阴郁下来，"加里用从退休金账户里取出的钱来支付律师费。他还把这栋房子二次抵押了。现在他在这房子上欠的钱比这房子本身的价值要高。这房子本来会被收走的，但我决定偿还贷款。我猜它最终会升值的，而且我们还可以把房子租出去。我从没想过我会住在这儿。"

我们谈了一会儿对他哥哥的审判。我想知道他对拿破仑·沃什伯恩的看法，对所谓的监室认罪的看法。

"对我来说毫无意义，"普鲁伊特说，"就算加里有罪，他为什么要告诉给一个陌生人？沃什伯恩是个罪犯。他为了自己能被减刑撒谎了。我猜陪审团会看穿他的把戏。"

"你觉得陪审团最终为什么会相信了沃什伯恩的说法呢？"

尼尔·普鲁伊特挠了挠沙金色头发的一侧。"可能是因为加里根本没有作证。他没有机会否认这所谓的认罪。他的律师让他相信，他没有必要作证。"

"你觉得这是错的？"

"我不知道。这是他们使用的策略。这个策略没有奏效。控方的材料里有很多漏洞。他们无法确定凯西的死亡时间。凯西是被刺死的,但不管怎么搜查,他们也没有找到能够证明刺杀是发生在这栋房子里的证据。他们一直没能找到凶器。他们是在郊外野地发现凯西尸体的,但说不出尸体在那里多久了。也没有任何证据表明,是加里把尸体放在那里的。"

我想起托利弗说过的一些话。

"他们在加里汽车的后备厢里发现了凯西的几缕头发。"

"没错,"普鲁伊特说,"但头发也可能是从她用过的一条毯子上掉下来的。如果她的尸体曾出现在后备厢,他们应该发现了血迹。他们没有。加里的律师认为,只要加里不作证,她就能对控方的证据提出合理怀疑。他如果作证了,可能会开启交叉询问[1]——针对所有事情。"

"比如外遇,"我说,"安吉拉·里斯。"

"对。本地搞新闻的人已经发现这件事,我相信陪审员们也知道。但是,如果检察官在法庭上挑出每一个细节,会使加里的处境很可怕。"

"当你知道这件事时,你是怎么想的?"

尼尔·普鲁伊特厌恶地撇了撇嘴。"我认为这么做非常愚蠢,"他说,"这表明加里是个糟糕的丈夫,也许是个恶劣的人。但这并不意味着他是个杀人犯——尽管我妻子可能会这么说。"

---

[1] 指控方可以询问加里。

他摊开双手,"她和我在这个问题上绕了一圈又一圈。我仍然希望她能改变主意,或者至少承认加里有可能是无辜的。"

"你呢?"我说,"你愿意承认他有可能是有罪的吗?"

"我想过这个问题,很想屈服于这个想法——如果只是为了与梅根和解。"他轻轻吐了一口气,"如果他这么做了,我相信他不是故意的,一定是误杀。"

"你觉得他意外刺中了凯西?"

"我根本没觉得他刺了凯西。我只是在说,有时候,有些事情突然就发生了,你没办法挽回。当我们还是孩子的时候——"

他突然住口,看起来不确定是否要讲下去。

"当你们还是孩子的时候,发生了什么事呢?"

他思考着,探究着我的眼神。我不知道他在我的眼睛里发现了什么,反正他觉得可以对我讲这个故事。

"那年夏天,加里十五岁,我十岁,他想要一张猎弓。我们的父母不给他买,所以他省吃俭用,瞒着父母买了一张。他买不起好的猎弓,他那张弓是用塑料做的。但那不是个玩具。箭是真的,有金属箭头。一天下午,我们的父母不在家,他拿着弓到后院去试。

"他射过一会儿树,射腻了之后,他就等着鸽子来。我们的母亲种了些向日葵,鸽子会来吃种子。加里瞄准其中一只鸽子,我想他没想到自己能射中,但箭穿过一只翅膀,射进鸽子的身体。我在旁边看着。我们两个人都愣住了。那只鸟躺在草地上,一只翅膀拍打着。过了一会儿,它不动了。

"我知道，如果我们的父母发现了这件事，加里会有麻烦。他们会很生气。而我才十岁，他是我的大哥，所以我自然而然威胁要告诉他们。他还剩下最后一支箭。他把它装在弓上，对准我，告诉我最好不要那么做。他没有把弦完全拉开，并没有想要伤害我，但他的手指一滑，箭就从我的脖子旁呼啸而过。金属箭头擦着我的皮肤飞过去。"

尼尔·普鲁伊特摸了摸衬衫右边的领子。"我们埋了鸽子，把所有箭收集到一起，"他说，"加里再也没有玩过那张弓。我们都知道他离一些他永远无法挽回的事情有多近。"

他的声音几乎降成耳语。"我不相信是他杀了凯西，但如果是他杀的，事情一定是这样的：他们也许争吵了，凯西感到害怕。所以凯西拿起一把刀，让自己感觉安全些。加里也许想把刀从她手中夺走，于是他们争夺起来。然后刀子滑落，就像他的手指从弓弦上松开了一样。然后就太迟了。如果是他杀了凯西，这是我能想象到的唯一一种方式。"

19

5月9日星期五,在我与尼尔·普鲁伊特谈话的三天后,我驱车三百二十公里来到丹尼莫拉镇,去监狱见他的哥哥加里。

在这两件事之间,发生了几件其他的事。

周三,警察从旧伊利运河的一段河道里捞出一具尸体。尸体是由两个逃学的少年发现的。当地电视台从每天上演的肥皂剧和脱口秀抽身出来,持续不断地报道这一事件。

当我在下午晚些时候收听到相关新闻时,他们已经确认死者是一个名叫乔琳娜·哈利维尔的女人。六点的新闻展示了一张照片:一个穿着低胸上衣的金发女郎,手里拿着饮料;她被拍到时大笑着指着镜头。

一名记者做了些调查工作,找到该女子的母亲,她当着记者的面关上门。他还找到该女子的一些朋友,他们愿意交谈。有三个人,都是瘦削的二十多岁的年轻人。两个男人头发蓬乱,留着山羊胡子，一个女人眉毛上打着洞。他们告诉记者，他们已经有几天没有见到乔琳娜了。当记者试图确定他们上次见到乔琳娜是什么时候，他们确凿地说，她上周二晚上肯定来过。"为了啤酒和龙舌兰酒。"其中一个男人说。

"她待了多久？"记者问。

"待到第二天上午，"眉毛上穿了环的女人说，"我记得她走之前洗了个澡。把热水用光了。"

"真是这样吗？"

"真是个讨厌鬼，"女人说，"我洗澡的时候都快冻死了。"

"我的意思是，那时候大概是几点？"记者说，"她走的时候。"

"哦。大概是中午？"

记者又问了几个问题，比如乔琳娜·哈利维尔有没有可能自己沿着伊利运河散步。"她喜欢自然。"其中一个男人说。

她是个谨慎的人吗？记者问，她有没有可能跟着她不是很熟悉的人走呢？三个朋友交换了一下眼神。"哦，当然。"他们说，几乎是异口同声。

采访是在一栋公寓楼前进行的，采访结束后，记者拿着话筒独自站了一会儿，进行了总结。镜头向后拉了一些，以观察更广阔的场景。我认出这个地方，"里德阶梯"，就是嘉娜租住的复式房子对面那栋公寓楼。

我试图去他们发现乔琳娜·哈利维尔尸体的地方。塞弗特路，在城市的西部边缘。我在黄昏时分到达那里，当时电视台摄制组已经收拾完毕。警察在那里，他们设置了一个路障，把看热闹的人挡在外面。他们正在检查身份证，只让当地人通过。我走得很近，看到路边一字排开的警车——没有看到弗兰克·莫雷蒂的雪佛兰——然后一个穿制服的警察拦住我，让我把皮卡掉头。

我开车向东北方向驶去，来到嘉娜租住的房子所在的街道。几盏孤独的门廊灯照亮"里德阶梯"的各套公寓。我看到有几个警察在挨家挨户敲门，试图让人们出来谈谈。我在停车场找到莫雷蒂的黑色雪佛兰，把皮卡停在雪佛兰旁边。我下车，沿着停车场的边缘走，寻找树与树之间有空隙的地方——可以看到街道另一边嘉娜住处前门的地方。我找到了不止一个这样的地方。

我回到皮卡里等着。弗兰克·莫雷蒂从一套公寓出来，敲响隔壁公寓的门，但没人开门。第三套公寓的门为他打开了。我看着他举起一张照片，得到一个摇头的回应。门又关上。莫雷蒂转过身，发现了我的皮卡。他以警察那种不紧不慢的步伐走过来。

我从皮卡上爬下来，迎上去，对他说："你想告诉我这件事和嘉娜的死毫无关系？"

他眯起眼睛。"我什么也不想告诉你。"

"根据新闻，乔琳娜·哈利维尔上周三上午在这里，"我说，"也就是嘉娜去世那天。你还认为是西蒙·兰尼克杀了嘉娜——在因为房租起争执之后？"

"我不会回答你这个问题。"

"因为这个说法没道理。时间不对。乔琳娜是在大约中午离开朋友公寓的。嘉娜死于晚上六点到七点之间——你告诉我的。我们应该相信,乔琳娜·哈利维尔在这里待了那么长时间?"

"没有什么'我们',马龙先生。"

"你的理论是什么?乔琳娜看见兰尼克离开嘉娜的公寓。兰尼克也看见了她。所以他必须杀了乔琳娜,因为她是目击者?所以他开车带着乔琳娜来到运河边,把她淹死了?"

莫雷蒂疲惫地摸摸脖后颈。"我猜你有更好的想法。"

我抱起双臂,倚到皮卡上。"我的确有。那天,有人一直在监视嘉娜的公寓,从停在这个停车场的一辆车里。不是西蒙·兰尼克,是别的什么人。之前在树林里监视嘉娜的也是这个人。乔琳娜·哈利维尔在这里看到了他,他担心乔琳娜会记得他。所以他杀了乔琳娜。"

在我说话的时候,莫雷蒂一直在点头——一种无意识的动作,并不表明他同意我说的话。当我说完之后,他举起一只手,好像怕我又开始说话。

"我还不知道乔琳娜·哈利维尔到底发生了什么事,"他对我说,"你也不知道。我的工作就是查明她到底发生了什么事。但这不是你的工作。所以开车走吧。你不属于这儿。"

我回到我属于的家,但这一天还有一件事等着我。苏菲为我们做了一顿深夜晚餐,之后我洗漱了一下。她到沙发坐着,因为她早上要参加一个手术,需要复习手术记录。我去办公室里处理一些事情。

大约十点半,我从办公室里出来,在炉子上热了些牛奶,做了热巧克力。我给苏菲倒了一杯,随后拿着自己那杯来到阳台上。清凉的夜,半圆的月亮。

我还没坐下来,听到小东西撞击滑门玻璃的咔嚓声。几秒钟后,同样的声音又出现。这次我看到一颗小石子从玻璃上弹起,在阳台的地面上跳动。

我走到栏杆前,看到他在下面。白色长外套,里面是衬衫和领带。布拉德·加温,外科实习生,拥有一栋房子的那个人,台球场最厉害的那个人;避孕套包装袋。

他又醉醺醺地扔了颗小石子上来。他没有拿着酒瓶,但他刚才可能拿着酒瓶。在他刚刚走过的地方有个酒瓶。他看到我时,挥手示意我走开。好像他在音乐会上,我是他不想看到的开场表演。他不耐烦地等待主要演出者上场。

"苏菲!"他喊道,用的是醉鬼式近乎低语的声音。

"苏菲。"我回头说。她透过纱门听到了我叫她,走出来。

"布拉德,"她说,"天哪。"

"苏菲,"他说,声音响了些,"我需要你。"

"不,你不需要。"

他指指苏菲,又指指自己。"我们有感情。"他说。

"不。没有。"

"是真的,我能感觉到。我们要对它负责……"他有些摇摇晃晃,好像承受不住他们的感情,然后他又站稳。"我们必须再等等,"他说,"我们必须顺应感情。"

"我们不会再做那种事了,"苏菲说,"我已经告诉过你了。"

"不公平,"他说,"你在逃避我。"

"哦,这倒是真的。"苏菲平静地对我说。

"我不能接受这个,"加温说,"你对我太重要了。"

他发表了一篇准备好的很长的演讲,告诉苏菲她有多重要。我错过了演讲的大部分,我从阳台进去,带着我的那杯热巧克力。我套上鞋子,然后走出公寓门。我从楼梯下到一楼,从正门出去。

布拉德·加温就在几米之外的草坪上。他是一个合格的浪漫戏主角——一米七五的个子,年轻医生,英俊,向上面阳台上的苏菲倾吐灵魂。苏菲看到了我,我听到她说:"戴夫,不要。"我的脸色一定很难看,虽然我没有意识到这一点。加温看到我之后说:"真的?认真的吗?"然后又说,"怎么,我们要打一架吗?"

我喝了口热巧克力,然后从容地朝他走去。不急不慢,就像弗兰克·莫雷蒂那样。

加温把白色长外套从身上甩下来。"你以为我怕你吗?"他说,"我从八岁起就研习空手道。"

我没研习过空手道,但我有个优势。我知道我们会打架,我知道我们不会先谈。

我走到足够近时,把热巧克力泼到他脸上。

热巧克力没有烫到可以烫伤他的程度,但烫到足以让他觉得自己被烫伤了的程度。他的双手丢开白色外套,本能地捂住眼睛,现在他什么都看不见。

我丢掉杯子,继续往前走,抓住他的肩膀,把他往前推,同时用一只膝盖击中他的腹部。他呻吟着弯下身,我走到一边,把他推到地上。我坐到他身上,把他的右臂掰到他的后腰上。

"布拉德,我问你句话,"我低声说,"你的大拇指断了之后,他们还会让你做手术吗?"

他试图把右手握成拳,但我已经抓住他的拇指,尝试性地往旁边掰了一点。

我佩服他的一点是,他没有喊叫。他的骂声也低微。他说:"别这样。求你了。"

苏菲这时已经来到楼下。我听见她说:"戴夫,让他起来。"

我减少对他大拇指施加的力量,但并没有让他起来。"给他叫辆出租车。"我说。

"我不需要出租车,"他说,"我有车。"

我友好地拍拍他的肩膀。"你醉得太厉害了,我不希望你发生什么事。"

苏菲依然站在那儿,双手放在臀部。

"叫辆出租车,"我告诉她,"然后我就让他起来。"

我看起来肯定很镇定,因为她上楼打电话了。她不担心我会伤害加温。她走开之后,我又对加温的拇指施加了点压力。我倾身贴着他的耳朵,说了句莫雷蒂对我说过的话。

"你不属于这儿,"我说,"我不想再看见你。如果你再来,我会掰断你的两根大拇指,和你的所有其他手指。我们看看这样对你的职业生涯有什么影响。你或许可以用脚指头拿手术刀。这样怎么样?"

他没有回应我,这就足够了。我们就这样沉默地待了一两分钟,直到苏菲下楼来。然后我站起来进公寓,中间只停下来捡起了杯子。

她陪着加温,直到出租车抵达。当她回到公寓时,我正躺在沙发上,一条胳膊垂向地面。

她站到我旁边,近到可以碰到我。房子里放着音乐,是约翰·克兰特[1]的一张唱片——她在复习笔记时听的音乐。

她说:"我已经叫他不要再来这儿了。"

"我也叫了。"

"我不确定自己到底是什么感受,"她说,"对于刚才发生的事。"

我知道自己是什么感受,那是一种阴郁的感受,一种原始的感受——当另一个山顶洞人试图偷走他的伴侣时,一个山顶洞人的感受。我看着苏菲,她的头发被夹起来,戴着眼镜。她穿着轻薄的上衣和紧身裤,赤脚。在我和她赤裸的身体之间只有几颗纽扣。我想夺回她。

我猜她有同样的想法。我不能确定。我知道的是,她触手可及。我向她伸出手,抚摸她小腿鼓起的肌肉。我看到她的手在移动,慢慢地。当她低头看我时,她的手指在解上衣的一颗纽扣。她可以就这样一颗颗地解,慢慢地解。我不想等。

---

[1] 爵士乐历史上最著名的萨克斯演奏家之一。

她的上衣被撕碎。我的衬衫也是。到处都是衣服的碎片。

第一次像人人都喜欢的那样原始，就在客厅的地板上，手握着手，膝盖碰着膝盖，又硬又快。之后趴在地毯上，闭着眼睛，深呼吸。

苏菲站起来，跑去洗澡。第二次又湿又滑，有水流和泡泡，她的双腿缠住我，她的脖子贴着我的脖子，她的指甲挖进我的背里。

然后是毛巾和床。凉爽的床单。第三次几乎没能发生。我在睡梦的边缘漂移。我感觉到她大腿的皮肤在我身上滑动。她的手在耐心地摆弄。她对此很有耐心，我在另一个房间的灯光下看着她。她俯视着我，摘下眼镜，头发披在脸上。然后，她把我纳入身体时，发出甜美的喘息。我感觉到她在动，于是我投降了，闭上眼睛。

她有自己的节奏，时快时慢，前进，撤退。我睁开眼看着她，把一只手掌放到她的肚子上，告诉她把双手放到头上，向后仰。

"我喜欢你这样做。"我含混地说。

她的节奏中断，电光石火般短暂地中断，几乎无法察觉。然后她弓起背，把我送到上面，一会儿之后又跟随我的节奏。

但我们都知道，她没做过这样的事。苏菲不会做这样的事。

我们相拥着睡着了，第二天上午，我很晚才起来。她已经走了，她昨天穿的衣服也不见了。我的衣服还散落在客厅。我没管衣服，走进厨房。在餐桌上发现一张字条。只有一句话。

"也许我们中有个人应该搬出去。"

20

周五,我开车北上,去见加里·普鲁伊特。四个小时的行程,穿越阿迪朗达克山脉——漂亮的自然景区,其间有很多湖。我很早就出发了,十一点半时已经到达目的地:纽约州丹尼莫拉的克林顿监狱。镇上主街南侧有很多店铺:餐馆和旅馆,还有一个邮局。北侧是监狱的围墙,灰色混凝土,有二十来米高。

我找到访客中心,办理登记手续。普鲁伊特的律师解决了会面需要办理的前期手续。我拿到一个塑料徽章,通过金属探测器,来到一个拥挤的房间,这个房间中央有条长柜台。我在加里·普鲁伊特对面坐下,在我们做了自我介绍后,他说:"我喜欢先清除障碍——主要问题。"

"什么问题?"我问。

"我妻子是不是我杀的?答案为否。"

我点点头,没说话。

"我希望你相信我。"他说。

我还没有什么看法,但当我看着柜台对面的加里·普鲁伊特时,有一件事很清楚:他的外表对他不利。他的眼睛是冰冷的、不友好的蓝色,他的头发是比他弟弟的更深的金色。他的牙齿非常整齐,下巴上有个酒窝。他的身材显示他曾经当过拳击手——中量级,不是重量级。虽然他已经四十多岁,但我可以看出,与其他高中数学老师相比,他更为出众。十八岁的女孩可能会在课堂上做关于他的白日梦。你也可以看出,他喜欢这样;你可以从他的脸、嘴角和下巴上的酒窝中看出这一点。

他看起来像个会谋杀妻子的男人。

"我知道这是囚犯的老生常谈,"普鲁伊特说,"但我还是要说,我不属于这儿。那个女孩,嘉娜·弗莱彻,她相信我。我的律师告诉我,你认识这个嘉娜。"

"没错,"我说,"你是什么时候见嘉娜的?"

他闭上眼睛,回忆着。我们两边都有人在说话,其他囚犯和来看他们的人。但普鲁伊特表现得好像这里只有我们两个人。

"3月中旬,"他说,"她来了这儿。就像是上天派来的。我很遗憾她走了。她的来访是个礼物——你待在这样的地方,有人相信你。"

"她对你谈到拿破仑·沃什伯恩了吗?"我说。

普鲁伊特点点头。"她给了我希望——她认为沃什伯恩最终会说出真相的。"

"你有没有想过,他为什么要在你的案子上说谎呢?"

"我仔仔细细地想了个遍。审判期间的每一分钟,之前在县监狱发生的所有事情。我在那里和他聊过几次——沃什伯恩。他的监室在我的隔壁——我在娱乐室和院子里也见过他。他第一次和我说话时,问我是因为什么事进来的,我说我被控杀了妻子。那是我们唯一一次谈到这件事。他后来几次提起这个话头,但我根本不想谈。现在回想起来,我当时应该想到——"

"他想套你的话。"我说。

"现在看,这一点很明显,"普鲁伊特说,"他发现我是谁之后,看到了一种可能。我如果告诉他我的确有罪,他就能得到自己想要的东西——为自己减刑。我没有对他说我有罪,所以他就胡诌。这是最简单的解释。我大体上倾向于认可这种解释。"

"大体上?"

普鲁伊特犹豫起来,扯掉灰色囚衣衣袖上的一个线头。"在这里,你有很多时间反复思考很多事情。这会让你发疯。有时候我觉得,我们第一次见面时,沃什伯恩就知道我是谁。有人派他来找我。"

"谁?"

"当然是警方。"他耸起肩膀,又让其落下去,"我知道,这听起来像妄想。即使对我而言。但你如果思考得够久,就会觉得这种想法有点道理。他们手上不利于我的证据很弱。为什么不用嫌疑人的认罪来加强证据呢?"

我不想考虑这种可能性,但不大可能做到。普鲁伊特正在盯着我看。他肯定在我的脸上读出了点什么。

"你瞧,"他说,"你只考虑了这种可能性几秒钟。但如果你在一个小房间里考虑这个想法一整天呢?一周呢?这是我折磨自己的办法之一。"

"还有其他办法?"

"当然。还有个大的,主要的。我没杀我的妻子。那她是谁杀的呢?"

"对这个问题,你是怎么想的?"

"对于这个问题,我思考了不止一周。我来告诉你我得到的答案。"普鲁伊特说。他安静而伤感,穿着囚衣,双手手掌按在我们之间的柜台上。"我有答案,答案对我有利。两个答案,卢克·道尔和埃利·道尔。"

我没听过这两个名字。"他们是什么人?"我说。

他用指关节摸摸下巴上的酒窝,朝我倾过身。"一对表兄弟,"他说,"在东罗马城高中念过书,现在应该二十来岁。据我所知,凯西没教过他们,但他们肯定在学校里见过她,知道她是谁。他们是麻烦制造者、浑蛋。他们打架,但总是和比他们弱小的孩子打。他们经常留堂。"

"这能证明他们杀过人?"

"还有。他们是一对奇怪的孩子,由他们的外祖父在穷乡僻壤养大,住在拖车里。你肯定听过这类故事——杀流浪狗什么的。还有更糟的。学校里出过一起事故,在地下室的锅炉房里。他们两个在那里被逮住,当时还有个学生在场,一个女孩,十五岁。那个女孩有唐氏综合征。他们没被起诉,因为谁也弄不清到底发生了什么事。"

他停下来，等着看我是否愿意听下去。

"还有呢？"

"还有两件事，"他说，"首先，凯西失踪三周后，她的尸体才被发现。在这段时间里，警方组织了多次搜索。他们相信是我杀了她，这意味着我必须把尸体抛弃在某个地方。他们号召志愿者帮忙搜索公园、树林和野地。警方有一份志愿者名单，我的律师看过那份名单。卢克·道尔和埃利·道尔在名单上。我不觉得他们是愿意做志愿者的那种人。"

"有人找他们谈过吗？"我问，"他们现在在哪儿？"

"这就是我要说的第二件事，"加里·普鲁伊特说，"在警方发现凯西的尸体几周后，埃利·道尔被人用枪打死在他自己的拖车里——一把属于卢克·道尔的点三八左轮手枪。当天晚上，卢克失踪了。他再也没出现过。"

"你觉得他杀了自己的表兄弟。"

起初没有回应。普鲁伊特只是又开始扯衣袖上松动的线。然后他说："在这里，除了时间什么都没有，我有的是时间把事情想清楚。这两个人在高中时就有了名声。卢克是领头的，更聪明，更强硬。埃利是跟班。我几乎可以肯定是他们杀了凯西。也许他们先把她带到某个地方，就像他们把那个女孩带到锅炉房那样。也许埃利并不想杀她，但卢克强迫他参与。试想埃利事后感到内疚。卢克可能认为他无法相信埃利能保持沉默。所以他向埃利开枪。"

普鲁伊特在我们之间的柜台上摊开双手——请我评价他讲的故事。我觉得他的目光很冷漠，但我意识到这是错觉。他正在专注地看着我，想知道我是否相信他。我想起他的弟媳是怎么对我讲他的。梅根·普鲁伊特。"你必须记住，加里是个骗子。"

他此刻也许正在撒谎，胡诌出两个杀他妻子的凶手。两个不能自证清白的凶手。

但如果他讲的是事实……

"你对嘉娜说过这些吗？"我问他。

"当然，"他说，"我一开始就对她讲了。"

我思考着几件事之间的关联。埃利死了，卢克失踪了。有人杀了嘉娜。

"你觉得她有可能去找过他吗？卢克·道尔。"我说。

这个问题令普鲁伊特坐回到椅子里。他看起来很困惑。"那样做很危险，对吧？而且就算她想——我不知道。你打算从哪里开始呢？"

我不知道。但我还有关于卢克·道尔的问题想问，嘉娜应该也有问题想问。嘉娜就算没有找过他，应该也想了解更多有关他的信息。

"你知道她有什么计划吗？"我问普鲁伊特，"你知道在找过你之后，她还打算找谁谈吗？"

他想了一会儿。"她问我，有没有人认真地考虑过道尔家兄弟俩有可能是凯西被害案的嫌疑人，但我真的说不上来。我告诉她，她应该去问我的律师——还有警方。"

我知道嘉娜已经和他的律师谈过。

"你知道她是否和警方谈过吗?"我问普鲁伊特。

"我猜谈过吧。我知道她是打算去找警方谈的——她已经知道警探头儿的名字了。"

他随口说出的这句话让我皱起眉。我从前应该思考这个问题。房间里没有任何变化,或者说没有真正的变化,但我有了种心绪不宁的感觉,好像脖后颈在发痒。我们周围的噪声似乎降低为嘘声。

"那个警探叫什么名字?"我问,虽然已经知道答案。

"弗兰克·莫雷蒂。"他说。

21

那天下午早些时候,我离开加里·普鲁伊特。5月的第二个星期,北方的空气感觉很清新。我在监狱对面的一家意大利餐厅吃了午饭,坐的是一张可以看到高高灰墙的桌子。

六点过后,我回到罗马城。我打电话给普鲁伊特的律师——一个名叫埃米利·毕尔的女人——问她我们能否在八点左右见一面,喝一杯。我们约好地方,然后我挂掉电话,开车去嘉娜·弗莱彻租住的公寓。

我用自己的钥匙进到房子里。现在门上没有封条了——警方已经去除了封条。他们已经拿走自己需要的所有证据。至少有一个月,公寓是我的——我和阿格妮斯·兰尼克做了交易。

周四上午,在我读到苏菲留的字条后不久,我去找她了。"也许我们中有个人应该搬出去。"我知道她指的是谁。阿格妮斯立即就来应门了,她似乎对再见到我并不感到意外。我告诉她我想干什么,她同意了。我提出,嘉娜付多少房租,我就付多少——嘉娜欠的房租也由我来支付。她面露不悦,好像我冒犯了她。"那个姑娘不欠我一分钱房租。"她说。

我洗了很长时间的澡,洗掉开车数小时带来的风尘。我站在沾染了水蒸气的镜子前用毛巾擦拭身体,好像听到浴室门外有动静。我走过去,慢慢打开铰链生锈的门。外面的客厅里没有人。卧室里没有人,厨房里也没有人。只有我、我的神经和我的想象。

我怕接下来情况会更糟。想到我在这里可能会睡不着。但第一晚让我放下心来,卧室有家的感觉。阿格妮斯请人打扫了公寓,但嘉娜的物品仍然在其原来所在的地方。

当我走过卧室里我发现嘉娜尸体的那个地方时,我有种异样的感觉,但我知道那种感觉是没道理的。每过一会儿,我就疑神疑鬼,但最后终于习惯了独自待在这儿。

八点,我在市中心停好车,走半个街区来到一家叫萨沃伊的餐厅。我告诉迎宾我的名字,她把我领到一张藏在远处角落的桌子旁。埃米利·毕尔在那里,白色亚麻桌布上的《纽约时报》的一部分被折叠成整齐的矩形。她在玩填字游戏。

她从座位上站起来,和我握手。根据她在电话里的声音,我以为她三四十岁,但她其实更老些,从脸上的皱纹看,至少有五十岁。她淡金色的头发正在变白。她已经点了一杯卡布奇诺,问我要不要也来一杯。我说好的。

"你对加里·普鲁伊特有什么印象?"她在我坐下后问道。

"不好说。取决于他有没有讲真话。"

"那当然。我猜他对你讲了他的那套理论,关于那对表兄弟的。"

我点点头。"卢克·道尔和埃利·道尔。"

"真正的凶手,"埃米利·毕尔说,"他自己版本的'某个持枪男子'。"

"你认为不是他们杀了他妻子?"

她喝了口咖啡。"我想你很难在法庭上坚持这样的观点,"她说,"当然,加里希望我这样做。"

"但你并没有这样做。"

"没办法把他们和这个案子联系起来。他们念的是凯西·普鲁伊特教的那所高中,但这什么也说明不了。他们参与搜寻她的尸体,但参与搜寻的人有很多。如果他们是发现尸体的人,那么你可以以此支持你的观点。你可以声称,他们知道她在哪儿,因为是他们把她放在那儿的。但尸体并不是他们发现的。"

"尸体是谁发现的。"

"来自斯克内克塔迪[1]的一个女人,开车进城走亲戚。她带着狗,她把车停在路边,让狗下车——以防它在车上撒尿。它跑到一块野地上,不停地叫唤,不愿意回来。她就走过去,想把狗带回来,结果看到狗站在凯西·普鲁伊特的尸体旁边。"

埃米利·毕尔顿了几秒钟。然后她的嘴角展现出倦怠的笑

---

1 纽约州中东部城市。

容。"我如果能把谋杀案和这个带着狗的女人联系起来,我肯定会这样做的。但警方查过她了。她和普鲁伊特一家没有任何关联,也没有犯罪记录。"

"警方就凯西·普鲁伊特被杀这个案子,讯问过卢克·道尔和埃利·道尔吗?"我问。

"没有。埃利·道尔死了之后,加里才开始怀疑道尔家兄弟俩。他对我讲了他的怀疑,我又对负责凯西案的警探讲了。"

"弗兰克·莫雷蒂。"

"对。莫雷蒂没办法和卢克·道尔谈,因为卢克在埃利被杀那晚跑了。据我所知,他们还在找他。埃利被枪杀那会儿,凯西的尸体已经被发现,加里已经被控杀妻。所以我也没指望莫雷蒂会改变调查方向,去证明是道尔家兄弟俩杀了凯西。但我希望他能考虑这种可能性,就像一个诚实的警察应该做的那样。"

"他考虑了吗?"

埃米利·毕尔看着杯子,好像想从杯子里寻找答案。"谁知道呢?针对加里的调查继续,这是底线。我不确定我对加里的理论有多少信心:道尔家兄弟俩杀死凯西,然后卢克·道尔杀死埃利·道尔,不让他开口。我自己也做了些调查。道尔家兄弟俩都有犯罪记录,轻微的毒品犯罪:持有毒品。这可能意味着他们参与了更大的事情,但检察官不确定能否立案,所以让他们认罪了事。"

"你觉得他们是毒贩?"

"对。如果他们合伙做生意——那种生意——那么卢克·道尔枪杀表兄弟就没什么难理解的了。罪犯总是会为了钱杀来杀去。你不需要去找其他理由。"

她喝了口卡布奇诺。这时服务员把我那杯送来了,所以我也喝了一口。我试图确定哪种可能性更高:埃利·道尔因凯西·普鲁伊特而死,或因为毒品的钱而死。我没能得出结论。

"我们谈谈莫雷蒂吧。"我说。

埃米利·毕尔点点头。"没问题。"

"你说你希望他表现得像个诚实的警察。他是诚实的警察吗?"

她把自己的咖啡杯推到一边。"据我所知,是的。"

"你信任他吗?"

"在合理的范围内,是的。我对他的信任,就和对任何一位警探的信任一样多。"

"你觉得他有可能试图构陷加里·普鲁伊特吗?你觉得他有可能雇用拿破仑·沃什伯恩——撺掇他编造一个关于认罪的故事吗?"

"我考虑过这种可能性,"她耸耸肩说,"但我找了很久支持这一想法的证据,却一无所获。我寻找模板——莫雷蒂依靠监狱里的线人办的其他案子。但我没找到这样的案子。"

"这只能说明他以前没有这样干过,"我说,"也许这是第一次。"

"好。假定的确如此。接下来你必须要问,莫雷蒂要怎么说服沃什伯恩帮他呢?他去监狱探视沃什伯恩了?"

"为什么不可以呢?"

"没有这种事。县监狱有探视记录。没有莫雷蒂——或者其他警察——探视沃什伯恩的记录。我查过了。"

"也许有人篡改了记录。"

埃米利·毕尔的表情依然很平和。"如果是这样,你等于发现了一个大阴谋,"她说,"运气很好。但如果你问我,我会说这是不可能的。加里·普鲁伊特不值得有人筹划这样的阴谋。"

我用手指在亚麻桌布上画了个圈。"我感觉你并不是很喜欢加里·普鲁伊特。"

"我尽量不考虑这些,"她说,"你为这些人辩护时,最好不要对他们做个人的评判。你不应该问自己,他们是否值得你为他们辩护。但说实话,是的,我不喜欢他。不管是不是他杀了他的妻子。想想安吉拉·里斯,那个和他有染的女孩。她当时只有十八岁。他是她的老师。你可以说这并不违法。好吧。但他越界了。我有一个和她差不多大的女儿。我向上天祈祷,希望她能远离加里·普鲁伊特这样的男人。"

她平和的表情消失了,取而代之的是蔑视。我想到,很多人都会对普鲁伊特有这种感觉。特别是当父母的。

"弗兰克·莫雷蒂有女儿吗?"我问。

埃米利·毕尔伸手去拿她刚才用来玩填字游戏的笔。"我知道他有个前妻,还有个儿子,在南方上大学。但没有女儿。"她用笔在报纸上漫不经心地敲着。"你不应该缠着莫雷蒂不放,"她说,"他的声誉很好。我找过他的污点,但没有找到:没有毒瘾,不赌博,没有火暴的脾气。我听到的最坏的情况是,他也许与某些罪案的受害者走得太近。"

"什么意思?什么样的受害者?"

"女性受害者,尤其是有魅力的那些,"她说,"如果有个男人被杀了,留下个漂亮的寡妇,莫雷蒂就会主动去安慰她。我说的'安慰'的意思,就是你想的那个意思。"

"我明白。"

"所以就是这样。"她说,挥挥那只拿着笔的手。

"莫雷蒂警探有他的缺点,但他似乎不是会构陷他人或教唆做伪证的那种人。"

那天晚上,我开着窗户,在嘉娜·弗莱彻的床上睡觉。我被冻醒时,看到时钟显示三点五十八分。黑暗中的绿色数字。

我起身去关窗,想起那个绿色文件夹。嘉娜的文件夹,她关于加里·普鲁伊特案的笔记。我走到她的书桌旁,打开台灯。我拉开书桌的抽屉,发现了文件夹——还在我上次见到它时的地方。当时文件夹厚厚的,塞满文件;现在它空了。

我坐到桌前,拿起铅笔和笔记本,写下一串可能的情况:

莫雷蒂拿走嘉娜的笔记,因为他觉得笔记有助于他查出杀害嘉娜的真凶。或者,莫雷蒂拿走笔记,是为了掩盖嘉娜知道的事情。

加里·普鲁伊特杀害了妻子凯西。或者,卢克·道尔和埃利·道尔杀了她。或者，别的什么人杀了她。

关于普鲁伊特认罪这件事，拿破仑·沃什伯恩所述为真。或者，他撒谎了。

他撒谎是出于个人动机。或者，是莫雷蒂让他这样干的。

莫雷蒂知道普鲁伊特是无辜的。或者，知道他是有罪的。或者，不确定他是否有罪。

莫雷蒂构陷一个无辜的人。或者，他构陷一个有罪的人，确保他进监狱。

莫雷蒂的动机是不好的。或者，是好的。

太多种可能了。我把铅笔丢在桌上，慢慢走到壁炉旁边。壁炉上没有嘉娜用作烛台的那根木条，显得空荡荡的。警察已经把木条作为证据带走了。现在壁炉上除了那只陶碗和那枚硬币，什么都没有。嘉娜的二十五美分硬币。我把硬币拿起来，用拇指摸了摸边缘，边缘上有个尖头。我从来没有问过她这枚硬币是怎么变成这样的。

我还有一件事不知道。

我把硬币放回碗里，关掉台灯，回去睡觉。

我这周六可以去见弗兰克·莫雷蒂。我可以以疯狂的指控与他对峙，只是想看看他如何回应。

但我选择去拜访安吉拉·里斯。

她住在靠近贝拉米大学的公寓里，一栋没有电梯的三层楼房，她和另外两个女人合租的。一个有特色的地方，如果特色意味着狭窄的房间，低矮的天花板，地面上伤痕累累的油毡，20世纪60年代的电器。

她的两个室友都在大学读书，但安吉拉不相信正规教育。"系统太繁杂，"她告诉我，"我有时候也去上课，但我不需要其他的东西。作业和成绩。这不是我学习的方式。"

她是个艺术家——画家。她带我看了她工作的地方，在公寓最大的卧室里，这并不能说明什么。不过，这间卧室的光线很好，有两扇朝北的窗户。她有一张窄小的床，靠着一面墙，画架摆在采光最好的地方。

房间里到处都是她的作品，二十八厘米乘三十六厘米的小画布。这些作品是用丙烯颜料画的，遵循一个模式：一条黑线垂直于中心，两边是纯色块。黄色和蓝色。红色和橙色。紫色和灰色。

"它们是关于二元性的。"安吉拉告诉我。

"我看出来了。"我说。

"因为我们不只是一样东西。没有一个人仅有一面。"

她说了一会儿二元性，说到我们开始时是一种东西，然后变成另一种东西，说到我们体内带有变化的种子。她的这些话让我想到"新纪元运动"[1]，会面和我预想的不一样。我以为我会见到一个不那么自我的人，一个被她和加里·普鲁伊特在一起的时光伤

---

[1] 20世纪70年代起在北美基督教社会中兴起的反判现代性的神秘主义思潮。

害的人。但是安吉拉·里斯看起来毫发无损。

我可以猜到普鲁伊特为什么会追求她。她有一种健康的美，皮肤白皙，棕色的头发。她让我想起和我一起长大的那些女孩。她永远不会成为时装模特，但如果在街上看到她，你不会移开目光。

我不确定她作为画家的前程会怎么样。毕竟，她基本上是在给长方形涂色。我可能让我的怀疑态度表现在了脸上。

"你觉得这些画都是一样的。"她对我说。

"没有，没有。"我说。

"没关系。每个人都这样说。桑迪和金妮取笑我。我不在乎。我做自己想做的事情，而且这些画卖得很好。"

"是吗？"

她大笑。"别那么吃惊。市中心有个地方在卖这些画。我没发财，但能维持生活。"她找出一张名片，递给我：伍德米尔画廊。

"但你不是来看画的，"她说，"你想聊聊加里。"

到目前为止，这话没错。我来这里，还因为嘉娜曾来过这里——这是我早些时候得知的消息，当时我给安吉拉打电话，问她是否愿意和我见面。

"我昨天去丹尼莫拉见加里了，"我说，"你去过那里吗？"

"没有。我和他已经断了。我们在一起时，我还很幼稚，但并不盲目。他因为涉嫌杀妻被捕时，我想这是宇宙给我传递的一条信息。该尝试别的事情了。"

她把我带到两扇窗户之间的墙上的一幅画前。"都在这里了,"她告诉我,"你需要知道的一切。"画布上画着两种红色。黑线左边的红色柔和、浑浊,黑线右边的红色丰富、充满活力。

"这幅画代表加里?"我说。

"代表我和他在一起时的生命,以及我在那之后的生命。之后的生命更好。"

"如果你不介意我问的话,你们是怎么开始的?"

安吉拉在一扇窗户旁徘徊,阳光落在她白皙的脸上。白色的灰尘在光线中飘浮着。

"你们就像一对双胞胎。"她说。

一句奇怪的评价。话音和灰尘一起飘浮在空气中。

"谁?我和加里?"

"天哪,不是,"她说,哈哈大笑着,"你和嘉娜。她当时站在你现在站的地方,问我同样的问题,以同样小心翼翼的语气。好像我谈起这件事就会伤心欲绝——悲惨的童年和父亲的虐待,这些经历让我和一个年纪是我一倍大的男人发生了关系。"

"我很抱歉。"

"哦天哪,放松。没有这回事。我父亲酗酒,但他从没碰过我。他在我十二岁时出车祸死了。我猜,这件事和我与加里在一起可能有某种联系。寻找一个父亲角色。我不是傻瓜。我看过治疗师。但我和加里的关系没什么怪异之处。他并没有让我绑马尾辫,穿啦啦队的制服,或者做其他诸如此类的任何事。我们的关系是以非常正常的方式开始的。一天放学时,下雨了,他说他可以开车送我回家。"

"所以,是在你毕业之前开始的?"

"高三学年快要结束时。你如果想知道得更详细,真正的接触是在我毕业后才开始的。加里想等一等。当然,他只需要等几个星期。如果需要等太久,他也许就不会那么高尚了。"

"他对你提起过他的妻子吗?"我问。

"他告诉我,他们在一起并不开心,"安吉拉说,"但我差不多已经猜到了,不然他为什么要和我在一起?"

"他从没有说过要离开妻子?"

"没有,他不可能为了我离开她。我们知道,我们不是认真的。我们只是玩玩。"她从窗户边离开,走向画架,上面的画框上固定着画布。她已经在画布中间画下一条黑线,但黑线两边是空白的。

"我知道我们在一起是不对的,"她说,"我想我当时就知道。我猜加里也知道。嘉娜在这里的时候,问我加里是不是个好人。我告诉她,加里是好人,既好也坏。我们都不只是一种东西。他从没有让我做我不想做的事情。他对我很友善。他告诉我,我很漂亮,也有才华。他表现出这个样子,也许只是想从我这里得到他想要的东西。但我当时并不是这样想的,现在也没有这样想。"

她把画框从画架上举起一点。"但还有另一个加里,对妻子不忠的加里。对她撒谎。这也是真实的加里。这个我不否认。"

"你觉得是他杀了他妻子吗?"我问。

"我不知道。有意思的一点是,我从没对他谈起过这个案子。他给我送来过一张字条，通过他的律师。字条说，他希望我知道，他是无辜的。但说真的，他还能说什么呢？我从没有回应过他。早先，我操心过这个案子。我想我需要知道这个案子的真相，不管是以什么方式。但加里·普鲁伊特不是我要操心的问题。我有自己的人生。我不应该对他负责，不管他是无辜还是有罪。也许这些话听起来有些刺耳。"

"我觉得你这样想是很正常的。"

她离开画架，坐到床尾。"你呢？你觉得他是无辜的吗？"

我趴在一扇窗户的窗台上。"这是个大问题。他仍然声称他是无辜的。他认为他知道究竟是谁干的，但我无法确定是否应该相信他。他说是一对叫卢克·道尔和埃利·道尔的表兄弟干的。"

我看见她的脸沉下来。

"你知道他们？"我问。

"我知道得够多了，"她说，"我们在高中时同校过一年。他们读高三时我读高一。"

"我知道他们的名声。他们在锅炉房里和一个女孩发生了一些事。"

安吉拉点点头。"我听说过这件事。也听说过其他一些事。别人警告我要小心他们——尤其是卢克。"

"警告？"

"他们叫我离他远点。卢克喜欢在周五晚上带女孩去看橄榄球比赛，然后带着女孩溜到露天看台下面去。你如果和他去看比赛——嗯，他就认为你同意他这样做。"

"听起来,他似乎有点魅力。"

她注视着我的眼睛。"我从来没有和他去过露天看台下面。谢天谢地。但我和他一起上过课——艺术课。"

"真的?"

"非常奇怪的是,我发现他挺有魅力。他很友善。他如果喜欢你的作品,就会称赞它。"

我挑了挑眉。"作为艺术家,他好吗?"

"他能画,用铅笔或炭,"她说,"我对他的画没有什么印象——我不认为他对颜色有感觉。不过我记得他做过模型。"

"什么样的模型?"

"建筑,比如帕特农神庙或者总统托马斯·杰斐逊的故居蒙蒂塞洛。他用美洲轻木做。细节生动。他原本可以成为建筑师。他还试图做罗马斗兽场。"

"呃。"

她突然摇摇头。"不是用美洲轻木做的。我记错了。他用冰棒棍做。"

22
插曲：
1996年6月

嘉娜·弗莱彻开着外祖母的别克名使在纽约州的州际高速上向东行驶。她在车内后视镜上挂了一盒空气清新剂和一棵小树，应该是为了让车闻起来像松树林，但她仍然可以闻到从车子底部飘上来的外祖母的气味：陈旧的香烟味和老太太的香水味。

到目前为止，她只开了三十来公里，但她已经觉得好多了，感觉自己更有活力了。她在晚上九点离开日内瓦城，带着三个行李箱和几百美元。她有一张她还没有看过的公路图和纽约布鲁克林一家青年旅馆的地址。她估计这趟旅程将耗时六个小时，所以她将在凌晨三点左右到达纽约。所以，这也许不是最聪明的计划，但还过得去。她已经在路上了。

她摇下身边嘎吱作响的窗户，让夜里的空气进来。深吸一口气。她仍然可以闻到香烟味和香水味，但她并不介意。更糟糕的气味她都闻过。她一年来一直在处理外祖母的气味，帮她洗澡，帮她上厕所。在外祖母生命的最后几周,当这个女人再也不能从床上站起来,不能自己吃饭,嘉娜为她做了一切——你能为另一个人做的一切。

所以她能接受香烟味和香水味。

嘉娜在州际高速拜伦港服务区停车,因为名使的油箱要空了,她也需要咖啡。在房子里面,她穿过杂乱的人群——年轻的家庭、穿皮衣的摩托车手、退休人员、一队童子军——去麦当劳排队等候。柜台后面的女孩看起来半睡半醒。她把咖啡递给嘉娜,并喃喃自语地说着消费金额。二十四美分。嘉娜已经准备好钱。她从口袋里掏出一枚二十五美分硬币,但就在把它丢到女孩的手掌里之前,她又把手收回来。她从钱包里翻出另一枚硬币。

这枚二十五美分硬币是母亲给她的。嘉娜直到今天才告诉母亲她打算做什么,尽管她从外祖母的葬礼之后一直在考虑这个问题。但今天她确定了:她不会在秋天去康奈尔大学法学院。她要去纽约,现在就去。不能再等下去了。她想成为演员。

这个消息让莉迪亚·弗莱彻经历了悲痛的五个阶段:拒绝("这只是一时兴起。你走到一半就会回来"),愤怒("你在抛弃自己的未来"),讨价还价("试着在康奈尔读一年。你如果不喜欢,再做别的事"),沮丧("我放弃了,你从来都不听我的话"),接受("好吧,你如果非要去,至少让我帮助你。我给你些钱")。

最后一个阶段不是真正的接受,也许是勉强的接受。嘉娜可以接受母亲给的钱——这将使母亲高兴。但她也很生气,为不得不长期扮演好女儿而生气。

所以她拒绝了。但在她离开家之前,母亲把一枚二十五美分硬币放到她手里。

"这样你可以记得打电话给我。"莉迪亚·弗莱彻说。

一个象征性的姿态。二十五美分不够你给任何人打电话,至少不够打一个长途电话。然而,这也是个和平提议,嘉娜应该感谢她。所以,她把硬币塞进外套口袋,开车离开。

现在,她把这枚硬币装进牛仔裤的后口袋里,这样她就不会不小心花掉它。她把咖啡拿到一张桌子上,从钱包里拿出公路图。她周围一片混乱:骑摩托车的大胡子在笑,一个蹒跚学步的孩子在哭,一个小童子军在追赶他从自动售货机买来的橡皮球。在房间另一边,一个穿着橙色T恤的人把桌子当作鼓,用一对真正的鼓棒敲打着桌子。嘉娜不知道这首曲子,但它听起来很熟悉,是军乐队在体育赛事中场休息时演奏的那类曲子。另一个穿着T恤的人坐在鼓手对面,摇头表示不满。

嘉娜在桌子上铺开公路图,喝着咖啡,试图弄清路线。如果她沿着州际高速走,最终会到达纽约,但她必须先一路走到奥尔巴尼。这样走似乎浪费时间。她认为,如果她在锡拉丘兹下州际高速,上81号公路,可以直接到达那儿。沿着81号公路向南到宾夕法尼亚州的斯克兰顿,在那里上380号公路,再上80号公路,然后是280号公路——一大堆带"80"这个数字的公路——这样她能到纽约。

她把公路图折起来时,听到一个声音说:"你要去哪儿呀?"

她抬头，看到那个穿着橙色T恤的鼓手。他端着食物托盘，正要去扔垃圾，他的鼓棒还在他坐的那张桌上。他又高又瘦，黑发蓬乱，笑容放松。

"先到锡拉丘兹，"她说，"到了那里再往南走。"

"我们也是，"穿着橙色T恤的男人说，"我们明天晚上在宾厄姆顿有场演出。我和我的傻瓜朋友。"

他指向坐在房间另一头的他的伙伴，那个男人拿起了鼓棒，想在桌子上敲出点节奏。但那声音听起来像冰雹落在屋顶上。

"你们在乐队里？"嘉娜说。

"是的。我们明天和乐队里的其他人碰头。你如果去宾厄姆顿，可以来看。"

"谢谢，我不去那里。"

"在那儿演完之后，我们就去纽瓦克，"他说，笑容更加可掬，"下周末会再到波士顿的一家俱乐部演出。如果你去这些地方中的任何一个，告诉我。"

嘉娜对他回以微笑。这个人很可爱。她会经过宾厄姆顿。她开始计算自己是否负担得起在那儿待一天的费用。有何不可呢？

在房间的另一头，那个傻瓜朋友已经不再敲鼓棒，正在用手指转一根牙签。牙签翻飞。

穿着橙色T恤的男人戏剧性地叹口气。"你不能以貌取人，"他说，"我敢发誓，他能把贝斯玩得出神入化。"

"乐队叫什么名字？"嘉娜问。

T恤男眨眨眼睛。"猜猜。"

嘉娜顿了一会儿。"我的傻瓜朋友？"

他大笑。"我们当时取名字的时候你在哪儿呢？"

她真的可以在宾厄姆顿待一天。

"真的名字叫什么？"

"橙子人。"他告诉嘉娜，指指自己的 T 恤。

嘉娜皱了皱鼻子。

"我知道，"他说，"我们非常不擅长给乐队取名字。但别让这个名字让你对我们的演出望而却步。"

"到时候看吧。"她说。

"好极了。那我就不打扰你了。因为，你知道，我不想成为服务区的怪家伙。只是你身上的某种东西让我想介绍一下我自己。"

他伸出手。

"我叫卢克。"他说。

23

埃利·道尔在1996年9月6日晚去世。《罗马城哨兵报》在头版报道了此事,但《哨兵报》的档案还没有上网。我最后在公共图书馆的地下室花了部分周日下午的时间,翻阅微缩胶片上的旧报。

第一篇报道只有最基本的事实。大约在晚上十一点五十五分,埃利心脏中枪,事情发生在他家,即胡马斯顿路上的一辆拖车。在现场没有找到武器。后续报道称,卢克·道尔的车在第二天被发现——被遗弃在市中心汽车站附近一个药店的停车场。从附近的下水道中找到一把手枪。警方正在寻找卢克,希望能讯问他。

《哨兵报》刊登了这对表兄弟的照片。埃利·道尔看起来像是个和蔼可亲的傻瓜,脸颊红润,头发呈波浪形,耳朵从头上伸出来。卢克·道尔不同。他很像肥皂剧中的坏男孩。他神情紧张,目光咄咄逼人。

报道中的两个信息让我眼前一亮。其中之一是我预料到的:此案的首席警探是弗兰克·莫雷蒂。另一个信息让我吃惊:埃利·道尔有个妻子。

我向流通台的女士要了一本电话簿,找到温蒂·道尔的号码。我把号码输入手机,然后走到图书馆前的草坪上,沐浴着阳光。我让拇指在绿色拨号按钮上盘旋,试图想出该说些什么。

"我觉得你已故的丈夫是个杀人犯。他的表兄弟卢克可能正在流窜杀人。你有时间聊聊吗?"

我决定撒个谎。我按下按钮,在她接了之后说:"你好,我叫大卫·马龙。我在写一本关于未侦破谋杀案的书,我想和你谈谈你已故的丈夫。"

"埃利?"她说,"我觉得他配不上有人给他写一本书。"

"哦,他只是许多章节里的一章。我们可以见一面吗?我来找你。"

"我没办法见你。今天是周日。我得做晚饭。"

"明天呢?"

"我明天要上班。"

"我请你吃午饭。"

"我觉得这样不好。很抱歉。"

我请她再考虑考虑,然后发现她已经挂了。我在"最近通话"中找到她的号码,再次按下绿色按钮。等着。四声,五声,六声。没有答录机。没有语音信箱。七声,八声,九声。我按下红色按钮，结束通话。在图书馆的草坪上漫步。一分钟后，我又试了一次。温蒂·道尔在铃响第五声时接了。

"你真是执着。"她说。

"这件事很重要。"我告诉她。

"问题是，我不觉得谈论埃利有任何意义。"

"我明白可能会痛苦——"

"不是痛苦。只是最好让这件事过去。我想我不希望自己出现在一本书里。"

"没问题，"我说，"我们可以在'背景'谈。"

"背景？"

"行话。我只是为了做研究，不会提到你的名字。"

"我不知道。我最好不要谈它。"

"我们可以在背景的深处谈。"我说。

"什么意思？"

"意思就是，我们谈完之后，我永远都不会再打扰你。在街上遇见你，我不会打招呼，我会假装自己不认识你。"

她笑了。不算大笑，但足够了。

"好吧，"她说，"明天。"

我在阿森纳街国税局地区审查中心对面的一家露天咖啡馆见到了温蒂·道尔，国税局地区审查中心是一栋灰色砖制建筑，窗户很少，风格不突出，很适合整天审查报税单的会计人员。温蒂在那里做秘书。

"你不会相信发生在那儿的事,"她告诉我,"苦力。"

"我猜我可以想象。"我说。

"你真的、真的想象不出来。"

她点了份沙拉当午餐,说她正在努力减肥。她告诉我,她总是超重四到八公斤,而且肉总是长在中间部位。她有一头细而毛糙的头发,从中间分开,脸颊上有些痤疮。她穿得很专业:裙子、高跟鞋和海军蓝西装外套。她今年二十四岁,如果埃利·道尔还活着,也是这个年纪。

我问她他们是怎么认识的。

"我们念的是同一所高中,"她说,"但我在高中时期没有和他说过一句话。毕业几年后,有一天我忽然遇见他,那是在莫霍克谷社区大学的一场聚会上。我当时正在读双学士学位:商学和信息科学。没什么用,但能让你得到一份在国税局接电话的工作。"

"埃利也在那儿念书?"

"不是。他在一个乐队里当贝斯手,那是他和卢克以及其他几个人组的一个乐队。翻唱别人的歌。他在表演间歇走过来和我说话。五个月后,他向我求婚,我答应了。我对他有好感。我觉得他会有些出息。"

她说最后一句话时声音平板,没有讽刺的意味。见我没有回应,她说:"你真是个有礼貌的作家。要么就是你还没有做太多的研究。"

"的确还没有。"我说。

"哦,那把这个记下来,"她说,指指我拿来装样子的笔记本,"埃利·道尔穿得像个农场主,开着一辆破破烂烂的白色小面包车。他没有什么出息。他能高中毕业的唯一原因是,他四年都去上学,而且他们也希望他赶紧走人。"

"你为什么答应嫁给他?"

"我照了镜子,问我自己,你认为以后还会有多少人向你求婚。"

"你不应该对自己这么苛刻。"我说。

她翻了个白眼。"现在说什么都晚了。我们在95年春天结婚了。一年半以后,他中枪死了。在那一年半里,我们住在拖车里。我取得学位,做临时工。他玩他的乐队。"

"乐队挣钱吗?"

"乐队演出一晚能挣一百美元,一百美元四个人分。乐队很快就解散了。"

她沉默了一会儿,吃着沙拉。我咬了一口我点的三明治。太阳从云层后面露出来。

"我听说埃利和卢克可能有其他挣钱的门道,"我说,"可能是不合法的门道。"

温蒂·道尔微笑。她的门牙之间有个豁口,这个豁口如果小一点,也许看起来会有些性感。

"你这是不是在问,他们是不是卖毒品?"她说。

"他们卖吗?"

"我们现在是在背景的深处?"

"最深处。"

"那么，是的。主要卖大麻，也卖其他东西。可卡因，药丸，甲基安非他命，如果他们能弄到的话。事实上，乐队只是他们用来向年轻的大学生卖大麻的幌子。也卖给教授，埃利对我说过。"

"教授？"

"你以为社区大学的教授不抽大麻？他们还有其他办法熬过白天的时光吗？"

"你觉得这是埃利被杀的原因吗——毒品交易？"我问。

她拨弄着盘子里的沙拉。"我不知道。"

"那天晚上发生了什么事？"

我等着她回答。她注视着远处，回忆着细节。

"我很早就上床了，"她说，"埃利在喝啤酒，看电视。我被枪声惊醒了。不过，你被枪声惊醒后，不会意识到那是枪声。我在床上坐起来，知道有什么事不对劲，但不知道是什么事。我可以听到从另一个房间传来的电视声。我喊埃利，但他没回应我，所以我爬起来去外面。发现他躺在地上流血。拖车的门开着。我听到一辆车开走的声音，车速很快。"

"但是你没有看到车？"我问。

"我在看埃利，"她说，"想把他胸口的那个洞堵上。"

"你觉得开枪射他的人是卢克吗？"

她耸耸肩。"警方也是这样想的。如果是他，我想他去拖车就是为了做这件事。我觉得他刚打开门就开枪了。"

"他们争吵过吗？"

"他们一起长大,是由外祖父带大的。他们一辈子都在争吵。也打架——满地滚会流血的那种打法,我听说是这样。长大后打得少了。"

"他们的父母怎么了?"

我看到她又开始注视远方,好像她正在考虑要讲多少,怎么讲。

"他们的父亲从没在照片里出现过,"她说,"他们是那种到处搞一夜情的男人,不会在一个地方待太久。他们的母亲在生他们的时候很年轻——霍莉·道尔当时十六岁,麦吉·道尔当时十八岁。她们几乎同时怀孕了。卢克先出生,埃利两个月后也出生了。埃利的母亲——当时才十六岁——在生埃利的时候死了。所以卢克的母亲照顾了两个孩子几年。但等到他们能上幼儿园了,她就跑了。他们有时会收到卡片——在圣诞节和生日——但她从没回来过。从那时起,就是他们的外祖父照顾他们。"

"他是个什么样的人?"我问。

"我没见过他,"温蒂说,"埃利说他是个农场主,其实他是替别人经营农场——胡马斯顿路旁边的一个奶牛农场,卢克和埃利自从能干活儿了,每年夏天都替他工作。他们如果表现不好,外祖父就会虐待他们——带到工具房后面打,或者把他们锁在菜窖里,对他们干乡下人能干出的任何其他事。"

"他还在世吗?"

"他几年前死了。先是把农场经营得一塌糊涂。农场主负担不起税收。我想那块地现在属于州政府。道尔外祖父带着两个外孙离开农场——反正农场的房子也快要倒了——搬到拖车里住。停拖车的那块地并不是他的,但没人在乎这件事,所以也就没人来找他要钱。他靠着社会保障,在喝酒中过完了人生的最后几年。"

"你和埃利住的,就是这辆拖车?"

她带着淡漠的微笑,在桌子另一边看着我。"不是。那辆拖车归卢克了。埃利又弄了一辆,在同一条路下面约一点六公里的地方。我告诉他,他如果想娶我,我们必须有自己住的地方。"她的微笑变得苦涩,"我可不会贱卖自己。"

我这时感觉很糟糕——因为骗了她,因为引导她谈论应该被遗忘的事。但我并没有就此停止。

"我如果想找到卢克·道尔,"我说,"应该怎么做呢?"

"你找他干什么?"

我继续之前的谎言。"为了这本书。"

"他在躲避警方的追捕,"她说,"你觉得他会和你谈吗?"

"值得一试。他会找谁帮忙呢?他会试图联系他母亲吗?"

"我都不知道他母亲是不是还在人世。"

"朋友呢——乐队里另外两个人?"

她摇摇头。"其中一个因为吸毒过量死了,另一个搬到西部去了。卢克和他们两个都很疏远。"

她吃完了沙拉,看了街对面的灰色建筑一眼,好像正在考虑是不是该回去了。

"你记得一个叫凯西·普鲁伊特的老师吗?"我问她,"她在你读的那所高中教书。"

"当然。她死了——她被谋杀了。"

"卢克或者埃利说起过她吗?"

我看见温蒂·道尔把头偏向一边,看起来很困惑。

"没有。他们为什么要谈起她呢?"她说。

"我只是好奇。她是在埃利被杀几周之前被杀的。"

我们默默地坐了一会儿,在此期间,服务员拿来账单又走开。我可以看出温蒂正在思考,正在把各个事件拼在一起。

"等一下——你认为是卢克杀了她?"

卢克和埃利两个人,我想道。但我并没有说出来。我不想说她已故丈夫的坏话。

"我只是在想,两件事之间或许有关联,"我告诉她,"同一个城市发生在同一时间的两起谋杀案……"

"但凯西·普鲁伊特被杀的案子破了。她丈夫干的。"

"他被判有罪,"我说,"有些人觉得他是无辜的。其中一个认为他无辜的人我认识,叫嘉娜·弗莱彻。我想她相信是卢克杀了凯西·普鲁伊特。嘉娜联系过你吗?"

"没有。但这个名字耳熟。她也被谋杀了?"

"是的。"

温蒂·道尔眯眼注视着我。"你并没有在写书,对吧?"

我觉得,这时告诉她真相,更容易得到她的帮助。

"是的。我想查出是谁杀了嘉娜。"我掏出钱包,拿出嘉娜母亲给我的那张嘉娜的照片。"嘉娜和许多与凯西·普鲁伊特被害案有关的人聊过,"我说,并把照片拿给温蒂·道尔看,"你肯定她从没试图找你谈谈?"

我没指望她能认出嘉娜来,她看了照片后说:"我很肯定。我从没见过她。"

她审视照片的时间可能太长了。我现在这样觉得,不过这也可能是我臆想出的一个细节。当时,她看起来再自然不过了。

不一会儿,她感谢我请她吃午饭,然后就踩着高跟鞋稳稳地穿过街道。我看着她隐入那栋灰墙建筑。

我从没怀疑她说谎了。

24
插曲：
1996年9月

嘉娜·弗莱彻听见猫头鹰的叫声——黑暗中的大合唱："呜，呜，呜，呜，呜。"

她在星光下沿着路肩走。空气干净而凉爽。道路在树林中画出一道平缓的弧线，她看到前方有一扇亮着灯的窗户。

她回头看自己走过的路。她几乎无法辨认出她丢弃的那辆车的轮廓。

"呜，呜，呜。"

她又转回身看那扇窗户，接着鹿突然不知从何处冒出来。

有三只，其中一只比另外两只大。它们在一阵蹄声中冲上公路，大的那只领先。嘉娜看着它们越过中线，向她走来。大的那只在她面前经过，离她只有一臂之遥。它经过时，一双黑眼睛盯着她。它从公路上走下来，进入树林深处。

第二只紧随其后，没有看她，从公路上一跃而下，在灌木丛中惊叫一声。白色的尾巴一闪而过，然后就不见了。

第三只停下了。

蹄子转了四分之一圈。然后安静下来。甚至连猫头鹰夜晚的大合唱也似乎消逝了："呜，呜。"鹿纯净的眼睛注视着嘉娜的眼睛。这只动物散发出一种湿润的泥土气息。它的棕色耳朵在晃动，它的鼻孔在呼吸。

嘉娜也注视着鹿的眼睛，慢慢地向它迈了一步。这只动物低下头，又抬起头。嘉娜抬起一只手，触摸它的肩膀。感觉到它先是紧张，然后放松下来。

"真漂亮啊。"她低声说。

她感觉到手指下的皮毛，把五指大大地张开。鹿又低下头，转过身。在它动起来的时候，嘉娜的手滑过它的背。她看着鹿从公路上跳下去，小步跑进树林，不见了。

嘉娜来到那扇窗户前，但窗帘拉上了，她看不见里面。她能听到里面低沉的声音。她光着脚站在一片草地上。几滴雨开始落下。

她上了两级台阶，敲门。感觉到有雨滴落在她的脸颊上。她再次敲门，声音更大，用的是拳头的侧面。开始数数：一、二、三，与她的心跳同步。数到二十时，她又敲门。一直敲到她的手开始疼。

门开了。

他站在门口，穿着匆忙套上的牛仔裤，没有穿衬衫。嘉娜注视着他的脸,恼怒,然后是震惊,然后是不相信。

他说出她的名字:"嘉娜。"

蠢姑娘,她想道,你还没准备好。她把手伸到后面,拿出放在后口袋里的枪,射中埃利·道尔的心脏。

噪声比她预想的要多。当然有枪声,一种鞭打的声音,她的手,她的胳膊,她的整个身体都感觉到了。还有电视的声音:低沉声音的来源。电视声现在不那么低沉了,门打开了。

还有尖叫声。

尖叫声不是来自埃利·道尔。他已经无可避免地倒下了,现在躺在地上,身上的血汩汩而流。一只不会出声的大动物,大睁着眼睛,嘴在动,但发不出声音。他没有发出尖叫声。

尖叫声来自拖车远远的后部。女人的声音。"噢天哪!埃利!谁在那儿?发生什么事了?"

诸如此类的话翻来覆去。嘉娜跨过埃利·道尔,去找那个声音,把枪伸到面前。她瞥了电视一眼。一个警察节目中的讯问场景,头脑发热的警探对着嫌疑人咆哮。嘉娜穿过拖车,来到一扇半开的门前。

卧室。裸体女人。

嘉娜本能地抬起手臂遮住脸——至少遮住了嘴和鼻子。就像西部片中的抢劫犯,戴着头巾去抢劫驿站。

"你是谁?"女人尖叫,"你干了什么?"

她的双腿在床垫上胡乱踢着。她的双臂被手铐铐着,两副手铐将她铐在床头板的铸铁轴上。床头柜上有一把打开的折叠刀，女人左边的胸口上有个小伤口在流血。

嘉娜走到床边，用拿着枪的那只手抓住床单的一角，将其拉过来，盖住女人的身体。

这让女人尖叫了更多声。"你在干什么？"

"嘘。"嘉娜说。她用手枪指指手铐。"你知道钥匙在哪里吗？"

"你他妈到底是谁？"

嘉娜把枪塞进口袋，自己在床头柜的抽屉里找到钥匙。她举着钥匙说："我给你解锁，你如果愿意，我可以带你离开这儿。我有车。"

她的语气很轻柔，这似乎起到了作用。女人平静了一些。

"埃利怎么了？"女人问，"他死了吗？"

"我希望是这样。"嘉娜告诉她。

"噢天哪。噢天哪。"

嘉娜把钥匙插进离她更近些的那副手铐，听见手铐咔嗒一声打开了。还有一副要解。

"没事的，"她说，"我可以在半路放你下车。我只要求你忘了我。这里什么事也没发生。你从没见过我。"

"什么事也没发生？"女人说，"什么事也没发生？你开枪打死了埃利。"

嘉娜点点头。"这是我要求你忘记的事情的一部分。"

"但他是我丈夫。"

女人不再尖叫,这句平静的话里充满悔恨。但这句话比尖叫还让嘉娜烦躁。

"他把你锁住了。"嘉娜说。

女人垂下眼睛。"他喜欢这样。"

"他割伤你了。"嘉娜说,指着女人左边胸口,鲜血染红了那里的床单。

"他不是有意的。他有时候会玩得太过火。"

嘉娜用手指摸着钥匙。她感觉到血液正在手指里跳动。她的左胳膊仍然挡着脸。手枪在口袋里。有那么一瞬间,她很想把枪拔出来。

她把手铐钥匙扔到床上。"如果你想离开,我的提议仍然有效。"

女人用手指摸到钥匙,她抬眼注视着嘉娜的眼睛,目光没离开过。

"我应该留下来。"她说。

嘉娜转身走向门口。她站着朝外看了一会儿——看埃利·道尔的尸体。那里没有动静。

"走吧,"女人说,"我从没见过你。"

25

周一下午，我开车到胡马斯顿路，寻找曾经属于温蒂·道尔和埃利·道尔的那辆拖车。我找到一块布满碎石和高草的空地。有人在这个地方扔了一个旧电炉，它侧躺在杂草中。在不远处，我看到一个生锈的邮箱倒在木柱上。邮箱上的姓名还在。大部分还在："温蒂·道尔"。

沿着这条路走了约一点六公里，我发现卢克·道尔的拖车，那是他与埃利以及他们的外祖父一起生活过的地方，直到外祖父去世，埃利搬走。纱门敞开着，铰链将其与门框连接。我爬上台阶走进去，感觉空气温暖而稠密。我用从皮卡上带来的手电筒对准阴暗的角落。这个地方已经被翻得乱七八糟，家具和装置都被拆掉了。

有人曾在厨房地面上的一个钢制洗脸盆里生火。盆子里有烧焦的冰棒棍。可能是卢克·道尔做的模型的残余物。

地上散落着衣服，还有破碎的餐具。麦片盒，空汤罐。一个里面没有药片的塑料药瓶。根据标签，它是用来装安眠药的。处方是以卢克的名义开的。

我把药瓶装进口袋，向拖车的后部走去。来到一个小浴室，这里臭气熏天，有东西在里面窜动。我把门拉上，继续往前走。

在两间卧室的其中一间里，我发现另一个模型：帕特农神庙的碎片。在衣柜的架子上，一个用冰棒棍粘起来的空心小立方体竟然完整无缺。

这间卧室有扇小窗，窗玻璃早就碎了。我听到一阵翅膀扇动的声音，一只黑鸟飞来，栖息在窗框上，是一只乌鸦。我们互相盯着对方看了一会儿。我是败下阵来的那个。

我离开拖车，把那个木制立方体作为纪念品带走了。我把它放在皮卡上，然后走进卢克·道尔家杂草丛生的后院。乳草、蝴蝶草和野胡萝卜花。一条布满车辙的小路穿过一片白桦树，树木继而让位于一片宽阔的田野——那是道尔家兄弟俩的外祖父曾经管理的破败的奶牛场的牧场。小路北面是一个橄榄球场一样宽的池塘，池塘的水面漂满绿色的浮萍。在池塘另一边的岸上，一丛香蒲随风摇曳。

池塘的西边就是小路的尽头，地面在这里向下倾斜，斜坡的底部是一个长长的红色谷仓。谷仓两边的门都敞开着，谷仓中央有条宽阔的过道，过道两边是牛栏。

我在午后明亮的天空下沿着过道行走，因为谷仓的大部分屋顶已经消失。由柱子和横梁组成的框架还在，但其余的部分都已经掉下来。我可以看到堆在马厩里的谷仓屋顶残骸：木头、柏油纸和瓦片。

农舍的状况比谷仓更糟。它曾是一座方形建筑，只有一层，地基是用田野里的石头砌成的。结构的一角仍然矗立着——北侧和东侧相交的地方。那是一个高点，建筑的其他部分从这里向下倾斜：层层叠叠的破碎的石板屋顶和朽烂的木头。

我想知道凯西·普鲁伊特有没有来过这里。我想起她在丹尼莫拉的丈夫加里·迪恩·普鲁伊特说过的话。他声称道尔家兄弟俩谋杀了他的妻子。他说，他们也许先把她带到了某个地方。警方在城市另一边的野地里发现了她的尸体，但他们一直未能确定她死亡的地点。道尔家兄弟俩会不会把她带到这里来？

我绕着房子的周边走了一圈，没有看到任何看起来属于杀戮之地的东西。我在一堆垃圾中翻找：几个旧牛奶罐和几段铁丝网，一辆生锈的自行车，破碎的瓶子，一辆手推车，一个盛满雨水和湿草叶的儿童充气泳池。

房子的西南角附近有个工具房，门上有个铁钩，但没有锁。我把门拉开，向里面看去。除了散落在地上的钉子和木螺丝，什么都没有。

我再次走到农舍前面时，看到了之前没有注意到的东西：一个半埋在地下的旧马车轮。我现在才注意到它，因为有只乌鸦栖息在马车轮的边缘，它很像我在拖车上看到的那只。也许是同一只鸟。它张开翅膀，又将其收回。我从它身边走过时，它盯着我看。

我沿着满是车辙的小路往回走，心里阴森森的，感觉那只乌鸦一直在注视着我。我想我如果转过身，可能会发现它正在我身后跳来跳去。我坚持走到池塘边才回头看。乌鸦没有跟着我，但马车轮上空无一物。

怪异。

我继续走，我就是在这时听到了汽车的引擎声和其他声音（也许是轮胎碾在碎石上的声音）从拖车的方向传来。我沿着小路赶紧走。池塘在我的左边。白桦树遮住了拖车。我终于走到那片白桦树的另一边。没有车。只有我的皮卡和拖车。我走近皮卡，以为会发现损坏——挡风玻璃破碎，轮胎被刺破。一个警告。但一切看起来都很好。我检查了驾驶座，以为卢克·道尔做的木制立方体已经消失不见。但它就在座位上我刚才放的地方。

乌鸦和神秘的访客，我想，你在胡思乱想。

也许有人在这里停车小解，然后又走了。仅此而已。

鲁莽。

K松开油门踏板，感觉车子慢下来，看着车速指针下移到四十五。冒着被开罚单的风险是没有意义的。他检查后视镜，寻找大卫·马龙的皮卡。除了空旷的道路，什么也没看到。

开车经过拖车，愚蠢的行为。没有任何理由这么做。他为什么要这么做？为了刺激？为了刺激带给他的舒适感？他不知道。

但他为什么要停下来？他应该在看到皮卡后就加速离开。但他停车了。他还进到拖车里。

鲁莽。

K以限速以下的车速开车进入罗马城,汇入城市的车流中。他不喜欢想到马龙在拖车或农场周围闲逛。这让他很担心。但还有一件事更让他担心。他在不确定马龙是否在里面的情况下进入拖车。没有任何计划。如果马龙在里面,他会怎么做?他会试图徒手杀死马龙吗?

这个想法诱惑着他,这就是问题的一部分。K担心自己正在开始失去对自己的控制。

他拐上一条小街,停下车。他需要思考。嘉娜·弗莱彻死了——把这当成一次胜利。她那女房东的孙子西蒙·兰尼克似乎是头号嫌疑人。这不是K计划中的事,但他很高兴这事正好发生了。又一次胜利。

拿破仑·沃什伯恩家的火灾并不让他满意——沃什伯恩没死。不过他似乎已经逃离这座城市。把这当成平局吧。

还剩下乔琳娜。她的尸体被发现了,这是个失败。他对此已经没办法了。K知道自己应该把她藏得更好些,用锁链或石头增加她的重量。这样她就会沉到运河的底部并一直待在那儿。

但他现在对此已经毫无办法。他应该把乔琳娜从脑海里赶走。但这也是问题的一部分。他不断在一些奇怪的时刻想到乔琳娜。他一生杀过四个女人,但只后悔杀了乔琳娜。一部分的他希望乔琳娜还活着,因为她是个无辜的女孩,因为在错误的时间出现在错误的地点就死了。但还有一部分的他希望乔琳娜还活着,

209

这样他就可以再杀她一次。

多愁善感的K。

他兀自笑着摇摇头。现在不是想乔琳娜的时候。他应该把注意力集中在大卫·马龙身上。他会慢慢地把事情一件件解决。不可以再鲁莽了。

那天晚上有人来找我。

我在嘉娜公寓的书桌前吃着很晚的晚餐：中餐外卖虾仁捞面。我在壁炉上方的架子上点了蜡烛，四盏茶烛在木条上排成一排。这是我对嘉娜烛台的拙劣模仿，是我在周末弄好的。我在一个家装店挑好木材，一个穿着蓝色围裙的中年男子把木材切成我想要的长度。我站在模板上，让其保持稳定，用电钻和三厘米的钻头钻好放蜡烛的圆孔。如果有钻床，可以把活儿干得更利落，但我没有钻床。

蜡烛应该闻起来像香草。但我几乎闻不到香草味。这套公寓闻起来像煮熟的卷心菜。阿格妮斯·兰尼克一直在隔壁做饭——我猜是家乡菜。

十点半左右，有人敲门。是苏菲。她看起来很疲惫，但又很清醒，我想她可能刚在医院上完长班。不过，她一定回了趟家，因为她身上的衣服与她在工作时穿的衣服完全不同：低领上衣和短裙。

"时间不对？"她说。

"没有。进来。"

"我不想打扰你。"

"你没有打扰我。"

她走进来,把手提包放在厨房的桌子上。她走进烛光摇曳的客厅,环顾四周,把一切看了个遍。

"我真是不敢相信。"她说。

"不敢相信什么?"

"你搬出去的时候,说你要住到这个去世女孩的房子里。我认为你太残忍了。"

"苏菲——"

她摆了摆手。"抱歉,我不应该这么说。"她站着,看向壁炉旁边的墙壁,我在那里钉了张城市地图——用一个 X 标记凯西·普鲁伊特的尸体被发现的地方,用另一个 X 标记卢克·道尔的拖车和废弃农场所在地。我还在墙上钉了其他东西:我在图书馆的微缩胶片室里打印出来的新闻报道。关于凯西·普鲁伊特之死和对她丈夫的审判的报道。关于埃利·道尔遭枪击的报道。

"这些都是什么东西?"她问。

"你真的想知道?"

"是的。"

我告诉了她一些我正在做的事情,以及我与那些人交谈的情况。很难知道她是否在听——她的眼睛盯着墙上的文件——但当我说完后,她切中事情的要害。

"所以你认为,你如果能查明这个叫凯西·普鲁伊特的女人发生了什么事,就能知道是谁杀了嘉娜。"听到她说出嘉娜的名字,感觉有些不真实。

"对。"我说。

苏菲把注意力转向壁炉上方的架子。我在拖车里发现的木制立方体摆在那儿。她把立方体从架子上拿下来。

"这是什么?"她说。

"一条线索。"

"和什么事有关的线索?"

"我不知道。我猜这东西是卢克·道尔做的。"

她把立方体放回架子上,又拿起那个空药瓶。

"安必恩,"她说,"这也是条线索?"

"可能吧。这是一种安眠药,对吧?"

她点点头。"药效很强。可能会导致梦游。暂时性昏厥。记忆损伤。你可不想误服这种药。"

药瓶回到架子上。那里还有别的东西:一幅画。安吉拉·里斯的画作之一。我们周日谈完加里·普鲁伊特和道尔家兄弟俩之后,她把这幅画送给了我。

这幅画和她其他所有的画一样:二十八厘米乘三十六厘米,中间垂直画着一条黑线。线条的左边被涂成鲜艳的蓝色,右边是接近黑色的紫色。我准备离开时,安吉拉把它从墙上取下来。"你应该收下它,"她说,"这是我在得知嘉娜·弗莱彻去世那天创作的。"

"谁画的?"她问我。

"我交谈过的一个女人。"

"这幅画表示什么意思?"

"不表示什么意思,"我说,"这是抽象艺术。"

"我觉得这幅画的绝望气息很重。"

"我猜是吧。"

"你喜欢她吗?"

"谁?"

"这个艺术家。你从她那儿买了这幅画的那个女人。"

"这幅画是她送给我的。"

"那更好。她漂亮吗?"

她转身期待地看着我,戴着猫眼眼镜的苏菲,头发用夹子夹着。

"我不知道该怎么回答这个问题。"我说。

"她要么漂亮,要么不漂亮。"

"漂亮。"

"瞧见了吧?能有多难呢?"苏菲用一只手掌贴住我的脸,把我的头转了一下。阿格妮斯·兰尼克做饭产生的气味飘浮在这套公寓里,但我依然能闻到苏菲用的洗发水散发出的草莓味。

"你还没问我为什么来这儿。"她说。

我感受到她手的温暖。我可以看到烛光、阴影和她的低胸上衣。

"我感觉你是来折磨我的。"我说。

她大笑。"很接近了,"她摸着我的太阳穴说,"我是来给你拆针线的。"

"几天前就应该拆了。"苏菲说。

我坐在厨房的桌子旁。苏菲正在做准备工作:从她的手提包里拿出镊子和剪刀,洗净双手,用酒精对工具进行消毒。

她站到我旁边,用碘伏溶液清洗我的伤口。

"也许不疼。"她说。

"也许?"

"嗯。这可说不准。"

她用镊子提起线打结的尾端,用剪刀剪断。她一点一点地把线从我的皮肤上扯下来。不疼。

她再次清洗伤口并擦干。"记住,"她说,"伤口还在愈合。这块皮肤需要几周时间才能完全恢复到原来的样子。你要小心,不要再受伤了。"

她在桌子上摆了三片小创可贴。她拆开其中一片的包装,贴在伤口的中央。

"你还得继续保持伤口清洁和干燥,"她说,"你肯定不想伤口感染。"她又拆了片创可贴,贴上去,"人们对感染的重视程度不够。我记得,急诊室有一次来了个孩子,八岁大。他从树上掉下来,胫骨开放性骨折。胫骨就是小腿上的骨头,'开放'的意思是,骨头从皮肤里戳出来了。

"一百年前,死于开放性骨折是很平常的事,因为伤口很容易感染。但现在我们已经有了抗生素。抗生素很强大,我们给这个八岁孩子使用的就是头孢菌素这种抗生素。然后我们把他送进手术室，进行清创，并冲洗伤口。我们将骨头复位并用钢钉固定。我们闭合伤口，送他去病房休养。几天后他们让他出院。"

第三片创可贴也贴上去了，苏菲站到我身后，将双手放到我的肩膀上。"不到一周之后，他的父母又带他来到医院，"她说，"他昏昏欲睡，神志不清。他发烧，身上出了皮疹。这是脓毒症的典型症状。当你的身体试图抵御感染，身体有时就会出现脓毒症症状。你血液中的化学物质本来是用来对抗感染的，但引起了炎症，而炎症最终减少了流向你的四肢和器官的血液。这就是发生在这个孩子身上的事情。"

她停下来，在寂静中我听到厨房墙上挂钟的嘀嗒声。

"他不再是外科病人，"她说，"但我还是关注他的病情。布拉德·加温也是如此。因为这孩子腿断了第一次来医院时，我们俩都参与了手术。这次，他们让他住进重症监护室，并给他输液。头孢菌素不起作用，所以他们尝试用其他抗生素来消除感染。布拉德和我每天都会去查看他的情况。"

她又停下来。她也许以为我会对她提到布拉德·加温生气。但我没有。过了一会儿，她继续说：

"脓毒症并不总是导致死亡，但当它导致死亡时，它是通过让器官衰竭来杀死你。这个过程会持续几周时间。但对这个孩子来说，这只是几天的事。当他的肺开始衰竭时，他们让他吸氧；当他的肾开始衰竭时，他们尝试透析。他的父母直到最后都充满希望。他的母亲一直陪着他，只是偶尔到走廊尽头的休息室睡一两个小时。他去世时她就在那里。他的血压骤降，心脏停止跳动,他们没能救活他。我看到了这一幕。我去找他的母亲,把她带回到病房,但一切都结束了。"

苏菲的声音很平静,但我知道她在哭。我如果转身,就会看到。但我没有转身。我想她不希望我看到她在哭。

她把右手从我的肩膀上拿开。她也许在擦眼泪。

我摸到她的另一只手。"你从来没对我讲过这件事。"我说。

"我应该讲的,"她说,"我不知道早点讲出来会不会让情况有所不同。"

"什么意思?"

"不知道你是不是还会离开我。那个孩子去世那天,就是我和布拉德·加温睡了的那天。"她从我身后走过来,收拾镊子和剪刀,把它们放进她的包里。"这不是不忠最好的借口,"她说,"但也许也不是最糟糕的——悼念一个八岁孩子的死亡,他犯下的唯一的错误就是爬树了。"

只剩公事公办。她拿起包,朝门口走去。我跟着她。

"苏菲,我很抱歉。我希望你早点告诉我。"

她转身面对着我,眼泪已经干了。

"戴夫,"她说,"你从来没问过。"

26

煮卷心菜的气味一直飘到 K 在树林里的藏身地。

他拿着一副望远镜,坐在倒下的那棵树的树干上。望远镜又大又笨重,是军队淘汰的产品。他用它来观察大卫·马龙和他的女人。厨房里的灯亮着,他可以透过后门上的窗户清楚地看到他们。

要找到马龙相对容易。他找的第一个地方是那套二楼的公寓,带阳台的那套公寓,他第一次看到马龙和他的女医生在一起的那个地方。

K 在晚上早些时候去了那里,但马龙的皮卡不在那里。他观察和等待了半个小时,直到那个女医生出来,上了她的车。他跟着她,这个行动几乎算是心血来潮。女医生带着他直接去了嘉娜·弗莱彻的复式房子。

房子前面窗户的窗帘拉上了,所以 K 决定绕到后面去。他把车停在柏树公园旁的街上，借着月光穿过树林。他没有遇到任何麻烦，甚至当他不得不穿过峡谷上的狭窄人行桥时也是如此。

现在他注视着马龙和那个女人。他起初不知道他们在做什么，因为那个女人背对着窗户，但后来他瞥见马龙太阳穴上的伤口。他意识到那个女人正在帮马龙处理伤口。

然后他们交谈起来，谈的显然不是令人愉快的事。最后马龙站起来，接着他们两人都离开了K的视野。马龙回到厨房时是一个人。

真扫兴。K想多看看这个女人。

他放下望远镜，把它放在身边的树干上。他本想把望远镜挂到脖子上，但望远镜又老又破，带子也断了。

没有望远镜他也能看到马龙——透过后门上的窗户和卧室的窗户。马龙在公寓里徘徊，低着头。他看起来很悲伤，心事重重。K猜不到他可能在想什么。如果能知道就好了。但K只需要确定马龙能构成多大威胁。这是他来这里的原因。

马龙似乎执意要了解发生在嘉娜·弗莱彻身上的事的真相。但他知道多少呢？很明显，他知道得太多了。他不应该知道胡马斯顿路旁的农场的事。所以他现在对K构成了危险。

另一方面，尽管马龙今天下午去了农场，但他一定没有发现农场的秘密。他如果发现了，会去找警察，而警察肯定已经去了农场。这一发现会成为大新闻。但新闻没有提到农场。K想确定一下，所以冒了个险，在黄昏时分再次开车经过农场。没有警车，没有任何动静。

K现在站起来，伸了伸腿。他透过树冠仰望夜空。他不情愿地做出一个决定。马龙是个问题，但杀了他只会让人们更加关注嘉娜·弗莱彻之死。最好让事情过去。如果他运气好，农场的秘密能继续隐藏得好好的，人们将慢慢忘记嘉娜。西蒙·兰尼克将为她的死负责。兰尼克并没有罪，但他看起来有罪——只要他一直躲着，只要他一直在逃亡。

　　所以马龙可以活着。K举起望远镜，通过卧室的窗户再次看到这个人。他仍然没坐下来，在公寓里不安地走来走去。他从卧室的门出去，从K的视野中消失。K把望远镜移向后门，当望远镜移到厨房时，他又发现了马龙。谁知道马龙这样的状态还会持续多久？

　　K放下望远镜时，有东西让他又举起它。也许是命运。他把望远镜移到左边，看到另一扇窗户——复式房子另一半的后门的窗户。他看到了老妇人的厨房。他看到她在那里——房东太太。很难说她在做什么，因为窗户上有窗帘，而窗帘只拉开了大约十五厘米。她在缝隙中来回走动，K意识到她在把餐具从桌子上端到水槽里。

　　K打了个哈欠，决定离开——穿过树林回去。老妇人离开他的视野。然后K看到一些东西，离开的想法被他从脑海里一扫而光。

　　苏菲离开后，我感到很不安。我踱来踱去，想着她说的话。我想到"避孕套之夜"，那天她承认自己与布拉德·加温上床了。我想到如果我当时问她为什么，接下来可能会发生什么事。

那样我当晚可能根本不会离开我们的公寓，可能根本不会遇到嘉娜。她将是死在我所居城市的一个陌生人。我也就不会在这里，墙上钉着地图和文件，蜡烛在壁炉上方燃烧着。

如果我想，我仍然可以过那种生活。我可以恳求苏菲允许我回去。我想她会允许的。我必须请求她的原谅，因为我的过错比她的严重。她和加温睡过，但只有一次。她并没有爱上他。她没有为了他离开我。

我停止踱步，盯着壁炉架上的木制立方体。我突然伸手把它扫到地上。立方体没有碎开，只有一根冰棒棍掉下来。

你可以做得更好，我想，你可以一拳把这东西捣碎，然后去找她。她会替你包扎。她会照顾你。她会告诉你以后不要再用拳头打这样的东西。

但你必须把嘉娜抛在脑后。

我拿起立方体，透过掉下来的那根棍子留下的缝隙朝里看。里面什么都没有，空空的。

这应该是条线索。我有各种各样的线索。那个药瓶。安吉拉·里斯的画。长木条做的烛台。残缺不全的硬币。也许这些东西都在试图告诉我什么。也许公寓里所有的东西都是线索。

我把立方体放回壁炉架上，深呼吸，闻到卷心菜的气味。也许这也是一条线索。为什么不可能呢？

过了一会儿，我躺下，试图阅读嘉娜的一本书——《基督山伯爵》。但在埃德蒙·唐戴斯的船停泊于马赛港之前，我就渐渐睡着了。

不到十分钟后我就醒了，坐起来，又把双脚甩到床下。

卷心菜的气味真的是条线索。

我站起来，在寂静的房子里走动。我在厨房里拿起一把椅子，尽可能安静地通过后门，把椅子搬到小院里。我坐在连翘花丛旁，听着夜晚的蟋蟀声。月亮提供了一点光亮，还有一点从隔壁阿格妮斯·兰尼克家的窗帘里漏出来的光。

过了一会儿，我听到连翘花丛的另一边有鬼鬼祟祟的声音：门闩滑动，门框吱吱作响，喁喁话语声，纱门慢吞吞地打开又关上。院子里砖地上的脚步声。

他穿过草坪向树林走去，我站起来跟着他。

"你好，西蒙。"我说。

西蒙·兰尼克转过身面对着我，他的嘴巴因惊讶和愤怒而扭曲。他穿着棕褐色大衣，双手插在口袋里。他仍在口袋里的左手抬起来，那个口袋里似乎藏着一把枪。

我慢慢后退一步，向他展示双手的手掌。"别紧张。"我说。

他认出我，笑出了声。"天哪，兄弟，你吓到我了。你一直在那里等着吗？我们以为你已经睡着了。"

"我是睡着了。然后我意识到你奶奶有客人。她为你做了什么好吃的？"

这个问题让他放松下来。他藏在口袋里的左手垂到身侧。

"番茄汁卷心菜肉卷，"他说，"你听说过这道菜吗？"

我点点头。在卷心菜上涂抹牛肉和米饭，再用番茄酱炖。我奶奶以前常做这道菜。

"你会喜欢这道菜的,"西蒙·兰尼克说,"但她只在特殊场合做这道菜。"

"今晚是什么场合呢?"我问他。

"你觉得呢?她给我办了个小小的送行仪式。我可能有段时间不能再来这里了。警方对我有愚蠢的想法。这个城市——我在这里待不下去了。"

"我知道他们的想法。"我说。

他严肃地看着我。"不要相信他们,兄弟。我从没碰过那个女孩。"

"我听说你不单碰女孩,"我说,"尤其是当她们迟迟不交房租的时候。"

兰尼克露出好色之徒的微笑——麻脸和油腻的头发掩饰了这种表情。"那不一样,"他说,"她们中的一些人——你知道的。如果你帮她们一个忙,宽限她们几天,她们就会帮你一个忙。如果她们想这样付钱,我为什么要拒绝她们呢?"他的左手还在口袋里,但他把右手从口袋里拿出来,以便能对我摇摇手指。"嘉娜不一样,"他说,"我从没想过要那样对她。而且千真万确,她不是我杀的。"

"我相信你。"我说。

"但是警方,他们已经认定了。他们正在找我。我认为他们在监视这栋房子。"

"的确是这样。"

"但他们只监视前面。该死的白痴。"他开始往后退,"再见了,兄弟。你不会再见到我了。"

"等一下,"我说,跟着他走,"也许还有别的办法。"我想到罗杰·托利弗,"我认识一个律师。我可以请他帮助你。你可以去找警方说清楚。你没有杀嘉娜。警方不能证明你杀了人。"

兰尼克站在草地上一动不动,盯着我。我不知道他在想什么。我们听着蟋蟀的鸣叫。

"对不住了,兄弟,"他最后说,"我不相信律师。或者警察。"他再次举起放在大衣口袋里的左手,像电影里的黑帮分子,"我要走了。不要阻拦我。"

他往后退。我笑了笑。"别这样,西蒙。你有枪吗?还是你打算用手指对我射击?"

他停下来,冲我咧嘴笑了。蟋蟀在远处的黑暗中鸣叫。

"我有枪,"他说,"一把马卡洛夫手枪,俄国人造的。我祖父从捷克斯洛伐克过来时带了两把。他已经死了,但他从前经常给我讲故事。他总是说他参与了抵抗苏联的运动。但我不知道他做了多少抵抗。我认为他是个罪犯。我认为他在黑市谋生。"

兰尼克的眼睛稳稳地盯着我。他没有再咧嘴笑。

"我没有骗你,兄弟,"他说,"你如果再跟着我,就会发现我没有骗你。"

*

K 从他在树林里的藏身之处看着西蒙·兰尼克与大卫·马龙交谈。

223

他还在为自己几乎错过这件事而不安。他正准备离开时,在老妇人的厨房里发现西蒙·兰尼克。他看到兰尼克走到后门,向外看,然后把窗帘拉好。

听不到兰尼克和马龙对彼此说了什么也让他烦恼。他听出了马龙的第一句话。"你好,西蒙。"但剩下的就听不清楚了。距离太远。不过有件事很清楚:兰尼克的口袋里有把枪,或者说他在假装自己的口袋里有把枪。

K放下望远镜。兰尼克和马龙结束了谈话,兰尼克开始朝树林走来。K在倒下的那棵树的树干旁蹲下,保持不动。

兰尼克在黑暗中从他附近走过。一阵沙沙的脚步声。一根树枝的断裂声。就在他四五米之外。

K慢慢地站起来。他在月光下的树林中寻找兰尼克的棕褐色大衣。瞥见它了。又要做出选择了。

他跟着兰尼克。

真有趣,事情变化得如此之快。K已经决定,他什么都不做。他认定,只要警方仍然认为西蒙·兰尼克要对嘉娜·弗莱彻的死负责,他就不会有事。如果兰尼克仍然逍遥法外,成为逃犯,警方就会更容易相信这一点。

但如果兰尼克被抓了呢?毕竟,一个蠢到去看望祖母的逃犯不可能真的能永远逃避追捕,不是吗?

这是K需要考虑的问题。如果兰尼克被抓,尽管他是无辜的,但他有相当大的可能会被定罪。但没有什么是肯定的。他可能会找到一个好律师,他可能会有不在场证明。对他不利的所有证据可能会崩塌。警方可能会去寻找下一个嫌疑人。

对 K 而言，这种情况最好不要发生。西蒙·兰尼克永远消失，将是最好的结果。能指望他自己消失吗？还是需要 K 帮助他？

K 被一块石头绊倒。他靠着一棵小树没让自己摔倒。望远镜从他手中滑落，掉在地上。他可以看到前面的兰尼克，黑色树林中的棕褐色外套。兰尼克没有停下来。没有转身。

K 捡起望远镜，继续前行。峡谷就在前面，还有那座桥。K 想了想，赶紧追上兰尼克。这座桥上没有栏杆。只要用力一推，就能把兰尼克推下桥。峡谷高度六米，如果他落在恰当的地方，肯定会没命。

但尸体最终会留在峡谷底部——K 无法把它拖出来。最后会有人发现尸体。

只有在看起来像意外的情况下，把他推下桥才会起到效果。西蒙·兰尼克谋杀了嘉娜·弗莱彻，然后意外从桥上跌落。

没有人会相信这一点。

兰尼克需要消失。不能让尸体被发现。前面，兰尼克到了桥上。他没有放慢脚步。K 听到兰尼克的靴子踩在木板上的声音。

他等着那件棕褐色的大衣在另一边的树丛中消失，然后一步步小心翼翼地走过桥。

K 再次踏上坚实的地面时，也开始加快步伐。一场小雨开始落下。他感觉到雨点落到他的脸颊上。他走过小路上的一个转弯处。环顾四周，试图看到兰尼克的身影。除了树木和阴影，他什么也没看到。

他不久就会走到小路的尽头。放弃跟踪可能是明智的。他没有忘记兰尼克可能有把枪。

不过,他还是不愿意放走兰尼克。

K 的车停在克林顿路上。他认为兰尼克也有车。继续跟踪这个人有意义吗?

假设他们行驶在一条没有其他车辆的路上。一条有急转弯的路。这是 K 可以利用的情况,特别是如果雨一直下。西蒙·兰尼克谋杀了嘉娜·弗莱彻,然后死于一场车祸。这是否合理?

可能值得一试。K 沿着小路慢跑。他感觉到夜风的气流。他让兰尼克领先太多了。小路在枯萎的山毛榉树之间蜿蜒。K 来到柏树公园球场边的小路口。他在树林的边缘停下。看到他的车在远处。他还发现了另外一辆车——一辆后面有扰流板的运动型双门跑车——可能是兰尼克的。K 无法判断车里是否有人。

他等着跑车的车灯亮起,等着它驶离。什么也没有发生。兰尼克会不会是步行离开的?街上没有他的踪迹。K 是不是走到了他的前面——在树林里超过了他却没有意识到?

K 听着雨声。雨下得更稳了。他听到雨声有了微妙的变化。他非常缓慢地转身,知道他将看到什么——穿着棕褐色大衣的西蒙·兰尼克站在那儿。兰尼克伸出左臂,拳头里握着一把枪,枪离 K 的脸只有几厘米。雨水拍打着兰尼克的衣袖。

兰尼克说:"朋友,你没有自己以为的那么安静。"

K 注视着枪口,感到害怕。"噢天哪," 他喊道,"不要杀我。"

他能听出自己声音里的惊慌。听起来很真实。但一部分的他感到平静,另一部分的他在观察和计算。如果处理得当,他能度过这一关。恐慌的声音很好,他想,我们多来点这样的声音吧。

"求你了,"他说,"我的钱包里有钱。拿走。想拿什么拿什么。"

兰尼克站在雨中,不为所动。"你是谁?你为什么要跟踪我?"

"跟踪?我没有,我发誓。"很好,K想道,继续。"我在找我的狗,"他说,很顺口地就撒了个谎,"我妻子有时候会带着它来公园遛一会儿,把绳子解开。她今天也带它出来了,结果它跑了。"

"所以你现在在找它,"兰尼克说,"在夜里。下着雨。"

"我发誓。"

"带着望远镜。"

K刚才向身体两侧张开双臂,以表明他的无辜。望远镜之前一直在他的右手上。他现在看着望远镜,好像他之前忘了它的存在。

"这是我在树林里捡到的,"他说,"肯定是被人当成垃圾扔掉。你看,带子断了。"

西蒙·兰尼克稳稳地握着枪。"我不认为这是你捡到的。我认为你可能在监视我。"

K往自己的声音里多加了些惊慌。"监视?我为什么要这么做？我都不认识你。"

"你也许还在监视其他人。你也许是个色狼，变态。你在晚上往姑娘家的窗户里看。对吧？"

"不是。不是这样。我的狗——"

兰尼克前进了一点。枪口现在悬在 K 的额头上方。"光看也许还不够，"兰尼克说，"你也许还杀了她们。"

"天哪，不是——"

兰尼克把枪口往下移，抵到 K 的脸颊上。"你也许看了嘉娜·弗莱彻家的窗户。你知道我说的是谁。那个死掉的姑娘。"

K 将声音中的惊慌排除干净，直到其中只剩下痛苦。"不是这样。我在找狗。我发誓。"

接下来发生的事给了 K 希望。兰尼克将枪口拖过他的脸颊，但没有扣动扳机。K 看着兰尼克的脸。他几乎可以看到这个人在思考。兰尼克并不相信关于狗的故事。这很明显。K 也很清楚，兰尼克想向他开枪——但又不敢这么做，因为可能会有人听到枪声。公园对面有房子。所以兰尼克不会开枪。但他也不会让 K 走。

兰尼克做了个决定：他把枪从 K 的脸颊上移开。时间好像变慢了，K 知道接下来会发生什么事。兰尼克会把手指从扳机上移开，调整对手枪的握力。他会把枪再甩回来，用枪托狠狠地打 K 的太阳穴，把他打昏。在那之后，如果愿意，他能悄无声息地解决掉 K。

K 不害怕。一旦兰尼克的手指离开扳机，这把枪只是一样钝器而已。而 K 自己也有一样钝器。

事情正在发生。在 K 看来,这事超乎自然地清晰。雨水打在兰尼克的衣袖上,他的手指移到扳机的护圈之外,他的手臂正在向后拉。K 紧紧握住望远镜,把它甩到兰尼克的下巴下面。

望远镜击中目标,兰尼克的头猛地一缩。他呻吟了一声。他的手指摸索着手枪的扳机,但他太慢了。K 又把望远镜甩在他的手腕上,枪掉到地上。兰尼克后退一步,但在他有时间站稳之前,K 冲过来,再将望远镜甩在他的脸上。这一击打中兰尼克的鼻翼,K 听到软骨断裂的声音。

从这时开始,一些原始的东西占据上风。兰尼克踉跄了一下——K 记得这一点。他记得雨无声地落下,暗沉沉的树林变成墨黑色。黑暗持续了很长时间。当黑暗过去,K 跪在地上。他的肌肉很痛。他的手指被兰尼克油腻的头发缠住了。他正在把这人的脸推到一堆湿漉漉的树叶里。

雨水已经浸透 K 衬衫的后背。他松开兰尼克的头发。兰尼克没有动。望远镜躺在旁边的地上。K 把望远镜捡起来,发现上面沾满了血。

他站起来,茫然地转了一圈。看到兰尼克的枪躺在一棵树下。他走过去把枪捡起来。手枪感觉很结实又很轻。他把手枪塞进口袋。

他站在兰尼克的尸体旁边,想道:你不应该把他留在这儿。你应该把他带走。把他藏起来。

他走到树林边缘,向外看去。看着街对面房子窗户里闪亮的灯光。还有多少人没睡？有多少潜在的证人？他的车就在公园的另一边。他如果想带走兰尼克的尸体，就必须把尸体一路拖过球场。还不能被任何人看到。

他知道最好不要这么做。

他在离开之前检查了兰尼克的脉搏。这个人已经死了。这也是一次胜利，K 想道。他花了一会儿时间翻查兰尼克的口袋。除了一个钱包，没有什么有价值的东西。K 把钱包带走了。

他穿过球场走向他的车时，冷风一路跟着他。他把望远镜扔到副驾驶座上，启动引擎。他打开雨刷器，双手放在方向盘上。他感到一阵颤抖。他想到雨。他可以让雨停下，如果他真想这么做。他只需要集中精神。

他把暖气打开，车动起来——向南走，向家走。他决定让雨继续下。

27

在我与西蒙·兰尼克谈话之后，当我看着他消失在树林里时，我想过要拨打报警电话。他毕竟是谋杀案嫌疑人。一个模范公民会打这个电话。但我认为这种行为像是一种背叛。不是因为我关心西蒙到这种程度，而是因为我认为我对他的祖母有所亏欠，她给了我一个住处。

所以我没有掏出口袋里的手机。我待在户外，抬头看云和云后的月亮。我感受到第一阵落下的雨时，也没进屋。我听着蟋蟀的鸣叫，想着嘉娜。

我进屋的时候，衣服已经湿透了。我脱了衣服，洗了个温水澡，爬上床。

第二天上午，当我听到兰尼克的死讯时，我想到如果我当时做了不同的事——打电话给警察——情况会不会有所不同。不知道这个电话是不是能救他。

是一位慢跑者发现了兰尼克的尸体。他住在克林顿路附近，经常跑步穿过柏树公园旁边的树林。他在早上七点左右发现了西蒙，那时天亮已经很久了。

在警方到达现场后不久，当地的新闻机构就得到消息。我先是从嘉娜放在厨房的收音机里听到这个消息，然后我就去找我从旧公寓带过来的备用电视机。我找到电视机，把它放在厨房的料理台上。我很快就看到在公园的棒球场拍摄的报道——那是电视台工作人员能够离尸体最近的地方。

到了上午十点，外面的街道上来了一辆新闻车，我在看复式房子的现场直播——这房子成为一个拿着麦克风的记者的背景。新闻人员敲了阿格妮斯·兰尼克家的门，她没理会他们，他们过来敲我的门，我也没理会。

大约十一点，弗兰克·莫雷蒂出现。他走过时，记者对他喊出一个问题。他什么话也没说。阿格妮斯让他进屋，他和阿格妮斯在一起待了一个小时，然后他离开，绕到后面，来到嘉娜这套公寓的小院。我透过后门上的窗户看到了他。他挥挥手。

"那个女人让我疲惫。"我让他进门时，他说。

"那坐一会儿，"我说，"来杯咖啡？我已经煮好了。"

他点点头。我给他和自己各倒了一杯咖啡。他没有立即坐下。他走过去看我放在前门旁的靴子。

我拿出奶和糖，关掉电视。我们两个人坐到厨房的桌旁。

"我知道她会说英语，"莫雷蒂说，"但她如果不想回答某个问题，就装糊涂。她会唠叨捷克语。但我最终让她承认，她孙子昨天晚上来看她了。但我仍然不知道他在过去一周半的时间里待在哪里，或者有谁在帮他。我们在克林顿路靠近公园的地方找到了他的车。我猜，他每晚都把车停在那儿，然后回到这里睡觉。你对此有什么高见？"

我搅拌着咖啡。"我没有想法。"

他皱起眉头。"你也打算对我讲捷克语？"

我想了一会儿然后说："西蒙昨晚离开时，我见到他了——大约十一点半左右。我们聊了一会儿。他其他时候可能也来过这儿，但我不知道。"

"你们聊了什么？"

"他说嘉娜·弗莱彻不是他杀的。"

"那当然。"

"我劝他找警方。把事情搞清楚。"

"你这样做很好，"莫雷蒂干巴巴地说，"使用劝说的办法。"

"我做不了什么事，"我说，"他有枪。"

"真的吗？"

"他说他有枪。但我没看见枪。你在他身上找到枪了吗？"

莫雷蒂喝咖啡时眼睛也一直盯着我。"你也许可以先让我问个问题，"他说，"然后我再回答你的问题。你昨晚去树林了吗？"

"没有，"我说，"但你已经知道这一点了。你检查过我的靴子了。"

莫雷蒂耸耸肩。"你昨晚穿的可能是另一双鞋。"

233

"我需要打电话给律师吗?"

"你如果打电话给律师,我会认为你心里有鬼。"他揉了一会儿眼睛,"不过,阿格妮斯证实了你刚才的说法。她昨晚看到你和她孙子谈话了,她说你之后一直待在外面的草坪上。你没有跟着他进树林。这是我从她那里得来的有用信息之一。她说,西蒙离开之后,你在外面待了十到十五分钟。下雨了,你还在外面待着。她说这很古怪。"

"可能吧。"我说。

"你为什么要这样?"

"我猜雨水让我感觉很舒服。"

莫雷蒂沉默了一会儿。然后他问:"你对兰尼克有枪这一点有多大把握?"

"我不能肯定,"我说,"但我觉得他有枪。他说那是一把俄造枪。马卡洛夫。问问阿格妮斯吧。她也许能告诉你答案。"

"我不指望她还能再告诉我什么事,"他说,用一根手指敲着咖啡杯,"我们没有找到什么枪。如果他有枪,你会想知道他为什么没有用枪自卫。"

"也许他根本没机会。"

"也许吧。但也有可能根本就没有什么枪。"莫雷蒂犹豫了一会儿,然后决定和我分享一些信息,"到目前为止,我们确切知道的是,有人把他活活打死了——用的是一种相当重的物件。不管凶器是什么,袭击者把凶器带走了。他也把兰尼克的钱包带走了。所以这可能是一次失控的抢劫。"

"抢劫?"

"当然。在过去一年里,柏树公园附近发生过多起抢劫和袭击事件。这还只是有人报警的记录。那不是一个你晚上想在那儿流连的地方。"

我审视着莫雷蒂的脸,试图弄明白他是不是认真的。"你并不真的相信这是抢劫,对吧?西蒙·兰尼克在树林里遭遇了劫匪?"

"你的看法呢?"他问,"我应该相信什么样的说法?"

"如果有人正在找他呢?"我问,"在树林里等着,正在监视他祖母的房子?"

"那么这个人是谁呢?"

"就是杀害嘉娜·弗莱彻的那个人。"

莫雷蒂不耐烦地叹了口气。"你知道我对此事的看法——是西蒙·兰尼克杀了嘉娜·弗莱彻。"

"我知道你的理论。我觉得你应该重新考虑这个案子。"

他把双肘放到桌子上。"你得给我个理由。你想让我相信,一个未知的人杀了嘉娜,这个人昨晚躲在树林里,希望能有机会杀掉西蒙·兰尼克。他的动机是什么?"

"他一直在看新闻,"我说,"他知道兰尼克是你认为的嫌疑人。如果兰尼克死了,你继续追查嘉娜之死的可能就降低了。真正的凶手也就不用再担心了。"

"如果这就是他的想法,那么他应该什么都不做。这样我可以继续怀疑兰尼克,而他则仍然是清白的。"

"也许他不耐烦了。也许他自制力不强。"

"你在虚构一个关于他的故事，"莫雷蒂说，"很好。但我不需要虚构的故事。我需要证据。"

他是对的。"脚印呢？"我说，"如果有人正在监视这栋房子，那么他一定在这儿看见了兰尼克，然后跟着他穿过树林。应该有一串足迹。"

莫雷蒂点点头。"应该会有。在理想的状况下。我来给你讲讲我们发现的脚印。最近有三组脚印穿过公园的棒球场。在棒球场的内野，这些脚印都非常清晰。有一组通往树林的脚印属于西蒙·兰尼克。另一组脚印属于发现尸体的慢跑者。第三组脚印可能属于凶手。他的脚印通往树林，然后又离开了树林。"

他停顿，喝了口咖啡。"但在树林里面，情况就不同了。地上覆盖着好多层树叶。根本就没有明显的脚印。我不知道我们能否确定有人在跟踪兰尼克。"

又是停顿。随后莫雷蒂长出了一口气。"老实说，"他说，"如果我觉得有人跟踪兰尼克，我倾向于认为那个人是你。但阿格妮斯为你提供了不在场证明。兰尼克穿过树林应该需要大约十分钟，在那段时间里，你一直在后院。除此之外，还有棒球场的三组脚印。我知道那些脚印不是你的——尺寸不对。所以兰尼克不是你杀的。"

"是的，不是我。"

"这意味着我需要找到另外一种解释，"莫雷蒂说，"在我看来，最可能的解释就是我刚才提到的那个：兰尼克撞上埋伏在公园附近的某个人——这人原本想抢劫他,结果把他给杀了。"

我摇摇头。"我不相信这个解释。"

"你没必要相信。但这种解释和我已有的证据吻合。"

"我也不相信是西蒙·兰尼克杀了嘉娜。"

莫雷蒂摊开双手。"关于这个问题,你想辩论多久,我都奉陪,"他说,"但事实仍然是兰尼克认识嘉娜,他有侵害女性的前科。我不能因为你有另一套理论,就排除兰尼克在嘉娜被害案中的嫌疑。"

他看起来很真诚,我想道,一个穿着深灰色西装的筋疲力尽的警察。他那双疲惫的眼睛稳稳地注视着我的眼睛。但我不确定他心里到底是怎么想的。毕竟,我不知道弗兰克·莫雷蒂到底是否真诚。

"这不只是个理论,"我说,"事实是,嘉娜当时正在试图证明加里·迪恩·普鲁伊特无罪——证明他没有杀妻。这意味着真正杀了普鲁伊特妻子的人有理由想让嘉娜永远沉默。你对普鲁伊特的案子很熟悉。你是那个案子的首席警探。"

我有点希望他能否认。但他并没有。

"是的,我是那个案子的首席警探。"莫雷蒂说。

"你从没有告诉我这件事,"我说,"我是从加里·普鲁伊特那里得知的。"

他没受到丝毫影响。"马龙先生,我觉得我们已经解决这个问题了。我没有义务告诉你任何事情。"

"普鲁伊特还告诉了我别的事情。他说嘉娜打算和你谈谈他的案子。她找你了吗？"

"是的，她找了。我3月份和她谈过。"

"所以你从一开始就知道嘉娜的死和凯西·普鲁伊特的死之间可能存在联系。"

"只有杀害凯西·普鲁伊特的凶手仍然逍遥法外，两者之间才可能存在联系，"莫雷蒂耐心地说，"而我碰巧知道，凶手现在待在丹尼莫拉的监狱里。"

"如果凶手不在监狱里呢？如果加里·普鲁伊特是无辜的呢？"

"他有罪。我就是这样告诉嘉娜·弗莱彻的，我也正在这样告诉你。"

"如果你错了呢？"

"我没错。但你可以跳过这个问题，告诉我你觉得我现在应该去查谁。"

我摸着咖啡杯的边缘。"先让我问你一件事。嘉娜有个塞满关于普鲁伊特案笔记的文件夹。她去世之前，我在她书桌的抽屉里见过这个文件夹。文件夹现在不见了。是你拿走的吗？"

"不是，我没有拿走任何文件。"

"那么就是凶手拿走的。"

"我想到的是其他可能性，"莫雷蒂说，"她把文件放到了别的地方。或者她把文件扔了。"

"我再问你一件事。你们3月份交谈时，她提到过卢克·道尔和埃利·道尔吗？"

他向我展露一个宽容的微笑,好像他一直在等着我提起道尔家兄弟俩。"是的,"他说,"嘉娜觉得可能是他们杀了凯西·普鲁伊特。是加里·普鲁伊特把这个想法灌输给她的。"

"那么你是怎么回应她的?"

"我告诉她,加里·普鲁伊特乐意把这个想法兜售给任何一个想听的人。他试图把这个想法兜售给他的律师,他的律师又试图把这个想法兜售给我。但我不想买。"

"为什么?"

"因为除了曾在她任教的高中念过书,道尔家兄弟俩和凯西·普鲁伊特没有任何联系。忘记这兄弟俩吧。"

"我做不到,"我说,"我觉得是卢克·道尔杀了嘉娜。你问我你应该去查谁。这就是我的答案。"

"哦,真不幸,他失踪很久了。"

"也许他并没有失踪,"我说,"也许他昨晚就在树林里。"

莫雷蒂把椅子往桌子后面推了推,然后站起来。我也如此。我看着他揉揉眉毛,好像眉毛有点痛。听见他叹了口气。

"自从他开枪打死表弟埃利后,已经有一年半没人见过卢克·道尔了,"他说,"但你想让我相信是他杀了嘉娜·弗莱彻、乔琳娜·哈利维尔和西蒙·兰尼克。我应该相信吗?"

我想到壁炉架上的木制立方体。"冰棒棍。"我说。

"哦,天哪,"莫雷蒂说,"不要再提冰棒棍了。"

"卢克打死表弟,继而失踪——这也是你负责的案子。你调查过了。所以你肯定去过卢克的拖车。你肯定见过他做的模型。所以当我对你说起树林里的冰棒棍时,你应该想到了卢克·道尔。"

"不,我没有想到。"

"一分钟都没想到过他?"

"也许想到过一会儿,"莫雷蒂说,"然后我又想到,也许有孩子在树林里吃过冰棒。你看,你要想想自己是不是走得太远了。你住在一个死去女孩的公寓里,而且很明显你和囚犯谈过,去拖车附近晃荡过。谁知道你还做过什么别的事。我也许不能阻止你,但没必要跟随你的思路。你无法说服我卢克·道尔和嘉娜·弗莱彻的死有关,因为没有理由认为,在嘉娜去世那天,他就在嘉娜附近。更不要说杀她了——也没有理由认为他听说过嘉娜这个人。"

28
插曲：
1996年8月下旬

嘉娜·弗莱彻和卢克·道尔裸体躺在星光之下。

嘉娜尽力把一切都记在心里：他们身下羊毛毯子的质地，从卢克身上散发出来的热量，夜晚的空气洁净的气味。还有其他气味：谷仓的旧木材，她自己的汗水，卢克的汗水。还有一种流连不去的东西，对奶牛的气味的记忆——并不讨厌，因为这里很久之前就没有奶牛了。

不过，这里还有其他动物：高高的木梁上的鸟。嘉娜可以听到它们在上面沿着木梁跳动。谷仓的屋顶只剩下光秃秃的木梁。一对鸟儿飞起来，嘉娜看着它们飞走。看着它们在星空下的身影。

"这些是什么鸟？"她问卢克。

"短嘴鸦。"她说。

"简单点。"

"乌鸦,"他说,"那儿还有燕子,但燕子的个头要小得多。"

嘉娜注视着一颗看起来比周围其他星更亮一些的星。

"它们是坏兆头。"嘉娜说。

"燕子?"

"乌鸦,天才。"

"那是神话,"卢克说,"我在哪儿读到过,它们很善良。当父母年老体衰了,它们会反哺父母。"

"它们能记得谁是父母?"

"当然。它们很聪明。听说它们还能记住人类的脸。它们会认出从前见过的人。"

有东西掠过屋顶光秃秃的支架——也许是只乌鸦,也许是另外一种完全不同的鸟。嘉娜找不到那颗亮星了,然后又找到了它。

她指着那颗星。"那是什么星?"

"哪一颗?"卢克说。

"亮的那颗。"

他把脑袋歪到嘉娜的肩膀上,顺着嘉娜的胳膊朝上看。"那可能是人马座的一部分。"

"真的吗?"

"你看见茶壶了吗?"他说,"人马座看起来像个茶壶。"

"我觉得它看起来像个弓箭手。"

"那是一个拿着弓的半人半马怪物,但中间部分看起来像个茶壶。"

嘉娜试图辨认出茶壶、半人半马怪物或者弓。

"我觉得那不是人马座。"

她把胳膊放下来，卢克的手摸到她的手。一阵微风穿过谷仓，拂过嘉娜的皮肤，感觉凉凉的。

卢克握紧她的手。"看到了吧，"他说，"这样很好。"

她闭上眼睛。"是的。"

"我们可以一直像这样开心，对吧？"

"我们可以。"

他在嘉娜身边动了动，让自己更舒服些。"你之前想错我了。你一开始并不喜欢我。"

她记得他们相遇那晚，在州际高速的服务区。

"我第一秒挺喜欢你，"她说，"但第二秒就不喜欢了。"

他笑了。低沉、温和的笑。笑声渐渐消失，他深吸一口气，在一个哈欠中把气吐出来。嘉娜睁开眼睛，凝视着星星。不是看某一颗，而是看一整片星星。她看到一个红点从星星中间经过，一闪一闪的。一架飞得很高的飞机。

卢克的呼吸慢慢变成一个稳定的节奏。嘉娜听着。飞机飞出她的视线。她的手从卢克的手中滑出，她在毯子上慢慢地坐起来，进而又站起来。

她绕过卢克，发现自己的衣服堆在地上，胸罩和内衣在上面。她穿上这两件，又穿上衬衫和牛仔裤。卢克的衣服也堆在一起——在星光下，最上面是一件黑色的金属物——一把点三八左轮手枪。

她在扣牛仔裤的扣子时，意识到卢克正侧身躺着，注视着她。

"你在做什么？"他说。

她在黑暗中微笑。"想着我也许可以散个步。"

"如果我不希望你去散步呢？"

"那我就待在这儿。"

他爬起来，盘腿坐在毯子上。"你如果去散步，会去哪儿呢？"

"廷巴克图[1]。"

"路很远哦。"

"那就先走到池塘，作为开始。"

他向后仰着，以胳膊支撑身体。"你很平稳。"

"平稳？"

"镇定。"

"我就是这样，"她说，"平稳又镇定。"

"你在假装没看见它吗？"

"看见什么？"

他朝着自己的衣服和左轮手枪点点头。"枪。"他说。

"我看见枪了，卢克。"

"你不打算把枪拿起来？"

"你想让我把它拿起来吗？"

"我想你做一个人会做的事。"

---

1 西非共和国古城。在英语里，也指非常遥远的地方。

嘉娜弯腰捡起枪。"你想和我去池塘那儿吗?"她说。

"别管池塘了,"卢克说,"池塘不是你想要的东西。"

"我想要什么呢?"

"我不知道。你想要我车的钥匙吗?在我裤子里。"

"你会把你车的钥匙给我吗?"

"你可以拿走车钥匙,"他说,"你有枪。"

嘉娜用枪指着他。"我应该这么做吗,拿走你的车钥匙?"

"这是最理智的事。"

"然后呢?开枪打你?"

"我得说,应该先开枪,再拿走钥匙。"

她把左轮手枪的击铁往后扳。"你就是这样想我的吗?你根本就不了解我吗?"

"我有个很棒的想法。"他说。

"很明显,你没有。"

她突然举起枪,把枪管抵在下巴下面,她的脖子感受到冰凉的铁。她扣动扳机,听到击铁击打在空空的弹巢上的声音。

"嘉娜——"

她又扳动击铁,接着又扣动扳机。她又如是做了五次,在这个过程中,卢克一直在说"停下!"。她试过每个弹巢之后,把枪扔到他们之间的地上。

他已经站起来了,正在穿衣服。

"太蠢了,"他说,声音激动,"你永远都不应该那么做。你要永远假定枪里有子弹。"

嘉娜背对着他。"不要再假惺惺的了,"嘉娜告诉他,"你如果到现在还不相信我,不如一枪打爆我的头。"

他在她身后,很安静,但她能想象到他在扣衬衫的纽扣,拿起左轮手枪。她听到机械的声音,可能是枪膛打开,又关上。他可能已经在枪膛里装了一发子弹。她等待着他把枪口对准她的后脑勺。

但他没有。他走到她后面,用一条胳膊环住她的腰,另一条胳膊绕到她的胸口。"我很抱歉。"他说。

1996年6月7日

嘉娜微笑着离开服务区,想着那个穿着橙色T恤的鼓手卢克,还有他那个弹低音贝斯的傻瓜朋友。她开着祖母的别克名使,在州际高速上向东行驶——香烟的臭味和香水味——她到达锡拉丘兹后,上81号公路向南行驶。

她把宾厄姆顿一家酒吧的名字潦草地写在公路图的空白处。康克林街的迪诺酒吧。卢克和他的乐队明天晚上会在那里演出。她在锡拉丘兹和宾厄姆顿之间,有一百二十公里的路程可以决定。乐队可能很糟糕,卢克可能很无聊,那么她就浪费了一天时间。乐队可能很出色,卢克可能难以抗拒,而她可能会与一个鼓手纠缠在一起,永远也到不了纽约。

她到了宾厄姆顿后继续往前开,心里有一丝遗憾。纽约还有其他音乐人。

她越过州界,进入宾夕法尼亚州,进入左侧车道,超过一排半拖车。风从她身边的窗户吹进来。她在别克名使的磁带机里把梅莉莎·埃瑟里奇的专辑调得很响。

　　午夜过后不久,她决定休息一下。她在一个叫哈福德的小镇下了州际公路,把车停在一家埃克森加油站。孤独的服务员没了一颗门牙和大部分的头发。他正在听一台便携式收音机里的摇滚台。

　　女洗手间藏在一个很远的角落,在堆放在一起的汽水箱和薯片架后面。嘉娜发现洗手间出奇地干净,虽然没有卫生纸。

　　她从洗手间走出来,在牛仔裤上擦着手。服务员没有看见她,他正埋首于一本狩猎杂志。收音机里正在播放汤姆·佩蒂的一首歌:《你我会再相见》。

　　她走出前门时,看到一辆白色面包车停在别克名使旁边。她拿出钥匙,绕到面包车前面,看到卢克·道尔靠在她的车上,面带他那种轻松的微笑。

　　"我知道这样似乎有点怪,"他说,"但我可以解释。"

　　然后出现了两个嘉娜。一个嘉娜认为,这样的确似乎有点怪,他不应该出现在宾厄姆顿;也许他的演出取消了。另一个嘉娜慢了一步,想道:他在跟踪你。他是个开着面包车的疯子。

　　嘉娜向后退。她应该尖叫。加油站服务员可能会听见她的叫声。他可以成为目击者。她本打算尖叫的,但她在后退时撞到了什么东西,一只手捂住了她的嘴。不是卢克的手——是他那个傻瓜朋友的手。他早就到了嘉娜身后。

以后，她会想起试图挣脱他的那种感觉，试图用钥匙戳他大腿的那种感觉。她会想起加油站收音机发出的声音——汤姆·佩蒂的新歌《国王公路》。

适合绑架的音乐。

她看着卢克拉开面包车的门。他们两人把她架进去。车门猛地关上。没有音乐了，只有卢克·道尔的身体压在她身上的重量和他说话的声音："不用担心，这事没有你想的那么糟糕。"

九十二天——就6月7日到9月6日——这就是她和道尔家兄弟俩待在一起的时间。她在面包车的后部度过了最初几个小时，脚踝被绑在一起，双手被铐在身后，嘴里塞着一块破布，破布由一块大手帕绑好、固定。

他们开车向北，前往宾厄姆顿，沿着与她相反的路线走。然后他们下81号公路，沿着12号公路开了一百六十公里，径直前往罗马城。嘉娜当时不知道这一点。她当时不知道他们的目的地，也不知道去那儿需要多久。感觉就像永远。

她和卢克单独待在面包车里。傻瓜朋友拿着她的钥匙走了。她猜，他一定是开着她祖母的车跟在后面。

卢克起初默默地开车，然后打开收音机，不停地调台。嘉娜试图引起他的注意，但嘴里的破布把她说的一切都变成嗡嗡乱语。她试着假装发病——用力呼吸和颤抖，好像旧疾正在发作。卢克通过座位之间的空隙回头瞥了她一眼，然后把目光投向路面。"别闹了。"他说。

她继续装病，但只装了一小会儿。她担心自己会真的开始喘不过气来。她把脸颊贴在面包车的地毯上，专注于用鼻子平静地呼吸。卢克关掉收音机，开始自己哼唱。他似乎充满了紧张的能量。他从仪表盘上拿起一根鼓棒，在旁边的座位上敲出一段复杂的节奏。

旅程结束时，他把鼓棒扔到一边，似乎又恢复成原来的样子。他把面包车停在路边并关掉引擎，什么话也没说。他转过身，打开侧门，向嘉娜展示一把刀和一把左轮手枪。他用刀子割断捆绑她脚踝的绳子，然后把刀折起来，放好。他没有解开手铐。他把她拖出来，让她靠在面包车上。

她看到树木和夜空，还有一条杂草丛生的小路，小路一直延伸到黑暗中。卢克把面包车停在一辆拖车后面，但公路就在拖车的另一边，离得并不远。没有那个傻瓜朋友的踪影。

她挑衅地抬起下巴，说："把破布弄出来。"声音含混，但他听出了要点。他把枪塞到背后，让她转过身来，抠住手帕上的结，直到把它解开。他又把她转过来，把破布从她嘴里拉出来。

她吐了好几口唾沫，想把破布的味道全部吐掉。"我有哮喘，"她说，"你再把那东西放进去，会要了我的命。"

卢克怀疑地瞟了她一眼，打开面包车的乘客门，拿出她的手提包。他把里面的东西倒在地上，用鞋尖清点一遍。

"我没看到吸入器。"他说，把一只手放在她的喉咙上，把她推回到面包车的车身上，"你没有哮喘。如果你对我撒谎，我们就没法相处了。"

"你想听真话？"嘉娜说，"我不喜欢嘴里被塞破布。"

"那好，我们不用这东西。但如果你叫喊，我只能对你开枪。"

"听起来很公平。"她说，猛地抬起膝盖，顶他的大腿根。

这一击没有像她希望的那样把他放倒在地，但让他打了个趔趄。这给了她逃脱的机会。她沿着拖车的后墙向前冲，绕过拐角，冲向公路。她看到车灯，跑上去迎接，大声喊着"救我！"。车灯放慢速度，汽车转弯，避开了她。她认出这辆车时已经太晚了：她祖母的别克名使，方向盘后面是那个傻瓜朋友。

她转身要跑，卢克·道尔抓住她，把她拖下公路。他把她拖回面包车那儿，那个傻瓜朋友把别克名使开过来，加入他们。卢克又把破布塞进她的嘴里，把手帕绑在原处。他们捆住她的腿，把她抬起来。他们抬着她沿着小路往前走，这条小路远离拖车和公路，也远离她希望得到的任何可能的帮助。

半圆的月亮低低地挂在天空。他们在牛蛙的呱呱声中经过一个池塘的边缘。地面向上倾斜。嘉娜把头从一边扭到另一边。她看到远处有个谷仓在晃动。她看到一座农舍，农舍倾倒在地。

她以为他们会把她带去谷仓，但她错了。他们把她带到了地下。

29
1996年7月

"你给我带条小狗来。"嘉娜说。

"什么品种的狗?"卢克·道尔说。

"金毛寻回犬。我一直想要一条。"

"这是猎犬。"

"我应该用不着带它去打猎。"她说。

卢克黑色的眼睛审视着她。有时候,这双眼睛似乎充满智慧,有时候似乎又很空洞。此刻,嘉娜说不清这双眼睛是充满智慧还是空洞。

"这种狗喜欢待在户外,"卢克说,"我不知道自己是不是想在这地下养一条。那样太残忍了。"

"我不想让你做任何违背你意志的事。"

"让我想想,"他说,"还有吗?"

"咖啡。"她告诉他。

"咖啡不行。"

"鲜奶油摩卡。"

"你不喝咖啡,也已经够有活力的了。"

"焦糖玛奇朵。"

"我可以给你带冰激凌。"

"我吃冰激凌,"她说,"但我还是想要咖啡。"

在困住她的这个地下监狱里没有椅子,所以他们坐在地上——嘉娜在房间的中央,卢克背靠着门。他带来一盏灯:一个由电池供电的灯笼,放在他旁边的地上。

嘉娜觉得现在一定是晚上,但她不确定。她常常迷失在时间里。卢克按他自己的时间表下来,她从来都不知道门什么时候会打开。有时——比如现在——他下来只是为了聊天。他们假装自己是文明人,而不是疯子和他的俘虏。他们是夫妇,正在商讨如何安排生活的细节。

"我喜欢叙利亚菜。"她说。

"这里离中东很远。"

"这里和中东差不多。"

"烤肉串?"他说,"诸如此类的?"

"类似的东西。"

"我去看看能不能办到。"

"或者埃塞俄比亚菜?"

"那是哪里?非洲?"

"北非?"

"他们不是一直在挨饿吗,埃塞俄比亚人?"

"不是所有人都挨饿,"嘉娜说,"他们中的一些人来到了这里,开了餐馆。"

"餐馆里卖什么菜?"

"鸡肉和羔羊肉,"她说,"小扁豆。还有一种叫'英杰拉'的海绵一样的面包。"

"我们这一带没有埃塞俄比亚餐馆。抱歉。"

"太糟糕了,"她说,"我很喜欢。"这不是真话。她吃过一次,在蒙特利尔。在日内瓦城吃不到。

"你还想吃什么?"卢克说。

"意大利菜。"

"我给你带过意大利菜。"

"你给我吃的是冷比萨。"

他坐在那儿,右手手指不停地转着一根冰棒棍。嘉娜想象着把冰棒棍折成两截,插进他的双眼会是什么景象。

"你也许应该降低期待。"他说。

"要降到多低,你才能满足呢?"

今天是 7 月 15 日——至少当她问的时候,卢克是这样回答的。她只能接受他的说法;自从他们把她锁到地下那天起,她就没见过天空。

他们囚禁她的地方是一个木箱:三米六见方,高两米四。不算是完美的立方体。墙壁由数百根五厘米厚、十厘米宽的木条组成，每根木条长一百二十厘米。木条水平排列。它们被螺丝固定在墙上，或者说她是这么认为的。每根木条上有两颗螺丝。地板和天花板也是这样做的。

一面墙的中间有扇门。门看起来像是从一栋旧建筑中抢救出来的，也许就是从他们把她带到这里的那个晚上她看到的那座农舍里拿来的。她够不着门，因为她的脚踝上有条铁链，铁链限制了她的行动。铁链从门对面的墙里穿出来，它的另一端一定拴在墙另一边的某件东西上。

他们给了她几条毯子和一张薄薄的床垫，这就是她的寝具。他们大部分时间让她的手自由活动。她确信，这不是出于怜悯。这是出于实用性的考虑。他们希望她能够自己吃饭和上厕所。厕所是一个带盖子的塑料桶。

如果今天是7月15日，那么嘉娜已经在这里超过五周了。她试图确定卢克说的日子是不是真的。她不愿相信自己对时间的感觉，因为她独自在黑暗中待了太久。也因为他们喂她毒品。

这事很早就开始了。卢克·道尔第一次强奸她时，她反击了——她成功用肘部打到他的脸，使得他的嘴唇破裂。但反击并没有起到什么实际效果。他还是拿走了他想要的东西。但在那之后，他们开始在她的食物里放东西。她吃完后感到昏昏沉沉；她睡得比她认为自己应该睡的时间久；而且即使醒着，她感觉自己的意识也不清楚。

意识到他们在喂她毒品后，她绝食抗议。但昏昏沉沉的状态仍在继续，她猜他们一定是往她的水里下毒了。所以她连水也不喝了。为了报复她,他们拿走她的衣服、床垫、毯子和塑料桶。除了脚踝上的铁链,他们什么都没给她留下。

她没有屈服。然后有一天,卢克下来,对她举起某样东西:她的驾驶证。"要么你吃饭,"他说,"要么我去这个地址,杀了我在那儿找到的人。"

"我养过一条狗。"卢克·道尔说。

嘉娜之前任由意识漫游,但现在她必须把注意力集中在他身上:卢克和他的冰棒棍。

"什么品种?"她问。

"就是我们收留的流浪狗。杂种狗。不过它知道把东西叼回来。我没教过它。它来找我们的时候已经会了。我想念它。"

"它后来怎么样了?"

卢克把冰棒棍塞在嘴里。又把它拿出来。"它老了。瞎了。所以走不了路。我们只能开枪打死它。"

"太可怕了。"

"我自己开的枪。外祖父逼我干的。我敢说,他以为他正在教我一堂关于个人责任的课。但根本原因是,外祖父是个浑蛋。"

卢克嚼了一会儿冰棒棍,然后又说:"从前,如果我做了坏事,他会把我锁在这儿。其实不是这儿,"他说,朝这个房间挥了挥冰棒棍,"这个地方是我建的,在他死后。"

他以前对她讲过这件事,仿佛他想加深她的印象。她想告诉卢克她对其创造的想法,但她把想法埋在心里。她想卢克继续对她说话。

她前一阵子发现，如果她要求，卢克会给她带东西。用于清洁身体的肥皂和温水，毛巾，干净的衣服——她自己的衣服，就在她外祖母的别克名使车上。他也会把她的脏衣服带走，洗干净后又带回来。

她想知道这辆车现在怎么样了。他告诉她，他已经处理了这辆车。"没有人会找到它。"他说。

他也告诉了她其他事，断断续续地讲了一些关于他自己的事。在他很小的时候，他母亲就离开了他，是外祖父把他养大的。他的傻瓜朋友名叫埃利，是他的表弟。乐队真实存在，但已经解散。根本没有什么在宾厄姆顿的演出。白色面包车是埃利的，卢克开的是福特野马轿车。

"那辆车有天窗，"他告诉她，"你会喜欢的。"

她说："你应该哪天开着这辆车带我去兜一圈。"

"我希望。"

如果你想看到卢克·道尔的本质，它现在出现了，在这句死气沉沉的"我希望"中。充满遗憾。仿佛他们都是环境的受害者。

"你在想什么？"卢克问她。

一个危险的问题，她从来没有如实回答过。

"我在想咖啡。"她说。

"你总是想着咖啡。你着魔了。"

"你给我带几杯来，我就不会着魔了。"

他把冰棒棍放到膝盖上，拿起灯笼旁边的瓶装水。他也给她带了一瓶——他刚一进来，就把水放到了她面前。

嘉娜看着他喝了一大口水。

"泉水，"他说，"比咖啡好多了。"

他放下瓶装水，从衬衫口袋里掏出一张卡片。"差点忘了，"他说，"又该写封信回家了，你觉得呢？"

他飞出卡片，卡片落到嘉娜能够到的范围之内。一张明信片，图片上是自由女神像。

"言辞模糊，态度乐观，"他说，丢给她一支笔，"我们不想让你妈妈担心。"

嘉娜先写上地址，然后写正文："这里一切都很好。不要担心我。我爱你。"言辞模糊，态度乐观。没有小把戏或隐藏信息。卢克第一次让她写明信片时，她试图写一些自己不常说的话。"亲爱的母亲。"她写道，她从没有这么正式过。卢克立刻就识破了她。"我觉得这样写不好，"他说，撕掉卡片，"我们以'亲爱的妈妈'开头。"

所以这张明信片上也没有小把戏。她签上名，把笔扔回给他。再把卡片扔过去。他读了一遍，把明信片塞进口袋。

他拿起瓶装水和冰棒棍，站起来。"我该走了，"他说，"我过一会儿可能会回来看你，但也可能不会。今天很糟糕。埃利一直很紧张。"

"是吗？"

"他根本没想到这事会持续这么久。他觉得我们应该结束它。"

"也许这不是个坏主意。"

"他心中的终结——你不会喜欢的。"

"哦。"

卢克打开门。"我告诉他,我们得让这事自然结束。我们从没做过这种事。我们都在这件事中探索着。"他拿起灯笼,"他不开心。但埃利就是这样。反复无常。必须有人一直握着他的手。我就是握着他的手的那个人。"

"那你一定挺辛苦的。"嘉娜说。

他的脸上没有反应——他黑色的眼睛一眨不眨——但有事发生了。他扔掉手上的所有东西——灯笼、瓶装水、冰棒棍——朝嘉娜跳过来。他把嘉娜撞倒,嘉娜的后脑勺猛地撞到地上。他用一只手掐住嘉娜的喉咙。嘉娜尽力呼吸,听到灯笼滚过木条,看到灯笼的光缭乱地照在天花板上。

"你想重复一遍你刚才说过的话吗?"他问她。和善,轻柔。

她没有试图说话,只是摇摇头。

"你觉得我傻?"

又摇摇头。

"很好。你并不比我更聪明。我知道什么是讽刺。你说的所有话,都没有超出我的想象。你应该记住这一点。"

她点点头。他把手从她的脖子上拿开,把她拽起来。她不看他,大口呼吸。感觉到心脏在狂跳。她转回脸时,看到他正在微笑。

"噢天哪,"他说,"你该看看自己的脸。你真的害怕吗?"

她不相信自己的声音,所以没有回答。

"你的确害怕,"他说,摸着嘉娜的头发,"但你知道我不会真的伤害你。我伤害过你吗?"

他把双唇贴在嘉娜的额头上好一会儿,好像亲孩子那样。嘉娜闭上眼睛,完全静止不动,直到他把双唇移开。

"我们还好好的,对吧?"他说。

她低声回答:"是的。"

他离开后,她坐在黑暗中一动不动,背部挺直,试图缓慢而深沉地呼吸。她回想起卢克·道尔的手指勒住她喉咙的感觉,这让她的肩膀开始颤抖,肩膀的颤抖逐渐发展为整个身体的颤抖。她把脸埋在手心里,哭了起来。她侧身躺下,膝盖缩到胸前,脚踝上的铁链滑过地板。

很久之后,她退到远处的墙边,拿起他给她的瓶装水。她拧瓶盖,看瓶盖能否轻松打开。如果她必须拧断封环,那么他就不可能往里面加东西。

但她从来都不需要拧断封环——瓶子总是很容易打开。这一瓶也是。她喝了一口水,味道还不错,但味道从来都没出过问题。她拧上瓶盖,把瓶子放在一边,尽管她仍然很渴。如果卢克回来,她希望自己到时候是醒着的。

她在黑暗中倚墙坐着,想着那张明信片。她想知道他是不是真的会把它寄出去。为了让明信片显得真实可信,他必须去纽约寄掉它，否则邮戳就不对了。

她从来没有告诉过他，她原打算去纽约，但他有她的公路图，上面标明了路线。他并不傻，这是事实。他很精明。他把事情搞清楚了。他知道她不是打算去纽约转一圈，因为她带着普通游客不会带的东西：出生证明和社保卡。所以他知道她打算离开家独自生活。

他也知道她妈妈的存在。他的首次威胁比较宽泛：去她驾驶证上的地址，杀掉在那儿找到的人。自那以后，他了解到更多信息：嘉娜一直和母亲住在一起，她母亲希望能收到她的消息。所以才会有明信片。

卢克第一次提到她的母亲时，嘉娜以为他做了些调查。这很容易：在日内瓦城的电话簿中，有一个叫莉迪亚·弗莱彻的人，其地址与嘉娜驾驶证上的地址一致。但她了解到，卢克有别的信息源。

"你对我说起过她。"他说。

"不，我没有。"

"你当然说过，前晚。"

"我对你讲什么了？"

"很多事情。比如她多么希望你能去法学院。"

"我从没对你讲过这个。"

"哦，你有点走神。"他说。

"走神？"

"你知道，睡着了。"

"你是说，我说梦话？"

"不是的。你醒着,但不是一直醒着。埃利认为你有暂时性昏厥的毛病。"

"埃利?他也见过我暂时性昏厥?"

"有过一两次。他一般不会坚持到枕边谈话这一步。不像我。"

想到和卢克·道尔以及埃利·道尔有过枕边谈话,嘉娜感觉自己可能要吐了。她低下头,希望恶心感能过去。

卢克误解了这个姿势的意思。"别不好意思。不是你的错。是药丸的效果。"

这是他首次承认他们在给她吃药。他以后不会再告诉她了——不会再提到药丸,也不会再提到她可能对他说过的话。她会暂时性昏厥这一消息击垮了她,尽管这不是真的。不过她一直知道的是,她无法记得发生在自己身上的所有事情。

她的身体上有些她不知道是从哪儿来的瘀伤。有时候,当她独自在这监牢中醒来,她知道此前有人和她在一起,此人进入过她的身体,但她不知道这个人是谁——不知道该把这笔账算在谁头上,不知道该痛恨谁:卢克还是埃利。

这是程度更重的侵犯:不让她知道自己被侵犯了。

嘉娜的手指沿着地板与墙壁的接缝处摸索。没有感觉到她期望的东西,她惊慌失措。但再往前走一点,她发现了它:她母亲给她的硬币。

他们把她带到这里之后,拿走了她口袋里的所有东西——

除了这枚硬币。他们不知怎么漏掉了这枚硬币。第一晚，当他们把她独自留在这里，她就像握着护身符一样握着这枚硬币，想着母亲。

她再也没有把硬币放回过口袋。她把它放在地板上——不是放在显眼的地方，而是放在她能找到的最隐秘的藏东西的地方。这被证明是明智之举。因为不久之后，卢克·道尔拿走她被绑架时穿的牛仔裤。他更喜欢她穿裙子。这会更方便他的行动。

现在，嘉娜在黑暗中紧紧握住这枚硬币。这是一件她拥有而他们不知道其存在的东西。

她站起来，走过房间，走到铁链让她能走到的最远的地方。不是很远。铁链缠在她的脚踝上，由一把沉重的挂锁锁住，挂锁穿过铁链的两个环。铁链很紧——没有紧到足以阻断她的血液循环，但紧到使她无法滑脱。她试过。她必须找到打破这把锁或者铁链本身的办法。或者她可以用另一种方法，从另一头解决问题。

铁链从两根木条之间穿过墙。它一定是被固定在了墙另一边的什么东西上。所以她需要穿透这堵墙。简单。

铁链穿过的地方在墙壁低处。嘉娜坐在这个地方的前面，用手指摸索着其表面。铁链上面有根木条，下面也有一根。她专注于上面那根。找到了将木条固定在螺柱上的两颗螺丝。十字头的螺丝。她需要一把螺丝刀。她有一枚二十五美分硬币。

她把硬币斜着塞进螺丝的顶部。契合度不错。事实上，契合得让嘉娜心生急迫。她试着转动螺丝。往逆时针方向松。螺丝没有转动,她并不感到惊讶。她以前试过。

房间里有数百根木条,数百颗螺丝。卢克·道尔肯定是用电动工具拧这些螺丝的——带十字头的无线电动螺丝刀。嘉娜的硬币有几分可能松动这些螺丝?

但她不需要把每颗螺丝都拧下来。她只需要拧下其中的两颗。然后她就可以拆下一根木条,找出木条后面的东西。也许铁链连在一块钢板上,而这块钢板被螺丝固定在其后面的木柱上。那么,什么,还要再拧下四颗螺丝?总共六颗螺丝。她能用一枚硬币拧下这么多螺丝吗?

一次只做一件事。她再次将硬币塞进螺帽,用两手的拇指和食指握住硬币。她转动硬币,硬币滑出来。契合度很好,但还不够好。硬币的边缘是圆的。十字螺丝刀是有尖头的。

嘉娜把铁链收拢到腿上,用左手挑出其中一环。她用右手在链条上磨硬币。这枚硬币永远都不会变成一把螺丝刀,但也许她能把它磨出一个尖头来。这可能需要几天、几周的时间,但她的时间还能拿来做什么?

也许这样做不会起作用,也许卢克会发现这枚硬币,也许嘉娜永远无法将铁链从固定它的东西上解开。即使她做到了,她仍然在监牢里。她不知道如何通过那扇锁着的门。但她知道卢克·道尔会不断从门后面进来。他会来给她送饭,和她说话,用她。如果她能把铁链解开,她就有了机会,还有武器。

也许有一天,她可以将铁链绕到卢克·道尔的脖子上。

30

星期二下午晚些时候。新闻工作者们已经意识到,阿格妮斯·兰尼克不可能如他们希望的那样,含泪接受他们的采访。他们已经收拾好装备离开了。在他们身后,一群老太太穿着正式的衣服,戴着帽子或头巾,敲开阿格妮斯家的门,送上砂锅,对她孙子的死表示哀悼。

我想到给阿格妮斯送花。我拨通花店的电话,但这样做似乎太没有人性了。我坐上皮卡,开到一个园艺中心。挑选了一盆海棠和一盆无患子。我把花带回来,放在她的小院里。我想,她如果愿意,可以把它们种在她的花园里。

晚上,我把自己的电脑放在嘉娜的书桌上。我有工作要做,但一直忽视工作:取消,延后。我现在得工作了。我为要打电话重约见面时间的客户列了个名单。

十一点,我打开电视机,观看当地新闻的开篇——关于西蒙·兰尼克的长篇报道，其中包括警方新闻发布会的录像。弗兰克·莫雷蒂也在场，但他一直在后台。警察局长站在舞台中央——白发苍苍，身材魁梧，态度和蔼。他看起来像一些人的舅舅。

一位记者问他兰尼克和嘉娜·弗莱彻之间的关系。警方一直在寻找兰尼克，想要讯问他。是否可以说，警方认为他是嘉娜被害案的主要嫌疑人？鉴于他已经去世，警方是否改变了看法？杀害嘉娜的凶手是否仍然逍遥法外？

警察局长对这些问题闪烁其词。对嘉娜被害案的调查正在进行。他不能对谁是或不是嫌疑人发表评论。警方仍在通过一切可能的途径确认凶手的身份。局长不愿意对结果做出预判。至于对兰尼克的调查，还处于非常早期的阶段。两起案件是否有关联，或有何种关联，还有待观察。结果可能是兰尼克之死与嘉娜之死没有关联。多年来，柏树公园发生了多起袭击和抢劫犯罪。兰尼克被杀案可能是这类犯罪事件的一桩。

这是弗兰克·莫雷蒂的理论：西蒙·兰尼克是被试图抢劫他的人杀死的。我不知道他是否真的相信这个理论。他也许想相信，因为这将使他不必质疑自己对嘉娜被害案的假设。

我关掉电视机，回到电脑前面。试图专注于我明天需要做的事情。但关于弗兰克·莫雷蒂的问题一直在我脑海中挥之不去。我起身点燃壁炉架上的茶烛，四盏茶烛排成一排。凯西·普鲁伊特，嘉娜·弗莱彻，乔琳娜·哈利维尔，西蒙·兰尼克。四个人可能都是卢克·道尔杀的，但也可能是某个目前谁也不知道的人

265

杀的。

凯西·普鲁伊特是第一个死去的人。弗兰克·莫雷蒂坚持认为是她丈夫杀了她。我试着把这一看法是否为真放在一边,而是问自己莫雷蒂是否真的相信它。假设他真的相信。

假定我是弗兰克·莫雷蒂,我相信加里·普鲁伊特杀了妻子。证据很弱,但我也许可以让它变得有力一些。普鲁伊特在狱中,等着受审。我找到一个同狱嫌疑犯——拿破仑·沃什伯恩——说服他编个故事。我让他说,普鲁伊特在狱中认罪了。

莫雷蒂会这样做吗?他有诚实的名声。就连加里·普鲁伊特的律师在他身上也找不到什么可指摘之处。除了他可能与有些罪案的受害者走得太近。

"如果有个男人被杀了,留下个漂亮的寡妇,"埃米利·毕尔对我说过,"莫雷蒂就会主动去安慰她。"

但在普鲁伊特的这个案子中,受害者是个女人。没有什么寡妇。没有漂亮的受害者让莫雷蒂安慰。

也许,还是有?

梅根·普鲁伊特——凯西的妯娌和最好的朋友。莫雷蒂会试图去安慰她吗?

梅根·普鲁伊特对加里·普鲁伊特有罪这一点从未怀疑过。她会希望看到他一辈子都待在监狱里。她可能会说服莫雷蒂去构陷他吗?

我无法说服自己相信这一点。她不适合这样的角色。梅根·普鲁伊特有点傲慢,是个快四十岁的高中老师,不大可能又是个能招蜂引蝶的女人，能让一个诚实的警察把虚构的认罪安在一个谋杀案嫌疑人头上。

我看着壁炉架上四朵闪着光亮的火焰。我灭了火焰，穿过房间。然后想起普鲁伊特的案子还牵扯到一位女性——她也算是个受害者：加里·普鲁伊特的学生，他曾偷偷约会过的十八岁女孩。

安吉拉·里斯。

艺术家安吉拉。我有幅她的画，画放在壁炉架上。壁炉架上的所有东西都是线索。她给了我销售其画作的画廊的名片。伍德米尔画廊。我在钱包里找到名片。

第二天下午，五点过几分，我把皮卡停在市中心旧法院大楼后面的那条街上。旧法院大楼是罗马城中央警察局所在地，莫雷蒂就是在这里就嘉娜之死讯问我的。我觉得他一定在里面——我在停车场看到了他的车。

整个上午，我都在给客户打电话，修补和他们的关系。安排新的约见，更改此前约见的时间。我五点半要去检查一处房屋，地点在城市的另一头。我应该已经上路。但我在这儿。

下午早些时候，我已经去过伍德米尔画廊。画廊占据了离大学不远处的一个改造后的仓库的一半。画廊有高高的、镀锡的天花板和大量的旧管道以及裸露的砖块。画廊主人是个五十多岁的骨瘦如柴的女人，穿着黑色的衣服，看起来和梅根·普鲁伊特一样傲慢。她的助手二十多岁，似乎是个懒汉，穿同样的黑色衣服，但质量没有那么好。他留着尚未完全成形的山羊胡子，一身烟味。

我先和画廊主人交谈。她很高兴地带我欣赏安吉拉·里斯的画作——她挂出了七幅，仓库里还有更多。但当我开始问问题时，她很快就闭嘴了。她似乎认为这些问题的答案与我无关。

我从前门离开，开车到画廊后面等着。过了半小时左右，那个懒汉助手走出来抽烟。我走过去，告诉他我想要什么。他说他帮不到我。我给了他二十美元。他还是帮不到我，但语气已经没有那么肯定。我又给了他三十美元，他说他会尽量帮我，但这件事很微妙，他需要点时间。他答应给我打电话。

四点三刻，电话来了。通话不足一分钟。而现在，我在旧法院大楼，考虑是否应该进去，想着我应该对弗兰克·莫雷蒂说什么。

在我做出决定之前，莫雷蒂出现在法院大楼的后门口。他走向自己的车，那辆黑色的雪佛兰轿车，步伐迅速——不是他平时那种慢吞吞的节奏。我看着他钻进车里，把车开出停车场。

他转了个弯，离开我的视线，我不得不做出决定。我跟着他。我可以下次再找他，但我很好奇他这么匆忙要去哪里。他沿着贝拉米大学的边缘向北开，经过橄榄球场和研究生联谊会的一排房子。大学生们在草坪上玩飞盘。他上了都灵路，沿着都灵路穿过居民区，经过哥伦布骑士厅。他经过一家7-11便利店和一家动物医院，向三角洲湖开去。

我们经过一家鱼饵店和一家独木舟出租店，然后我突然在后视镜里看到红蓝相间的闪光灯。听到一辆巡逻车的警笛声。我放慢车速。在我前面的莫雷蒂也这样做了。我拐出公路,进入一家日托中心的马蹄形车道。巡逻车跟在我后面。我关掉皮卡的引擎。

一个穿着制服的年轻警察从巡逻车里爬出来,让警灯继续闪着。他走向我的皮卡时摘掉了太阳镜。我摇下车窗。

"驾驶证和登记证。"他说。

我已经准备好了。

"先生,你知道我为什么拦下你吗?"

他并不真的指望我回答。所以我没说话。

"你转弯的时候没打灯。"他说。

"我在这条路上开了几公里,"我说,"我没拐弯。"

"你刚才拐弯了。"

"那是在我听到警笛之后。"

"先生,你刚才拐弯的时候应该打灯。请下车。"

莫雷蒂的车停在日托中心的车道上。

"没必要这样,"我说,"他如果想和我说话,我会很乐意。"

"下车。快点儿。"

我下车。年轻警察叫我把双手放在皮卡的引擎盖上。我照做了。他拍拍我,叫我蹲下,然后把我的双手铐在身后,带着我走向他的巡逻车,让我坐在后排。莫雷蒂从他的黑色轿车里看着这一切。

年轻警察过去和莫雷蒂说话。我不知道他们还有什么好说的，我想他们只是希望熬一熬我。几分钟后，莫雷蒂走过来，爬进巡逻车，坐到我旁边。

"你在侮辱我。"他说。

他放松地坐着，穿着另一套灰色西装。他没有看我，而是看着前方，双手放在大腿上。

"你觉得自己能跟踪我，这已经够糟糕了，"他说，"但开着一辆满身都贴着你名字的红色皮卡跟踪我——我觉得这是种侮辱。你好像不尊重我。"

"我尊重你，"我说，"我去法院大楼找你，是因为我今天发现了一件事，我想弄清楚这件事。但我不应该跟踪你。"

"你发现的这件事，和嘉娜·弗莱彻有关系吗？"

"没有直接的联系。"

"我听说这件事之后会高兴吗？"

"可能不会。"

"哦，很好，"他说，"那说出来听听吧。"

"这件事和普鲁伊特的案子有关。"

"普鲁伊特的案子过去了，结束了。"

"这件事和安吉拉·里斯有关。"

莫雷蒂首次转向我。给了我一个好像准备杀人的眼神。

"她怎么了？"

"她现在是个艺术家了，"我说，"画画。有些人可能会觉得，她的作品没什么可看的，但她能把画卖掉——通过一家画廊。她挣的钱不多，但足够她生活。我第一次看到她的作品时，想不通谁会买。但她给了我一幅,我看出了点名堂。我可以看出画的魅力。"

"说重点。"

"抱歉。重点是,我很好奇谁买了安吉拉·里斯的画作。我发现市场很窄。她几乎所有的画都是被一个人买走的。一个匿名买家。这个匿名买家就是你。"

莫雷蒂的脸又转到前面,他看着远方。"这就是你想见我的原因?"

"是的。"

"为了告诉我,我买了画?"

"想知道为什么。"

"你觉得这件事意味着些什么。"

"是的。"

"你当然会这么觉得。那么你觉得这件事意味着什么呢?"

"我不知道。但我有个理论。"

"我一点也不怀疑你有个理论,"他说,"你任何其他东西都没有的时候,也会有理论。对我阐述一下你的理论吧。"

我试图放松。但很难做到,因为手铐。"好的,"我说,"你在调查凯西·普鲁伊特被害案的时候认识了安吉拉·里斯。"

"没错。"

"安吉拉·里斯很有魅力。她很漂亮,但不止于此。她有种整体的美。"

"这是个好词,"莫雷蒂说,"'整体'。"

"而且她很能吸引年纪大一些的男人。她和加里·普鲁伊特有过情事。"

"我想我明白你接下来要说什么了。"

"所以你和她建立了关系,"我说,"这没什么不对——她已经过十八岁了。她想画画,所以你决定帮助她。"

"就像甜心老爹。"

"就像艺术资助人。"

"这个词好多了,"莫雷蒂说,"接着讲吧。你跟踪我,大概不只是为了指控我和安吉拉·里斯有情事。你肯定还有别的话要说。"

"的确有。但我不能肯定。"

"不要让自我怀疑阻止你。"

"好吧。拿破仑·沃什伯恩——"

"噢天哪,"莫雷蒂以一种被打败了的语气说,"请不要再对我提起拿破仑·沃什伯恩了。"

"他在加里·普鲁伊特认罪这件事上说谎了。"

"这是你说的。"

"我不知道他是自己决定说谎的,还是有人唆使他这样干的。"

莫雷蒂闭上眼睛。我可以看出他的双肩变得紧绷。"你现在要非常小心了。"他说。

"我一直非常小心。我不相信你会做那样的事。但如果你非常确定普鲁伊特杀了妻子,你可能会经受不住走捷径的诱惑。而你如果和安吉拉·里斯睡过了,那就有了完全不同的动机。把加里·普鲁伊特送进监狱,你就摆脱了一个对手。"

车里一片静寂。外面,那个穿制服的警察背着双手,正在沿着弧形车道踱步。弗兰克·莫雷蒂向后倚在车座靠背上,叹了口气。

"我应该怎么做呢?"

他是对自己说这句话的,以一个走到绝境的人的声音。然后他睁开眼睛,在座位上坐直,对我说:"我应该怎么做,才能让你不再扮演侦探呢?"

"你可以告诉我真相。"我说。

"我一直在努力这样做。我的耐心已经耗尽了。我给你的时间,超过你配得到的。我应该怎么做呢?暴力?我应该打断什么东西,才能让你警醒?"

他的声音很平静,眼神还是像往常那样疲惫,但我看到了疲惫之下更坚硬东西的一些痕迹,他正在努力控制那东西。

"你已经让我警醒了。"我说。

"我对这一点不能确定。我如果还年轻,肯定已经开车撞你了,肯定已经把你的肾给打坏了。你的肾被人打坏过吗?"

"还没有。"

"很疼的。有时候会让你尿血。我已经好几年没打过别人的肾了。"他看着窗外那个穿制服的警察,"这些年轻的家伙大概想到被打成那样就会晕过去。这一个,泰勒警官,是局里最好的警察之一,但如果你让他处于书本没教过的情境,他会紧张。我让他以尾灯坏了的名义拦你。"

"我的尾灯没坏。"

"我的意思是,他可以打坏一个。但他当然没这样干。他是怎么对你说的?"

"他说我转弯的时候没打灯。"

"我的老天哪,"莫雷蒂说,"我会告诉他再扣押你五分钟,就放你走。我不关心你去哪儿,但如果再看到你跟踪我,我会生气。如果我像你似乎想的那么坏,那么你应该不会希望惹怒我。如果我构陷了加里·普鲁伊特,那么我也可以构陷你。我可以做些证据,证明是你杀了嘉娜·弗莱彻和西蒙·兰尼克。明白吗?"

"明白。"

他伸手抓到门把手,但没有开门。他还有最后一些话要说。

"你想要真相,"他说,"真相就是,安吉拉·里斯是个可爱的姑娘,但被一个最终杀了妻子的浑蛋糟蹋了。如果安吉拉想成为艺术家,那么我希望她能成为艺术家。我可以一直买她的画,这是我个人的事,和任何人无关。她没必要知道。你可以向任何想听的人散布任何关于我的谣言,但如果你告诉安吉拉我在做的事,那你我之间就真的有问题了。会有东西被打断,会有东西流血。你最后待的地方,会比警车的后排座位糟糕得多。"

31

周三晚上是个不平静的夜晚。

八点左右,罗杰·托利弗打我的手机。我没接。他留了条语音信箱信息:"弗兰克·莫雷蒂找我了。他敦促我让我的客户控制自己。我觉得你和我应该谈谈。"

九点钟,我突然想到自己从午餐后还没吃过东西。我在橱柜里找到一盒意大利面和一罐酱汁——嘉娜留下的东西。我在炉子上加热酱汁,烧了些水,把意大利面扔进去。我把时间定在十分钟。用滤网过滤,放在盘子里,舀上一些酱汁。它看起来不错,闻起来也不错。但这并不是我想吃的东西。

十点,我觉得早点上床也没什么坏处。十一点,我还没睡着。我爬起来,洗了个澡,把水温调高到我能忍受的极限。我走进客厅,赤脚踩在木地板上,擦着身体。

我踩到干掉的蜡油,这让我想起嘉娜死去的那晚。她试图用一百二十厘米长的木条作为武器回击凶手。那是烛台。四盏茶烛飞起来。其中一盏落到右边,其他三盏撒了一地。

那是两周之前那个周三晚上的事。

我跪下来,手指滑过一条条干掉的蜡油。有一天,有人会把蜡油清理掉,但那个人不会是我。

我擦好身体,穿上衣服,去到外面的小院里。我走到草坪上,回头看向复式房子属于阿格妮斯·兰尼克的那一半。她的厨房里亮着灯。我可以看到我送给她的那两盆花还在她的小院里。

我向树林走去,看到远处有一小团淡红色的光。它在空中闪烁了一秒钟,然后熄灭。然后是另一个光点。然后又有两个,像无声的烟花一样升起。我站在那里观看这场表演,光点不断出现,又不断消失。我听到身后传来声音:阿格妮斯·兰尼克家的纱门发出的啪嗒声。她披着披肩走出来,像走在石头地面上一样走过草地。她在离我几步远的地方停下,我们一起看着光点。

"萤火虫。"她说。

"我小时候会把它们捉到瓶子里。"我告诉她。

"西蒙也这样干。你有没有在盖子上戳些洞?"

她的口音很重。"盖子"听起来像"孩子"。

"当然。"我说。

"有时候,得有人提醒西蒙这样做。"她把披肩拉紧一些,耸了耸肩膀。非常欧式的耸肩膀。

"我对发生在他身上的事感到很遗憾。"我说。

又耸了耸肩。这一次的意思是,这个世界就是这么残酷。阿格妮斯回头看向自己的小院,好像思考了一会儿,然后说:"花很漂亮。"

光点放慢速度,似乎在向树林里退去。这一天于我而言终于结束,我感到很累。我打了个哈欠。

"你也许渴了。"阿格妮斯说。我想我们的信号也许代表不同的含义,打哈欠在她的老家也许并不代表困了。

她迅速转身,走向房子。

"你如果想来,就来吧。"她说。"想"听起来像"向"。

她的厨房与嘉娜的厨房一模一样,有同样的电器,甚至还有同样的桌子和椅子。她给我的饮料是一种叫冰爵的苦味利口酒。味道很像漱口水,又有点像肉桂。她往自己的酒里加了冰块,我则加了更健康的苏打水。

我们一进屋,她就打开了烤箱。我慢慢享受冰爵利口酒时,她在盘子里装满访客带来的食物:烤土豆、烩牛肉、酸菜、波兰饺子。她把盘子放在烤箱里加热,热好后放到我面前。我起初还挑挑拣拣,然后像个饥肠辘辘的人那样吃起来,接着又让自己放慢速度。阿格妮斯在收拾厨房:洗碗,晾碗,擦拭料理台。我们没有说话。我可能是在扮演这样一个角色:身处异国他乡的旅行者,深夜迷路了。她是收留我、给我饭吃并送我上路的小木屋主人。

我不知道她想要什么;也许她只是想要陪伴,以此减缓自己的悲痛。我觉得她可能满足于就这样在沉默中忙忙碌碌。但我有话要说。

"弗兰克·莫雷蒂昨天和你谈过了。"

她在擦拭灶头。她没有转身,只是点点头。

"关于他对西蒙去世的说法,他有没有告诉你——就是可能是失控的抢劫?"

"他告诉我了。"

"我不信,"我说,"你呢?"

"不信。"

"那天晚上,我和西蒙说话了。"

"这个我知道。"

"他说他有把枪,但我没见到。我想知道他是不是真的有把枪。"

她擦完炉子,把抹布丢在水槽里。我看着她匆匆从厨房走到客厅,离开我的视线。一分钟后,她带着一把黑色的小手枪回来了,这是一把半自动手枪。她把手枪放在空盘子旁边的桌子上。

"维克托,我丈夫——这把是他的。还有一把一模一样的。那把在西蒙那儿。"

我伸手去拿枪。但手在半路停下。"上子弹了吗?"

阿格妮斯像鸟一样坐到椅子的边缘。她喝了口冰爵利口酒,小心地放下杯子。拿起枪,用拇指按住边上的杠杆,弹出弹夹。她的手——皮肤、肌腱和骨头——非常缓慢地动着。她把弹夹放在一边,将手枪对准地面,拉开滑轨。一颗圆头小子弹跳出枪膛,在地上跳来跳去。她把枪递给我。

我看了看枪管的侧面,看到一些西里尔字母,还有更熟悉的拉丁字母。我拼出拉丁字母：马卡洛夫。和西蒙说的一样。

我还想起了别的事。"西蒙告诉我，他祖父在捷克斯洛伐克时做黑市生意，"我举起枪，"他当时卖的就是这个吗？"

她又喝了口冰爵利口酒，摇摇头。"你听到黑市，就想到枪，或者毒品。但那时是战后。那时是共产党执政。我的维克托卖食品、衣服和晶体管收音机。这就是黑市。男人们躲在背静的地方，互相交换这些东西。他们可以为了这些东西杀人。"她皱起眉头，把她那张枯萎的脸从我面前转过去。

"他们找到西蒙的时候，他的身上没有枪，"我说，"莫雷蒂不相信他身上带着一把——"

她挥挥手打断我。"莫雷蒂是个警察。他相信自己想相信的东西。"

她说对了一半，我想道，莫雷蒂想相信西蒙之死是偶然犯罪。但他并不真的相信这一点，我又想道，他太聪明太诚实了。想要理解他真是太难了。我不禁对阿格妮斯·兰尼克讲起我跟踪他的事，讲起我们在巡逻车后排座位上的谈话。"事实上，我指出他构陷了一个无辜的人，"我告诉她，"但他似乎并不生气。他担心的是我可能会告诉安吉拉·里斯，他一直在买她的画。而且我跟踪他这件事让他很生气。这一点很可疑。"

"什么可疑？"她问。

"他今天要去哪儿？他想隐瞒什么事情？"

阿格妮斯·兰尼克苍老的脸上的线条皱成一个不认可的表情。她费力地站起来，把杯子拿到水槽边。她弯下腰，看起来像

279

一棵弯曲的树。她缓慢地倾身，从地上捡起那颗子弹。她带着子弹回到桌旁，再次缓缓坐下，伸出手来拿枪。我把枪给她。

"你是个孩子，"她说，"西蒙也是个孩子。他爱幻想。"她举起枪，"我的维克托以前经常吹这两把马卡洛夫手枪。他说这是他从被他杀死的两个俄国士兵那里拿来的。西蒙相信他。他祖父死后，我告诉了他真相。我的维克托一个俄国人都没杀过。枪是他在押店买的。你们这儿叫典当店。"

"典当行。"

"是的。而且这两把枪也不是真的马卡洛夫枪。假的。就像假钱。伪币。东德造的。我对西蒙讲过这个。他不相信我。他宁愿相信幻想。像个孩子。"

阿格妮斯把枪放下来。"你很傻，"她说，"这个警察，莫雷蒂，他威胁你。他说他会让你流点血。"

"没错。"

"但你想知道他要去哪儿。所以你会再跟踪他。"

"我可能会。"

"为了知道他的秘密。"

"是的。"

她脸上不认可的表情加深了。"你觉得他的秘密是什么？"

"我不知道。"

"他会魔法吗，你的莫雷蒂？他能让死人活过来吗？"

"不能。"

"那他的秘密对你和我有什么好处呢？"

32

冰爵酒陪伴在你左右。

你就着多种东欧食物喝下了它,它一直在你的胃里下沉,所有的东西都在下沉。它在你的大脑中制造出浓浓的雾气,你拖着身体,穿过雾气,爬上了床。但是第二天,当你在下午一点左右醒来时,冰爵酒仍然在那里,而且它不是你记得的它在前一天晚上的那副模样,柔软,雾蒙蒙。它敲打着你的卧室门,要求看你的证件,要求知道你来捷克共和国干什么。当你最终掀开被子站起来的时候,它歪着头笑了笑,用枪托敲打你的头骨。

阿司匹林没用。洗澡没用。咖啡没用。再喝点冰爵酒应该有用,但我拿不准。我没有这种酒,而且我永远都不想再喝了。我想关上门,爬回床上去,通过流汗将它排到体外。

但我强迫自己吃了一碗麦片并查看日历。今天要检查三处房屋。第一处已经被我睡过去了,另外两处我还可以去。但以我现在的状态爬过阁楼，在屋顶上行走是不可取的。我查看了银行账户余额，做了些计算，认为我现在还不错。我可以承担重新安排时间带来的损失。我打电话，花了二十分钟时间向他们道歉。

我的冰爵酒头痛一直持续到下午。我在公寓里走到哪里，它就跟到哪里，所以我决定带它去兜兜风。我开车出去了。

我开车到了胡马斯顿路上的那座废弃农场，但没有在那里停留。我继续前行，在迷宫般的小路上迷路了。我不在乎这些小路通向哪里。我不关心风景。我试着忽略在我脑海中行进的捷克兵团。我试着让思绪游荡，但它不断回到一个主题上：弗兰克·莫雷蒂。

我昨天和他谈话时，或多或少指控他利用拿破仑·沃什伯恩构陷加里·普鲁伊特。他的回答令人费解：既不承认也不否认。他说："你现在要非常小心了。"一个微妙的警告，随后是更加明确的警告：我应该停止扮演侦探。

我越回想他的反应，就越相信我一定打到了他的某根神经。

不过我还有些疑问。关于莫雷蒂利用沃什伯恩构陷普鲁伊特这个想法，有两件事困扰着我，一个是实际问题，另一个是道德问题。实际问题是普鲁伊特的律师在我和她谈话时提出的。莫雷蒂需要想办法与沃什伯恩取得联系，但监狱里没有莫雷蒂探视沃什伯恩的记录。

但绕过监狱里的那点登记程序能有多难呢？就在昨天，莫雷蒂叫一名年轻巡警无缘无故地拦下我。难道他不能说服监狱的某个警卫向囚犯传递信息吗？或者，如果他真的想要面对面会面，但不把会面记录在案，他不能安排一下吗？

道德问题更为复杂。我昨天告诉莫雷蒂，我尊重他。这是事实。所以我很难接受他要求沃什伯恩撒谎。

但事情也许没有这么黑白分明。

当我沿着那些小路一圈一圈地开车时，我开始看到事情可能的发展情况。莫雷蒂以谋杀妻子的罪名逮捕了加里·普鲁伊特。假设他相信普鲁伊特有罪，但意识到证据还有待完善。于是他找到拿破仑·沃什伯恩。他本可以选择监狱里的其他囚犯，但沃什伯恩被关押在普鲁伊特的隔壁牢房。更重要的是，沃什伯恩曾因偷车被定罪，即将被判刑；如果和莫雷蒂合作意味着刑期缩短，他完全有理由合作。假设莫雷蒂在监狱里有关系，他可以很容易了解这些情况。

所以他想办法和沃什伯恩取得联系。但他是否要求沃什伯恩撒谎了？不一定。也许莫雷蒂只想让沃什伯恩尝试接近加里·普鲁伊特，让他谈起他的妻子，看他是否会认罪。也许沃什伯恩是这样尝试的，也许他毫无进展。所以他就撒谎了。他编了一个普鲁伊特认罪的故事。

我想清楚这一切时，已经回到胡马斯顿路。我想，我已经在尊重弗兰克·莫雷蒂的前提下尽了最大努力。在某种程度上，我想出的情况，使我更容易理解我相信他做过的事。但我不知道这能否说明他无辜。如果我想象的情况真的发生了，那么他从未直接要求沃什伯恩撒谎——但他一定明白，他给了沃什伯恩一个撒谎的强烈动机。除非说普鲁伊特认罪了，否则沃什伯恩不会有任何回报。莫雷蒂知道这一点，但他一点也不在乎。这意味着他有不在乎的原因。我不知道是什么原因。现在还不知道。

我又开车经过农场，然后回罗马城，来到城市的南边，来到一条路面未硬化的街道——来到坡·沃什伯恩的房子：煤渣块砌成的台阶、破碎的窗户和烧毁的二楼。我有很多猜测，但我想找到坡，了解真相。这里似乎可以成为起点。

有人在前门上钉了一块写着"禁止擅入"的牌子。我绕到后面，穿过一个四周是杂乱树篱的小院。房子后面也有煤渣块砌成的台阶和一扇刷白的门。另一块"禁止擅入"的牌子。门锁着，但只是简单的弹簧锁，不是死栓锁。你可以用信用卡打开这种锁。我使用了瑞士军刀的刀片。

我向内推开门，走进去，气味猛扑过来。没有什么气味比失火后的房子的气味更让人记忆深刻：不是篝火的干净气味；而是一种化学品的气味，在你的肺部深处蠕动着。我走到厨房，火没有烧到这里，但气味到了这里，还有一种潮湿感。消防员把水抽到二楼的窗户里，水从天花板上流下来。干式墙被撕成碎片，房子的木头骨架露出来。

我站在坡·沃什伯恩扑倒我的地方。他从楼梯上下来，穿过一团灰色的烟雾。他看到我，自然做出一种假设：有人派我来烧他家。

"告诉他我知道了，"沃什伯恩当时对我说，"我收到消息了。叫他不用担心。我不会说的。"

"告诉谁？"我说。因为我当时不知道。但我想我现在知道了：弗兰克·莫雷蒂。

我无法让自己完全相信莫雷蒂应该对这场火灾负责，但我能明白沃什伯恩为什么会这么想。

我从厨房来到客厅，走到楼梯底部。但这里的那种燃烧过的化学品的气味更重。我控制住想要上楼的冲动。

我往下走。我发现厨房边上有扇门，门后是一组通往地下室的木制台阶。地下的空气比较凉爽，气味也比较淡。水泥地面中间被清理出一个空间，有人在那块地面上铺了垫子，并在垫子上面铺了一条床单。床单上有个枕头，衣服挂在旁边的架子上。

架子旁边有把木椅，椅子上有三样东西：一盒打开的香烟，一个烟灰缸，以及一把手电筒。在椅子旁边，我看到一个塑料冰盒。里面没有冰，只有两瓶长颈瓶啤酒和十来厘米深的温水。

所有这一切都可能属于一个占房者，一个想办法进来的机会主义者，就和我一样。但我一刻也不相信这一点。我认为这一切一定属于坡。

香烟，啤酒，一个睡觉的地方。一个舒适的家所需的一切。

我离开地下室，回到皮卡上。打开收音机。警方应该正在找坡·沃什伯恩，因为他在火灾发生当晚袭击了我。他似乎找到了一个很好的藏身之处——一个他们不会想到要去找他的地方。

我不在乎他袭击我的事。我只想和他谈谈。也许我只需要等待。看上去他好像会回来。否则，他为什么会留下那些东西？

我知道自己可以待在这里，监视这栋房子，但他如果看见我把车停在前面,也许会被吓跑。更有可能的情况是,他根本不会从前面靠近房子。他如果聪明,会把车停在一个街区之外,然后从后院进入房子。我也许永远也等不到他。

确保我不会错过他的唯一方法是将皮卡停在别的地方,然后步行回来。我需要在地下室里等他。我可能要等很久,而且不能保证他会出现。他如果出现了,发现我在他的房子里会很生气;我想我对这一点还是有把握的。

必须想个更好的办法。他如果生气了,肯定不会想说话,而我需要他说话。我关掉收音机,坐在水洗过一样的灰色天空下的皮卡里。想到一个主意。这个主意需要花费不少时间。但我觉得它可能有效,接着我又觉得它不可能有效,这时我的手机响了。

是罗杰·托利弗。

"你昨晚没回我的电话。"他说。

听他的声音,我感觉他快要生气了,但我可能搞错了。

"我是有意的。"我说。

"莫雷蒂警探告诉我,你在跟踪他。"

"只跟踪过一次。"

"你可能不应该这么做。"

"我现在谁也不跟踪了。"我说。

"很好,"托利弗说,"过来找我吧。我们可以谈谈还有哪些事你可能不应该做。"

"什么时候?"我问。

"越快越好。"

"好的。我需要先处理一件事。要不了太久。"

"危险吗?"

"不危险。"

"非法吗?"

"我猜是吧,如果你想死抠法条的话。"

"如果非法,不要做。"

我伸手去拿皮卡副驾驶座上的一支笔。

"不是什么大事,"我说,"我只是想给坡·沃什伯恩留张字条。"

33

"你给他留了张字条,"罗杰·托利弗说,"在他的枕头上?"

"我想确保他能看到字条。"我说。

我们坐在托利弗家院子的平台上,离日落还有不到一个小时。我向他概述了我所做的一切:我与莫雷蒂的交易以及我与哪些人交谈过。我可能本不该去找这些人。梅根·普鲁伊特和尼尔·普鲁伊特;在监狱里的加里·普鲁伊特;普鲁伊特的律师;安吉拉·里斯;温蒂·道尔。我把坡·沃什伯恩留到最后才说。

"字条上说了什么?"托利弗问。

"只说了我需要和他谈谈弗兰克·莫雷蒂和加里·普鲁伊特。很短。我在一张名片的背面写的。"

托利弗从啤酒瓶里喝了一口。他请我也喝一瓶,但我拒绝了。关于冰爵酒的记忆让我对任何酒精饮料都保持警惕。啤酒似乎没能对托利弗起到任何好的效果。他看起来不舒服。忧虑。

"你得罪了莫雷蒂,"他说,"现在似乎又在找坡·沃什伯恩的麻烦。你真的以为他会打电话给你?"

"他可能会。或者他可能会来找我。我在名片上写了我的地址。"

托利弗皱眉。"为什么?"

"这是我留给他的信息的一部分。我们是两个文明人。我没在追踪他,我在请他来找我。我在向他表示尊敬。"

托利弗看起来很疑惑。他在椅子上向前倾斜,把啤酒放在平台上。狗链就在他脚边。我到的时候,名叫罗杰的狗一直在栅栏里的狗道上狂奔。狗现在还在那里,但已经安静下来。现在它躺在那里,啃着一根生皮骨头。

我看着托利弗拿起狗链——一条长长的链子,一端有个夹子,另一端有一圈皮革。他把手指伸进那圈皮革里,把一段链子绕在手上。链子的其余部分在木头平台上拖着。我的头痛已经基本消失,但链条的叮叮当当声似乎即将把头痛带回来。"停下。"我说。

他锐利地看了我一眼,然后开始解狗链。

"你怎么了?"我问他。

"没什么。"他说,把狗链堆在一起。

"你很不安。你看起来不大好。"

他看起来的确不大好。他的额头上有一层汗水。他看起来好像是穿着身上那件衬衫睡觉的。我想知道他是不是不只喝了啤酒。

"我很好。"他说。

"你不好。"

"好吧,我很担心,"托利弗说,"你如果惹怒了莫雷蒂,他可能很危险。我不知道你有没有仔细考虑过这一点。"

"我仔细考虑过了。"

"你觉得他构陷了加里·普鲁伊特,"托利弗说,"嘉娜可能有同样的怀疑。莫雷蒂如果知道了这一点,那么他就有动机杀嘉娜。"

"有可能。但我很难相信这一点。"

"另外,如果莫雷蒂害怕坡·沃什伯恩说出关于普鲁伊特案的真相,那么他就有可能放火烧沃什伯恩的房子。"

"我不知道这是不是他的风格,"我说,"他可能会用其他办法对付坡。他可能会威胁把坡的肾打坏。"

托利弗坐在那里,手肘撑在大腿上。他抠着左手手掌上的一块老皮。

"你应该离弗兰克·莫雷蒂远一点儿,"他说,"你不会再跟踪他了,对吧?"

我看了看表。"天晚了。"

"你没有严肃对待这件事。"

"是的。所以我正在考虑要不要再跟踪他。罗杰,他叫我不要再这样做。然后他打电话给你,叫你让我克制自己。我猜他害怕我了解到一些他不想让我知道的事。"

"不要再管他啦。"托利弗说。

"我不知道自己能不能做到。我觉得你可以更有同情心一点。我希望你能把车借给我。"

"为什么?"

"因为我那辆皮卡上有我的名字。我需要一辆不那么显眼的车。"

托利弗突然站起来,摇着头。"肯定不行。如果你已经决定玩火,我没法阻止你。但我不会帮你。我们都是成年人了。我真后悔啊。"

他走到平台的边缘,看着院子。在铁链围起来的狗道里,那条叫罗杰的狗现在站起来了。

"你是什么意思?"我问。

托利弗转身面对着我。"我是说,如果我做了对的事情,我们现在就不会处在这种境地。嘉娜根本不应该和我一起工作。她只是法学院的一个大一学生。但她很有热忱,所以我破了个例。如果我没有破例,她永远不会接到坡·沃什伯恩的电话;她永远不会听说普鲁伊特的案子。但她听说了,于是陷进去了。我应该强迫她丢开这个案子。那样她也许还活着。"

"你就是因为这个才心神不宁的?"我说,"你不应该为发生在她身上的事负责。"

托利弗从平台边缘走回来,又坐到我对面。"我比你负有更大的责任,"他说,"但看看你正在做的事。你在努力修补已经发生的事,但你知道它无法修补。你再努力下去,会被杀掉的。而我希望自己能阻止这种情况发生。"

他低下头,用双手挠了挠卷曲的头发。他再度开口时,声音里带着哀求。"你看,我知道你的感受。嘉娜是件珍宝。这样的事不应该发生在她身上。你觉得你应该能为她做点事,即便是现在。但太迟了。她已经走了。"

他不看我的眼睛。他拿起啤酒瓶,但没有喝。我猜他可能在哭。

"罗杰,你需要自己待一会儿吗?"我说。

"不需要。"

"你想休息一下,去洗把脸吗?"

"不想,我很好。"他的声音嘶哑了。肯定在哭。

"那么,还要多久呢?"我说。

"什么?"

"我只是想知道我们是否在接近。"

"接近?"

"接近你想告诉我的那件事。"

他用衣袖擦擦脸,抬头看着我,清了清嗓子。

"你不会想听的。"他说。

"罗杰,你错就错在这里。我不想从你这儿听到别的任何事。但你应该给我点提示。这件事有多大?她不是你杀的。"

我的话惹怒了他。"你知道不是我。"

"好吧。这件事能有多糟糕呢?你挑逗她。"

他慢慢地坐回椅子里。在大腿上握着啤酒瓶。

"你知道多久了?"他问。

"我直到刚才才知道,当你告诉我她是件珍宝时。但我很久之前就开始怀疑了,从你把她脸上的瘀伤归咎于狗的时候就开始怀疑了。"

他看了狗道一眼。我也看了。那条叫罗杰的狗正在刨铁链栅栏底部的土。

"它的确玩得很凶。"托利弗说。

"我知道。"

"嘉娜那天和它玩了。那天是星期天,她去世一周前。"

是在她去世十天前。我记得,就像记得其他所有事一样。但我没有纠正他。

"她带它在房子里玩抛接游戏,"托利弗说,"它撞了她一次,把她撞倒在地。但这不是她脸上出现瘀伤的原因。它并没有伤到她。她只是哈哈大笑着站起来。她来这里,是为了讨论加里·普鲁伊特和拿破仑·沃什伯恩,但我们也谈到了其他事情。谈到了我的孩子们。我有个女儿和一个儿子,七岁和九岁。他们和他们的母亲住在圣路易斯。我只在夏季或假期去看他们。嘉娜想听关于他们的所有事。我也喜欢和她说话。但我忘了我们的身份。忘了她是我的学生。"

他看着大腿,在对着啤酒瓶讲他的故事。

"时间过得很快,嘉娜站起来准备离开,"他说,"但她没有立即走,我们继续说话,站在客厅里,狗安静地躺在地上。嘉娜——你知道她有多美。我吻了她。

"我把双手放在她身后,把她推向我,动作似乎很轻柔,但也可能笨拙得要死。我吓到她了。我没想到会是这样。她不单把我推开了——她跑了。我想我抓住了她的上衣,所以她上衣的纽扣少了几颗。突然,狗站起来,开始狂叫,嘉娜跑向门口。我跟在她后面。我想道歉。门锁是死栓锁,而且锁上了。但她没意识到。她拼命拧门把手,但门就是打不开。她慌了。

"我来到她身后,不停地对她说我有多抱歉,但我只是让情况变得更糟了。她在拽门,我伸手打开死栓,好让她出去。门猛地打开了,门边撞到她的脸颊。"

托利弗停下来,吸了口气。"她到了外面后就好多了,但一刻也没待。我本可以给她拿点东西。一袋冰。但她急忙走向她的车,飞快地开车离开了。我想过去追她,但这似乎不是个好主意。因为让她这么怕我,感觉太糟糕了。"

他抬起头,注视着我的眼睛。"我不断地回想这件事,"他说,"我不知道,我的说法可能是出于自私,但发生在那晚的似乎是另外一件事。好像那不是我,她面对的也不是我笨拙的挑逗。因为在一些时刻,她似乎是在别的地方。一个不好的地方——一个我不愿细想的地方。"

插曲:1996 年 7 月 27 日

嘉娜·弗莱彻做了许多残酷的梦。

她梦见遇到道尔家兄弟俩之前的生活。梦见自己在母亲的房子里醒来,安全地躺在自己的床上。有时候,她的外祖母还活着；有时候，她的外祖母已经去世。有时候，她知道梦里的那天是她离开家去纽约那天。但每一次，当她睁开眼睛，她看见阳光透过窗户，照进她的卧室。

还有其他梦，这些梦遵循同样的模式。7月27日，嘉娜梦见自己回到了大学，正在演莎剧《无事生非》里的贝特丽丝。有个害羞的男孩试演了培尼狄克，但他没戏。他没有得到这个角色。他留下来搭背景，弄弄灯光和道具。在演最后一场那晚，他鼓起勇气，请嘉娜出去喝一杯。在梦里，她第二天在男孩的床上醒来，男孩的手放在她的臀部上。他宿舍的窗帘拉上了，但嘉娜可以看见早晨的阳光漏了进来。她滑下床，走到床边，拉开窗帘——

然后在漆黑一片中醒来。一段蒙眬的时间之后，她记起自己是在哪里——记起本应为噩梦的那部分才是现实。她翻过身，听到铁链熟悉的响声。她的身体很痛。她感觉到身下的薄床垫。一条毯子盖在她身上，她裸露的皮肤上有划痕。她坐起来，把毯子扔开。现在开始寻找自己的衣服。内裤脱在脚踝上，裙子被褪到腰上。上衣和胸罩触手可及——她摸到了它们。

不记得之前是谁和她在一起。但如果她愿意猜，那人应该是埃利。她感觉埃利喜欢拿走他想要的东西后就离开。卢克更有可能留下来，试图抚慰她。这种情况更糟糕，如果你细想。

以后再考虑这个问题吧：他们两个中谁是更糟糕的强奸者。嘉娜现在想洗个澡。躺在放满热水的浴缸里的那种真正的洗澡。她没法那样洗，但她可以想象。水流动的声音。只把头露出来、让身体的其余部分沉在水里的那种漂浮感。闪亮的白色瓷砖。蜡烛在浴缸边缘燃烧着。窗户开着,窗外是夏日的空气,窗台上放着一瓶花。

她摸着四周,任由自己屈服于这幅画面一会儿,直到她摸到一个倒在地上的塑料瓶。她拧开瓶盖,把水倒进手里,洗脸和脖子。她拧上瓶盖,仍把瓶子侧放在地上。穿衣服。摸索着回到她监牢的后墙边,在墙壁和地板的缝隙间摸索,找到母亲给她的那枚硬币。

她用拇指摸着硬币的圆形边缘,找到她做的那个尖头。在铁链上磨硬币是一项缓慢而枯燥的工作。把一枚硬币变成一把螺丝刀。嘉娜倚到墙上,收拢铁链,开始工作。

除了金属刮擦金属的声音,没有其他任何声音,但脑袋里有声音与她做伴。有时候,她复诵剧本里的台词。《暴风雨》里的米兰达:"神奇呀,这里有多少美好的人!人是多么美丽!啊,美妙的新世界,有这么出色的人物。"或者《大鼻子情圣》。她演罗克珊,但大鼻子情圣的台词更好:"去唱,去笑,去做梦,去以我自己的步态走路,独自一人,看看一切东西……去走在太阳底下、星辰底下的任何一条路上……"

其他时候——比如现在——她的脑海里盘旋着歌曲。这次是创作型摇滚女歌手雪儿·克罗的《我想要做的一切》。始终活泼的一首歌。嘉娜一开始想抵抗这首歌的旋律,然后投降了。

最后,她的手握硬币握累了。她休息一会儿,刮擦声停止。但没有停止。她觉得自己听到这个房间的另一头有声音。

咔嚓。咔嚓。

雪儿·克罗的歌曲从她的脑海里消失。嘉娜把硬币放下来，慢慢地站起来。听着。

现在她什么也没听见。

说不清她在黑暗中站了多久。她背贴着墙，脖后颈冷飕飕的。除了她，这个房间里不可能有其他人。卢克·道尔来的时候总是带着灯。他不会在黑暗中默默地站着。嘉娜应该能听到他的呼吸。

咔嚓。她又听到了。

一只动物，她想道，可能是老鼠。她的监牢建造得很好，木条严密地贴合在一起，但肯定有缺口。有空气进来。如果没有空气进来，她很早之前就闷死了。她从没想过缺口会大到能让老鼠进来，但她没有探索过这个房间的每一个角落。铁链限制了她的行动。有些地方她够不到。

嘉娜从墙边走开一点，站住，谛听着。咔嚓。确定无疑。爪子弄出的声音。或者指甲。

"卢克？"她说。

"这样可不好玩。"她说。她的声音比自己想的高。她可以听出声音里的颤抖。

"埃利？"她说。

她又走了一步，双手伸到前面，但只摸到虚空。又走了一步，在空气中挥舞手臂，对于可能会碰到坚固之物的恐惧加深了。

她走到铁链允许她走到的最远的地方。

"卢克!"她喊道。

房间吞噬了她的声音。她定在原地,双臂伸出。

她是一个人。她必须是一个人。

咔嚓。就在前面。

嘉娜蹲下身,把手指伸到脚踝上的铁链的下面。她试图把铁链从脚后跟上撸下来。但这是不可能的。她知道。她坐下来,把铁链缠到两只手上,用力地拽,试图把它从固定物上拽下来。她向后走到墙边,把两只脚抵在铁链穿过的地方的两边,用尽全身力气,一遍又一遍地拉,直到她满头大汗,再也无法抓紧铁链。

她倒在黑暗中,气喘吁吁。

几分钟过去了。她在这段时间里控制好呼吸,并说服自己,弄出刮擦声的一定是老鼠。她并不害怕老鼠。她找到水瓶,喝了一口。起身向门口走去,直到铁链将她拽住。她原地跪下,趴在地上。如果她尽全力伸出胳膊,指尖可以触碰到门的底部。

咔嚓。她清楚地听到了。她把水瓶从一只手传到另一只手,用水瓶在门上拍了一下。听到一只老鼠在另一边窜来窜去。

嘉娜放开水瓶,终于放松下来。她叹了口气,把脸颊贴在地板上。瓶子滚落。她闭上眼睛,大口地吸气又呼气。瓶子停止滚动。过了一会儿,她睁开眼睛,但并不是因为老鼠回来了,刮擦声又开始了;而是因为她意识到房间这一头的空气好像不一样。

气味可能有细微差别——尽管这细微的差别可能难以察觉。用于建造她监牢的木头有自己的气味,在木头的气味下面还有几层气味：泥土的气味，发霉的气味，以及原始的气味。还有其他气味——当你的厕所是一个塑料桶的时候，即使这个桶上有个盖子，即使它每隔一两天就被拿走，换上一个干净的，气味也是不可避免的。因此，让房间这一头有别于另一头的也许并不是气味，而是别的什么东西。空气给她的一种感觉。一种沉重感。一种存在感。

老鼠在挠门，嘉娜以四肢支撑着身体。她从地板上抬起右手，尽可能地伸出去，探索门右边的空间。她的右手到达铁链允许她到的最远处，她的指尖在努力往前伸，但无法到达房间的那个角落。

她爬到另一边，这次举起左手。手指张开，先在高处抓寻，然后又到了低处。迫切。她又朝左边移一些，铁链刮在地板上。她在黑暗中盲目地伸出手。

她把手抽回来，尖叫声卡在喉咙里，慌忙逃离。她撞到远端的墙，失去平衡，侧身倒下，蜷缩在那里，摇摇晃晃，膝盖抬起，紧紧夹住双手。她的身体摇晃着，摇晃着，最后尖叫声从她的身体里挤出来。因为她知道，她摸到了人脸。

34

我在快要日落时开车离开罗杰·托利弗家,想着他讲的故事及其意义。他试图对我讲不止一件事。

他想让我知道嘉娜脸颊上的瘀伤是怎么来的。那块瘀伤让我们——托利弗和我,认识了;因为那块瘀伤,我在嘉娜去世后第二天闯进他家。当时,他对瘀伤是怎么来的撒谎了;现在,他讲出了真相。

他也试图对我讲一些他自己的事:他很愧疚,他后悔自己那样对嘉娜。也许他希望我原谅他,也许他希望我认同他是个可怜人。但对于这两件事,我都不愿意做。

他试图告诉我的第三件事是嘉娜的反应。他试图吻她时,她异常慌乱。这件事似乎有点怪,但我不知道它意味着什么。我不知道托利弗是不是夸大其词了,也许在嘉娜去世后,这件事在他的意识中变形了,一个尴尬的情形,一个无意义的意外因此变得意义重大。

我没有意识到嘉娜的反应是他讲的事情中最重要的部分。它令我困扰,但我的困扰远远不够。它是个暗示,是个线索。它试图告诉我,我对真正发生在嘉娜身上的事还毫无所觉。

我在奎克山路上往东开,经过我在"雌鹿之夜"第一次遇见嘉娜的那个地方。我继续往前开,进入罗马城,来到嘉娜的公寓所在的那条街。太阳已经落下,但天光仍在。开车驶过这条街,一切都已经非常熟悉。看见她的车停在车道上。蓝色的普利茅斯。

不是我的车,但车钥匙在公寓里。我进屋后找车钥匙,在厨房的料理台上看见了它,它有个自己的钥匙环。我想我明天也许可以再试着跟踪莫雷蒂。我不知道自己是不是应该用这辆普利茅斯,似乎不应该。莫雷蒂也许能认出这辆车——这是原因之一。还有其他原因。跟踪莫雷斯是愚蠢的行为。我可以说我这样做是为了嘉娜,但她在这件事中没有选择,所以把她牵扯进来似乎不公平。

我给自己倒了一杯橙汁,端着橙汁来到卧室。我周围的一切都是嘉娜的:床上的床单,衣柜里的衣服,床头柜上的《基督山伯爵》。没有一样东西是我的。

我的钱包里有她母亲的电话号码。我把号码输进手机,按下拨号键。响铃三次后,有个声音说:"你好。"男人的声音。

"抱歉,"我说,"我可能打错了。我要找莉迪亚·弗莱彻。"

"没有,你没有打错,"那个声音说,"你是谁?"

"大卫·马龙。"

"听出来了。我以为你再也不会联系我们了。"

他带着一种傲慢的语气——自己人对外人说话时的那种语气。我听出他的声音了:嘉娜的朋友,在嘉娜的葬礼上读《圣经》片段的那个人。"凡事都有定期……"

"你好,沃伦,"我说,"我可以和莉迪亚说话吗?"

"我猜不能。她今天过得很不好。她在休息。"

"她怎么了?"

他沉默了。他在考虑我是否有资格知道。

"她会没事的,"他最后说,"警探今天来找她了。莫雷蒂。他告诉了她案情的进展。你应该听过死掉的那个家伙——萨姆·兰尼克?"

"西蒙·兰尼克。"

"对。嗯,莫雷蒂想让莉迪亚知道,他认为兰尼克是杀害嘉娜的凶手。他说这一点可能无法证实,但他相信。"

"他对我也是这么说的。"

"我觉得他的说法不是很有说服力,"沃伦·芬恩说,"你相信他吗?"

我不相信他,但我自己的理论听起来也没有说服力。

"我还没仔细想过。"我说。

"莫雷蒂说案子还没结,但他希望莉迪亚听说兰尼克已经死了能得到一些安慰。"

"她是什么反应?"

"莫雷蒂一走,她就上床了。我一直在照看着。我想她明天会好些的。"

"那我就不打扰她了,"我说,"我打电话是为了——我现在住在嘉娜以前住的公寓里。她的车在这儿,还有她的衣服、书和其他东西。我想她母亲可能会想要这些东西。"

"我敢肯定她会想要。"

"我可以把所有东西都装进车里,把车开过去。也可以来人把车开回去。不急。我不想她为这事操心。"

沃伦在考虑。他声音里的傲慢已经消逝不少,他再度开口时,声音里已经完全没有了傲慢。

"我也不想,"他说,"我来处理吧。明天晚上怎么样?你到时候在家吗?"

"肯定在家。"

"我让朋友开车送我到那儿。可能会有点晚,九点或十点。"

"没问题。"

"很好。明天见。"

我们结束通话。我打开窗户,让卧室透透气。又喝了点橙汁。我知道自己应该开始收拾嘉娜的东西,但我不想面对这件事。我告诉自己,我可以明天再做这件事。我也知道自己该吃点东西。阿格妮斯·兰尼克之前给了我一些食物:一碗红烩牛肉和一条她自己烤的面包。我把牛肉倒进平底锅,打开炉灶,让牛肉炖着,开始切面包。面包皮像树皮一样厚。

我放好餐具，把牛肉装进盘子，强迫自己吃饭。但这并不是我想做的事。我想离开这套公寓，远离这一切。我差点就离开了，但我又想到坡·沃什伯恩可能已经看到我留给他的信息。那是一份邀请。我得待在这里，以防他决定来找我。

我吃完饭，开始洗餐具，并想象如果沃什伯恩来找我，我和他的会面会如何进行。也许不会进行得很好。罗杰·托利弗之前说我这是自找麻烦。我想我该做点准备。

九点半左右，我来到隔壁，请阿格妮斯帮我一个忙。我回来的时候，手里拿着马卡洛夫手枪。以防万一。

我已经为晚上的见面做好准备。我、我的枪以及嘉娜的《基督山伯爵》。我一直读到半夜，发现自己真的很喜欢埃德蒙·唐戴斯。

沃什伯恩没有出现。

第二天上午，我表现得像个负责任的成年人。我按照定好的时间检查了两处房屋：一处是位于山上的维多利亚式老房子，俯瞰一个高尔夫球场；另一处是位于城市东部的工匠式平房。这两件工作让我一直忙到下午一点。然后我开车到坡·沃什伯恩的房子，进去。他不在，但我留在他枕头上的字条不见了。

回到家后，我找到几个空箱子，收拾嘉娜的东西。起初还算顺利。我从厨房开始，然后收拾书桌。我把她的档案、文件以及书装箱。我把卧室留到最后。收拾衣橱是最难的：把衣服从衣架上拿下来，折好，放在床上。过了一会儿，我只能停下来。因为这件事太让人悲伤了——而且不是那种压倒性的悲伤，不是让你崩溃、让你在地板上啜泣的那种悲伤，而是一种小小的、分离的、空虚的悲伤。

我把衣服放在床上，出门去。我锁上公寓门，爬进皮卡。然后开车走了。

我去的第一个地方是医院。我围着医院转了三圈，才进停车场。苏菲的车在那里。我本可以在挡风玻璃上留一张字条。字条将以"我很抱歉"开头。但我不知道接下来要说什么。

我去了我和苏菲租的那套公寓，坐在那里抬头看着阳台。栏杆上有一盆植物，是一种叶子为深绿色的藤蔓植物。新买的，我想道，是苏菲的植物。它本可以也是你的，但你已经不住在那里了。

我的钥匙还在我这儿。我可以上去，开门进入公寓。苏菲回家后会发现我躺在阳台上。她可能会生气，也可能会高兴，我不知道。但我知道她会戴着猫眼眼镜，我知道她的头发是什么气味，我知道她叫我戴夫时声音是什么样的。

我没有上去。我向大学校园和法学院开去。星期五的下午，太阳出来了，至少目前是这样。学生们穿着短裤和背心走来走去，露出苍白的胳膊和腿。纽约州北部的春天。

我继续往前走。我开车经过熟悉的地方：安吉拉·里斯画画和居住的公寓，温蒂·道尔工作的国税局灰砖大楼。我在布鲁姆菲尔德街下车，加里·迪恩·普鲁伊特和他妻子凯西的住处就在这一带。

305

一个安静的社区，没有什么华丽的东西。房子看起来都差不多，但彼此又不太一样，不是批量建造的。拥有这些房子的人都过着舒适的生活。他们中的很多人可能都是普鲁伊特夫妇那样的学校教师。他们如果有孩子，最多只有一两个。

这里的房子有栅栏或树篱，将住户与邻居分开。他们中的一些人有隐藏在视线之外的小型独立车库，但也有些人把车停在街上。这些车和这里的房子一样，和华丽不沾边。中型轿车，颜色沉闷：蓝色、黑色和灰色。并不显眼。

我开车经过普鲁伊特家的房子——高而窄，漆成淡蓝色——然后又绕回来，把车停在街对面。我看了看前面的草坪。我上次来的时候——和尼尔·普鲁伊特谈话——草长得很高，点缀着蒲公英。

草坪现在看起来好多了。尼尔·普鲁伊特已经修剪过草坪。他当然得修剪。在这样的社区，有一些所有人都明白的非正式规则。你要修剪好你家的草坪，修剪好你家的树篱。你绝不能把音乐的声音开得太大。你要跟在狗后面，做好清洁。在万圣节和圣诞节期间，你家的装饰品不能太惹眼。

尼尔·普鲁伊特的一个邻居来到自家门廊上拿邮件。这是一位年长的女性，白发苍苍，肩部瘦削。她环顾四周，看到我把红色皮卡停在她家所在的街上。她凝视着我。我把驾驶室的窗户放下。我给了她一个微笑，一个挥手。我尽量让自己看起来无害。我成功了。她回屋去了。

我想到凯西·普鲁伊特，她在生命的最后几周住在这条街上。她和丈夫加里闹翻了。加里从前有外遇。凯西已经怀疑他。她与最好的朋友、妯娌梅根·普鲁伊特谈过这个问题,梅根跟踪加里到旅馆,发现他与十八岁的安吉拉·里斯在一起。所以凯西的怀疑得到证实。她试图与加里解决这个问题,但在生命的最后几天,她相信加里回到老路上去了。她当时应该会心事重重、心不在焉。她的那段日子是怎样的?

如果加里·普鲁伊特是无辜的,那么就是其他人杀了他妻子。也许是卢克·道尔和埃利·道尔。道尔家兄弟俩可能认识凯西·普鲁伊特,因为他们是凯西·普鲁伊特任教的高中的学生。但是凯西·普鲁伊特死的时候,他们二十出头——他们已经高中毕业几年了。

他们为什么会选择凯西·普鲁伊特?

他们选择了她,然后呢?他们是怎么带走她的?加里·普鲁伊特声称,他妻子在一个周六下午离开家,再也没有回来。她是开车离开的。她去了哪里?加里·普鲁伊特不知道。

她的人生轨迹是怎么和道尔家兄弟俩相交的呢?

也许就是在这里,在这条街上。

当你决定绑架一名教师时,第一步应该做什么?也许你已经找好囚禁她的地方——胡马斯顿路上的一座废弃农场。但那是终点。起点是你的受害者:你需要观察她,了解她在做什么,她要去哪里。所以你从这里开始,从她家开始。

在凯西·普鲁伊特生命的最后几天里,当她被失败的婚姻、丈夫的不忠困扰时,道尔兄弟俩是否在观察她?

道尔兄弟俩曾把车停在这里,在这里待过吗?

埃利开的是一辆白色面包车。

我是怎么知道的?从新闻报道中?不,我是听温蒂·道尔说的。

面包车:绑架学校教师的首选车辆。

我试着想象他们两个人,卢克和埃利,待在停在这条街上的一辆白色面包车里。面包车会在所有这些不显眼的轿车中脱颖而出。卢克和埃利会引起注意。他们会被收信的白发女士和遛狗的人注意到。

凯西·普鲁伊特失踪后,警察会询问邻居,他们会问起停在街上的陌生车辆。难道他们不会吗?弗兰克·莫雷蒂领导了这次调查。他认真对待了,抑或只是走走过场?他是保持开放的心态,还是一开始就认为加里·普鲁伊特有罪?

弗兰克·莫雷蒂是个好警察还是坏警察?我不断回到这个问题上。

我得决定是否再次尝试跟踪他。如果打算这么做,我不能用自己的皮卡;这将是对他智力的侮辱。我看了看沿街停放的所有不显眼的轿车。我需要一辆这样的车。朴素的东西,被人视而不见的东西。

应该很容易弄一辆。我可以去"企业"租车公司或者阿维斯租车公司,他们应该会很高兴租一辆不显眼的轿车给我。

我看了看表。快五点了。我丧失了时间感。周三,莫雷蒂在五点过几分离开警察局。他今天可能也会这样。等到我开车到租车行，填好表格，可能已经太晚，没法跟上他。

正在思考要不要去租车行试一试时，我看见一辆车沿街开过来。一辆深蓝色的轿车，很好但没有特色。这辆车在普鲁伊特家前面停下。

尼尔·普鲁伊特从车里爬出来。他朝房子走去，然后看向我的方向，先一愣，然后认出了我。他的圆脸上是困惑的表情。我挥挥手，从皮卡上下来。他在街那边等着我。

我想问些关于他嫂子的事。我想知道她在生命最后几天的生活是什么样子，有没有提到过她感觉自己被人监视着。但我可以以后再问。

我踏上路沿，走到他身边，说："我可不可以借你的车？"

35
插曲：
1996年7月27日

门外有一段楼梯。嘉娜从他们带她下来那晚就知道了。现在她听到有人从楼梯上下来，沉重的踩踏声。她坐直身体，面朝声音传来的方向。

钥匙在锁里转动的声音，门打开，灯笼的光充溢门口，刺眼，闪烁。嘉娜抬起一只手，手掌向外，挡住最初的光。她听到门砰地关上。一个身影走近，放下一样东西，又后退。嘉娜的眼睛适应了灯光。是拿着灯笼的埃利，埃利倚着门。

"咖啡。"他说。只有一个词，不带任何感情。然后嘉娜明白他刚才放了一个杯子在地上，杯子在她能够到的范围之内。

"速溶的，"埃利说，"加了奶和糖。不是很烫。"

更多的话。嘉娜没有在听。她注视着地上的那具尸体。离她不远，没有在黑暗中看起来那么远。一个小个子苗条女人，可能四十岁，金发。她横躺在房间的一个角落，头朝着门。淡蓝色上衣，七分牛仔裤。上衣的前面有一小块红色。

"咖啡是卢克的主意，"埃利说，"他觉得咖啡有用。"

"有用？"

"反正我觉得没什么用。"

"他在哪儿？"

埃利把重心从一只脚换到另一只脚。"他在思考。那小子经常思考。他是聪明的那个，所以由我送咖啡。他希望我给你捎个信。我告诉他，你也许能自己发现——发现你的房间里有个死掉的女人。"

他说"死掉的女人"这几个字时磕磕绊绊。他没有看尸体。

"她是谁？"嘉娜问，"她叫什么名字？"

"她的名字不重要。"

"她是怎么死的？"

"你不会想知道的，"埃利说，"尝尝咖啡。"

嘉娜拿起杯子。闻起来很香，虽然是速溶的。她没有尝。

"咖啡能抚慰情绪，"埃利说，"真是天才，对吧？卢克就是这样。他是个大思想家。我是笨的那个。"他环视房间——看遍每个地方，除了那具尸体。然后他又看向嘉娜。"你可以喝。不会要了你的命。"

他的脸上没有狡诈，反正她看不出来，不过那本来就不是为狡诈而生的脸，那是过早发育的孩子的脸。但嘉娜对一件事很确定：她不会喝咖啡。她把杯子端到唇边，假装喝了一小口。

埃利继续说话："我知道他在想什么。我来告诉你吧。我知道我们现在应该做什么。只是有点复杂,他说,但没有我们做不到的事。他的问题就在这儿——觉得自己能处理好所有事情。"

埃利今天有很多话要说。嘉娜听着,假装从杯子里喝咖啡。过了一会儿,埃利沉默了。他注视着嘉娜——长在孩子脸上的成年人的眼睛。她又把杯子举到唇边,下意识地。

他四步就穿过房间。他单膝跪下,把灯笼放在地上。他朝杯子伸出手,嘉娜没有把杯子给他,他强行夺过去——动作很轻。他朝杯子里看了看,然后咯咯笑了。他毫不犹豫地把杯子送到自己的嘴边,喝了一大口,然后将杯子递回给嘉娜。

"你可以喝,"他说,"没有毒。我不会对你做那样的事。"他靠得近一些,伸手摸嘉娜。嘉娜身体僵住,但她没有退路——她的背后就是墙。埃利抓起她的一把头发,用手指搓了搓。

他低声对嘉娜说:"我不会对你说谎。你和我都知道,最后只有一种办法结束这件事。那一刻到来时,不会太难受的。我保证。我会在你睡觉时闷死你,或者对着你的后脑勺开一枪。"埃利的手指从她的头发移到脖子,缓慢地抚摸,羽毛一样轻柔。"不会疼的。我敢肯定。是我来做,不是他。这样对你更好,相信我。他对你讲过他开枪打死狗的事吗?"

嘉娜把脸转过去,没有回答。他把手收回去,站起来,拿起灯笼。

"我知道他对你讲过,"埃利说,"他喜欢讲那个故事,外祖父强迫他做的。这样别人就会为他感到难过。可怜的卢克。他跳过了最糟糕的部分。他对着狗开枪,最终杀死了它。但他开了三枪才打死它。"

1996年8月上旬

半圆的月亮挂在8月夜空的深处。一支蜡烛在一个木制牛奶箱上燃烧着。高高的青草的气味。

嘉娜·弗莱彻漂浮着。

双腿并拢，双臂张开。冷水。

卢克·道尔之前问她想不想洗一次真正的澡。他打开锁住她脚踝上铁链的挂锁，把她带进洁净的空气中，带到倒塌的农舍旁的一个地方。让她在一个充气浅泳池里洗一次真正的澡。儿童泳池，一米八的正方形。

嘉娜脱下来的衣服放在草地上。除了胸罩和内裤，她身上别无其他衣物。这在这样的环境中显出一种荒诞的保守，但似乎没什么不对。

她从水里抬起头，看着月亮、星星和远处隐隐约约的谷仓。她可以听到从池塘传来的牛蛙的呱呱叫声。还有一种声音，轻微、遥远：汽车开过公路的声音。

就像风吹过草地的声音。

公路让她想到逃跑。她如果能设法走到路上，就能挥手拦下一辆车。如果没有车，她可以寻找房子。肯定有房子，还有人。

"你在想什么？"卢克·道尔问。

她又让头轻触水面，让水冷却她的眉毛。"我什么也没想。"

她说。

卢克坐在泳池旁边另一个倒放的牛奶箱上。他拿着左轮手枪。自从他和埃利绑架她以后,她就没看过这把枪。现在他把枪拿出来了,拿在手上。

公路在召唤她。再过一会儿,卢克就会叫她从泳池里出来。他会带她回她的监牢。她如果不去呢?她可以做点疯狂的事。把水泼到他脸上然后跑,朝着公路跑,穿着内衣但没穿鞋。卢克可能会在她后面开枪。如果他真的开枪了呢?那是另一种逃离。

他也可能只会追她。他可能会在她到达公路之前抓住她。他会把她带到地下,再也不让她出来。

嘉娜漂浮着。她专注于脸颊上的水的清凉。她可以让脸沉到水下,把水吞进肚子。第三种逃离。她不知道自己是否有意志力这样做,也许本能会占上风,把她推回到水面之上。

卢克在监视她。"你现在在想什么?"他问。

她衣服旁边的草地上有两条毛巾,一条大的,一条小的。她坐起来,转身拿起那条小的,又躺下去,拿毛巾当枕头,把头枕在泳池的边沿上。

她决定告诉他事实。"我在想,我可能会溺水。"

"我不会让你溺水的。"

"是的,我猜你不会。"

泳池里的水大约有三十厘米深。嘉娜想知道水是从哪儿来的。附近没有水管或水龙头,尽管她在黑暗中也许看不见它们。

她能看到两个塑料壶，三点八升的容量，躺在草地上。卢克也许是用它们把水从拖车里运过来的，一次运一点。

如果这样想，你会觉得泳池里的水还挺多的。但其实根本没有多少水。不够卢克做他想做的事。卢克希望这些水能够洗净嘉娜与尸体待在一起的那一周时光。和在黑暗中嗡嗡飞的苍蝇以及从门缝钻进来的老鼠待在一起的一周。嘉娜猜应该有一周，她不能确定。他们喂给她的药比往常多。她觉得自己现在更加懒怠迟缓了。

今晚，从深厚的睡眠中挣脱出来后，她发现那个女人已经不见了。她继而看到灯笼明亮的光和端着咖啡的卢克。这次不是速溶咖啡，而是装在外带杯里的真正的咖啡，还温着。喝完咖啡之后就是洗澡。

卢克把牛奶箱移到离泳池更近一些的地方。

"你真的担心自己会溺水吗？"他问她。

"我没有说到'担心'。"

"你不应该想这件事——溺水的事。"

"你这么说可真有趣。"

"为什么？"

"你拿着一把枪。"

"我看不出有什么关联。"

"我知道。"

她想问问他那个死去的女人的事。她之前尝试过，在那个女人出现后的第二天，当时卢克带着一块塑料布下来，把那个女人卷进去，又用几条毯子盖住，好像他这样做，情况就会不一样似的。但卢克没有告诉嘉娜任何事——她叫什么名字，是哪儿的人，怎么死的，都没说。

不过嘉娜觉得自己知道发生了什么事。一次出了差错的绑架。他们把这个女人拖进白色面包车，在服务区或者加油站，就和他们掳走她时一样。他们把她带到农场，但她反抗了——和嘉娜一样。只不过这个女人的反抗更激烈。

"她是你们中的哪一个杀的？"嘉娜之前问卢克。

"这个不重要。"他说。

"我想知道。"

"是埃利。"

一个脱口而出的答案。嘉娜不相信这个答案。据她的观察，女人身上有刺伤——卢克有把折叠刀。嘉娜记得这把刀；他们把她掳来那晚，他用了这把刀，用它割断了捆住她脚踝的绳子。

她还有其他问题要问，一些她最好不要想也不敢问的问题：卢克厌倦她了吗？这就是他和埃利掳来这个金发女人的原因？如果这个女人还活着，会发生什么事？他们会继续囚禁她，抑或她已经被处理掉了？

她试图把这些问题赶出脑海，但做不到。因为你如果诚实，很容易猜到答案。这些问题符合逻辑的答案只意味着一件事：嘉娜欠这个女人的。这个女人激烈反抗，虽然反抗失败，但她做了一件自己并不知道的事：她救了嘉娜一命，至少暂时救了嘉娜一命。即便是现在，看着低垂在树木之上的半圆的月亮时，嘉娜心里还在想着这个女人。

"她叫什么名字?"她大声问。

没有铺垫,但卢克不需要铺垫。他懂。

"你着魔了。"他说。

"你为什么不能告诉我?"

"我可以告诉你,"他说,"但这不能改变任何事情。"

"可以改变一件事:我不会再问了。"

"好。她的名字叫麦吉。"

"真的吗?"

"你说你不会再问了。"

"你告诉我事实,我就不再问了。"

卢克对着空气随意地挥了挥左轮手枪。"麦吉,希拉,霍莉,"他说,"你想叫她什么名字都可以。名字就只是个名字而已。"

"她是个真实的人。她有权使用自己的名字。"

他在牛奶箱上低下头。蜡烛的火焰在他的脸上笼罩了一层黄色。

"凯西,"他说,"凯西·普鲁伊特。"他挥了挥枪,"你看到了吧?改变不了任何事情。"

但对嘉娜而言,知道这个名字改变了一些事情。这个名字听起来是真的。这个名字适合金发女人。凯西·普鲁伊特救了我的命,嘉娜在意识深处说,但这句无声的话让她喉咙发紧,满眶泪水。

卢克还在监视她。他撇了撇嘴。"你现在不自在了,"他说,"这不是我想要的结果。"他把枪塞到裤子的后口袋里,从草地上拿起那条大毛巾,"该擦干了。我带你回去。"

"不,"她说,"现在不要。"

毛巾挡住他的膝盖。"再待几分钟。然后我们就必须得走了。"

"为什么?"

"我们必须得走。你知道整件事的规矩。"

泪水滚下嘉娜的脸颊。她用湿漉漉的手擦去泪水,在泳池里坐直身体。"我知道,"她说,"我能看出来。有一天,我会成为角落里的那具尸体。会有另一个人在下面,惊恐万状。也许她也会想知道我的名字。"

"不是——"

"就是。这就是未来要发生的事。你至少可以诚实些,埃利就很诚实。他告诉我,他会杀了我。"

卢克看向别处,摇摇头。"他不应该那么说。"

"为什么呢?我们都知道整件事的规矩。我最后会死的。"湿头发贴在嘉娜的脸上。她生气地把头发拨开。"但我不想死。所以我们需要想出另一种结局。"

这是偶然闪现的想法,在崩溃的一刻突然冒出来。嘉娜根本没指望卢克会认真考虑她的这个想法。在真实的世界里,这个想法不会产生任何结果,但卢克·道尔不是生活在真实的世界。在他生活的世界,他不是侵犯者,嘉娜也不是受害者。他们是合作者。"我们从没做过这种事。"他曾对嘉娜说,"我们都在这件事中探索着。"

他坐在烛光里,从衬衫口袋里掏出一根冰棒棍。开始在手指间不停地翻转冰棒棍。

他说:"会发生什么事呢——在另一种结局里?"

她花了很久的时间分析这个问题,但很快就得到了答案。

"你让我离开这儿。"她说。

"接下来呢?"

"就这样结束。我只想离开。"

冰棒棍仍在转动,就像一台复杂机器里的一个齿轮。

"你不去找警察?"

"不会。我不会告诉任何人发生在这儿的事。"

她仍在水里。清凉的空气让她的皮肤上起了鸡皮疙瘩。她等着。

冰棒棍转动得慢了,最后停下来。

卢克说:"你不去找警察。"

我当然会去找警察,嘉娜想道,这是我离开这里后要做的第一件事。

"我不会的。"她说。

"你现在这样说。但我怎么能相信你呢?"

你不能,她想道。

"这是最难的部分,"她说,"你必须试一试。"

她看着卢克那双黑色眼睛里闪烁的光——那是蜡烛火苗的映

像。他摸摸粘在下唇上的冰棒棍。

"不行,"他说,"那样行不通。我不能相信你。"

他把冰棒棍丢进草丛里,眼里的光消逝。嘉娜失去希望。她已经把他带到某件事的边缘,但他退回去了。

"不是你的错,"卢克说,"很多事情就是这样。如果我们能回到过去,重新开始,事情也许会不一样。你还记得我们初次见面那晚吗?"

她反射性地回答他:"我记得。"

"我们之间有点东西。火花。我们谈到要在宾厄姆顿见面。记得吗?"

"记得。"

"我们——我和埃利开着面包车跟着你时,我告诉他:'嘉娜很酷。你等着瞧吧。她会停下的。康克林街的迪诺酒吧。她会去那儿见我们。'埃利不这样认为。但我相信。我们沿着81号公路跟着你,然后我们来到通往宾厄姆顿的出口,我当时肯定你会下公路——"

"我差一点就下去了。"

"我希望你当时下去了。那样一切都会不一样。我们可以在迪诺的酒吧见面。我记得我告诉过你,我们会在那儿演出。那是个谎言。但不重要。我可以说我搞错了。我们可以一笑置之。我们会合得来的。我知道。我们有火花。但你没有停下。你继续开。现在一切都太晚了。"

卢克的声音里有渴望。嘉娜差点就错过了。她在想最后几个办法,一些绝望的办法。她想知道自己是否应该奔向公路,尽管她可能永远都跑不到路上。或者她应该尝试袭击卢克,把他的枪打掉。但她想得最多的是死亡:死亡将以何种方式降临,她应该等待它,还是加快它的到来?

但她的一部分意识在听着卢克说话——那部分意识明白卢克在对她讲述他想要什么。那是一种他在真实的世界里从没有过的东西。但卢克不是生活在真实的世界。

"也许不算太晚,"她说,"从头再来。"

卢克看起来很哀伤。他摇摇头。"我们没办法回到那儿。"

"我们没必要回到那儿。我可以待在这儿。"

他希望相信他们的想法是一致的。嘉娜会让他相信这一点。她可以利用凯西·普鲁伊特为她争取的时间,再为自己争取更多的时间。

"我可以留下来,"她又说,"但有些事情必须改变。"

他把毛巾丢开,站在那儿。"什么事?"

嘉娜也站起来。"首先,埃利不能再来了,"她说,"只能是你和我。你得让他离这儿远远的。你能做到吗?"

"我来应付埃利。还有呢?"

"不能再喂药,"她说,"我想睡就睡,想醒就醒。"

他犹豫了。然后说:"好。我猜我们可以试一试。"

"另外,我不想一直待在漆黑的地下。我想要光。我想到这儿来,每天。"

她立刻明白,她的步子太大了。卢克把双手放在臀部。"我白天不能带你到这儿来,"他说,"太危险了。"

"那就每晚。我需要看看天空。"

他黑色的眼睛注视着嘉娜。探究着。"我怎么知道你不会试图逃跑呢?"

嘉娜可以撒谎,但他太精明了。他可以看出嘉娜是否撒谎了。

"你不知道,"她说,"但如果我跑,你可以杀了我。"

他点点头,双臂放松地垂到身侧。他抬头看看星星,又看向嘉娜在烛光中的身体。他还有最后一句话要说。

"如果你得到了这一切,那么我得到的回报是什么呢?"

嘉娜站在泳池里,把湿头发从额头撩开。她把手伸到背后去解胸罩。她把胸罩从身上甩下来,丢得远远的。

"我留在这儿,"她说,"自愿的。你想我待多久,我就待多久。我们可以看看我们是不是还有火花。"

36

尼尔·普鲁伊特把他的车借给了我。

他接受了我的说服。我们站在他哥哥房子前面的草坪上,我向他解释,我觉得弗兰克·莫雷蒂有个秘密。如果我跟踪他,探明他的秘密,可能有助于我证明他构陷了加里。这样我们就离让加里被释放更近了一步。问题是莫雷蒂认识我的皮卡。我需要一辆在车流里不显眼的车。

尼尔看起来有些困惑,但他把钥匙给我了。我把皮卡的钥匙留给他,希望这样能让他放心。他其实并不认识我。他在意识深处肯定想知道,他能否再看见我或者他的车。

我成功在五点过十分抵达市中心旧法院大楼的警察局。喷泉在法院台阶下面的广场上喷着水。我把车开到后面的停车场。弗兰克·莫雷蒂的黑色雪佛兰不见踪影。

我在这个街区转了一圈,思考接下来要做什么。莫雷蒂可能是几分钟前离开的。但他也可能今天根本没来警察局。他是个警探,不是一辈子坐在桌子后面,每天五点下班的文员。他现在可能正与目击者谈话,或者在犯罪现场。他可能在任何地方。

我开始看到自己计划的缺陷。

我又来到停车场,这时正好有个警察要把巡逻车开走。他开车驶过时,冷冷地看着我。我可以找个车位,停车等待,也可以继续兜圈子。莫雷蒂也许会在这儿出现。也许没有人会注意到我正在监视警察局。

我又在这一街区转了一圈,然后向北开,沿着莫雷蒂两天前的行驶路线行驶。街上挤满正要回家的通勤者。我离开市中心,上了图灵路。我看到熟悉的地标:哥伦布骑士厅,动物医院,独木舟出租店,那名年轻警察在那儿把我拦下来的日托中心。

我在日托中心的马蹄形车道上转弯。我往回走了约八百米,在动物医院的停车场挑了个位置,我在那里可以看到路。这似乎是我的最佳选择。莫雷蒂曾经走过这条路,在两天前的大约这个时候。也许他还会走这条路。

我打开收音机,坐在车里等着。收音机最后一次停留的频道是美国全国公共广播电台,尼尔·普鲁伊特这样的教师的自然选择。傲慢的频道,我父亲会这样说。我听了首叫《通盘考虑》[1]的歌,听说了印尼的骚乱。之后是关于在英国举行的一场经济峰会的报道,接着是对弗兰克·辛纳特拉一生的回顾,他在那周早些

---

1 英文名为"All Things Considered"。

时候去世了。再然后是关于熊的报道——阿拉斯加冬眠的熊。它们已经醒来,因为温暖的春天来了。

熊几乎可以睡半年时间,记者说,但它们不会像我们一样肌肉萎缩。

听起来不可能。也许有科学解释,但我不记得。我看见弗兰克·莫雷蒂开着黑色雪佛兰经过时,关掉了收音机。

我不需要跟踪他很久,也许只跟了六公里。他先是在图灵路上开——公园和墓地在我们左边向后退去。我紧盯着他,但让我们之间至少有一辆车。

我们来到斯托克斯路,然后他向西拐弯。蓝色的水在我们两边展开。水库。然后是房屋、一座教堂和一个消防站。接着是一道低矮的石墙,石墙后面种着常绿植物。莫雷蒂减慢车速,拐上穿过石墙中间豁口的一条小路。豁口右边立着一块标牌,牌子上写着:"夏日溪湾庄园"。

我没有继续跟着他。我往前开了约八百米,然后折返。我回到石墙上的豁口旁边时,以为自己可能会发现莫雷蒂在等我,但他不在那儿。我拐弯,沿着小路往前开,上了一段和缓的斜坡,两边是常绿树木。树木尽头是一块宽阔整齐的草坪。有几栋建筑,但没有一栋看起来像庄园大宅。这些建筑长而窄,都是平房,似乎有些年头了。一共有三栋这样的房子,排布得像正方形的三条边,中间有个庭院。

我在离这三栋房子很远的地方停车,尽量离莫雷蒂的车远一些。我愉快地走了一段路，朝着庭院而去，微风吹着我的背，空气闻起来有松针的气味。在庭院的一边，一位老妇人坐在轮椅上，大腿上披着一块毯子。在院子的另一边，一个身材像橄榄球中后卫的光头男人靠着墙，正在喝可乐。他穿着牛仔裤和一件褪色的绿色罩衫，那罩衫可能曾是护工制服的上半部分。

我友好地对他点点头，问道："这里是养老院吗？"

他在下巴下面举着可乐罐，打量了我一会儿。"他们不这样叫，"他说，"他们叫它长期照护机构。"

"是和养老院差不多的机构吗？"

"你很难讲清它们的区别。"

他的声音很轻，好像他不希望那位老妇人听见我们说的话。

"我可能想转一转，"我说，"我们在给我祖母找个地方。"

我等着他拆穿我的谎言，但他没有。

"你可以和一位女士谈一谈。她负责接收。"

"我想先自己看看场地，"我说，"如果能被允许的话。"

他耸耸肩。"我不会拦着你，"他说，"但别逛得太远。"

我不需要。我离开院子，绕过正方形西边的房子。有野餐桌和花园，在花园后面，草坪向下延伸到一条弯弯的小溪——"夏日溪湾庄园"里的小溪。有一条铺着地砖的小路通往小溪，小路的宽度能容纳两辆轮椅，小路的尽头有个俯瞰小溪的木头平台。你可以坐在平台上看风景。

平台上有人。其中一个人是弗兰克·莫雷蒂。另一个人是一位非洲裔美国女性，穿着和那个光头中后卫一样的淡绿色罩衫。

第三个人是一位坐在轮椅上的女性。和我预想的不一样,不是老妇人。她皮肤苍白,头发是深棕色。距离太远,我看不出她的年纪,但我猜她很年轻。大学生的年纪。差不多和安吉拉·里斯一样年轻。

我站在上面的小路上看着他们:莫雷蒂在和那个穿绿罩衫的女人聊天,然后蹲在轮椅旁边,和那个棕发女孩说话。女孩有只毛绒熊,莫雷蒂把毛绒熊拿起来,来回摆动,以它的名义说话——你会这样逗孩子。

过了一会儿,那个穿绿罩衫的女人离开他们,从下面走上来。她有点胖,走得慢。莫雷蒂还在用那只毛绒熊逗女孩,后来两人应该都玩腻了,他把女孩的轮椅往溪边推了一点。他指着水里的某样东西。他又指天上的云。指飞过头顶的鹰。

穿绿罩衫的女人走到上面的小路上时气喘吁吁。她经过我身边时一句话也没说,然后坐到一张野餐桌旁。我给了她一会儿休息的时间,然后走过去。

"天气真不错。"我说。

她抬起头,主要在看天而不是看我。"晚些时候应该会下大暴雨。"

"真的吗?"

"我是这么听说的。"

我往前一步。"介意我坐下来吗?"

她又抬起头,这次注视着我。她的表情告诉我,她可以忍受我的存在,尽管她并不喜欢这样。我坐下来。

"我可能会把祖母送到这儿来。"我说。

"这是个好地方。"

"看起来挺好。我刚才转了转。"

"你去办公室,他们会带你参观。"

"我大概会去的。"

我们默默地坐了一会儿。我想她可能会离开——她已经从走路的运动中恢复过来。但她坐着没动,看着我,双手交叠放在桌上。她的手很漂亮,指甲修过,也做了图案。这双手被注入了不少心思。她的头发也是:很多条穗带被紧密编织进头发里。她的脸看起来和身体的其余部分一样胖,但骨架似乎很结实。我在她的眼睛里看到智慧、谨慎和严肃。

"我们有个共同的熟人,"我说,"弗兰克·莫雷蒂。"

"是吗?"

"你认识他很久了?"

"他常来。"

"我没想到今天会见到他。我不知道他来这儿了。他来看望的那个女孩很年轻。"

"她的确很年轻。"

"是他的女儿吗?我不知道他有个女儿。"

穿绿罩衫的女人没有回应我。她的目光坚定,她的嘴巴抿成一条不带感情的线。

"我可以自己问他,但那样似乎有点尴尬,"我说,"我不想给他一种我想刺探他个人生活的印象。"

"的确尴尬,"她说,"如果给了他那种印象。"

"是的。"

"当然,你可以不刺探。"

"没错。"

"给所有人都留个好印象。"

她的眼睛周围有笑纹,但当时的情况很明了:她是不会对我笑的。没关系。她没必要喜欢我。我拿出钱包。

"我想了解那个女孩,"我说,"我们也许可以互相帮助。"

我终于得到一个微笑。一个淡漠的微笑。"你叫什么名字?"她说。

"拿破仑·沃什伯恩。"

"这是什么鬼名字。"

"有些人叫我坡。"

"坡,你能给我提供什么帮助呢?"

我打开钱包,拿出两张二十美元和一张十美元的纸币放到桌上。

微笑不见了。她的表情变得冷漠。

"不算特别多。你知道那个人——莫雷蒂先生——的身份吧?"

"我知道。"我说,在那堆钱上加了一张二十美元的纸币。

她没有伸手动钱。"坡,你赌过钱吗?"

"当然。"

"你知道真正的赌徒是怎么赌钱的吗?"

"对我讲讲。"

"他们拿定主意后，会全下。你愿意全下吗？"

我把钱包里所有的纸币都拿出来，又把空空如也的钱包给她看了看。

"全下了。"我说。

她张开漂亮的双手，把面前的钱整理好。她没有数钱。她没有把钱推开。

"你想知道什么？"她说。

"那个女孩叫什么名字？她多大了？"

"她的名字叫埃琳。她二十一岁。"她从那堆钱上拿下来一张，撕成两半，"再问我些别的。"

我看着她把钱撕碎，扔到肩膀后面。碎片落到草丛里。她冷酷的表情没有任何变化。

我们现在在玩另一个游戏，不是我有把握的那个。但我需要知道这个游戏会如何结束。

"她是他的女儿吗？"我说。

"我没看过她的出生证明，"穿绿罩衫的女人说，"但我知道她管他叫爸爸。我知道他几乎每天都来这儿。我知道埃琳给他画了很多画像。用蜡笔画的。那些画像是一个很有天分的三岁小孩画的。因为她现在就是三岁小孩。"

她又撕了张钱扔到草丛里。"再问我点别的。"

"她怎么了？"

"车祸。在她十七岁那年。发生在午夜之后的公路上。她坐的那辆车行驶在中线上，一头撞上一辆大卡车。她在副驾驶座上。从腰部以下都没知觉了,脑袋也受伤了。昏迷了两个星期。"她又撕了一张钱,"再问我开车的是谁。"

"开车的是谁?"

"她的一个老师。问我他为什么会在午夜之后开车行驶在路上,带着一个十七岁的女孩。"

她一直在小心地控制自己的声音,但我现在可以听出其中的愤怒。

"没必要了。"我说。

"我猜也是,"她说,"他当场就死了。她成了现在这个样子。她不记得他了,在大多数的日子里。她一直记得莫雷蒂先生。他不在这里的时候,她想念他。他每次离开的时候,她都会哭。"

"她母亲呢?"

穿绿罩衫的女人把剩下的钱整理好。"她过去也常来,在差不多第一年的时间里。然后她意识到自己的女儿不会好了。三岁女孩,而且永远都是三岁。很艰难的状况。对埃琳的母亲而言太艰难了。她坐到浴缸里,割开了两只手的手腕。"

这个女人把剩下的钱一起撕了,一次,两次。碎片飞到她的肩膀后面,散落进草丛。

她说:"你的疑问都得到解答了吗,马龙先生?"

没有刻意强调我的名字。她只是随意地说出了它。

"是的,得到解答了。"我说。

"很好。因为莫雷蒂先生只想让你知道这么多。你如果还想知道更多,只能自己去问他了。而我知道他不想和你说话。你不是他的朋友。"

"是的。"

她环顾花园。只有番红花开花了。"我相信我是他的朋友,"她说,"因为他那样对我。"她回过头来看我,声音低下来——让我注意听的一种方式,"他是我见过的最温和的人,但我不愿意想,你会发生什么事——如果你再来这儿,试图接近埃琳或者和她说话。"

"我不会再来了。"我说。

"或者你做任何打扰她在这儿生活的事,或者让她引起不必要的关注。"

"我明白。"

"很好。你现在可以走了。"

她看向我肩膀的后面,向某个人示意。我转过头,看见那个光头男人向我们走来。那个中后卫。

"他是卡尔,"穿绿罩衫的女人说,"卡尔,这位是大卫·马龙。他的参观结束了。他要走了。"

穿绿罩衫的女人没有站起来。一阵微风吹过,吹起草丛里被撕碎的钞票。在下面溪边的平台上,弗兰克·莫雷蒂又开始了毛绒熊的把戏。我跟着卡尔走。他比我高十来厘米,大概比我重十五公斤。他没有抓我的胳膊,但就在我身边。

他一直没有说话,直到我们到达停车场的边缘。然后他说:"我欠你一个道歉。"

"为什么?"

"我如果知道你是谁，会让你赶紧走。省得大家都有麻烦。但我信了你的话，关于你祖母的事。"

"抱歉。"

他在我身边慢慢地走着。"我的祖母和外祖母都去世了。"

"我的祖母还活着，"我说，"七十多岁。但没准备好到这样的地方来。"

"那太糟糕了。撒关于她的谎。"

他是个有态度的人。

"是啊。"我说。

我们走到我借来的车旁边。卡尔流连不去，用一只手掌摸着光光的脑袋。

"你得离开，而且不能再来，"他说，"这个不需要我说了吧？"

"我已经被告知了。"

我从口袋里掏出钥匙，从他面前转过身，开门。这是个错误。卡尔把一只手放到我的肩膀上，将我推到车上。然后他猛地打了我，就一拳，打在肋骨下面后腰中心的旁边。打在了肾上。

我从来没被公牛撞过，但那种感觉应该和我被卡尔打了之后的感觉差不多。我的肺被挤空，我的两个膝盖似乎不见了。我顺着车身滑下去。双手和双膝着地。我以为自己会呕吐，所以等着，但张开的嘴里只流出了口水。呕吐没有发生。

我抬头，但这个动作让我头晕目眩。我坐在地上。看见卡尔俯视着我，晃着右手，屈伸手指。

"没那么糟,"他说,"我没使全力。"

他抓起我的一条胳膊,想把我拽起来。我猛地打他。他屈膝又抬膝,想把我抵在车上。我的后腰碰到后视镜,我呻吟起来,差点又倒下去,但他扶住了我。

"你没事的,"他说,"呼吸。"

我试图推开他,自己站着。但为时过早。我又要倒下,但他没让我倒下。

"动作慢一点,"他说,"你会没事的。我得确保你听进去了。被告知了是一回事,听进去了是另一回事。你明白了,对吧?"

我点了一下头,让他知道我明白了。过了一会儿,他把我扶进车里。

37

一件奇怪的事开始发生在 K 身上。他不确定这件事意味着什么。他开始在整个城市的不同地方见到乔琳娜。

当然不是真正的乔琳娜,而是乔琳娜的副本、克隆。乔琳娜那个类型的女人。

金发,健美,腿好看——这是基本的。但不只是身体上的相似。贝拉米大学里到处都是美腿金发女孩,但她们不会让 K 想起乔琳娜。她们缺少某一种特质。有些人会称这种特质为破坏性,K 认为其是脆弱性。

一个在商场小亭子里卖太阳镜的女人,无聊透顶。在 K 理发的地方收银的害羞女孩,脸上长着雀斑。一个夜里在路边流连的女人,紧张,等着平板大卡车司机。K 在她们身上都看见了乔琳娜。

星期五下午晚些时候,他又看见了她。在罗马城南部一条萧条的街上——毫无疑问是乔琳娜会去的地方。这条街上有家五金店，五金店旁边是家酒水店，酒水店旁边是家自助洗衣店。K走出五金店，在街对面空旷的停车场看到了她。几乎一模一样：同样的短衬衫和紧实的胸脯。她甚至还拿着一个红色外带杯。

K站住，注视着她。女人点了根烟，坐到遭涂鸦的水泥矮墙上。矮墙将停车场和火车停车场分开。停车场的右边是一栋曾是溜冰场的废弃建筑。这栋建筑的所有出入口都被木板挡住了。

K看着这个女人时，一个瘦骨嶙峋、留着稀疏胡须的高个子年轻人从溜冰场前面走过。破牛仔裤、黑色T恤，二十八九岁。他如果更干净更健康些，你可能会觉得他是个放荡不羁的艺术家。

他走向停车场的那个女人——很像乔琳娜的那个女人。他们一起坐在矮墙上。他向女人讨了根烟。K觉得他们彼此认识，但不是特别熟。过了一会儿，瘦骨嶙峋的年轻男子从口袋里掏出某样东西。他把这东西从自己的手里递到女人的手里。他们从矮墙上站起来，一起走了，消失在溜冰场的后面。

该走了，K想道，这个女人让你分心了。他不应该分心。他应该控制自己。他知道这一点。

但他没有走。他走进酒水店，买了一份六瓶装的啤酒，让店员用纸袋装起来。他拿着啤酒过街，在水泥矮墙上找了个地方坐下来，离他刚才看见那个女孩所在的地方几米远。他开一瓶啤酒，喝了一口。他把纸袋放在矮墙上，将啤酒瓶藏在纸袋后面，以不被街上的人看到。

不久之后，很像乔琳娜的女人和瘦骨嶙峋的年轻男子从溜冰场后面再度出现。瘦骨嶙峋的年轻男子自己走了——低着头，步子很快。很像乔琳娜的女人走向矮墙。她看见K之后顿住了一会儿，不友好地看了K一眼，然后又点了根烟。她手里还拿着红色外带杯。

K在喝啤酒。他已经喝完一瓶，又从袋子里拿出一瓶，他不时瞟很像乔琳娜的女人一眼，但没有注视她。他注视的是街对面的自助洗衣店或从他脚边水泥地的缝隙里长出的杂草。他想，她喝完红色外带杯里的东西后可能会走过来。他猜对了。

"你好，斯蒂夫。"她说。

她站到他前面，一条光洁的大腿往前伸出，将自己完美地展示出来。中性的微笑。牙齿歪歪扭扭。

他说："你怎么知道我的名字叫斯蒂夫？"

"我不知道，"她说，"我喜欢猜。很好玩。你可以猜猜我的名字。"

他把头歪向一边，假装他必须思考一会儿。

"乔琳娜。"

"天哪，斯蒂夫。你是通灵师吧。"

K把手伸进袋子，又拿出一瓶啤酒。他打开，往女人的红色外带杯里倒酒。

"斯蒂夫，我可以用瓶子喝。"

他继续倒。

"随便吧。"女人说。

他把袋子从矮墙上拿下来，放到旁边。女人坐到他身边。

"斯蒂夫，你在干什么？"

"不好说。"

她把抽完的烟弹到水泥地上。

"你可以告诉我，"她说，用外带杯和他碰杯，"我们是哥们儿。"

"我想和你一起待一会儿。"

"斯蒂夫，你又读出了我的想法。"

"我们去别的地方吧。"

她朝溜冰场的方向点点头。"我们可以去附近的一个地方，如果你想快一点儿。或者去一家我知道的宾馆。如果我们去宾馆，开支比较高。但你得到的也多。明白我的意思吗？"

K感觉到自己在皱眉。"也许我们可以慢一点儿。"

"慢一点。当然。你想多慢，我们就可以多慢。"

"我不喜欢你谈论它的方式，感觉让它变得——很廉价。"

"哦，不会廉价的，斯蒂夫。"

"我想先聊聊天。"

"没问题，"她说，在钱包里找烟，"我们正在聊，不是吗？"

"我是说，聊些真正的东西。重要的东西。比如说在做这份工作之前，你想做什么？"

她在大腿上敲了敲未点燃的香烟。"哦天哪，"她说，"你是那号人？"

"哪号人？"

"你想挽救我？拯救我的灵魂？"

K大笑。"不，不。"

"因为那不关我的事。"

"也不关我的事，乔琳娜，"K说，"我只是想开车兜兜风。"

她的身体语言变了。她此前一直倾身向他，亲密，但现在她的身体往旁边倾。她点燃香烟，把打火机丢进钱包里。

"我不兜风，"她说，"我不进任何人的车，除非是朋友。"

"但你说我们是朋友，乔琳娜。"

"我说我们是哥们儿。"

"我想兜兜风，"K说，"然后下车散散步。"

"我们想要的东西好像不一样。"

"很舒服的。在水边散步。你怎么说？"

"我说我只能放弃了。"

她正要站起来，K抓住她左手的手腕。

他感觉到女人紧绷的肌肉。女人瞪着他。"这样不酷，斯蒂夫。"

"我们去兜兜风。"

她试图挣脱。K知道自己不应该阻止她。可能会有人看见。他应该控制住自己。但他感觉到自己正在更用力地抓她的手腕。

"你可以喝完啤酒，"他听见自己说，"然后我们就走。"

"你弄疼我了，斯蒂夫。"

"不要想反抗我，乔琳娜。我有枪。喝掉啤酒。"

女人的啤酒瓶在矮墙上。她没有伸手去拿。她抽了一大口烟,烟雾从双唇间逸出来。她柔声说:"我的名字不叫乔琳娜。"然后她突然旋过身,把香烟燃烧着的那头摁在他的手背上。

纯粹的疼痛感袭来,伴随着他自己皮肉的滋滋声。他猛地缩回手,整个身体也紧跟着往后缩,跟跄起来。女人紧接着又是结实的一击——以手掌根猛打他的胸骨——这一击让他向后从矮墙上掉下去。

K落在矮墙另一边的尘土和杂草上。肩膀重重地着地,打了个滚。他仰面四仰八叉地躺了一会儿——全身都疼,但没有骨头断掉——然后爬起来,跪着。他站起来,手里拿着他从西蒙·兰尼克那里拿走的马卡洛夫手枪。他不记得枪是怎么到手上的,因为枪此前一直被他绑在脚踝上。他没有枪套,所以把枪塞在袜子里,用几根粗橡皮筋固定住。但现在枪到了他的手上,他的手指在扳机上。

你可以称之为条件反射——只是他面对的方向反了,他背对着墙。他旋过身,举起枪,发现那个女人正疾步而行,没有跑,但已经到了街上。他将枪口对准她的后背。

阳光。目击者。一个拿着洗好衣服的女人钻进自己的车。两个年轻人骑着自行车经过。不是乔琳娜的那个女人猛地拽开自助洗衣店的门,走进去。K恢复意识,把手指从扳机上移开。他在矮墙后面蹲下,把手枪放进袜子里。

鲁莽,他想道。

过了几分钟,他站起来,环顾四周。街上有许多人,但没有人关注他。他爬过矮墙,捡起装啤酒的袋子,离开停车场。

*

水让他冷静下来。

他开了一小段路,然后下车散步——和他计划的一样,只是没有那个女人在身边。他蹲在莫霍克河的河岸上,这里离他长大的地方不远。他听到河水流过一棵倒下的树时发出的汩汩声,他看见一群鸭子顺流而下。他把右手伸到水里。冰凉的水让他感觉很好。

香烟的烫伤是个红色小圆点。K 在开车回家的路上不时审视它。不久之后,手上会留下一个疤,K 想道。他在方向盘上屈伸这只手,以便再次感受疼痛。烫伤是对他鲁莽的惩罚。他应该更小心些。在停车场追逐那个女人是错的。他越线了。这是狂妄自大。就像长着蜡翅膀的伊卡洛斯飞到了离太阳太近的地方。你不应该狂妄自大。这就是教训。

但真的是这样吗?也许可以从其他角度看这件事,K 想道。停车场的那个女人是个妓女。她什么都不是。所以他试图带走她时,并没有狂妄自大。他把目标定得太低了,他应该提高标准。把目标定得太低是种浪费。是种罪恶。也许这才是真正的教训?

K 思考得越久,越觉得自己触及了什么东西。

他应该记住。手上的红色印记将会一直提醒他。

下次他会把目标定得高些。

K 在住处所在的街上拐弯。他看见一个邻居捡起人行道上的报纸。他看见远处自己的房子。看见有人坐在门前台阶上。看见这个人艰难地站起来,好像正疼痛难忍。

大卫·马龙。

一瞬间,K忘记了原来那个自己,他有股想把脸藏起来、继续往前开的冲动。冲动过去了。他的脚从刹车上离开,把车停在路沿。熄掉马龙皮卡的引擎。

他拿起袋子——他的啤酒——穿过街道。他喊着打了声招呼。他经过自己的车时摸了车一下。然后和大卫·马龙交换钥匙。

38

尼尔·普鲁伊特是个话匣子。

他为用了我的皮卡道歉。他必须去处理一些事情。他希望我不要见怪。我告诉他没事。

他想听我讲讲莫雷蒂——我有没有成功跟踪他,他去了哪里,我有没有了解到什么有用的信息。我不想谈。暴风雨快要来了。"夏日溪湾庄园"的那个女人之前对我说过。天还亮堂堂的,但我可以看到云层正在聚集。那些云看起来不自然,好像是外星球上的云。

我仍然有那种被公牛撞了的感觉。站着疼,走路也疼。我感觉自己站不稳——不止于此:我感觉整个世界都在晃晃荡荡。所以我觉得那些云像外星球的云就说得通了——它们其实就是我生活的这个世界的云。

我告诉尼尔·普鲁伊特我不舒服,我们只能改天再谈。他站在自家的草坪上，手里拿着纸袋，而我爬进皮卡，开着它离开了。我开得很慢，就像在悬崖边那样开。

半路上，我感到恶心。这样说不确切：整段路上我都感到恶心，但路程走到一半时，恶心感到达顶峰。我把车停在一家快餐店的停车场，下车站到车边，双手按在膝盖上。没有吐出来。然后我进入快餐店，进入男厕所，弯腰站在水槽边。也没吐出来。过了一会儿，我走进一个隔间，拉开拉链，撒了很长时间的尿。清晰的黄色，也许太清晰了，就像外星球的太阳的颜色。但不是粉红色或红色。没有血腥气。

我回到嘉娜的公寓所在的那条街，世界似乎更稳固了。地面结结实实，车下面也没有裂缝裂开。我到达嘉娜的公寓，把车停在车道上。当我蹒跚着走到前门时，风吹过橡树树叶。暴风雨就要来了。我在锁里转动钥匙，进去后发现拿破仑·沃什伯恩坐在厨房里。

香烟的烟雾盘旋在空中。我发现沃什伯恩从壁炉架上取下了陶碗——装着嘉娜二十五美分硬币的那个碗。他正在拿它当烟灰缸。他坐在那里，一只手肘放在桌子上，瘦长的身子靠在椅子上。他穿着牛仔裤和灰色的羊毛衫，衣袖被撸到肘部。他的黑发乱糟糟的。

他的双脚搭在另一把椅子上。他的工靴破破烂烂，污迹斑斑。我认出了这双靴子。我曾近距离看过其中一只。

"进来，"坡·沃什伯恩说，"关门。坐下。"

他比我记忆中要温和,但我上一次见到他时,他家着火了。我在他的声音中听到自信,还有一丝威胁。他用拿着烟的手点了点他对面的椅子。

我应该生气,但没有那个力气。我坐下。

"我很高兴你来了。"我说。

他吸了口烟,吐出烟雾。"我知道。"

"你是怎么进来的?"

"后门。我打破了窗户,然后就进来了。"

我朝那里看,看到残留在窗框上的玻璃。我只能坐在椅子里侧身看窗框。这个动作让房间晃动了一下。我感觉到额头正在冒汗。

"你没必要这样做。"我说。

"实话告诉你,我有点想这样做。"他把烟灰弹进陶碗里,"我在来这里的时候心里想,我得搞点破坏,也许再踹你屁股。我想这样会让我好受些。但现在看见你,我不知道是不是应该踹你。你看起来快散架了。你怎么了?"

"我今天过得很艰难。"

"看得出来。"他把香烟塞进嘴里。吸了一口。烟雾从他的嘴角逸出来。

他说:"你有钱吗?"

"为什么这么问。"

"可以给我花。"

我想起自己钱包里的那些钱全被撕成碎片,散落在"夏日溪湾庄园"的草丛里。

"我一分钱也没有了。"

"我猜也是,"坡·沃什伯恩说,"我之前四处看过了。你有台十三寸的电视机,我要是拿到跳蚤市场去卖,大概能卖个十美元。你有台电脑,但不是笔记本电脑。台式机,买来大概有四五年——"

"六年。"

"意味着我只能把它捐给救世军。他们会很高兴地接收的。别的任何人都不会要。你有一只时钟收音机和一支电动牙刷。你什么值钱的玩意儿都没有。有些人会在咖啡罐里塞一卷钱,或者在冰箱里藏一袋钱,但你没有。你在这里住多久了?"

"没有很久。"

"这里就像个垃圾堆。你自己知道的,对吧?"

我没有回答他。

他耸耸肩。"我是在垃圾堆里长大的。所以不觉得这有什么不好。"他在陶碗里摁灭香烟。"但我发现了一样好东西,"他说,"在你的床头柜里。"他把手伸到桌子下面,拿出阿格妮斯·兰尼克的手枪。他之前一直把枪放在大腿上,我看不见。

"它有个外国名字,"他说,"马卡夫。"

"马卡洛夫。"我告诉他。

他用枪指着桌子对面的我。"我没见过这种枪。"

"关于这把枪,有个有趣的故事——"

"是吗?"

"枪是我从我认识的一位女性那里借来的,在我留了张字条在你家之后。我想我应该拿着它,以防你来的时候态度不对。"

"的确很有趣。"

"你可以把枪拿开,"我说,"你不需要枪。我们不是敌人。"

"我们肯定也不是朋友。"

"我并没有放火烧你家。"

"有人放火。我不觉得是意外。"

"我也不觉得。"

沃什伯恩把脚从椅子上拿下来,依然用枪指着我。

"没关系,"他说,"把钱包给我。"

他没说我应该慢一点伸手拿钱包,但已经暗示了这个意思。我把钱包拿出来,推到桌子的另一边。每一个小动作都让我疼。

他用左手打开钱包,朝里看。

"你一分钱也没有。"

"我告诉过你了。"

"真的一分也没有。"

"关于这个,也有个有趣的故事——"

"省省吧。"沃什伯恩说。他啪地合上钱包,把它扔在桌子上。但这个动作太小了,不足以让他发泄不满。他把枪指向天花板,我以为他会在天花板上开个洞。但他只是来回晃着枪。连连摇头。发泄不满。

"我不想听故事,"他说,"我要的不多。老实说,我要的真不多。我只想要点路费。"

这句话可能是对我说的，也可能是对整个世界说的。他说这些话时垂着眼睛。

"你要去哪儿？"我问他。

他猛地抬头。"离开这儿。"

"你需要多少？"

他沉下脸，好像正有个无家可归的人提出要借钱给他。但我可以看出来，他在思考。他来回晃着枪。

"五百。"他说。

"我有些关于加里·普鲁伊特的问题要问。"

"我知道。"

"如果你回答这些问题，我可以给你五百。"

"一个钱包空空的人居然说这种话。"

"不是现金，"我说，"我给你写张支票。"

他嗤笑一声，摇摇头。"我不收支票。"

"我听说你从前搞自行车。"

"所以呢？"

"所以哪个更难，销自行车还是兑现支票？"

"支票可能会被拒付。"

"这张不会。"

"你也可能会停止兑现。"

"这也不会发生。你一定会拿到这五百美元。"

枪停止晃动。"只是和你聊聊？"坡·沃什伯恩说，"因为我不会再和别的人谈，我也永远不会就任何事情出庭作证。"

"所有的话只在你我之间。"

我看着他思考,看着他再度打开我的钱包,拿出银行卡。他用枪指着我,说:"如果你的支票账户里有五百美元,那么我现在可以带你去自动取款机,让你把钱取出来。"

"你是可以。"

"那样我就不用回答任何问题了。"

"没错。"

"所以我们为什么不那么干呢?"

我实在不想再坐车和他出去。外面,暴风雨即将来临,地面随时有可能晃动。

"我们是可以,"我说,"如果我害怕那把枪。"

沃什伯恩眯起眼睛。"你不怕枪?"

"不怕这一把。"

"我知道它装了子弹。我检查过了。"

"如果它是一把真的马卡洛夫手枪,我会怕,"我说,"但它是东德仿造的便宜货。它已经在抽屉里待了三十年。你如果扣动扳机,它可能会开火。但也可能什么都不会发生。更有可能的是,它会在你的手里炸掉。我如果是你,不会想要开一枪看看到底会是什么结果。"

他把枪侧过来,检查了一会儿,然后又把枪口对着我。"你在唬我,"他说,"你如果觉得它开不了火,为什么要把它收在床头柜里?"

"我想随时能拿到它,把它展示出来。我可没疯到打算用它的程度。"我的目光越过枪口，注视着沃什伯恩的脸，"你也许可以想想，你为什么要这么费劲地偷走我正自愿提出要给你的钱。我现在要站起来，去书桌那儿把支票簿拿过来。你可以继续用那东西指着我，如果这样做能让你高兴。"

我没等他回应就站起来。地面很稳固。他也没有试图对我开枪。我从抽屉里翻出支票簿，回来，给拿破仑·沃什伯恩写了一张五百美元的支票。我撕下支票，正要递到桌子另一边给他时，手收回来。

"枪不是我的。"我说。

"所以呢？"

"所以你得把枪留下。这是交易的一部分。"

沃什伯恩呵呵一笑。"你觉得我会傻到把枪给你？"

"你不用把枪给我。只是你走的时候不能带走枪。"

他在考虑我是不是在耍他，我们沉默了一会儿。然后他将枪口对着客厅，退出弹夹。他又将已经上膛的那颗子弹弹出来，把枪放到桌上。慎重起见，他又用拇指把弹夹中的每颗子弹都弹出来，它们像弹珠一样散落在地上。他又把空弹夹丢到地上。

我把支票给他，他扫了一眼，把支票塞进口袋。

"加里·普鲁伊特从来没有对我认罪过。"他说。

"我知道，"我告诉他，"弗兰克·莫雷蒂相信普鲁伊特有罪。他有他的理由。我理解。他想确保普鲁伊特被定罪。但他需要帮助。你也在监狱中，我不知道他是怎么联系你的。他是和你面对面谈的吗？"

"他让警卫给我捎了信。"

"好的。所以他要求你弄到普鲁伊特的认罪声明。你给了他想要的东西。他不想知道真相,因为他认为自己已经知道真相。"

外面起风了。一根橡树枝刮擦着前面的窗户。我继续说:"我想知道在那之后发生了什么事,当你决定坦白并讲出实情时——当你决定联系罗杰·托利弗和他的'无辜者计划'时。你为什么要这么做?"

沃什伯恩摇摇头。"我没这么做过。事实不是这样。"

"就是这样。你打电话给托利弗,电话是嘉娜·弗莱彻接的。"

他不屑地摆摆手。"你搞错了。我没打过电话。这根本不是我的主意。是嘉娜·弗莱彻打电话给我的。"

39

坡·沃什伯恩二十分钟之后离开了。我站在门口,看着他穿过街道,去往"里德阶梯"公寓的停车场,他把皮卡停在了那里。

我们在那二十分钟里说了不少话。我问了他更多的问题,他的回答让我感觉整个世界更不稳当了。我关上门,环顾四周,感觉一切都有点歪了。这个世界需要被修正。

我从沃什伯恩拿来当烟灰缸的陶碗开始。我摸出嘉娜那枚有尖头的奇怪硬币。我把烟头和烟灰倒进垃圾桶。我冲洗陶碗和硬币,擦干。我习惯了有这两样东西在身边。我不知道自己是否有权利留下它们。我把硬币塞进口袋,把陶碗放在壁炉架上原来的那个地方。

我收集厨房地面上的弹夹和子弹,将它们装进马卡洛夫手枪。我把枪也放到壁炉架上。

我收拾干净后门窗户上的玻璃碎片，用胶带粘了块纸板在窗框上。我感觉好多了，行动时也轻松了。撞了我的那头公牛依然跟着我，它不时用角顶我的背。但它现在是头虚弱的小公牛。我不那么怕它了。

我知道自己接下来要做什么。我得去见个人。

我想起沃伦·芬恩，他今晚会坐朋友的车来这里收拾嘉娜的东西，再把嘉娜的车开回日内瓦城。我给他写了张字条，出门时把字条贴在前门上："很快回来。请进。门没锁。"

我没去过温蒂·道尔的住处，我只能先找地址。她住在多米尼克街一栋房子的地下室，那里离她工作的国税局大楼几个街区远。她有独立的门，门就在一组水泥台阶的最下面。

她穿着运动裤和法兰绒上衣来开门。她粗糙的头发从中间分开。风把一缕头发吹到她的脸上。

我此前已经拿出嘉娜的照片，我一直放在钱包里的那张。我举起照片，说："我想你认识她。"

温蒂·道尔从照片前退开，我趁机进门。她开着电视机，电视节目发出的声音低微不清，是一部黑白老电影。我看见她的沙发上有碗爆米花。

"我不想你进来。"她说。

"我已经进来了。"

"这不公平。我根本不想和你谈埃利。你告诉过我，我如果谈了，就永远不需要再见到你。"

我晃晃照片。"你说你不认识她。你对我撒谎了。"

我之前还不确定,但现在知道自己是在正确的轨道上。这张照片让温蒂不安。害怕。

"我希望你离开,"她说,"关于她,我没有任何话要说。"

她替我打开门,好像事情就是这么简单。我把门推上。

"坐下,"我告诉她,"你现在什么都不用说。听着就好。我来对你讲讲嘉娜。她是法学院的学生,和她的一个教授在一个'无辜者计划'组织里一起工作,试图让蒙冤入狱的人被无罪释放。她碰上一个案子——她的教授是这样告诉我的。凯西·普鲁伊特被害案。你知道凯西·普鲁伊特。她丈夫因为杀她的罪名入狱。在审理中,对他不利的最重要的证词来自一个名叫拿破仑·沃什伯恩的贼。沃什伯恩声称,加里·普鲁伊特在狱中对他认罪了。"

温蒂依然站着。她从我旁边朝着电视机后退。

"沃什伯恩的证词是假的,"我说,"最后,他想弥补自己犯过的过错,所以联系了'无辜者计划'。至少,嘉娜是这样告诉她的教授的。我今天发现,这不是真的。沃什伯恩没有打电话给嘉娜。是嘉娜打了电话给他。"

我朝温蒂·道尔走近一些。

"'无辜者计划'不是这样运作的,"我说,"嘉娜的教授罗杰·托利弗告诉我,他经常收到自称蒙冤的人及其家人的求助请求。他拒绝了他们中的大部分人。他从来没必要自己去找案子调查。但嘉娜找了个案子。

"2月,她打电话给沃什伯恩。沃什伯恩不愿意在电话里说,所以她去了他家。她告诉沃什伯恩,她知道他在加里·普鲁伊特认罪这件事上说谎了。沃什伯恩坚持自己的说法,把她打发走了,但她没有放弃。她不停地去找沃什伯恩。最后,她让沃什伯恩投降了。沃什伯恩承认,普鲁伊特从来就没有认罪。

"但沃什伯恩不想被搅和进去。嘉娜想让他签署一份声明,重新作证,这次站在普鲁伊特这边。但沃什伯恩不认为有这么做的必要。加里·普鲁伊特没有认罪,那又如何?这并不能说明他是无辜的。丈夫通常不都有罪吗?有人谋杀了凯西·普鲁伊特。这个人如果不是加里,那么是谁?"

外面狂风肆虐。风不停地拍打这间地下室位于高处的小窗户。

"沃什伯恩把这个问题抛给嘉娜,"我告诉温蒂,"他记得嘉娜的答案。我今晚听他说了。'如果是个陌生人呢?'嘉娜告诉他,'可能是任何人。如果凯西·普鲁伊特不小心碰到了坏人呢?如果她被开着白色面包车的两个疯狂的农场小子绑架了呢?'"

温蒂闭上眼睛,背靠电视机站着。

"沃什伯恩认为嘉娜举的例子太疯狂了,"我说,"'如果'?你和我都一清二楚,对吧?'开着白色面包车的两个疯狂的农场小子'——就是卢克和埃利。他们杀了凯西·普鲁伊特。嘉娜不知怎么知道了。"

嘉娜2月份就知道了——在她与加里·普鲁伊特以及其他所有人谈这个案子之前。这是我从坡·沃什伯恩那里了解到的最重要的事。

"这就是嘉娜不能放过普鲁伊特案的原因,"我告诉温蒂,"她认识卢克和埃利,知道他们干过什么事。我不知道她怎么会认识他们。这就是你需要告诉我的事。"

温蒂睁开眼睛。"我帮不到你,"她说,"我不知道。"

我举起嘉娜的照片——我唯一的武器。"不要再对我撒谎了。我上次给你看她的照片时,你立刻就认出她了。你认识她。你见过她——"

温蒂摇头。"我见过她一次。我不知道她是怎么认识埃利和卢克的。我不知道他们是怎么相遇的。关于她,我只知道一件事。"

"告诉我。"

"我不认为你想听。"

"它和嘉娜有关,我就想听。告诉我。"

电视机屏幕变得空白,我们四周的灯闪烁片刻,继续亮着。我看着温蒂·道尔的脸。她转开脸,又转回来。然后她对我讲了她知道的那件事。

过了很久,雨还没下。九点过后,当我开车离开温蒂·道尔的住处时,依然只有风。我开车时看到风吹弯了树。皮卡的窗户紧紧地关着。风触及不到我。

我经过的社区全都有电——直到我来到嘉娜的公寓所在的街道。这里没有灯光。"里德阶梯"公寓漆黑一片。我来到嘉娜公寓的门前，看到我写的字条还在那儿。"很快回来。请进。门没锁"。我打开门，迅速进去又关上门。

公寓里有光：四盏茶烛在充当壁炉架的木条上燃烧着。沃伦·芬恩在客厅里，坐在嘉娜书桌的椅子上。他向前倾，双肘支在膝盖上，注视着某样东西。不在那儿的一样东西，在远方的一样东西。

他的右手松松地握着马卡洛夫手枪。

他抬起头，看见我站在厨房的过道上。他不习惯看别人的眼睛——我第一次见到他时就注意到了这一点。他的目光发现了我，滑过去，又回来。

"停电了。"他轻声说。

"风肯定吹倒了电线杆。"我告诉他。

"太糟糕了。我今晚可能不应该来。"

"我很高兴你来了。"我对坡·沃什伯恩说过同样的话。

我搬起厨房的一把椅子，带着它来到客厅。我在卧室门前放下椅子，再把椅子转过来，坐上去，双臂叠放在椅背上。

"你的朋友呢？"我问沃伦。

他一开始似乎不明所以，然后明白我的意思：开车带他到这儿的那个朋友。

"我让他先回去。他有老婆孩子在等着。他想在最糟糕的天气来临前到家。"

"我希望他做到了。"

"我也有个老婆在等着。这么说很怪。还有个孩子——我很快就要有孩子了。"沃伦停下,思索、享受着这个想法,"但我还是来这儿了。"

我没说话。沃伦很镇定。我们两人都很镇定。他握着枪这件事并没有让我不安。他看起来并不打算用它。他看起来悲伤,还有点失落。他穿着白色衬衫和黑裤子,对他来说都大了——和他在嘉娜的葬礼上穿的那套有点大的西装一样。

他有张肉乎乎的脸。粉红的脸颊。额头高高的,头发和我上次见到时一样长,在脑后梳成马尾辫。还有那道伤疤:穿过上唇的一道白线。

"这是我第一次来这儿,"他说,声音失落,和失落的表情一致,"我从来没来过这里看嘉娜。但她住在这儿。她坐在这张书桌前面。"

我点点头。

"而且她也是在这里去世的,对吧?在这个房间里。"

"不要想这件事了。"我说。

"指给我看。"

我指了那个地方。那个地方在我们中间。没什么可看的,只是硬木地板。几条干掉的蜡油。沃伦坐在椅子里没动。

"我爱她。"他说。

"我知道。"

我的话听起来平平淡淡。我没有权利说这句话。沃伦皱眉,但没有反应过度。他没有对我开枪。

"你不知道,"他说,"我们从小一起长大。我那时每天都能看见她。每天早上，我们一起走路上学。她是我见过的最漂亮的女孩，而我是个叫沃伦的小胖子，兔唇。所以不要假装你知道我有多爱她。"

关于他有多爱她，他还有很多话要对我讲。就算他手里没有拿着枪，我也会听。我想听。

"我小的时候还口吃，"他说，"其他孩子笑话我，但嘉娜不会。我和别的任何人说话都会口吃，但和她说话时不会。我的父母花了很多钱在言语矫治上，但一点用都没有。但一年夏天，嘉娜买了把二手吉他，自学了几段和弦。嘉娜的歌单很好玩——约翰·丹佛最好的歌曲。我们坐在房子外面草坪上的毯子上，她让我跟着她唱每一首歌。《你填满了我的感官》《高高的洛基山》《我肩膀上的阳光》。一遍又一遍，一天又一天。夏天结束时，我口吃的毛病不知怎么好了。"

他停下一会儿，风声充溢沉默的房间。

"我们十四岁时，她有了第一个男朋友，"他说，"一个橄榄球运动员。很短暂的初恋。他们去了一次学校举办的舞会，看过几场电影，去过在某人家里举办的一次聚会。一个月后就结束了。橄榄球运动员提出来的。她很受伤，你十四岁时会为情所受的那种伤。她哭了。我觉得很难过——也很开心。因为她哭的时候允许我搂住她。"

他想对嘉娜表白自己的感情，但又不能这样做，因为如果嘉娜没有同样的感情，那他的表白就会毁了他们已有的一切。"我们已有的东西挺多的，"他说，"嘉娜那时已经开始演戏，戏剧对我而言是很遥远的东西——就和学校舞会和聚会一样遥远。我太害羞了,从来没有上过舞台。但她学习新戏时,我是帮助她的那个人。我们一起读所有有她出现的场景。"

他们十六岁时,嘉娜演《大鼻子情圣》里的罗克珊。

"你知道这部戏是讲什么的吗?"沃伦问我。

我说我知道,但他继续说,好像没听到。

"这部戏讲的是一个丑男人爱上了一个漂亮女人。他向她表达爱意的唯一办法是不让她看见自己,让她以为他是另一个人。他站在她的阳台下面,站在黑暗中。但他永远不能走出黑暗,否则她就会看见他。我们读阳台场景,嘉娜和我,我们当时十六岁。我对她念这些台词:'我对你的爱超越呼吸,超越理性。你的名字就像挂在我心中的一个金铃;我想到你时,就会颤抖,金铃就会摇动并响起。'"

我看着他举起手——拿着枪的那只。他用手摸摸心口,然后继续往下讲。

"我自己也藏在黑暗中,"他说,"我没有勇气以自己的声音告诉她我的真实想法。我一直没告诉她——直到后来她的外祖母去世,我得知她将要去纽约。那时我必须说出来了。这和勇气无关——这是绝望。我想我可能永远都不会再见到她了。所以我告诉她我爱她,我想和她一起走。但是她……她没有……"

他的声音消逝,他没有继续回忆。但这部分故事我已经知道了。我是听嘉娜的母亲说的。嘉娜独自去了纽约,因为她想成为演员,而且不想再等。她在纽约待了三个月——三个月没打电话给她母亲,除了几张明信片,和她母亲没有任何联络。

"她在纽约时给你打过电话吗?"我问沃伦。

他注视着硬木地板。"没有。"

"你没有收到她的一封信或一张明信片?"

"没有。直到她回来,我才和她有了联系。"

"嘉娜的母亲告诉我,嘉娜在纽约过得很艰难。"我说。

"没错。"

"她回来后,和你待在一起。"

他抬起下巴。他的目光注视着我。这次没有游离。

"整个秋天和冬天,"他说,"以及接下来的那个春天。"

"告诉我她那时候是什么样子。"

"你是什么意思?"

"你记得的所有事情。我想知道。她去纽约时,开着外祖母的车,但当她回来时——"

"她是坐大巴回来的。她只能卖了车。她在汽车站给我打电话,然后我去接她回家。"

"她当时看起来怎么样?"

"疲惫不堪。好像坐了几十个小时的大巴。"

"她带着什么行李?"

他噘起嘴唇,回忆着。

"她带着长帆布包。"

"没有别的东西了?没有行李箱?"

"没有。"

"但她走的时候肯定带着行李箱。"我说。

沃伦点点头。"她走的时候带着一车的东西。"

"但回来的时候只有一个包。其他东西呢?"

我看见他眉头紧锁。烦恼。因为我在问他琐细的事。

"她没对我讲过,"他说,"她一直不想讲发生在纽约的事。"

"你肯定会好奇。"

"那对她而言是很糟糕的经历。我想她遇到了不太好的人。也许室友偷走了她的东西。也许她在那儿认识了一个人,而这个人和她一开始想的不一样。也许她必须离开这个人,迅速地离开,所以把一些东西丢下不要了。"

"她对你讲过这个吗——讲过她认识了什么人吗?"

他似乎犹豫了,但只犹豫了片刻。"没有讲过。"

"她从来没提过一个叫卢克·道尔的人?或者埃利·道尔?"

"没有。他们是什么人?"

"这个说来话长。"我说,"你提到了室友,她有没有提到过室友的名字,或者她在纽约住处的地址?"

"没有。没有提过任何地址。我经常想象那是一个到处都是蟑螂、过道里涂着帮派标志的地方。我知道她当过服务员,但我想那不是家好餐厅。她去试演了,但从来都没得到过角色。她不喜欢谈这些。我想她觉得遗憾。"

细节相似:当服务员,试演。我从嘉娜的母亲那里听过这些。相似,模糊。我想知道,如果我问沃伦能否说出嘉娜试演的一个角色,会得到什么答案。我感觉沃伦应该回答不上来。

我没有问。我说:"嘉娜回来后,做过些什么事?她每天都干什么?"

"她过得很悠闲,"他说,"我希望她这样。她很多时间都待在户外。她做饭。她和我住在一起那几个月,是我这辈子吃得最好的时候。她经常洗澡。洗很长时间的热水澡,读着书,开着音乐。点着蜡烛。"

他转头看向壁炉台上面那根一百二十厘米长的木条。"她做了一根这样的木条,放在浴缸边上,用来放蜡烛。不过那根不一样——"

"这根是我做的,"我说,"是复制品。警方把最初那根拿走了。你说那根木条是她自己做的?"

他点点头。"在她回家几天之后。没花很多时间。我在车库给她展示了如何用钻头。"

"木头是从哪儿来的?"

"我不知道。好像是从废弃建筑上拆下来的。可能是她放在帆布包里带回来的。"

火苗在壁炉上燃烧闪耀着,一排四朵。放在一根木条上的茶烛。木条可能代表着什么。嘉娜自己打磨了木条。一切都是线索。我不知道木条代表什么。现在还不知道。

沃伦·芬恩又注视着地板,似乎忘记了手里的马卡洛夫手枪。我还有问题要问他,我们来到一个微妙的领域。嘉娜的母亲对我讲过嘉娜回家后的情况,但只讲了大概。我知道沃伦当时正在和另一个女人约会:罗丝,他现在的妻子。我知道嘉娜重新出现后,他们掰了。这不难理解。嘉娜离开日内瓦城之后,沃伦放弃了。但当嘉娜回来并搬进他家,一切都变了。

"我想知道余下的部分。"我对他说。

他抬起头,表情困惑。"余下的部分?"

"嘉娜常常洗澡,她为你做饭,和你住在一起几个月。而你爱她。你不想告诉我余下的部分。那是隐私。我理解。但这一部分可能对我有帮助。"

困惑让位于其他反应。怀疑。一丝愤怒。我看见他握紧了枪。

"为什么会对你有帮助?"他说。

"我正在尽全力弄清楚是谁杀了她。我觉得她的死可能与她的纽约之行存在某种关联。很难解释。你看,你不必回答我的问题。我自己做了些推测,但如果我能确切地知道这部分情况,会更好。我现在要讲我的推测了。她回来之后,一开始自己睡一个房间。这种状况可能没持续多久。有天晚上,她想和你睡在一起,睡在你的床上,但她不希望你碰她。而你接受了。你可以接受任何条件,因为你爱她。我不知道这种状况持续了多久,但有一天,她改变了主意。她希望你碰她,但只是抱住她。最后,她希望你不只是抱住她。"

沃伦平静而庄严地忍受着我的这一小段讲话。我说完后,以为他会叫我去死。但他只是松开手枪,平静地说:"全是真的。"

"她和你待在一起,"我说,"整个秋天、冬天和春天。然后她结束了这段关系。这个结局你肯定很难接受。对她而言应该也是如此。她觉得愧疚。她利用了你，这不公平。"

我可以从他的反应看出，我已经接近目标。他身体僵直，又体会到记忆中的那种痛苦。

"她告诉你的？"他问。

"不是。嘉娜从来没有对我讲过她纽约之行或此后事情一个字。她有很多秘密。我有点迟钝，还没探明这些秘密。但她有秘密，而且撒谎了。"

我的说法冒犯了他。"她撒什么谎了？"

"我很快就要说到了。但你得再告诉我一件事。你说她从来没有说起她在纽约认识的人。但你觉得她在那里有个男朋友。"

"我没说过这话。"

"你暗示了。'也许她在那儿认识了一个人，而这个人和她一开始想的不一样。'你为什么会这么认为呢？"

他耸耸肩。"这个不重要。"

"不，这个重要。"

外面狂风大作，橡树枝不停地拍打着窗户。我们听了一会儿风声，沃伦用大拇指摸着马卡洛夫的枪管。最后，他叹了口气，说："嘉娜回来一周后，请我开车带她去锡拉丘兹。她预约了医生。我因为工作走不开，所以建议她请她母亲带她去。很难描述她当时的反应。她看起来似乎恨我，或者想哭，或者兼而有之。她只是说：'她不能知道这件事。只能由你带我去。'所以我开车带她去了锡拉丘兹。去了一家诊所。我在外面等她，然后开车带她回家。我们从来没有谈起过她的这次看病经历——不能让她母亲知道的看病经历。"

他把手枪翻过来,用大拇指摸着枪的这一边。

"她从来没有告诉我她不要的理由,或者父亲是谁。但我猜是她在纽约认识的人。"

我站起来,走向壁炉。木制立方体在壁炉架上,完好无损,只有一根冰棒棍掉下来。我拿起掉下来的这根冰棒棍,把它掰断。

沃伦也站起来。"你知道他——父亲——是谁吗?"

"不知道。"我说。

"但你觉得他很重要。"

"我不知道什么重要。"

沃伦眯起眼睛。"别这样。我把你想知道的一切都告诉你了。你得告诉我点什么。你说嘉娜撒谎了。就从这里开始吧。"

我把两截冰棒棍放到壁炉架上。

"好,"我说,"但是先把枪放下。你不需要枪。"

他低头看着自己的手,好像忘记了自己拿的是什么。

"别管枪了。"

"放下,"我说,"我知道这东西的吸引力。你是个有妻子的人,孩子很快也要出生了。他们是你最重要的人。但你不能停止想一个死去的姑娘,一个你爱的姑娘。有人会说,你这样子,不能算好人。但你我都知道,这样的说法不对。所以你不需要枪。你不应该因为用枪受到惩罚。"

也许我触及了关于他心理的深层真相,也许他厌倦了再听我唠叨。反正他拉开书桌中间的抽屉,把枪放进去。我很高兴看到他这样做。我要告诉他的事会让他愤怒——可能会愤怒到开枪射击别人。我不希望那个人是我。

我看着他关上抽屉。

"嘉娜说谎了。"他说,催促我。

我离开壁炉架,想着应该从哪里开始。

"有个高中老师叫凯西·普鲁伊特,"我说,"被人杀了。这是前年夏天发生在罗马城的事——就是嘉娜离开家去纽约的那个夏天。"

我对他概述了整件事:案件的细节,加里·普鲁伊特被定罪,嘉娜希望他能被无罪释放。她如何联系了拿破仑·沃什伯恩,试图让他撤回之前的证词。我重复了嘉娜对沃什伯恩说过的话:"如果凯西·普鲁伊特不小心碰到了坏人呢?如果她被开着白色面包车的两个疯狂的农场小子绑架了呢?"我说起卢克·道尔和埃利·道尔,以及为什么我相信嘉娜说的就是他们。

沃伦蹙眉。"你刚才提到过他们——卢克和埃利。"

"是的,我提过。"

"你觉得是他们杀了这个女人,凯西·普鲁伊特?"

"是的。"

"你还认为嘉娜认识他们?你觉得她在纽约认识了他们?"

我们来到了可怕的部分。这是我不愿意想的事。我厌恶它。我不想告诉他,但觉得他有权利知道。

"沃伦,我想说的是,关于纽约之行,她说谎了。有什么事情能证明她去过那儿？没打过电话回来，没有地址。想想关于她在那里的生活，她对你讲过多少。她对你讲的事听起来像真的，但不可能是编造的吗？"

我等着，让他思考这个问题。他站在壁炉架旁边，蜡烛在他身后燃烧着。他的眼睛就像灰色的池塘。

"她为什么要撒谎呢？"他问。

"我想她只是不想让你知道，"我说，"我想她的确打算去纽约，但根本没去成。因为她在路上遇见了道尔家兄弟俩。"

我对他概述了我的推论：我在从温蒂·道尔的住处回来的路上拼凑出来的故事。我没有确切的证据，只能根据点点滴滴的信息拼凑：嘉娜对卢克和埃利的描述——"开着白色面包车的两个疯狂的农场小子"。她离开家时开着外祖母的车、她回家时车不见了这件事。罗杰·托利弗试图挑逗她时她的反应——因为前门锁着，她无法摆脱他时，她慌乱不已。

点点滴滴。这些事本身不代表什么。但如果你把它们和嘉娜杳无音信的那个夏天——除了几张明信片，没有人有她的消息——放在一起看，它们似乎都有不祥的含义。我的思绪不断回到卢克和埃利身上。没有人有嘉娜的消息，有没有可能是因为他们掳走了嘉娜呢？他们有没有可能把嘉娜掳到了胡马斯顿路的农场？废弃农场，人迹罕至，藏人的好地方。他们有没有可能把她囚禁在那里呢？

我把自己的想法全讲给沃伦听了。他听明白了。他不愿意相信。

"你只是在猜测,"他说,"你对任何事情都不确定。"

"你说得没错,"我告诉他,"但还有最后一件事。埃利·道尔死了,就在凯西·普鲁伊特去世几周后。有人开枪杀了他。所有人都觉得,是他的表兄卢克干的,因为凶器是卢克的。但杀他的人不是卢克。我今晚和埃利的妻子谈过了。埃利被杀时,她在现场。她知道真相。她告诉我,是嘉娜开枪打死了埃利·道尔。"

温蒂·道尔说,关于嘉娜,她只知道一件事。这就是她知道的那件惊人的事。她对我描述了那个场景——埃利那晚死在他们拖车里的场景。我说服她开口之后,温蒂把所有细节都讲了出来。所以我知道她被铐在床头板上,埃利干的。有人敲拖车的门,埃利去开门。然后温蒂就听到枪声。她尖叫。接着她看见嘉娜站在卧室门口。

现在我对沃伦重述这个场景。我可以看出,他在听着的时候身体越来越紧绷。我很高兴他刚才把马卡洛夫手枪收起来了。

"她可能说谎了,"他说,"她如果知道是谁杀了她丈夫,为什么当时不告诉别人呢?"

我问了温蒂同样的问题。我觉得她的回答可信。她与埃利的婚姻和她最初想的完全不一样。埃利虐待她。她想过自己杀了他。嘉娜开枪打死埃利后,她一开始很害怕,但恐惧过去之后,她明白,嘉娜帮了她。

"她没有说谎,"我告诉沃伦,"所有的信息都对得上。我相信卢克和埃利掳走了嘉娜,把她囚禁在农场。我相信她在那里遇到了凯西·普鲁伊特,所以她知道是卢克和埃利杀了凯西。最后嘉娜逃脱了。嘉娜一定是在9月6日逃走的。因为她就是在那天开枪打死了埃利。卢克当晚失踪了。警方发现他的车被遗弃在城里离汽车站不远的地方。嘉娜是乘大巴回家找你的。你还记得那天的日期吗?"

他记得。在他开口之前,我已经在他的眼睛里看到答案。对他而言,嘉娜意味着一切。他当然记得。

"她是在一个周六回家的,"他说,"9月7日。"

他沉默了,我们默默地站了一会儿。我看得出他在思考。狂风吹拂着房子,撕扯着我们头上的屋顶。四朵火焰在他身后的壁炉架上燃烧着。

"如果事实真是这样,"沃伦轻声说,"那么我很高兴嘉娜开枪打死了埃利。"

我点点头。我同样高兴。

"另外那个呢?"沃伦问,"卢克。他怎么了?"

"我不知道,"我说,"但这是一个我必须回答的问题。"

40
插曲：
1996年9月6日

一艘巨大的太空飞船悬在白宫上空。

"快看，"卢克·道尔说，"这是最精彩的部分。"

一束白光从飞船上射下来，一栋建筑被炸，木头、石头和玻璃飞溅。一团橘色火球占据整个银幕。

人群欢呼。有人按喇叭。嘉娜坐在卢克的福特野马里，光脚搭在仪表盘上。天窗对着夜空开着。

卢克在她身边，坐在方向盘后面，咧嘴笑着。轮廓英俊，下巴上是几天没刮的胡茬。他握着嘉娜的手。

银幕里，人们在街上四散奔逃。一辆辆汽车在空中翻滚。更多的爆炸——尖锐的爆炸声通过夹在卢克车窗上的汽车影院喇叭传来。空军一号在跑道上滑行，身后火焰滚滚，似乎要把它吞没。它在最后一刻挣脱地面的束缚，升入空中。

两个十几岁的女孩盘腿坐在隔壁那辆车的车顶上。她们看到飞机起飞时拍手大笑。嘉娜听见自己也笑了。

"看见了吧?"卢克说,"我知道你会喜欢的。"

没来月经这件事,成为嘉娜·弗莱彻能够逃离的关键。

6日早晨,她在九点二十分醒来。她知道时间,因为她现在有块表,塑料表带的便宜货。她也有灯——电池供电的灯笼。她打开灯笼,让眼睛慢慢适应。

她拧开一瓶水的盖子,感觉盖子此前是封死的。她喝了一半,把瓶子放到旁边。她看见房间中央有个塑料袋,那是卢克昨晚留下的。她快速地走过去,打开袋子。最新供应。更多的瓶装水、麦片棒和一盒纸巾。一管新牙膏。棉条和护垫。

她没要求这些,但在过去几天里一直想着这件事。她觉得这次推迟了。她试图算出日子。上一次来,是在凯西·普鲁伊特去世但尸体还在这里时。嘉娜数数。至少有三十二天,也可能是三十四天。不好。

但她毫无办法。她又喝了些水,然后用瓶装水刷牙。她伸伸腰,吃了一根麦片棒,躺到床垫上,枕着枕头,就着灯笼的光阅读。卢克给她带来几本平装书——纸页泛黄的薄薄的推理故事。米基·斯皮兰和雷克斯·斯托特的作品。卢克说这些书是他外祖父的。嘉娜看了《被埋葬的恺撒》几个小时。

中午前后,她听到台阶上传来脚步声。卢克打开门时,她感受到一股冷空气。他走进来,单膝跪下,亲吻嘉娜的额头。

"嘉娜又埋头看书了。"他说。

她折起正在读的那一页,把书放到地板上。坐起来,接过卢克带给她的咖啡。他自己喝橙汁,他还带来了奶油奶酪的贝果。

"芝麻的还是蓝莓的?"他问。

"不带蓝莓的贝果。"

"这是芝麻的。"

"有什么新闻?"

"纽约大都会棒球队输了。"

"我是说'新闻'。"

"有意思。"

他递给她一份《今日美国》。一个月前,她找他要报纸看,从那以后,他每周给她带三四份报纸。总是《今日美国》。从来没有本地报纸。根本不是她想要的。

她想知道关于凯西·普鲁伊特的新闻。她知道卢克和埃利已经抛尸,警方已经找到尸体。卢克只愿意告诉她这么多。如果她继续问,他就会说:"别担心。我们清清白白。"然后她就会微笑,假装这真是个好消息。

也许这的确是个好消息。一部分的她希望警方能够发现凯西·普鲁伊特和道尔家兄弟俩的关联,进而来到这里,来到农场,找到她。但另一部分的她害怕在警方抓到卢克和埃利后可能会发生的事。如果他们闭口不言,没有人会想到要找她。她监牢的门可能永远都不会再打开。铁链可能永远都不会离开她的脚踝。她可能会被抛弃、遗忘在地下。

嘉娜喝着咖啡,想知道卢克有没有往咖啡里加东西。自他们做了交易那晚之后，他就不再给她喂药。他说到做到了。埃利没有再过来，他每晚带她出去看看天空。但她知道事情会变的。现在，咖啡里可能有东西，而她尝不出来。她想着这件事，但没有表现出来。她不能让卢克看出来。

她在吃他给的东西时从来都是毫不犹豫。这是表演的一部分。她的所有行为都是表演的一部分。她端着咖啡浏览报纸，假装被头条新闻深深吸引——关于北卡罗来纳海岸飓风的一篇报道。她随意地拿起塑料刀，往贝果上抹奶油奶酪。

表演一直在优化。一开始，她从不碰刀，总是让他准备贝果。但过了一段时间，她发现自己错了。她需要传递这样的信息：她是无害的，她拿着刀也不危险。想要传递这样的信息，她必须不问卢克一声就拿起刀，用完了就放下。只有并非自愿被囚禁的绝望之人才会把塑料刀看成潜在的武器。

嘉娜并不绝望——在她演戏给卢克·道尔看的场景里并不绝望。她是自愿被囚禁的。她很高兴见到他，很感激他给她带东西。晚上，他带她到外面，让她在塑料泳池里洗澡时，她很快乐。卢克在谷仓的泥土地面上铺开毯子，她就躺上去，渴望着卢克渴望的那件事。因为在这个场景里，她就得这样做。

她将从卢克身边走开。这是这部戏的结局。她必须演到结局。所以她喝咖啡，吃贝果，和卢克谈论可能会在北卡罗来纳州海岸登陆的飓风。没有剧本。即兴表演。

本场景即将结束，卢克开始收拾杯子、纸巾和塑料刀。卢克带着早餐的残余物退场。嘉娜看着他走向门口，他走到门口时停下，抛下一句出乎嘉娜意料的台词。

"你晚了？"他说。

抉择。她可以假装自己听不懂他在说什么。她可以说谎。但卢克很聪明，已经知道答案。而她不怕他——在戏里不怕。

她耸耸肩，说："可能晚了一两天。"

没有强烈的反应。他说"好的"，然后走出去。门关上。

五个小时后。卢克带着钥匙回来，锁住嘉娜脚踝上铁链的挂锁的钥匙。嘉娜看完了一本书，拿起了另一本：米基·斯皮兰的《我，陪审员》。

卢克把钥匙插进锁里，放开了她。他让嘉娜在自己前面上台阶。嘉娜打开地板门，三个月来第一次见到阳光。蓝天映衬下的谷仓。远处的池塘。苍鹭飞起来。

"哦，这不一样。"她说。

卢克·道尔哈哈大笑，牵起她的手。他们一起走下小山坡，来到经过池塘的那条小路。小路进入一个小树林，嘉娜可以看到拖车、公路和下午经过的汽车。她没有奔向公路，因为她饰演的角色不会逃跑。她饰演的嘉娜在过去五小时里并不担心卢克知道她怀孕后会做什么。

卢克带着她来到拖车里。拖车里的餐桌上已经摆好外卖食物：地中海烤鸡、印度香料饭、皮塔饼、鹰嘴豆泥和阿拉伯蔬菜沙拉。

"黎巴嫩菜。"卢克说。

"看起来很好吃。"

"也许你想先冲个澡。"

她的确想冲个澡。浴室和电话亭差不多大,窗户太小,她连头都伸不出去。就算能,她也不会爬出去,因为卢克·道尔不是傻瓜。如果卢克让埃利在外面什么地方监视着,她不会感到吃惊。

而且她饰演的嘉娜不会爬出窗户。她属于这儿。

她冲澡、洗头、穿上干净的衣服——牛仔裤和T恤。然后她吃卢克用微波炉为她热好的黎巴嫩菜。

饭后有个甜蜜的场景。卢克·道尔变得害羞。他拿着个药店的塑料袋。塑料袋里有个和空气一样轻的小盒子。"我想,你知道的……"他说,"我们应该确认一下,你觉得呢?"

她又进入浴室。打开盒子。对着塑料棒撒尿。出来,和他一起等着,两个人都没说话。嘉娜坐在卢克的腿上,卢克双臂环着嘉娜的腰。他们一起看着结果,看到了加号标志。

庆祝。卢克站起来时把她抱起来转了一圈。然后他热切地亲她的嘴唇。双手解她的衣服。他把她带到卧室——好像属于十几岁孩子的窄床——放到床上。就应该这样,嘉娜想道,年轻爱人都会这样做。她张开双腿迎接卢克·道尔,感受到他进入了自己的身体。

激烈又轻柔。嘉娜抬头注视卢克的眼睛。卢克大睁着眼睛。黑色的眼睛。这双眼睛有时显得空洞,但此刻不是那样。现在眼睛里的那种东西也许是爱。

她闭上眼睛，任由自己投降。这是角色的要求。嘉娜喊出来，片刻后卢克也喊出来。嘉娜用双腿紧紧地缠住他。卢克此前一直用胳膊撑住身体，现在嘉娜感受到他身体的重量。嘉娜感受到他散发出的热量，感受到他的双唇摩擦着她的太阳穴。感受到他呼吸的节奏。嘉娜听到他低声说："一切都变了。"

黄昏时分，他们开车出去兜风。福特野马在弯弯曲曲的胡马斯顿路上飞驰。嘉娜将一条胳膊伸到副驾驶座窗户的外面，又将另一条胳膊伸到天窗外面，感受着吹拂手掌的风。埃里克·克莱普顿在电台里演奏着音乐。他们飞驰过路边一块砾石铺就的场地上的一辆拖车。

"埃利就住在那儿。"卢克说。

他们下了胡马斯顿路，向东开。这一带有几栋房子，几家商店。卢克专注于开车。这条路又长又直，路上有很多小汽车，还有几辆半挂卡车。

"你想吃冰激凌吗？"卢克说，"前面有家店——外祖父以前常带我们去。"

这个地方叫"冰冻奶牛"。一栋小房子，房子前面摆着几张野餐桌。你走到雨篷下的一个窗口前，说出你想吃什么口味的冰激凌。卢克停车，下车。嘉娜也下车——赤脚站在沥青路面上。砰，汽车门关上。坐在一张野餐桌旁的一家人在说话：父母，儿子和女儿。

377

卢克停下，把某样东西塞进腰带，然后用衬衫下摆盖住。左轮手枪。他们离开拖车之前，他从抽屉里拿出这把枪。因为并非一切都不一样了。嘉娜试图忽视这把枪的存在，但这样似乎不对。她绕过车头，摇摇头，表情愉悦而宽容。她把胳膊插进卢克的胳膊，说："别这样，杀人犯。"

他们走到窗口前，一个女人记下他们点的东西。这个女人看起来四十来岁，穿着一条洁白无瑕的围裙。她认出卢克，称他为道尔先生。

她操控冰激凌机，挤了两蛋筒冰激凌。嘉娜要的是巧克力冰激凌。卢克要的是旋风冰激凌。女人在柜台上敲了一下蛋筒，好固定冰激凌。然后她把冰激凌底朝上浸到一锅融化的巧克力里。她把冰激凌拿出并倒过来，通过窗户递给他们。

卢克付了二十美元，女人找钱。他们离开之前，女人对嘉娜眨了眨眼。

"这家伙对你怎么样？"

嘉娜微笑。"他未经我的许可就扣留了我。"

"那么现在呢？"

"但至少他养我。"

一片哈哈大笑声。嘉娜感觉到卢克的手轻松地按在她的后腰上。

窗户里的女人假装责备他："你下次得给这位姑娘买个圣代。"

"我会的。"他说。

他们在福特野马里吃冰激凌，身后是车声，天空越来越暗。坐在野餐桌旁的那家人已经离开，又来了一家人，也坐到那张桌子旁。

嘉娜看到卢克·道尔的手指黏糊糊的，巧克力沾到他的脸上。嘉娜下车，蹒跚着走到柜台那儿，要了几张纸巾又回来。一个实验。她想知道自己能从卢克旁边走开多远。

他们又上路了，朝东开。经过一家沃尔玛超市和一家"时尚虫子"服装店。一家希尔斯钟表店。然后看到黑蓝色天空下闪烁着画面——三十米之外的银幕。入口处写着"西罗马城汽车影院。正在上映《独立日》"。

卢克买了门票，他们穿过大门。里面有三十多辆车，还有更多的车正在进来。卢克把车停在后排。电影刚刚开始。

星期五晚上的汽车影院：很多青少年在尖叫。还有些孩子在一排排汽车间奔跑。爆米花的气味。嘉娜和卢克把座椅往后调，手握着手观看外星人炸东西。

电影快要结束了，威尔·史密斯和杰夫·高布伦飞向外星人的母舰，希望用一台笔记本电脑和一个电脑病毒拯救地球。这时卢克把嘉娜的手拽到唇边，亲了一下。

"你如果想走，可以走的。"

嘉娜盯着银幕。"嘘。"她说。

"我是认真的。你可以走。我不会拦着你。"

可能是个诡计，为的是测试她。但听起来像真话。卢克的话诱惑着她。她能想象出画面：打开福特野马的车门，爬出去。慢慢地走向货摊，那里有许多人。那里应该有电话。她可以打电话给母亲，母亲会来接她。结束。

"我不会拦着你。"

这句话诱惑着嘉娜。卢克也许是认真，也许仅仅以为自己是认真的。他也许爱嘉娜。也许只有嘉娜留下来，他的爱才会存在。他还带着枪。枪现在不在腰带里，但在他伸手可及的范围内，在座位和车门之间。他也许会让嘉娜走。但也许嘉娜刚一转身，他就会改变主意。他如果改变主意，就没有走向远处的货摊这回事。也没有打电话这回事。只有射入后背的一颗子弹。

耐心，嘉娜想道，你退场的时间还没到。

她开玩笑地推了卢克的肩膀一下。"嘘。我在看电影呢。"

后来，当演职人员的名字开始在银幕上滚动时，卢克发动福特野马，加入流向西罗马城汽车影院出口的车流。向右拐可以回到胡马斯顿路，但卢克向左拐，往东前往伊利大道，伊利大道处于罗马城的中心地带。

对卢克·道尔人生的速览：他读过的小学、高中。圣玛丽教堂，他在这里初领圣体。他和埃利在里面演出过的那些酒吧，乐队那时还没解散。

他开车带嘉娜绕着贝拉米大学转。轰鸣的音乐从兄弟会的房子里传出，街上是一群群的学生。欢迎新生的横幅。他带着嘉娜离开嘈杂声，来到石头外墙上爬满绣球花的建筑前。艺术学院。

他停下车，熄火。

"我一直想去那儿。"他说。

"你应该去。"嘉娜说。

"他们不会收我的。"

"说不准的。"

"要花很多钱。"

"我们一起想办法。"

他摇摇头，沉默不语。转开头。透过打开的窗户注视着那栋建筑。陷入沉思。

在那一刻，嘉娜相信自己可以从他身边溜走。她可以往来时的方向跑，回到嘈杂声和人群之中。她不需要跑很远。他这时的反应速度一定很慢。他可能会追她或对她开枪，但他无法同时做这两件事。就这样逃跑有风险，但她迟早需要冒险。

她下定了决心。她伸手去摸安全带的按钮时，卢克转向她，抓住她的手。

"我很抱歉，"他说，"为我对你做的所有事抱歉。"

她用尽所有力气控制自己，没有把手抽开。

"没事了。"她轻声说。

"不是，很可怕，我对待你的方式。你根本不知道。"

嘉娜没能听到卢克对待她的方式到底有多可怕。他们后面出现闪烁的红灯，响起警笛声。警笛声越来越近，越来越响，"呜——"他们两人都呆住了，卢克注视着后视镜。嘉娜感觉到他紧紧抓住她的手指。

"怎么了?"他低声说,"我干什么了?"

警笛声又响起。

嘉娜转头看那辆巡逻车。

"我想你把路堵住了。"她说。

卢克松开她的手,倒车。他抱歉地挥挥手,慢慢地把车开走。福特野马拐上大路,往西朝家的方向开去。巡逻车跟在后面。在他们等红灯时,巡逻车来到他们旁边。一个姜黄色头发的肥胖警察冲着嘉娜·弗莱彻碰碰帽子,展露微笑。绿灯亮起,巡逻车驶到他们前面,加速离去。

卢克开车穿过十字路口,长出一口气。嘉娜伸出手,手掌贴在他的胸口,感觉到他的心脏在狂跳。

她大笑。"别紧张,杀人犯。"

他们回到胡马斯顿路的农场,今天结束了。卢克把福特野马停到拖车旁边,然后他们在新月下沿着小路走。他们来到池塘边,走到半隐在一丛芦苇中的一个小码头上。

小码头的木板条硌着嘉娜的光脚。卢克一条胳膊抱住嘉娜的肩膀,嘉娜的一条胳膊搂住卢克的腰。嘉娜闻着池水发出的青苔味,摸着卢克没有塞进裤腰的棉布衬衫。左轮手枪不在他身上——他把枪留在了车里。

"我觉得我们可以聊聊取名字的事。"他说。

"是吗?"

"宝宝的名字。"

"我知道你说的是宝宝的名字。"

"你可能会觉得太早了。"

"没有,"嘉娜说,"我们可以聊聊取名字的事。"

月光下,池水看起来是黑色的。嘉娜看到一根冰棒棍漂浮在水面上。小码头上也有几根冰棒棍。这是卢克思考问题的地方。

"人们通常会用家里人的名字,对吧?"他说。

"也不全是这样。"

"我的外祖父叫本。本杰明。但我不想把他的名字用在一个孩子身上。"

"那我们就不用这个名字。"

"我从来没见过我父亲。我母亲说他的名字叫卢克,但我甚至都不知道这是不是真的。"

"卢克是个好名字。"

"我们可以再想个更好的名字,"他说,"你父亲叫什么名字?"

"萨迪克。"

"听起来是个外国名字。"

"他是苏丹人。但我没见过他。他在我很小的时候就死了。"

"萨迪克·道尔。不好听。"

"是的。"

"弗莱彻呢?"

"萨迪克·弗莱彻也不好听。"

卢克笑了。"弗莱彻用来当名字倒不错。弗莱彻·道尔。"

嘉娜把头靠在他的肩上。"这个名字不错。"

"真的不错?"

"只是有个问题。"

"什么问题?"

"也可能是女孩。"

长久的沉默,只有池塘里偶尔发出的"啵"的一声。也许是鱼破水而出。

"如果是个女孩,那就好办了,"卢克说,"我们可以叫她玛格丽特。麦吉。我母亲的名字。如果你觉得可以的话。"

"可以。"

"也许可以叫她玛格丽特·莉迪亚,这样你母亲也没有被落下。或者莉迪亚·玛格丽特——我猜我们可以给她取这个名字。"

"时间还早呢,"嘉娜说,"我们可以慢慢决定顺序。"

更久的沉默。卢克的左手伸进口袋里,拿出一根冰棒棍。他用拇指和另外两根手指转着冰棒棍。慢慢地转了一圈。两圈。

"我母亲过去常带我来这儿,"他说,"在早饭之后。我们看鸭子,有时候喂它们。面包屑。不应该这么做,这么做对鸭子不好。但我想她不知道。她离开那天,我们也来这儿喂鸭子了,然后她把我放到校车上。我回到家时,她已经走了。"

嘉娜抬头看着他。他的眼睛现在确定无疑是空洞的。一个失落的男孩。他把冰棒棍扔到水里。

"我累了,"他说,"你呢?"

"有一点。"

"累了。不过我想我不可能睡着。但我们得回去了。"

他们离开小码头,来到小路上。嘉娜看向左边,拖车和公路所在的方向。她敢肯定他们会往那儿去。但卢克往右拐,牵着她的手,领着她上了通往谷仓和倾倒的农舍的小山坡。谷仓的屋顶只剩下竖立在黑色天空下的房梁。嘉娜可以看到栖息在上面的一只乌鸦的轮廓。

卢克带着她来到地板门旁边。他想带她下去。

嘉娜让他停下,他们站着,脚尖靠着脚尖。嘉娜的双手抬到他的衣领旁边,继而又抬到他的脸颊。嘉娜捧着他的脸,似乎想让他看着自己。

"你没必要这样,"她说,"我不会离开你的。"

卢克把她拉向自己,双臂抱着她。嘉娜感觉到卢克的下巴落在自己的头顶。"我知道你不会,"他说,"就今晚。我需要点属于自己的时间。我需要思考。这是个大变化。我得想想怎么样才能解决所有的问题。而且我想和埃利谈谈——把这个消息告诉他。"

他摩挲嘉娜的头发。"最后一晚了,"他说,"我只要求你再在这里待这最后一晚。然后你就搬进拖车里。我保证。一晚。你能答应我,对吧?"

嘉娜知道自己可以争论、乞求。她可以哭泣,尝试说服他。这些都是选项,但不是这个场景里的正确选项。她饰演的嘉娜不会反抗。她会听卢克的话,有求必应。

"一晚?"她问。

"我保证。"

"好的。"

嘉娜转过脸吻卢克。吻了很久。就像在地下待一晚那么久。他们终于分开。卢克打开地板门。嘉娜先下去,然后在台阶底部等着。卢克来到她身边,掏出钥匙开门。他们一起进去,嘉娜打开灯笼。嘉娜走向房间后部,站到盘绕在地的铁链旁边。

在灯笼光的照射下,铁链显出一种苍白的灰色。卢克看看铁链,又看看嘉娜。

"我们没必要用它。"卢克说。

"为什么不用呢?最后一晚了。"

"你确定吗?"

"戴上吧。这样你会感觉更好些。"

嘉娜木木地站着,双手插在牛仔裤的口袋里。卢克跪下来,把铁链箍到嘉娜的脚踝上。他把挂锁穿到两节铁链之间。嘉娜听到咔嗒一声。

卢克站起来,一只手撑着墙以维持平衡——他的手刚好撑在铁链穿过墙壁的地方。他碰到铁链上方的一根木条。

木条轻轻地晃动了一下。

他弯下腰凑近了看。木条上有两个洞,那是螺丝所在的地方。螺丝不见了。他用手指摸了一个洞,又摸另一个。

"这是什么?"他问。

"什么是什么?"

他找到这根木条的两头,把它从墙上扭下来。

"螺丝哪儿去了?"他问。

"我把它们弄出来了。"

一句精妙的台词。她觉得自己说得恰到好处。无辜。无害。

卢克看看木条,又看看墙上木条刚才所在的地方。

"为什么?"他问。

"就是为了看看我能不能把它弄下来,"她说,"不是什么大事。你可以把螺丝拧回去。就在那边的角落里。"

他顺从地转身,看向那个角落。嘉娜把两只手从口袋里掏出来,两只手上各握着一根十厘米长的木螺丝。她把木螺丝插进卢克·道尔的脖子,插得尽可能地深,一边插一根。她的双手紧紧地掐住卢克的脖子。

卢克发出可怕的一声,既像尖叫又像怒吼的声音。木条从他手上掉落,发出空洞的啪嗒一声。他伸手,想把嘉娜的手拽开。与此同时,他向后撞在嘉娜身上,让嘉娜失去平衡。

嘉娜的手从他的脖子上松开,嘉娜向后倒在床垫上。卢克挣扎着站起来,手指按着脖子。他摸到一根木螺丝,把它拔出来。一股血喷到墙上。

愤怒和痛苦扭曲了他的脸。他扑向嘉娜,嘉娜滚到一边,收腿,把铁链拉直。铁链把他掀翻。他重重地摔倒,一条胳膊在身体下面。嘉娜听到骨头断裂的声音,然后是一声吼叫。

嘉娜站起来。铁链咔啷啷地响。卢克·道尔翻过身,用脚蹬着自己往后。血从他的脖子上往外喷涌。嘉娜捡起木条。

"等一下,"他说,"就等一下。"

嘉娜像握着棒球棍那样握着木条。

"我不想再等了。"

他紧贴着墙,试图站起来。一条胳膊软塌塌地垂着,他用另一条胳膊撑着地。嘉娜走上前,对着他左边的膝盖猛挥木条——结结实实、正中目标的一击,让他尖叫起来。真正的尖叫,高亢,饱含恐惧,就像孩子发出的。他从墙上滑下来,嘉娜紧握木条,瞄准,将其狠狠地打在他的另一个膝盖上。

最后,卢克又想爬向房间前部,爬向门口,铁链将使嘉娜无法到达那儿。他想拖着一条断掉的胳膊和两个破烂不堪的膝盖往前爬。嘉娜抓到他,把他往后拖,又用木条打断他的肋骨。

他停止挣扎后,嘉娜从他的口袋里掏出钥匙。车钥匙和拖车的钥匙在一个钥匙环上,挂锁的钥匙有个单独的钥匙环。她打开挂锁,让自己摆脱了铁链。

嘉娜没有离开他。嘉娜坐到他旁边的地上,听着他啜泣。他用那只好手按着脖子,但血从他的手指间涌出,流到地板的缝隙里。嘉娜觉得自己应该和他说几句话。她想不到话,她自己没有话对他说。但她说了几句涌现脑海的台词。

"再见了,我的爱人,因为今天我将死去……我的双眼再也不能像饮用美酒那样注视着你……我的心呼喊,不停地呼唤:再见了,我亲爱的,我最亲爱的,我的心上人,我的珍宝……

"我从没离开过你。即便现在,我也不会离开你。在另一个世界,我依然是爱你的那个人,无限地爱你,胜过——"

生命从他的身体里流逝，他的手从脖子上垂下来。嘉娜继续在地上坐了一会儿，然后慢慢地站起来，环顾四周。她有钥匙。她还需要什么？她找到卢克的钱包，把钞票拿出来。还需要什么？没有了。也许还有最后一样东西。她捡起木条，带着它走了。上台阶，来到外面的世界。

月亮依然挂在天空。乌鸦从谷仓的屋顶飞走了。她滑下小山坡——你不能称之为"走"，因为她觉得自己太轻盈了。她找到小路，前往拖车。她知道可以在那里找到干净的衣服。福特野马也停在那里。还有左轮手枪。

她经过小码头，犹豫片刻，折返。她把木条扔在地上。芦苇间的风吸引着她，她走到小码头的尽头，肚子着地，趴在小码头的木板上。她看见自己的脸在黑色的水里若隐若现。她伸出一只手，用指尖触碰水面。她把两只手都伸进水里，捧起水洗脸。她洗掉泪水和卢克·道尔的血。

她在小码头上等着，直到水面重归平静。接着她又待了一会儿，尽管身下的木板坚硬又毛糙。她想和水里的那个女孩多待一会儿。那个不能停止大笑的女孩。

41

我以为沃伦·芬恩会开车回日内瓦城,回到妻子身边,但他想去看看胡马斯顿路的农场。我告诉他,我可以下次再带他去那儿。暴风雨正在外面肆虐。雨已经开始下了:一开始轻柔,但越下越大。他不在乎。他要自己去。我决定带他去。

我们离开嘉娜的公寓所在的那条街,在克林顿路上向南行驶,一路上经过的房子全都黑漆漆的,但后来来到了依然有电的街区。我们来到伊利大道,然后往西。交通灯仍在工作。车流稀落。大多数人不会傻到在这种天气出门。

我在胡马斯顿路的弯道上开得很慢。在车灯的光束中,雨线又长又白。皮卡的雨刷飞快地工作着。我把车开上卢克·道尔拖车旁边那块已经湿透的铺着砾石的场地上。拖车的纱门此前由一根铰链支撑着,但现在已经不见。风把纱门吹走了。

皮卡刚停下,沃伦就下了车。我没管他。他奔向拖车,好像嘉娜正在拖车里等他。我穿上尼龙夹克,走到车斗旁边,找到两把手电筒。虽然穿着夹克,但全身已经湿透。

我走进拖车,看见沃伦在厨房里。钢制洗脸盆在他脚下——盛着卢克一个被烧毁的模型的那个洗脸盆。沃伦脸色苍白而空洞。在这里不会有什么发现,这里没有嘉娜来过的痕迹。

他们不可能把她囚禁在这里,我想道,没办法在这里囚禁她三个月。他们需要一个更安全的地方。

沃伦把脚抬出来,踢开洗脸盆,冰棒棍撒了一地。钢制洗脸盆骤然一响,就像雨中的钟声。我递给他一把手电筒,说道:"走吧。我有个想法。"

暴雨让小路成了泥泞。我们在泥泞中跋涉,走过桦树林和池塘的边缘。手电筒的光束扫过我们面前的路。我尽量缩起肩膀,低下头,但雨水还是找到了我。沃伦·芬恩大步而行,毫不在意,马尾辫贴在他的脖后颈上。

我们离开小路,开始爬坡。我抬起头,看见谷仓骨架一般的屋顶上有道明亮的光。半遮在一片云后面的满月。沃伦打算往谷仓走。但我抓住他的胳膊,领着他往曾是农舍的那堆木头走。

"卢克和埃利曾和外祖父住在这里,"我说,"夏天,他们在农场上给他打工。"我第一次找她谈话时,温蒂·道尔是这样对我说的,"他们如果表现不好,他会把他们锁在菜窖里。"

我的手电筒扫过房子的废墟。朽烂的木头。用作地基的石头。石板瓦。菜窖可能就在这堆废墟下面,但应该有办法进去——房子外面应该有个入口。一扇通往地下的门。

但入口在哪儿呢？我想起上次在这里时看见的一样东西：儿童充气泳池。我走到房子的西边，找到了泳池，雨水正在从泳池里往外溢。沃伦和我把泳池拖到旁边，水和湿树叶从泳池边缘晃出来。但泳池下面没有门。

我们去看的第二个地方是位于房子西南角的工具房。工具房只剩下廉价的金属结构和破烂的屋顶。我们没办法钻进去，只能把它推倒。下面什么都没有，只是一块光秃秃的地。

我不知道接下来应该去什么地方找。沃伦和我分开，各自沿着房子的边缘查看。我走过一个拐角时，听到哗啦啦的雨声中传来一声怪叫。我晃动手电筒，搜寻着。没有鸟。手电筒的光束落到一圈木头上：半埋在地下的马车轮。我走过去，在湿漉漉的杂草间搜寻着。手电筒的光照在一件金属物上。

一个铁环，手铐大小。

我弯腰拉铁环。挺重的。铁环上带着草叶。我拉起的是一扇九十厘米宽、一百五十厘米长的门。门通往地下。

通往地下的台阶，台阶底部还有一扇门。一扇更加普通的门，门开着。我穿过门，走进一个看起来像是木制立方体的房间。很像嘉娜公寓里壁炉架上的那个。不是完美的立方体，但很接近了：长宽各约三米六，高约两米四。

我知道这肯定是卢克·道尔的作品。他把冰棒棍换成了木条。而且我也知道嘉娜曾待在这里，因为有一根木条不见了，房间后部的墙上空了一块。

我知道卢克·道尔的下落了。他在这里。他的一些碎片散落在地上。骨头。他遭遇了啃食和撕咬，衣服成了破布。老鼠、甲虫和蠕虫都吃过他。它们吃了他一年半。已经没有肉剩下了。吃他的那些动物也不在这里。它们搬走了。

我找到了他的钱包，驾驶证给了我并不需要的确认。我丢下钱包，往房间后部走。我看到了铁链和挂锁——锁是开着的。铁链从一个豁口里穿墙而过。我蹲下来，将手电筒往豁口里照，看到一根立柱。立柱在大约一米之外，手够不到。立柱后面除了菜窖的土墙别无他物。

我将手电筒的光移到豁口上方的那根木条上。两根螺丝将其固定在墙上。不知为何，我把手伸进口袋，拿出嘉娜的那枚硬币。也许是直觉。我把硬币带尖头的那边插进一根螺丝的螺帽里。贴合。我试图转动螺丝。螺丝分毫不动。我放下手电筒，用两只手尝试。我不停地尝试，汗水淋漓。我屏住呼吸，对着硬币用力，终于让螺丝转动了大概四分之一圈。

我背贴着墙坐下来，握着硬币，大口喘气。衣服紧贴着我。我听到上面闷闷的落雨声。手电筒的光束照在铁链和挂锁上。锁里有把钥匙。我想着嘉娜是如何摆脱这两样东西的。我感到一阵寒意，随即又感受到一股热量，因为我知道，我只看到了她为了把钥匙插进那把锁里做的所有事情的一小部分。

我听到台阶上传来脚步声，沃伦·芬恩下来了。他站在门口，朝里张望。他手电筒的光划破黑暗。他走进房间，光圈找到地上卢克·道尔的驾驶证。光圈扫过一张肮脏的床垫,一本破旧的平装书,一条肮脏的毯子。光圈又找到一个塑料桶。光圈到处乱跑,找到卢克·道尔的骨头。光圈爬到墙上,找到一条条或圆或弯的黑色线条。这些线条看起来像血。

光圈转移到一个角落。沃伦跟着光圈。他用鞋尖戳了戳一样东西。我听到那东西在地板上滚起来。沃伦把它从角落里踢出来,猛的一脚,头骨撞到远处的墙上。

"我想杀了他。"

我在闷闷的雨声中听到了这句话。几乎听不清。沃伦的声音低沉、紧绷,控制得很好。你用以代替尖叫的那种声音。

"我知道。"我说。

沃伦又踢了头骨一脚,这件可恶之物撞到另一面墙上,但还是没碎。他又用鞋跟跺,它终于裂开。他又跺了一脚,它碎成三块,他又跺这三块。这三块变成了更多的小块,当这些碎片不能再变小之后,他又去找其他骨头跺。

他想杀卢克·道尔。我也想做这件事。但我们都不能得偿所愿,因为嘉娜已经杀了他。这意味着我错了。卢克·道尔不是从树林里监视嘉娜的那个人。他也不是破门而入,掐住嘉娜的脖子,把她留在地板上等着我发现的那个人。

放火烧坡·沃什伯恩家的并不是卢克·道尔。乔琳娜·哈利维尔和西蒙·兰尼克也不是他杀的。

我之前相信所有这些事,但它们全不是真的。还剩下什么?我依然相信是道尔家兄弟俩杀了凯西·普鲁伊特,而且就是在这座农场杀的。我相信嘉娜知道这件事,所以她相信加里·普鲁伊特是无辜的。

我站起来,倚着墙,感受着后腰上"肾击"带来的疼痛。我看着沃伦慢吞吞地走来走去,安静但愤怒,用鞋跟碾碎卢克·道尔骨头的碎片。

这个空间之小让我震惊。三米六见方。一张又薄又窄的床垫。一条穿墙而过的铁链。这是个只用于囚禁一个囚犯的监牢。

卢克·道尔和埃利·道尔已经把嘉娜囚禁在这儿,但他们还是绑架了凯西·普鲁伊特。他们从白色面包车里监视她,然后掳走她。我相信这些都是真的。

但他们为什么要这么做呢?也许他们打算用一个囚犯代替另一个囚犯。但为什么是凯西·普鲁伊特?他们已经绑架了嘉娜,二十出头的女孩,完全不认识他们。他们为什么选择用凯西代替嘉娜呢?凯西快四十岁,认识他们,因为她在他们念的那所高中教书。

如果我错了呢?我一直在假定,道尔家兄弟俩绑架了凯西,把她带到这儿。我这样假定,部分是因为嘉娜似乎是这么认为的——基于她对坡·沃什伯恩说的话。但嘉娜被关在这里,能够知道,或者说能够猜到凯西·普鲁伊特是怎么死的吗?

如果有别的解释呢?

如果凯西·普鲁伊特自己来到农场,看见了道尔家兄弟俩不希望被她看见的事情呢?

凯西为什么会来这里呢?

卢克和埃利是毒贩。温蒂·道尔曾告诉我，他们在社区学院卖大麻。他们把大麻卖给学生——也卖给教授。所以他们可能会毫不犹豫地把毒品卖给高中教师。

但凯西·普鲁伊特从来没尝试过毒品。我听她的妯娌梅根说，凯西连含有大麻的烟卷都没抽过。

加里·普鲁伊特呢？他欺骗妻子，和一个十八岁的女孩有染。他的道德标准很低。抽大麻对他而言应该不算大事。

在人生的最后几天，凯西·普鲁伊特怀疑加里又开始了婚外情。假定她想确认。假定她跟踪了丈夫。

想象一下加里开车来到胡马斯顿路的这座农场，找卢克·道尔买大麻。加里敲拖车的门。交易应该是在那里进行的。不可能是在这里，在地下。

除非卢克不止卖大麻。

假定卢克在7月末带着加里走过小路。他有东西要卖。不是毒品。比毒品更好的东西。他们两个来到马车轮旁边，卢克找到铁环。他拉开地上的门。

但凯西一直在跟踪他们。他们看见了她。卢克不能让她知道自己的秘密。他杀了她。

一个聪明的理论，但听起来并不真实。因为如果这个理论就是事实，为什么加里会对真正发生的事保持沉默？为什么他会任由自己因为谋杀妻子接受审判，并被关进监狱？另外，是谁杀了嘉娜？不是卢克，也不是埃利。更不会是身在监狱的加里。

我把这些猜测抛到一边，倚着墙看沃伦·芬恩用鞋跟踩一根长骨头——我猜是股骨。没断。他需要运用杠杆原理。他捡起骨头,将其一头靠在地上,另一头靠在墙上。他对着中间踹了一脚,骨头咔嚓一声断了。他将这两根骨头斜靠在墙上,继续发泄他对卢克·道尔的仇恨。

不理性。人们愤怒的时候就会这样。他们会做不理性的事。我决定再给沃伦几分钟,然后就带他离开这儿,进入雨中,走向卡车。我得带他回嘉娜的公寓。

我就在这时想到了尼尔·普鲁伊特。

有四个姓普鲁伊特的人:尼尔和梅根夫妇,加里和凯西夫妇。在嫁给普鲁伊特家兄弟俩之前,梅根和凯西一直是最好的朋友。这两个女人互相照应。凯西怀疑丈夫出轨时,首先想到找朋友倾诉。梅根决定跟踪凯西的丈夫,发现了真相。这个真相让凯西的婚姻分崩离析。

梅根·普鲁伊特对我毫无保留:加里是个骗子。他永远不会改变。她告诉凯西,她应该和加里离婚。

"我告诉凯西,我如果处在她的位置,不会想第二次。那会是我最容易下的决定。她生我的气了。我并不处在她的位置,她说,如果我没有跟踪她的丈夫,逮到他——她从没让我这样做——她也不会处在这样的位置。"

凯西·普鲁伊特很生气。她将自己的不幸归咎于梅根。这不公平:梅根只是传递了信息。但愤怒会让人做出不理性的事。

梅根跟踪凯西的丈夫,发现他有外遇。如果凯西决定做同样的事呢?

想象一下：7月末的一天，凯西跟踪梅根的丈夫尼尔。她不知道能发现什么，但尼尔也许和他哥哥一样：也许他在外面也有个女朋友。她跟踪尼尔到胡马斯顿路。尼尔去见卢克·道尔。卢克领着他上了这条小路。来到马车轮旁边。来到地板门旁边。凯西跟着。卢克发现了她，杀了她。

他把凯西的尸体放在农场——也许就放在这个房间里——直到他想出最有利于自己的办法。然后他把尸体抛弃在城市的另一边。

加里·普鲁伊特因为谋杀罪入狱。他的弟弟尼尔任由此事发生。尼尔不能说出真相。他不能承认自己那天在农场，也不能说出他那天来这里的原因。

嘉娜逃脱了。她知道凯西，但她以为凯西是道尔家兄弟俩随机犯罪的受害者。她知道加里·普鲁伊特是无辜的，但她不能说出自己是如何知道的。因为她有自己的秘密。她杀卢克·道尔是自卫。但她没有就此罢手：她开车到埃利·道尔的拖车，开枪打死了他。我觉得这是正当的。但司法人员也许有自己的看法。

嘉娜是个照顾过生病外祖母多年的女孩。她认为自己应该做正确的事。这是她的天性。所以她找到一个帮助加里·普鲁伊特的办法：罗杰·托利弗的"无辜者计划"。她开始找与加里的案子有关的人交谈。这让她最终来到尼尔·普鲁伊特的门前。

外面，一声巨雷响彻整座农场。我通过背后的墙感受到它。沃伦·芬恩抬起头，用手电筒照着天花板。

"你结束了吗？"我问他。

沃伦低下头跺卢克的下颌骨。我听见骨头碎成两半。

"我在等你。"他说。

"我准备走了。"

我看着他踢卢克·道尔的牙齿。

"你打算分享吗?"他问。

我没回答。我走向门口,在台阶底部停下。

"嘉娜不是卢克杀的,"沃伦说,"所以凶手仍在逍遥法外。你一直很安静。沉思了很久。所以我想知道你是不是打算分享自己的想法。"

我从口袋里掏出手机。

"我有个想法。"我说。

"说出来听听。"

"但我对这件事非常不确定。"

"我不介意。"

"我得知道我可以信任你,才可以告诉你。你必须保持冷静。"

"我很冷静。"

我严肃地看着他。"我想到了一个家伙,他可能是无辜的。我们不可以直接过去,打碎他的下巴,虽然我们可能都想这么做。我们真正应该做的事情是报警。告诉他们我们在这里的发现。让他们处理。"

他拖着脚走着,卢克的一颗牙齿被他踢到房间的另一头。声音消逝在隆隆的雷声中。

沃伦说:"这和嘉娜有关。"

"什么意思?"

"意思是你不想报警。"

"我想不想不重要。我应该报警。"

"但是你还没打电话。"

我扫了手机一眼。"地下没有信号。"

"你以为上去就有信号了?"沃伦说,"忘记警方吧。告诉我他是谁。我们一起去找他谈谈。我不会伤害他的。"

他把手电筒照向自己。他想让我看到他是严肃的。他目光稳定,没有到处游移。这目光似乎进入了我的心里,告诉了我他没有说出的话:"我不会伤害他。在确定他有罪之前不会。"

镜子是件危险的东西——当时,沃伦·芬恩就是一面镜子。他催促我去做我已经想做的事。我想和尼尔·普鲁伊特对峙,尽管我没有不利于他的实际证据。我想忘记警方,因为我不知道自己是否可以信任弗兰克·莫雷蒂。

我想到布鲁姆菲尔德街那栋漆成淡蓝色的房子。我想我可以在那里找到尼尔·普鲁伊特。沃伦如果想去,可以去。我们会和普鲁伊特谈谈。我们不会伤害他。在确定他有罪之前不会。

我可以听到雨水倾泻到我们头上那栋倒掉的农舍上。沃伦走到门口,来到我旁边。

"是谁?"他轻声说。

我转过身,开始上台阶。

"走吧,"我说,"路上告诉你。"

42

在布鲁姆菲尔德街的房子里,尼尔·普鲁伊特拉开他哥哥那张弓的弓弦。

他听到一个困扰他的声音:敲门声。他呼出一口气,射出箭。箭飞过房间,没进墙里。

又一阵敲门声,听起来更坚决些。

尼尔不管敲门声。他走过房间——穿着袜子的脚踩在光滑的硬木地板上——把箭从墙里拔出来。箭留下了一个清晰的圆孔。诸多圆孔中的一个。六个圆孔组成一条垂直的线。四个圆孔从右往左斜着下来,还有四个从左往右斜着下来。所有的圆孔组成字母"K"。

第三阵敲门声。

尼尔还是没去开门。房间里有一张沙发和一张双人椅。它们面对面摆着,中间是张咖啡桌。咖啡桌上摆着五支圆柱形蜡烛——都在燃烧着,高度各不相同。尼尔把弓箭放在沙发上。他拿起一面镶着桃花心木框的镜子。他是为了腾出一块墙面而把镜子拿下来的。现在他把镜子放回去。镜子盖住了箭孔。

第四阵敲门声。尼尔打开门,面对雷雨声,看见了梅根。

"你睡了吗?"她说。

"没有。"

"你过了好久才来开门。"

"抱歉。"

"也许我不应该来。"

"别傻了,"他说,"进来吧。"

他接过梅根的外套,将其挂在壁橱里。梅根将湿头发从额头上拨开。棕色短齐发。

"暴风雨——"她说。

她不用说完。他们已婚九年。从法律上讲,他们依然是夫妻。他知道她不喜欢在暴风雨天一个人待着,尤其是晚上。

"家里没电了。"梅根又说。

他对着蜡烛做了个手势。"我这里也没电。"

"也许我应该走。"

"你应该留下来。"

他让她坐下,留下她独自待了一会儿。他去厨房,带着一瓶红酒、一个开瓶器和两个杯子回来了。

梅根靠着枕头斜坐在双人椅上,两条腿伸出,搭在坐垫上。他打开瓶子,倒酒。给了梅根一杯:对付暴风雨的良药。梅根把双膝歪向一边，腾出点空间给他坐。

他已经拉上房间里的所有窗帘，但风还是吹得他们背后的窗玻璃喀喀地响。每一阵狂风都令梅根转头。尼尔把一只手放在她的脚踝上，安抚她。

他给梅根倒第二杯酒时，梅根显得自在了些。她坐定了。把双脚搭在尼尔的大腿上。

"你刚才在吃冰棒？"梅根问。

一个古怪的问题。他摇摇头。

"我以为你冰箱冷冻室里的东西正在融化，"她说，"所以你得赶紧吃掉里面的东西。"

古怪。直到他低头看见手里拿着一根冰棒棍，他的手指像在交接接力棒一样转着它。他一直没意识到。

"这不是从冰棒里来的，"他说，"我在工艺品店买了一盒。"

"为什么？"

"我喜欢它们带给我的感觉，"他转得更快了，"我几年前有了这个习惯。"

"我从没见过你做这件事。"

"你在旁边的时候，我从没做过。"

梅根微笑。"你还有什么我不知道的事？"

"没有我想告诉你的事了。"

"有秘密的尼尔，"她宽容地说，"你的手怎么了？"

他低头看着那个红点。烟头烫伤。

"我出了个小意外，"他说，"在我煎培根的时候，油溅了

403

出来。"

"单身汉尼尔,"她说,"你从来都不擅长做饭。"她伸出手,用一根手指滑过咖啡桌的表面。手指上沾了不少灰尘。"也不擅长做家务。我如果走进厨房,会发现什么?也许料理台上全是碎屑?"

这是她诸多抱怨中的一个:料理台上有碎屑。还有其他抱怨:湿毛巾到了地板上,脏衣服放错了篮子,窗户没擦,树叶没清理,邮件分错类了,洗碗机坏了,恒温器的温度设得太高,恒温器的温度设得太低。很长的清单。

"我们说点别的吧。"他说。

梅根喝了一口红酒。"好的。你的客厅里有弓箭。你在玩射箭吗?"

"弓箭是加里的,"他说,"我在阁楼里找到的。"

他注意到,他提到加里的名字时,梅根皱起了眉。梅根五官锐利,不适合皱眉。皱眉让她看起来像童话里的巫婆。

"我不记得自己给你讲过这张弓,"尼尔说,"它有情感价值。加里曾用它射我。"

他得到了自己想要的反应:震惊和好奇。故事一直在他的脑海里。他对大卫·马龙讲过。现在他又对梅根讲了。关于十五岁的加里和十岁的尼尔的故事。

加里想要弓箭,但他们的父母没有给他买。不过他自己攒钱买了。夏季的一天,他和尼尔独自在家时,他出去试弓箭。他射后院的树。但对着树射太无聊了。所以他射了一只鸽子。

箭射中目标。加里和尼尔看着鸽子死去。

如果爸爸妈妈发现了,加里会有麻烦。所以尼尔威胁要告诉他们。他十岁。当弟弟的总是干这样的事。

加里反过来又威胁尼尔。当哥哥的也总会这样干。但他可能比其他哥哥更过分。他在弓弦上搭了一支箭,将其对准尼尔。

然后他的手指打滑了。

意外。

这是故事的一个版本。尼尔之前讲给大卫·马龙听的是这个版本。但这不是真相。

此刻,在烛光中,他对梅根讲起真相。

"加里往后拉弦,然后松手。一切似乎都变慢了。我看见箭朝我飞来。我想我死定了。但箭从我的肩膀上飞过去。它是擦着我的脖子飞过去的。"

梅根深吸一口气。

"我猜你只能这么说——'擦着',"尼尔说,"事实上,箭划破了我的那边脖子,我如果再往右两厘米左右,我想箭会正中我的颈动脉。"

"噢天哪,"梅根说,"你接下来是怎么做的?"

"我往后退,远离他,很害怕。我绊倒了,仰面摔在草坪上。我拿手去摸脖子,感觉到了血,然后看看手掌,血是鲜红色的。我尖叫。"

加里放下弓。一个特别的细节,这么多年过去,尼尔依然记得。加里没有丢下弓或把它扔到旁边。他跪在尼尔身边的草坪里，小心地把弓放到地上。

"他低头看着我，"尼尔对梅根说，"我又把手掌放到伤口上。但他把我的手扯开。他感到好奇。他想看看。"

尼尔记得加里眼睛里的着迷神色。他记得自己又尖叫了。但加里把一根手指伸到嘴唇上——你想让别人保守秘密时会用的手势。尼尔第三次尖叫，加里把一只手捂到尼尔的嘴上——像他把弓放到地上时那样小心。力道一开始很轻，只是为了让尼尔安静下来。但尼尔挣扎，情况不一样了。加里的眼睛里没有任何感情。加里往下按的手更用力了。

"一个邻居救了我，"尼尔告诉梅根，"一个我们从来都不喜欢的老处女，因为我们骑自行车穿过她家草坪时，她总是抱怨。我的尖叫声把她从房子里吸引了出来。我们听见她走过来，嘴里说：'你们两个小家伙又在干什么？'加里把手从我的嘴巴上拿开。老处女绕过我们家后院的树篱时，加里已经拉着我坐起来了。"

这位邻居把他们两人都送去了急诊室。他们的父母一个小时后赶到。加里对他们编了个故事——和他对邻居以及急诊室医生编的一样：他在对着树射箭，尼尔突然从不知道什么地方跑过来。事情发生得太快，他没办法，他很抱歉。他过分自责，以显得抱歉。他真的哭了。父亲很生气，但不想在急诊室里发作。母亲跟着加里一起哭。

尼尔没有揭穿加里。他仍然处在震惊之中，而且整件事显得不真实。另外，在意识深处，他很害怕——害怕如果他讲出真相,加里可能会对他做的事。也害怕父母可能不会相信他。

那年9月,他带着伤疤回到学校。不管什么时候有人问起伤疤,他都撒谎:他在树林里奔跑,一根低垂的树枝刮到他的脖子。多年后,伤疤消退。人们几乎不会再注意到它。他们如果注意到了,他会告诉他们,他做过一个小手术——清除了几块胎记。

梅根第一次注意到伤疤时,他就是这样对梅根说的。现在,他对梅根讲完真实的故事后,梅根在他身边的双人椅上坐起来。梅根的手指滑过他衬衫衣领的内侧,摸到了伤疤。

"尼尔,太可怕了,"她说,"你差一点就死了。"

尼尔注视着咖啡桌上的蜡烛。"我猜我很幸运。"

"你可以说这是幸运。我觉得也许有人在照看着你。"

这一说法并没有让他生气。他知道梅根是真诚的。但他抬起头,不再看蜡烛,说道:"谁在照看我?神?"

梅根把手从他的脖子上移开。"或者天使。"她说。

"这只是神的另一种称呼。我不记得神那天在那儿。他肯定没有在那儿照看那只鸽子。他如果想保护我,箭根本就不会碰到我。"

梅根喝了一口尼尔的红酒。尝起来更苦。尼尔把酒杯推到一边。"没有神,"他说,"而且在我看来,也没有正义。没有人因为做好人得到奖赏,也没有人因为做坏人受到惩罚。我对这件事很肯定。我十岁的时候,我的亲哥哥差一点杀了我。因为什么呢?因为我说我会打他的小报告。我们严肃一点。没有人在照看我。加里好好的。他没有受到惩罚——"

"他现在在监狱里。"

尼尔不耐烦地摇摇头。"他是因为杀凯西进监狱的。因为一件他根本没做过的事。"

"我不知道你原来这么肯定,"梅根说,"我始终没能想明白。现在——今晚听到你这么说之后——我更不明白了。"

"我很肯定,"尼尔说,"但我们别说这个了。我不想争论。"

梅根把手放到他的肩膀上。"我也不想,"她说,"但我担心你。我不希望你一个人过日子。我不希望你过这样的日子——翻加里的东西,沉浸在不好的回忆里。我觉得你应该回家。我们会更好的。我想你。"

"没用的。"他说。

"我们可以让它有用。我们不谈加里,我们搁置争议。其他所有的事都是小事。"

尼尔把冰棒棍握在右手里。紧紧地攥着。感受到香烟烫伤带来的疼痛。

"我怕的就是这个,"他说,"小事。"

"你是什么意思?"

"我不想把时间花在争论小事上。"

"我们不会的。"

"争论该谁打扫卫生了,让草长多久了。或者争论料理台上的碎屑。"

梅根笑了。"我们也许应该就碎屑进行谈判。"

尼尔松开手指，接着又将冰棒棍攥紧。烫伤带来的痛苦噬咬着他。他在思考回到梅根身边后的生活会是什么样子。一部分的他想回去。虚弱的那部分，他不喜欢的那部分。

"没用的。"他说。

梅根的目光越过自己红酒杯的边缘，注视着他。"如果你愿意试一试，就有用。"她说，"如果我们都试一试。回家吧。"

"一点好处都没有。"

"为什么？"

"我解释不清，"他说，"但可以展示给你看。"

"那展示吧。"

"你会觉得我古怪。"

梅根开玩笑地推推他。"噢，尼尔。我已经觉得你古怪了。"

他把冰棒棍塞进衬衫口袋，站起来。

"好吧，"他说，"我展示给你看。"

他接过梅根的红酒杯，将其放到桌上，然后帮着梅根站起来。他把梅根领到挂着镜子的那面墙前。"站到这儿。"他说。

他站在梅根身后，双手放到她的肩膀上，引导着她。梅根愉悦地在镜子里看着他。

他放开梅根，往后退。

"现在，把镜子拿下来。"他说。

困惑。"我应该拿这面镜子做什么呢？"

"不重要。放到地上。"

梅根照做了。"这里怎么了？"她说，"墙上为什么有个字母K？"

"不要转身,"他告诉梅根,"也不要问问题。现在还不行。"

雨水有节奏地拍打着窗户。他拿起沙发上的弓。把箭搭在弦上,拉弦。

"你现在可以转身了。"

梅根转身。困惑。愤怒。"尼尔,你在干什么?这不好玩。"

他松手,箭飞出去。箭呼啸着飞过他们之间的距离,射中梅根的心脏。

梅根·普鲁伊特跪下来,向前倒去。她用一条胳膊撑住身体。尼尔放下弓,走向她。他把梅根翻过来,让她仰面躺着。

血沾染了梅根的上衣,但血没有尼尔想的那么多。箭头随着她的心跳颤动。梅根舔舔嘴唇,轻呼尼尔的名字。

"不要说话。"他说。

他肯定梅根不会坚持太久,但梅根伸出右手,用手指握住箭头。她想把箭拔出来。尼尔抓住梅根的手,牢牢地握着。

梅根的嘴角颤抖着。她低声说:"为什么?"

他可以感受到梅根的胸膛在尽力隆起,她的肺正试图吸入更多的空气。

"梅根,"他说,"不止有一个原因。"

梅根集聚所有的力气,又低声说:"为什么?"

梅根的眼睑颤动着。尼尔靠近一些,好让梅根能听到。

"我已经浪费了太多时间和你在一起,"他说,"我不打算余生再听你抱怨碎屑了。"

43
插曲：
1996年春夏

尼尔·普鲁伊特与卢克·道尔纠缠在一起时，已经三十八岁了。他有稳定的工作，负担得起的房贷，过得去的妻子。他饮酒适度，周末抽抽大麻，地下室的一个旧文件柜中收藏了一些《花花公子》杂志。

他的父母已经去世：父亲死于心脏病，母亲死于白血病。他的哥哥加里在两次葬礼上发表了悼词，悼词让尼尔流下了眼泪。加里在这两个场合的口才和善意让尼尔相信了两件事：加里真的爱他们的父母，他可能也真的爱尼尔。

但加里在他们还是孩子时的那个夏日在后院做的事，使他无法确定第二点。

尼尔不相信是某一件事让他变成了现在这个样子。但他知道，弓箭事件让他觉得：人是深不可测的，世界是险恶而不可预测的。这种看法伴随了他一生。这可能就是他最终碌碌无为，向对这些知识并不感兴趣的高中生教授基本的物理和化学的原因，尽管他曾经梦想在实验室或天文台工作，发现新的行星或新的亚原子粒子。

随着年纪渐长，尼尔越来越相信，整个宇宙是个空洞，没有神，没有道德。如果这个世界有秘密，那这个秘密就是：你可以做任何你想做的事，只要足够聪明，你就可以摆脱你做过的事。知道这个秘密后，你就和其他人不一样了。加里知道这一点，或者说尼尔相信他知道。尼尔自己也知道，不过从未真正采取行动。直到他与卢克·道尔发生联系。

1996年3月的一个周六下午，尼尔告诉梅根他要出去买一些密封胶来修补院子里混凝土的裂缝。他开车来到罗马城南部的一栋公寓楼，爬上三楼的楼梯。在3B公寓门口迎接他的女人名叫希拉·科顿，是位兼职代课教师。

她让尼尔进门，他们一起坐在红色皮质长榻上。尼尔递给她一些卷起的钞票，她从长榻下面拿出一个鞋盒，递给他一个装有四克大麻的袋子。

她说出尼尔每次来的时候她都会说的话："我可以卖给你更多。"

他的回应每次也都一样："我买得多，就会抽得多。"

他像往常一样借了一张卷纸，在鞋盒的盖子上卷了一根大麻。他们躺在长榻上，大腿相触，来回传递大麻。他们有时会交谈。从不谈任何严肃的事情。这一次，女人播放了音乐。摇滚乐队"蓝调旅行者"的歌。

尼尔知道希拉·科顿的一些事。他知道希拉已经结婚并离婚两次，尽管她还不到三十岁。他知道如果自己讲笑话，希拉会大笑——纵酒者会发出的那种嘶哑的笑。

他知道希拉大腿的触感，因为他们总是这样坐着，紧贴着彼此。这就是他每次买这么少的原因，这样他就有理由经常来。

她的大腿很粗，不像梅根。梅根苗条，有棱有角，但希拉丰满、圆润，拥有沙漏型身材。她经常穿紧身毛衣和紧身牛仔裤。尼尔能够想象出希拉的样子，即使在他离开之后。希拉的形象在他的脑海中流连不去，当他晚些时候回到家时，他会偷偷溜到地下室，找出一本《花花公子》，里面的女主角看起来就和他想象中的希拉的裸体一样。然后他就会花几分钟疯狂地幻想希拉。

希拉把大麻烟卷递给尼尔时，他们听到有人在拍希拉家的门。一个滑稽的时刻随之而来。尼尔惊慌失措，对被抓到感到内疚，他掐灭烟卷，想找地方将其藏起来；希拉笑着站起来，拍拍他的膝盖，叫他放松。

希拉关掉音响，去开门，让客人进来。一个顶着黑色乱发的年轻人：卢克·道尔。他穿着长外套，胳膊下夹着一个加厚信封。他嘴里嚼着一根冰棒棍。

尼尔认出了他，但立即希望自己没有认出他。他没教过卢克，但知道卢克的名声。你会离他远远的那种孩子。你等着他退学的那一天，并希望永远不会再见到他的那种孩子。

尼尔可以猜出信封里装的是什么。如果从前有人问他卢克·道尔的前程会怎么样，他的回答大概就是这样：一个向更小的毒贩卖毒品的小毒贩。

希拉带着卢克去了卧室,关上门。几分钟后,他们出来了,他们的交易已经完成。信封不见了。在门口,卢克将其黑眼睛转向尼尔,微笑。他将两根指头伸到眉毛上,随即一挥:嘲讽的致意。

卢克离开后,希拉回到长榻上。她用打火机点燃烟卷。她把烟卷递给尼尔时,尼尔挥挥手。

"你对这个家伙了解多少?"他问希拉。

"卢克?足够多了。"

"你和他在一起时舒服吗?"

"舒服?"

"你信任他吗?"

"我对他的信任足够满足我的需要了。"

"我不确定自己是不是信任他。他问起我了吗?"

希拉在他身边,无精打采的,抬头看着烟雾。

"他问你是朋友还是客人。"她说。

"你是怎么告诉他的?"

"我告诉他,你是朋友。其他的,他就不需要知道了。"

"你没告诉他我的名字吧?"

"没有。"

"我猜他认出我了。"

"那又怎么样?"

"我不喜欢有学生知道我的……习惯。"

"他已经不是学生了。"

"但他还年轻。假设他和我的某个学生聊天。我得考虑我的名声。"

希拉大笑,又把烟卷递给他。

"放松,"她说,"你的名声很安全。卢克很聪明。"

没过多久,尼尔就离开了希拉。希拉在门口拥抱他——一种此前并未表达过的承诺。他吃力地下了楼梯,走出去。时间已是下午。他发现卢克·道尔在公寓楼前面的人行道上等着。

尼尔尽量忽视卢克的存在,但他往停车场走时,听见卢克在跟着他。

"我感觉我认识你。"卢克说。

尼尔在停车场的边缘停下,转过身。"你搞错了。"

"你叫什么名字?"

尼尔犹豫了一会儿,然后说:"凯文。"凯文是他的中名。

卢克微笑。"我记得不是叫这个名字。"

他们站在下午的冷风中,隔着一米来远。春寒料峭。他们周围有许多小水坑。

卢克仍然拿着冰棒棍。他用两根手指夹着冰棒棍,像夹着香烟一样。

"你快乐吗,凯文?"他问。

一个古怪的问题。尼尔的第一反应是想问:"在什么意义上?"但这等于邀请卢克和他聊下去。最好简单些。

"当然。"他说。

"如果你需要什么,"卢克说,"你可以告诉我。"

"我什么也不需要。"

卢克走近些。"我有的,比希拉有的多。我只能这么说。可卡因。药丸——维柯丁。羟考酮。想要什么有什么。"

"我什么都不需要。"

"你看起来并不快乐。"

"我得走了。"尼尔说。

他转身走向自己的车,但很快发现自己没那么容易摆脱卢克。

尼尔之前把车停在了停车场正对着铁栅栏的边缘。他的车两边的车位是空的,但后面停着一辆黑色的福特野马。他没办法把车倒出来。

尼尔站在自己的车驾驶座门的旁边,卢克走过去,说道:"这是你的车吗?"

"是的,是我的。"尼尔说。

"好车。"

卢克倚靠到尼尔的车上。他开始用手指不停地反转冰棒棍。他看了福特野马一眼。"我猜我挡住你了。"他说。

很明显,卢克此前已经知道哪辆车是他的,尼尔想道。不难猜。挡风玻璃上有张他任教高中的停车证。

尼尔对着福特野马点点头。"麻烦挪一下车,感谢。"他说。

"哦,当然,"卢克说,"但我们正在聊天,不是吗?"

"我得走了。"

"你第一次说这句话的时候我已经听到了。但我在你第一次说这句话之前已经说了,你看起来并不快乐。我想帮你。"

尼尔感觉周围的空气变得沉重。"你没有我想要的东西。"他说。

"你不和我聊,"卢克说,"怎么知道呢?"

他注视着尼尔,但没再说话。他的眼睛里除了冷酷的愉悦,别无其他。

尼尔想走开。他不想和卢克·道尔玩心理游戏,或者更糟,毫无缘由地和他打一架。但他的自尊心很强。他站着。

"请挪一下车,好吗?"他说。

没有回应。

"我不想找麻烦。"他说。

卢克迅疾地一笑,牙齿一闪而过。"谁说到麻烦啦?"他用大拇指折弯冰棒棍,"你不怕我,对吧?"

"是的。"

"很好。我只是想为你提供你想要的东西。听着,你有一百美元吗?"

"什么?"

"一百美元。"

尼尔皱眉。"别这样。"

"'别这样'是什么意思?"

"打住吧,"尼尔说,"我真的得走了。"

"凯夫[1],你为什么觉得自己必须赶紧走呢?我并不想吓你。"

"我不害怕。"

"很好。那么给我一百美元,我会给你想要的东西。"

"没有什么东西——"

"肯定有。而且我告诉你,你能得到它。价格就是一百美元。"

尼尔犹豫着,然后拿出钱包。他觉得自己像个胆小鬼,但他受够卢克·道尔了。他找到四张二十美元和两张十美元的钞票,拿出来。卢克把冰棒棍丢进小水坑里。他随意地接过钞票,钞票消失在他外套的口袋里。

"看见了吧?"他说,"没有那么难。"

他走开,钻进自己的福特野马里。尼尔站在自己的车旁边。他说不清刚才发生的算是怎么回事。他被抢劫了,还是卢克实际上准备给他什么东西,以交换他那一百美元?卢克会给他什么呢?他应该等着吗?

他很快就得到答案。卢克发动福特野马,挥手再见,驶出停车场,到了街上。

在接下来的几天里,尼尔一直留心卢克有没有出现在自己四周。他害怕这孩子到学校或者他家里来。他不希望卢克和梅根说话。梅根不知道希拉·科顿的存在,也不需要知道。

一周过去,卢克始终没有出现。尼尔笑自己神经过敏。他考

---

[1] 凯文的昵称。

虑离开希拉，找个新的货源，但最终觉得没有理由这样做。他等着正常的间隔时间过去，一个周六的下午，他又开车去希拉的公寓。没有出现什么意外情况。

"我可以卖给你更多。"

"我买得多，就会抽得多。"

他们在长榻上共享一根烟卷，当烟卷变成烟头，有事发生了。希拉站起来，弯腰向着他，把手放到他的膝盖上，说："你不着急走，对吧？"

她的眼神里有明显的邀请。很难相信，但尼尔允许自己相信了。过了一会儿，他羞涩地吻了希拉：一个干燥、尴尬的吻。然后是另一个吻。他们的嘴张开，彼此的呼吸中都有香烟的气味。他的羞涩过去了。他很急促，希拉笑了（那种嘶哑的笑），让他慢慢来。希拉跨坐到他身上，他把希拉的毛衣脱掉，她的胸罩是红色的、丝质的——梅根永远不会穿的那种。

他寻找希拉牛仔裤的纽扣。希拉站起来，抓住他的手，领着他去卧室。希拉把被子掀到一边，倒在白色的床单上。他扯掉希拉的牛仔裤，发现她穿着一条与胸罩成套的丁字内裤。

他吻希拉的肚子。皮肤光洁无瑕，奶油的颜色。希拉张开双臂躺着，屈服了。希拉的黑发落在枕头上。胸罩从前面解开，丝质丁字内裤脱下，从她的大腿滑落。他看到与自己想象中一样的丰熟的身体。柔软而屈服。不像梅根。一个你可以沉进去的身体。

第一次太激烈。他无法坚持太久。但她让他有了第二次，第二次很好。最后,她紧紧抓住床单,用大腿缠住他。她闭着眼睛,嘴里低声说着"来了"。

之后希拉起身去开卧室的窗户。希拉回来了,他们并排躺在床单上。尼尔看着天花板:白色灰泥旋涡。他感到汗水从皮肤上蒸发了。

"我没想到会这样。"希拉说。

"我也没想到。"尼尔告诉她。

"我很高兴它发生了。"

"我也是。"

希拉侧身躺着,面对着他。"我不希望你有错误的想法。"

"什么错误的想法?"

"就是我经常这样做,和每个来这儿的男人这样做。"

"哦。"

"因为我并没有这样。"

"你当然没有。"

"事实上,我一开始以为这是个笑话。"

尼尔觉得胸口一紧。

"笑话?"他说。

"当卢克建议的时候。我以为他在逗我玩。"

尼尔注视着天花板上的旋涡。他听到卢克的名字后应该更警觉些。但一部分的他早就知道了。

"我会给你想要的东西。"

"这不大可能,"希拉说,"你不知道他到底想干什么。在你告诉我你不信任他之后。但他一直说是真的。我想是真的。我的意思是，我们现在这样了。对吗？"

"对。"尼尔说。

"一开始，我觉得受到了冒犯。但接着我想：这有点甜蜜。因为你太害羞了，不会主动问我。也许你没问更好，因为不然我可能会扇你耳光。然后我们在这件事上就再也没有机会了。但我们为什么要错过机会呢？"

"我们不应该错过机会。"尼尔说。

"我知道。而且反正我喜欢你。我一直都很喜欢你。但我也很高兴有钱。因为我真的需要钱。"她用一只手按住尼尔的胸口，"但这和为了钱和随便哪个男人睡不一样。仅限于我们之间。一种特殊的约定。"

"听起来很好。"尼尔说。

希拉把手掌移到他的肚子上，靠得更近些。"只有一个问题，"她说，"我们应该对彼此诚实，可以吗？"

"当然。"

"嗯，诚实，我想了很久，一百似乎低了。更高些，你介意吗？不是这次。从现在开始。"

尼尔没有看她的脸。他仍在注视天花板。但他可以感受到希拉的身体压在了他身上。完美的身体。

"多高呢？"他问。

"两百怎么样？"她说。

他没有反应——至少他并不希望自己有反应。但希拉肯定看到了些什么。

"或者一百五。"她迅速地说。

他坐起来，看着希拉。希拉的身体。还有脸。无畏的脸，但掩藏了什么。怀疑。软弱。不安。

他温柔地笑了。"一百五听起来正合适。"

他离开希拉的公寓时，以为卢克·道尔会在停车场等他。但卢克·道尔并没有出现。他开车回家，梅根问他去哪儿了，他编了个遇到大学里的老朋友的故事。梅根相信他。很简单。

下一个周六，他又去见希拉。他不需要这么快再买大麻，但还是买了一些。他开始在鞋盒盖子上卷烟，希拉让他把烟卷放在那儿。希拉领着他进了卧室，脱掉自己的毛衣。她今天的胸罩是紫色的。丁字内裤也是紫色。

他们事后抽烟卷。希拉有个老式的爪足浴缸，浴缸有个带链条的排水口。她放水，然后钻进浴缸。尼尔穿了一半的衣服，坐在浴缸边的一把直背椅上，陪着她。尼尔为她拿着烟卷，以免烟卷湿掉。

水变凉后，她用脚趾钩住链条，拔掉塞子。她站起来——就像从海里升起的裸体女神——尼尔用浴巾帮她擦干。过了很久，浴缸里的水才排干。

他把钱放在浴室的洗手台上。一百五。希拉穿上睡袍，送他出去。在门口吻他。

这就是他们的行事模式，一周又一周，从春天到夏天。这是尼尔·普鲁伊特人生的高点,但这件事将如何结束,很早就有迹象了。一些小事情。希拉想要他的更多时间。她想说话——不是从前那种有趣的谈话。她想分享自己生活中那些无聊的细节。

而且她开始请尼尔帮忙——各种小忙。一天,当他离开时,希拉问他能否帮她把垃圾带下去扔进垃圾桶。有时,她想让尼尔帮她检查她车的油量,或者修水龙头,修电灯开关。

一个周六,尼尔来到她的公寓,发现她有些歇斯底里。她的客厅有老鼠,所以她放了个老鼠夹子。现在,公寓里有只断了脖子的死老鼠——请问你能处理掉它吗?她可不敢碰它。

但这些都是小问题。尼尔能够忍受。老鼠事件过去几天后,他在周中来到希拉的公寓。希拉穿着白色T恤和运动裤来开门。尼尔瞥到一个困惑的表情——希拉没想到他会来。但她很快就恢复常态:吻了他好久,牵着他的手,领着他去卧室。

他们从来没有这样过。他把希拉推到墙边,扯掉T恤——他发现下面是白色胸罩。他将希拉的运动裤褪到臀部,把她推倒在地。希拉没有反抗。他听到希拉那种嘶哑的笑声。"周三新玩法。"她说。

事后她去泡澡,尼尔坐在她旁边。他们抽烟卷。水从浴缸里溢出来,念珠一样落在浴室的瓷砖地面上。希拉双手搭在浴缸边缘,头向后仰着。

"太疯狂了。"她说。

尼尔没说话。

"我猜你给我留下了瘀伤。"她说。

他把只剩下一小截的烟卷递给希拉。"也许我可以再留一些瘀伤给你。"

他也爬进浴缸,他的脚在浴缸底部打滑,他打了个趔趄。希拉向前移动,他绕到希拉身后,让希拉背对着他躺下。水从浴缸的边缘流到地上。过了一会儿,她扭动着身子,把自己抬起来,让他进入。

后来,希拉爬出浴缸。尼尔自己泡在浴缸里。她回来时,穿上了睡袍;她为尼尔准备了一条毛巾。在他擦干身体后穿衣服的时候,希拉说:"你是个可爱的男人。"

他愣了一下。他没打算可爱。

他那天走的时候没有给希拉钱。这是新模式的开始。从那以后,他每周见希拉两次:周三和周六。在周六,他照常给希拉一百五十美元。在周三,他不给钱。他以为希拉会抱怨,但希拉从没抱怨过。

他没有去想为什么。后来,当他回首往事,他意识到这是警示——和希拉称他为"可爱的男人"那一刻一样。希拉给了他暗示,但他没注意到。如果他更在意些,他当时也许会意识到,希拉开始认为自己是他的情妇。

如果说尼尔对希拉的关注不够,这也许是因为他的脑子里在想别的事。他不知道怎么应付卢克·道尔。

他希望卢克不要再来找他,但他没有那么幸运。卢克似乎一直对他与希拉的事很感兴趣。尼尔不知道希拉对卢克讲了多少,但卢克起码知道尼尔周六会去找希拉。每隔几周，卢克会在周六下午出现在停车场。

第一次发生在5月初。尼尔下楼，发现卢克的福特野马停在他的车旁边。卢克摇下车窗，喊他。

"凯文！很高兴见到你。"

尼尔不情愿地走过去。"你想干吗？"

"我想确保你快乐。"卢克说。

"你如果让我自己待着，我会更快乐。"

"别这样，凯夫，"卢克说，"我是你的朋友。我没说错，对吧？"

"什么没说错？"

"关于你想要的东西，"卢克说，抬头看着希拉在三楼的公寓的窗户，"但是天哪，这也不难猜。我的意思是，谁不想要那个呢？我没说错吧？"

尼尔一动不动地站着。阳光将他的影子投在福特野马的车门上。黑色加黑色。他没说话。

"别这么粗鲁，凯夫，"卢克说，"我喜欢你。我想帮你。如果你还需要别的，你告诉我。"

他倒车，然后开车走了。尼尔看着他离开，希望自己不要再见到他。但卢克·道尔每隔两三周就会回来，总是说同样的话："我是你的朋友。想要什么就告诉我。"他从来没有说威胁的话，从来没找尼尔要钱。从来没叫他的真名。对卢克而言，尼尔就是凯文或凯夫。有时候是K。

时间流逝,希拉·科顿的光芒消退。她对尼尔的吸引力没有那么强了。尼尔依然去见希拉,但希拉对他而言没那么真实了。希拉说话的时候,他会走神。他找各种理由,缩短自己待在希拉公寓的时间。

希拉似乎没注意到。她表现得好像他们可以永远这样。她对尼尔讲起自己对未来的规划,以一种好像尼尔关心她未来的口气。她想获得永久教职。她在想自己是否应该回学校读个学士学位。她想搬到更好的公寓,或者至少装修一下现在这套公寓。这里太暗了。墙壁需要重新粉刷。

在7月的第一个周六,尼尔将要离开时,她说起这件事:粉刷。

"我想刷成白色,"她说,"白墙,白色的装饰。我从杂志里看到的。但也许,你知道的——"

"太白了?"他说。

"是的。所以现在我想换种颜色,让这种颜色自然褪色。比如这儿,我想刷成黄色。但必须是浅黄色,浅黄色看起来几乎就像——"

"白色?"

"是的。"

他们在浴室里。希拉自己在泡澡。尼尔坐在直背椅上,陪着她。他们已经抽完一支烟卷,烟雾依然飘浮在空气中。

"你怎么想?"她问。

"白色似乎不错。"他说。

"但不是白色,是黄色。"

"是的。黄色。"

"厨房呢?"

尼尔看着自己在洗手台上方镜子里的影像。"你是说颜色吗?"

"是的。"

"我以为你打算全部刷成黄色。"

"我不能把每个房间都刷成同样的颜色。"

"我没有什么建议。"

"我想把厨房刷成绿色。"

"真正的绿色,还是看起来像白色的绿色?"

"我们要考虑的就是这个。"

镜子中的尼尔做了个不开心的表情。"你自己决定吧。"

"你帮忙想想又不会怎么样,"希拉说,"你也待在这里的嘛。"

"好吧。绿色不错。"

她在浴缸里坐起来。尼尔听到哗啦的水声。

"也许我们可以叫份比萨,"她说,"你可以留下来,我们可以看看样品。"

"为什么呢?"

"挑颜色。"

"我们已经挑了黄色和绿色。"

"阴影不一样。我从涂料店拿了些样品回来。"

镜子中的尼尔用舌头舔舔上排牙齿。"我不能留下来。"

"你只要想，就能。"

"那么我不想。"

她叹了口气。"你真是的。我想我的要求并不过分。"

"我并没有说你的要求过分。"

"外卖比萨，这是什么大事吗？你没有意识到，你从来没带过我出去吃晚饭吗？"

镜子里的尼尔又做出不开心的表情。皮肤皱缩在眼角。

"希拉，我结婚了。我不能带你出去吃晚饭。"

"为什么不能？"

"可能会有人看见我们。"

"我们可以在城外见面。"

"我不打算背着妻子鬼鬼祟祟的。"

她大笑。尖声的笑，和那种嘶哑的笑不太一样。

"尼尔，你觉得你这段时间一直在做的算什么事呢？"

"你知道我的意思。"

"我知道。你的意思是你不能冒险。不能为我冒险。我没那么重要。"

"我不知道你想干吗。"

"我不重要，"她说，"没有你妻子重要。真是可悲。但我也从来不觉得你很关心她。"

"我当然关心她。"

"你从来没有说起过她。"

尼尔将脸从镜子前转开。他让不开心的脸直接面对希拉·科顿。

"我为什么要对你谈我的妻子呢？"

希拉在水里向前倾身，耸着肩。"你现在有点刻薄了，"她说，"我不知道自己为什么要和你搞在一起。和已婚男人约会就是这么个结果。"

尼尔注视着她的背。希拉的皮肤不像他记忆中那么光洁无瑕。他看到了皮肤之下模糊的青筋。他注意到一颗痣。

"我们不是在约会。"他说。

"又刻薄了。你知道的，你最终必须做出选择。我或者她。我一直在等你有一天来到这儿，告诉我你选择了我。你准备像我应得的那样对待我。你觉得我还会等多久？"

"我不会离开我妻子。"

"是啊。你为什么要离开她呢？你现在有两个女人。也许我应该去见见梅根。她是叫这个名字吧？也许我应该告诉她你过去这几个月是在哪儿度过的。那样会把事情搞砸，对吧？但你需要的就是这个。"

尼尔的肩膀绷紧。他左右摇头，试图放松肩膀。

"你不会想那么做的。"他说。

"我的确不想。但也许这是让你看清眼前处境的唯一办法。能让你欣赏我。"

她伸手够链子，好拔塞子，让水慢慢流走。她几秒钟之内就会站起来。尼尔已经看到她站起来后的画面。她会把湿头发往后甩。水会顺着她的身体往下流成一小股。浴缸底部会很滑。她会失足摔倒,头在浴缸坚硬的圆形边缘上撞得开花。他会看见她的血把水染成粉色。她的头会沉到水面之下。

那样会很完美。他就摆脱了她,她永远也不能去找梅根。

他想着那幅画面。如果他足够用力地想,也许那幅画面会成真。

希拉从水里站起来。她把双手伸到头上。尼尔看着她,她微微往后倾斜身体,把头发里的水拧出来。她的脚打滑了,她失去平衡。她伸出双臂,想稳住身体。

马上就要成功了。

尼尔从直背椅上站起来,推了她一把。她发出一声恐怖的叫喊,向后摔去,撞到身后的墙上。她的双脚向着排水口的方向滑去;身体的其余部分扑向相反的方向。她重重地摔倒,但她的左臂和左肩承担了大部分的压力。她呻吟着从水里往外爬,尼尔抓住她的一把湿头发,将她脑袋的一侧猛撞在浴缸的边缘。

这一撞让希拉晕了过去,尼尔又将晕过去的希拉的头按进水里。水位在下降,但尼尔觉得时间足够了。希拉醒过来——大睁着眼睛——本能地吸气。她的肺里灌满了水。

她的眼睛里满是恐惧。她的身体不再扑腾。尼尔扶着她的肩膀,放下她。感觉到抽搐传遍她的全身,每一次抽搐都比上一次更弱。最后,她不动了。他跪在浴缸旁边,等着浴缸里的水流尽。希拉的皮肤显得苍白而光滑,黑色的头发就像一丛海草。

最后一点水流过水管,整个世界安静了。尼尔费力地站起来，坐到直背椅上。他看着希拉·科顿，希望她的眼睛能够眨动，等着生命的迹象颤抖着传遍她的全身。什么也没发生。

声响又回到这个世界：楼上的脚步声。尼尔知道自己应该担忧。这里住着人。也许有人听见了，也许已经报了警。警笛声随时都会响起。警察砸门。

尼尔走到卧室，找到自己的衣服和鞋子。他穿上。耐心，镇定。他套上衬衫。没有警笛。他打开希拉衣橱的底层抽屉，因为他有一次看到希拉把钱藏在这儿，当时希拉并不知道他正注视着她。他在一件毛衣下面发现一个信封，信封里装了一千四百多美元。他把信封塞进口袋。

他回到浴室，看到洗手池里烟卷的烟头。他把烟头扔进马桶，冲掉。他找到一块小毛巾，擦拭马桶的按钮。他又擦直背椅。他在浴室走来走去，接着又来到公寓里的其他地方，把他记得的自己碰过的地方都擦了一遍。

他漫长的清洁工作结束于长榻下面的鞋盒。他擦干净鞋盒，将其放回原来的地方，然后又改变主意。

在公寓门口，他胳膊下夹着鞋盒，听着外面走道里的动静。他想象着走道里空荡荡的，想象着自己下楼梯到了停车场，停车场上空无一人。他准备好了，用毛巾打开门；他转动门把手里的锁栓，上锁。他关上门。

他经过走道，下楼梯，没看到人。他来到阳光下。

他的车沐浴在7月的热气中。他把鞋盒和毛巾扔到副驾驶座上，转动钥匙。他以为肯定无法启动引擎。但引擎启动了。热风

431

从空调出风口里吹进来。他按下空调按钮，等着——等着空气变得凉爽。没有人向他走来。没有人从公寓里跑出来拦住他。

他驾车离开希拉·科顿的公寓时，车里的空气已经冷飕飕的了。

周一上午，公寓经理来收已经逾期的房租，敲响希拉·科顿家的门。周二，他又来敲门。周三，他用自己的总钥匙打开门，因为他遇到过不交房租就溜之大吉的租客，而且他已经失去耐心。他进门后，顺着气味发现了尸体。

当天晚上十一点，这件事成为头条新闻。警方发言人拒绝说明死亡事件是意外还是谋杀。尼尔在卧室里看着电视里的报道，梅根在他旁边看书。他希望梅根沉浸在书里。但她没有。

"你认识这个女人吗？"梅根问他。

"不认识，"他说，"我为什么会认识她？"

"他们说她是兼职教师。我以为你在学校里见过她。"

"我对她没印象，"他说，"也许我可以问问加里。"

这些天，提到加里是转移话题的好办法——加里和他的不忠行为。

"不要对我说起加里。"梅根说。

尼尔听了她的话。他按遥控器换台，侧过身躺着。但梅根还没忘记刚才的话题。

"你还没说你是怎么想的。"

"关于这个女人？"他问。

"是的。"

"我告诉你了,我不认识她。"

"你可以猜一猜,"梅根说,"这是意外还是谋杀。"

一周过去,没有警察上门。尼尔·普鲁伊特开始觉得自己可能是安全的。

他一直很小心,没有给希拉他家里的电话号码,而他也没有手机。去年秋天,他和希拉有了第一次接触。当时是午餐时间,他看到希拉在学校的停车场发动汽车。他们在公开场合有过一对一的交流。也许有人在学校里看到过他们在一起,但不是最近。他们的约定开始后,他就有意在公开场合离希拉远远的。

他猜希拉有份客户名单,但又觉得这不可能。她做的不是那种你会保留客户名单的生意。她也许和朋友聊过自己与尼尔的关系,但那也不是你会主动谈起的关系。

所以只有一个人会把他和希拉联系起来:卢克·道尔。

在7月中旬的那些夜晚,尼尔会坐在门廊上逐渐消退的暑气里。他看着过往的车辆。有时候,他会在街区来回地走。他过了几天才意识到,自己是在等卢克。

7月18日,周四,晚上九点半,黑色的福特野马停在尼尔家前面的路沿上。卢克·道尔倾身打开副驾驶座的车门。尼尔从门廊上走过去,慢慢吞吞,晃晃悠悠,像个梦游者。他坐进车里。

他不担心梅根。梅根不会看到的,她不在家。梅根去安慰凯西了,因为加里似乎又开始出轨了——和一个十八岁的女孩。

卢克开车离开路沿,一只手握着方向盘,另一只手拿着一根冰棒棍。他用手指慢慢地转着冰棒棍。

"凯夫,"他说,"你看起来不快乐。"

"直接告诉我你想干吗吧。"尼尔说。

"我想我们应该谈谈。有些事情发生。"

尼尔倚在靠背上,等着。

"有些关于希拉的可怕消息。"卢克说。

"我不知道你想说什么。"

"K,你一直想错我了。我们是同一边的。"

"什么意思?"

"我明白。我知道她是什么样的人。有很多次,我也想把她按在水里。相信我。"

"我没有把她按在水里。"

"我知道。这是我听到消息后的第一想法:'我敢肯定,她不是K杀的。'他们是在周三发现她的,当时她已经去世有几天了。所以可以猜测她是在周六下午的某个时候死的。而你每个周六都在那儿。我想你肯定很难相信,你前脚刚走,她就死了。"

"我和这件事没有一点关系。"

"我知道。肯定是意外。她是个迷人的姑娘,但很贪。她迟早会出意外。我希望这件事没有发生。我希望你让我去帮你。如果我知道你腻了她,我可以给你再找一个。那样你就不会在她出意外的前后出现在她附近了。"

卢克把车倒到路沿上。尼尔往窗户外面看,发现他们刚才兜了一圈，现在又回到他家门前。

"问题是，"卢克说，"她替我挣钱。现在我没有进账了。你可以看出我面临的困境。"

尼尔把脑袋靠在头枕上，准备迎接他知道一定会来的事。

卢克·道尔大笑。"老实说，K，你应该看看自己的脸。总往最坏的方面想。这不是坏事，这是好事。你必须相信我。我们接下来得这样做。"

两天后，周六，下午五点。尼尔·普鲁伊特拐过胡马斯顿路上的一个弯，看到了拖车。他减速，拐上砾石场，轮胎把几块鹅卵石碾得蹦起来。

他口袋里装着五百美元，其中一部分是他从希拉·科顿的衣橱里拿来的钱。卢克从拖车里走出来时，他把钱掏出来。卢克漫不经心地接过钱，好像那是无关紧要的东西。

"K，"他说，"陪我散散步。"

他们沿着一条荒草遍布的小路往前走。小路上坑坑洼洼的，那些坑洼在春天时肯定泥泞不堪，但烂泥现在已经被太阳烤干。尼尔看到远处一座谷仓的屋顶：指向天空的木结构。他意识到，他们已经走到从公路上看不见的地方。

"我不能久待。"他说。

卢克继续往前走。他指着他们右边的池塘和谷仓。他说了些关于他外祖父的事。他领着尼尔上了小山坡，走向一堆曾经是农舍的木头。他们在一个半埋在地下的马车轮旁边停下。

"就是这个。"卢克说。

"什么?"尼尔说。

"我想给你看的东西。"

"我不明白。"

"你会明白的。"

尼尔看到马车轮旁边的草丛里有只黑色的飞蛾。看着飞蛾的翅膀抬起又落下。

"我已经把钱给你了,"他说,"现在我得走了。"

"你不会就这样走的,"卢克说,"等到真的走了,你还会再回来。下个周六。你到时候会再给我带五百美元来。"

飞蛾从一片草叶飞到另一片草叶上。

"我没办法,"尼尔说,"你得明白,我没有那么多钱。我没办法一直给你钱。没办法一周接一周地给你钱。"

"但你会给的。我了解你,K。我们是一类人。你必须明白这一点。你以为我这是在威胁你,但我不是在威胁你。我不会强迫你回来。你会自己回来的。"

飞蛾扇动着翅膀,飞离草丛,落到铁环上。

"我为什么会回来?"尼尔问。

飞蛾飞走了。卢克弯腰抓住铁环。他用力拉铁环,地面打开。

"你会明白的。"他说。

44

"我应该对此感到抱歉。"尼尔·普鲁伊特说。

没有人听到他说的话。梅根的心脏已经停止跳动。他摸着梅根胸口上的箭杆。箭杆不再颤动。

外面,闪电亮起来。尼尔透过两片窗帘的缝隙看到了它:一条明亮的细线。大约五秒之后,雷声轰隆而响。这意味着闪电大约是在一点六公里之外亮起来的。基础物理:音速慢于光速。

尼尔拿着一支蜡烛去找自己需要的东西:纸巾、毯子、剪刀和一卷绳子。他回来了,在地板上铺开毯子。他把梅根拖到毯子上,然后意识到箭是个麻烦。他折断箭杆,让余下的部分留在梅根的身体里。

他用毯子把梅根卷起来。用纸巾擦掉地板上的血。闪电又亮起,他不自觉地倒数雷声响起的时间。沾着血的纸巾和箭杆被塞进毯子里。他把梅根的鞋子也塞进去。他把所有的东西捆在一起，扎紧绳子。

他把手伸进毯子里，摸摸梅根的脸颊。

他说："再对我说一次我从来都不擅长做家务啊。"

他应该感觉糟糕。他知道。就像他应该对希拉·科顿之死感觉糟糕——对他在胡马斯顿路农场的木头房子里和嘉娜·弗莱彻待在一起时感觉糟糕一样。

但他对那段时光只感到遗憾。他希望那段时光能更长久些。

在那第一个周六，尼尔和她在一起待了一个小时。他从地下上来时，天空比他以往任何时候见过的都耀眼。整个世界变得更清晰了。

卢克·道尔在等他。

"明白了吧？"他说，"我告诉过你的。"

尼尔没有回应。

"K，我发誓，你现在应该照照镜子。看看自己快乐的时候是什么样子。"

卢克的声音里有满满的自鸣得意和成就感。尼尔尽量不让自己被这声音惹恼。

"她是谁？"他说。

"你真的想我告诉你？"

尼尔觉得自己不想。"但你是怎么——"

"这完全不重要，K。"

尼尔注视着过于明亮的天空上的一朵白云。

"她看到我的脸了。"他说。

"别担心,"卢克说,"我在喂她药——她不会记得的。"

"但她直盯着我看。"

"相信我。你什么时候才能相信我呢?"

卢克告诉他,他可以在一周后带着五百美元再来。尼尔觉得自己等不及。他安排好其他事情,周三就来了——然后周六又来了。

但在那第二个周六,7月27日,出差错了。

都怪梅根。梅根就像个不入流的私家侦探,跟踪加里到一家宾馆,逮到他和安吉拉·里斯在一起。梅根不愿意把这消息烂在肚子里,对凯西讲了。她以为凯西会感谢她?任何人都应该能预见凯西听到这个消息之后的反应。

但老实说,尼尔没预见到。他从没想过凯西会跟踪他。事后,当他试图思考凯西的动机,他觉得凯西那么做是为了出气。她好像在说:"你跟踪我丈夫?好。我也跟踪你丈夫。"

对于凯西看到他开车到胡马斯顿路见卢克·道尔有何感想,尼尔只能猜测。她也许以为自己挖到了金子。"尼尔有个同性情人。"

凯西没有意识到危险。那时是五点零几分。天光仍在。能有多危险?

她开车经过拖车,把车停在路边。然后折返,远远地跟着他们。他们朝倾倒的农舍走时,她往谷仓走。她藏在那儿。监视着。

439

卢克打开地板门,尼尔下去。卢克在上面等着——这和同性爱人理论不符。凯西那时在想什么呢?她感到担心了吗?

她在谷仓里很安全,谁也看不见她。但她能保持一动不动多久呢?她大概会想动一动,也许是为了找到一个更好的监视位置。谷仓的墙上有许多洞。

卢克没听到她的动静。但谷仓里有燕子,它们听到了凯西的动静。四只燕子从只剩下木结构的谷仓屋顶飞出来。

卢克看到了燕子。

尼尔不知道上面正在发生什么事。但他在下面和嘉娜·弗莱彻待了十分钟之后,听到上面传来叫喊声。卢克的声音喊:"K!"接着是女人的尖叫。

上台阶,来到晃眼的天空下,看到卢克·道尔正在把凯西从谷仓里拖出来,然后将她猛地推到地上。卢克的手摸进口袋,拿出一把刀。刀锋露出,就像阳光下的流动的银。凯西急速爬走,像只龙虾。

她看见尼尔,乞求地喊:"救救我!"

卢克说:"K,这他妈的是怎么回事?她是怎么来这儿的?"

然后她爬起来,奔跑,卢克追她,从后面将她扑倒。然后刀锋插进她的肚子里。

整个过程发生得太快,尼尔觉得自己被眼睛欺骗了,直到凯西又尖叫。

卢克看起来很困惑。他松开刀。他跪在地上,低头看着凯西。凯西试图把他推开。她再次尖叫时,尼尔来到了她旁边。他用手捂住凯西的嘴。

她在草地上扭动。拍打尼尔的胳膊。卢克拔出刀,将其递给尼尔看。银色加红色。尼尔接过刀,扔掉了。

"按住她。"他说。他用的是他说了算的声音,他需要控制吵嚷的课堂时,就会用这种声音。

卢克遵命。他抓住凯西的手腕,按在地上。

尼尔的一只手按在凯西的嘴上,但这还不够。另一只手也上去了。他用力地按。凯西的眼睛睁得大大的,满是泪水。尼尔转过脸,不去看那双眼睛,但接着又把脸转回来。他想知道,从凯西的视角看,他是什么样子。凯西是在仰视他,看到的脸是颠倒的。

凯西仍在草丛里挣扎,他更用力地按。凯西的眼睛仍然生机勃勃。她还在呼吸。他把一只手从凯西的嘴巴上拿下来,捂住她的鼻孔。凯西更加用力地挣扎,差点把卢克·道尔掀翻在地。但这只是暂时的。尼尔迅速地按住凯西,卢克也回到原来的位置。凯西闭上眼睛。尼尔不能确定她是在哪一刻死的。他当时想到的是跪在硬硬的地面上太不舒服了。

那天是1996年7月27日。几个月后,尼尔·普鲁伊特才回到农场。

他让卢克处理尸体。这说得通。尼尔更容易受到怀疑。凯西是他嫂子,他的嫌疑更大。

他觉得不应该信任卢克,但整件事带来的震惊过去之后,卢克似乎回到了老样子。

"交给我吧，K。我会处理好的。"

"如果你需要帮忙，我可以帮忙。"

"不需要。我有帮手。"

他说的是他的表弟，不过尼尔当时并不知道。9月份，得知埃利·道尔死了，他把所有事情拼凑到了一起。新闻报道认为，是卢克开枪打死了埃利。但尼尔知道，还有另外一种解释。

一直到了11月，他才开车去农场。他在感恩节之后的那个周六爬上小山坡。隐蔽的地板门上覆盖着一层秋叶。他打开门，带着手电筒下去。手电筒的光让很多小动物匆匆爬向黑漆漆的角落。尼尔让光在卢克·道尔的脸剩余的部分上停留了片刻。

他那时知道嘉娜·弗莱彻已经逃走——不过他当时并不知道她的名字。这并没有让他担心。他不认为自己会再次见到她。

一年多以后，他再次见到她。3月的一个下雪天。那时，加里已经被判有罪。尼尔一直坚定地支持他，扮演忠诚的弟弟的角色。他并不真的同情加里，但假装如此有好处——主要能让他疏远梅根，而他对梅根已经厌烦至极。他很高兴能有离开梅根的理由。

所以在3月的那一天，他已经住在加里位于布鲁姆菲尔德街的房子里。他在铲前面走道上的雪。雪还在懒懒地下着。嘉娜走到他旁边，穿得挺厚实，想和他聊聊加里。让她进门，待她脱下冬季外套、帽子和围巾之后，尼尔才认出她。

那一刻，一切都离开了他：他的呼吸、声音和平衡。他原本会摔倒的,但倚到料理台上,稳住了身体。他的心脏肯定在加速跳动,但他并没有感受到。如果将他的身体打开,会发现里面空无一物。

他撑过了他们的第一次谈话——嘉娜告诉他,她多么希望加里被无罪释放。在接下来的几周里,她多次回来。这一次问问题,下一次让他放心,她一定会争取让加里的案子得到重审。尼尔相信,嘉娜在和他玩什么把戏。嘉娜知道他。她知道真相。然后他认定是自己搞错了。她看到他的脸不打紧。卢克喂她药了。

4月的一个晚上,尼尔睡不着。他躺在床上,想着加里出狱后的景象,想着警方会重新审视凯西被害案。他进入黑暗的境地,相信嘉娜想起他去过木头房子只是时间问题。

他并不绝望。他愤怒。他在转向老路。

他从被子里爬出来,走向卧室的壁橱。最高处的格子里放着一个鞋盒,盒盖积尘已久。他把鞋盒拿下来,打开。里面除了几个空空的带封口的袋子,什么都没有。一件用于纪念希拉·科顿的东西。

拿着这个盒子,他想起自己是谁。

就是在那晚,他决定杀死嘉娜·弗莱彻。

梅根直接把车停在了房子前面。

尼尔坐在驾驶座上,听着雨水拍打挡风玻璃的声音。他的衣服已经湿透。梅根的钱包上有雨珠。他把钱包带出来,丢在了副驾驶座上。梅根的钥匙在点火器里。梅根的尸体在后备厢里。

最难的部分：将尸体从房子里转移到车上。漆黑的夜帮了他。布鲁姆菲尔德街停电了。但有圆月。还有闪电。

他对圆月没办法。

但他阻止了闪电再次亮起来。

他站在前门里面，准备好了，肩头扛着包裹着梅根尸体的毯子。他想着闪电，命令它停止。他也想着邻居。街上没有一个人，但也许会有人透过窗户向外看暴风雨。他集中注意力。想象着他们转过了头。

然后出门，走下门廊的台阶，走向汽车。把尸体扔进去。关上后备厢。简单。

现在，尼尔坐在驾驶座上，看到天空亮起来。他数了三秒，雷声响起。

他知道自己应该做什么。带着梅根去农场，把她放在那个木头房间里。没有人会发现她。但他不想这么做。

他对那个木头房间有其他计划。

就像丢乔琳娜那样把梅根丢进运河里怎么样？他这次必须做得好一些。给她加点重量。加里的后院里有些景观砖。它们正合适。尼尔得想办法把砖头固定在毯子上。一个很现实的问题。他相信自己能解决这个问题。

但这是件枯燥的工作。尼尔注视着雨水淋淋的挡风玻璃。车外，闪电又亮起来。狂风怒吼。他想象着邻居们正窝在家里，不敢出门。但尼尔觉得自己很有劲头，就像闪电。不应该害怕这样的夜晚。但也不应该在这样的夜晚做枯燥的工作。

他握紧右手的拳头,感受到香烟烫伤带来的疼痛。他以此提醒自己,要把目标定得高一些。

可以让梅根等着。

他从梅根的车上下来,钻进自己的车,开车离开。

45

伊利大道上的交通灯灭了。应急人员在十字路口竖起了临时指示牌。雨水拍打着这些指示牌,风好像随时都能将它们吹倒。我们慢慢地向东朝布鲁姆菲尔德街驶去。

我对他讲过尼尔·普鲁伊特之后,沃伦·芬恩一直沉默着。我们在一块临时指示牌前停下,雨刷刮着雨水,街上有一把被吹翻的雨伞。芬恩打破沉默。

"我们应该带上那把枪。"他说。

他说的是马卡洛夫手枪。我可以想出很多我们不应该带上那把枪的理由:沃伦会忍不住想用它。尼尔·普鲁伊特可能是无辜的。就算带上了它,我们也不能傻到用它。我从来没测试过那把枪。我不知道它还能不能开火。

但另一方面,如果普鲁伊特有罪,那么他就有枪——他从西蒙·兰尼克那儿拿走的那把。他的那把,和躺在嘉娜书桌中间抽屉里的那把是一对。

"我们可以去拿枪,"我对沃伦说,"但枪得由我拿着。"

"随你的便。"

我在下一个十字路口拐弯,我们绕道前往嘉娜的公寓。

二十五分钟后,我们终于来到布鲁姆菲尔德街。天上频频亮起闪电。我们开过淡蓝色的房子。房子前面的路沿上停着一辆车,但那不是尼尔·普鲁伊特的车。

时间已过午夜。我把皮卡停在街道尾部。沃伦和我平静地走在风雨中。我们带上了手电筒,我的口袋里装着枪。我还拿上了皮卡车斗里的铁撬棍。我带上撬棍的原因和带上枪的原因一样:以防万一。

我们周围的房子全都黑漆漆的。窗户就像空洞的眼窝。我们溜到淡蓝色房子的门廊,敲门。等着。又敲门。

"他可能正在睡觉。"我说。

沃伦面带嘲讽。"你觉得他在睡觉?"

"我觉得他不在家。"

沃伦伸手要撬棍,我给了他。他把撬棍末端塞进锁上面门板和门框之间的缝隙,使劲一撬。

我们进到房子里,打开手电筒。咖啡桌上放着几支圆柱形蜡烛,蜡烛灭了没多久。黑色的烛芯漂浮在液态蜡油中。我示意沃伦别动。我们听着。除了暴风雨,没有其他任何声音。

沃伦的手电筒照到靠在墙上的一面镜子。光柱晃到高处,照到打在干燥墙壁上的一组圆孔——圆孔呈现三条线，组成字母"K"。

"这不正常。"他说。

我注意到沙发上的弓。咖啡桌上的两个红酒杯。我向沃伦示意，我们一起在房子里朝前移动，手电筒的光照射着地面。

餐厅。厨房。脏盘子堆满水槽和料理台。我们上楼。三个卧室。两个空着。一个住着人。未整理的床铺。衣服丢得到处都是。我朝枕头下面看，摸摸床垫底下，打开床头柜的抽屉，想着也许能找到西蒙·兰尼克的手枪。我没找到。

我们最后下到地下室。箱子和旧家具。文件柜。没有刑房。没有证据表明，这是杀人犯的住处。

我们回到一楼。沃伦从我身边走开。我用手电筒四处照着客厅，思索着。咖啡桌上的蜡烛表明，尼尔·普鲁伊特刚离开几分钟。

他冒险在这样的夜晚出门，肯定有充分的理由。

我走进厨房，看到沃伦正在翻抽屉和橱柜。

"你会留下指纹的。"我说。

他叹了口气，好像被骗了。他抓起一块洗碗布，开始擦各种把手。我四处看看，寻找也许能告诉我们普鲁伊特去处的东西。

沃伦擦完指纹，把洗碗布丢到一把椅子的椅背上。他手电筒的光柱在餐桌上照来照去。光柱又照到冰箱门上，垃圾桶上。

我站在料理台旁边。脚底板疼痛。后腰也是——被公牛撞到的那个地方。我以为自己已经甩掉了那头公牛，但现在知道它就在不远处。它现在回来了,就在这栋房子里。

沃伦忘了把一个抽屉关好。我把光柱照过去,看到银色的东西:刀叉。还有不是银色的东西。

我把抽屉完全拉开。拿出一个小小的纸板箱。把里面的东西倒在料理台上。

冰棒棍。

"是他。"我平静地说。

沃伦没有听到我的话。他在用手电筒朝垃圾桶里面照。他把手伸进垃圾桶,掏出一张纸:收据。

"普鲁伊特今天去五金店了。"他说。

公牛离我越来越近。我记得自己当天下午晚些时候和尼尔·普鲁伊特说过话。听到他告诉我,他用我的皮卡去办了些事。那似乎已是上辈子的事。

"他买了什么?"我问。

沃伦把收据递给我,我读了。

公牛的牛角尖正中我的脊柱。

"不,"我说,"王八蛋。不,不,不。"

一片漆黑。

尼尔·普鲁伊特脱下鞋子。

他的口袋里有支笔形手电筒。他摁亮手电筒,让细细的光柱引导着他寻找他要找的东西。他听着嗡嗡的暴风雨声,一道道雨水从他的头发上流下来,流过太阳穴,流到脖子上。光柱照到一排抽屉上。

第一个抽屉里是胶带。透明胶带。遮盖胶带。

打包胶带。

正是他需要的东西。

他追随着地上的光柱往前走：厨房的瓷砖地面，然后是白色地毯。一道闪电照射在两扇玻璃滑门上。他走到卧室的门口时，雷声响起。

他关掉笔形手电筒，默默地站在门口。

他的眼睛适应了黑暗。他可以辨认出轮廓。床铺上一大团。被子垂落到地板上，盖住一个正在熟睡的人体。

他可以听到她的呼吸。

那是张大床，足够两个人睡，但她一个人睡在中间。尼尔绕到床的另一边。他把那卷打包胶带放到床头柜上。他放下笔形手电筒，坐到床边。从袜子里掏出马卡洛夫手枪。

苏菲·埃莫森动了动，翻身仰面躺着。她摸到尼尔的胳膊。

"戴夫？"她说。

还没醒。

尼尔拿起笔形手电筒，摁亮。他想看看她。他从没离她这么近过。她的皮肤很漂亮，就像希拉·科顿的皮肤。她的栗色头发宛如柔和的波浪，摊在枕头上。

她在光柱里眯起眼。立即就醒了。尼尔把笔形手电筒放回到床头柜上，让其立着，光柱照射着天花板。他用左手捂住她的嘴，右手上马卡洛夫的枪管抵到她的额头上。

"我不是戴夫。"他说。

苏菲·埃莫森试图尖叫。

"别叫。"他说。

他看着苏菲慢慢明白过来正在发生什么事。给了她一点弄明白自己处境的时间。

"你有疑问,"他说,"但现在没有时间,我们可以以后谈。"

他看到她在思考该反抗还是屈服。他把枪口往后挪了几厘米,让她把枪看得更清楚些。帮助她做决定。

"没事的,"他说,"我知道一个地方,我们可以去那儿。"

钥匙。

我还有从前公寓的钥匙。苏菲的公寓。我们五分钟就开车到了那儿。沃伦和我。我没怎么关注停车指示牌。我在哗啦啦的大雨中滑进停车场,皮卡的车头灯照出苏菲的车,那辆车在往常的车位上。我的心沉下去。我一直在希望那个车位空着——希望她在医院里。

皮卡刚在吱嘎一声中停稳,我就冲到雨中。沃伦跟着我。我记得自己来到公寓楼的大门口,用一把钥匙打开门。然后大步走过过道,飞速上楼,手电筒的光柱在墙面上胡乱扫射。然后又用另一把钥匙打开公寓门。

异乎寻常的宁静。一切井然。但晃动的光柱中的一切都不对劲。我打破宁静,叫苏菲的名字。没有回应。

我走进卧室。白色的床单。空的床。依然一切井然,只有床头柜上台灯的灯罩歪向了一边。好像它之前被打翻,随后又被随意地放了回去。

还有另外一件事:苏菲的猫眼眼镜在地上。

"他把她抓走了。"我说。

沃伦走到我旁边。"你确定吗?"

我把手电筒照到眼镜上。"她不会丢下眼镜。"

普鲁伊特抓住了她,而我帮了普鲁伊特。是我让他进了门。那天下午,我把皮卡的钥匙给了他——我把所有的钥匙都给了他,因为它们全在一个钥匙环上。然后他带着我的钥匙去五金店复制了一套。

"他直接开门进来了,"我说,"苏菲完全没有机会逃脱。"

沃伦捡起眼镜。"我们找到她之后,她会需要眼镜。"

我掏出手机,但没有信号。暴风雨。但我还是打了报警电话,看着屏幕。屏幕显示"连接中"。然后是"呼叫失败"。

沃伦看到床头柜上的座机,拿起听筒。我看着他把听筒放到耳朵上,然后摇头。拨不出去。

"只能靠我们自己了,"他说,"他会带她去哪儿?回他自己家?"

不会,我想道,那么多邻居。为什么要冒险?尤其是你知道一个更好的地方。一个已经建好的监牢。

"农场。"我说。

漆黑一片。

苏菲·埃莫森听着打在铁皮上的雨声,听着轮胎行驶在湿漉漉地面上发出的嘶嘶声。

他用胶带把她的双手绑在身后。劫持她的人。她不知道他的名字。他也用胶带封住她的嘴,但没有捆住她的双腿。他让她的双腿自由活动,带着她走下漆黑的楼梯,来到公寓楼外面——她只穿着睡觉时穿的衣服,没穿鞋——强迫她钻进他的车的后备厢。

没有人,楼梯上、过道里、公寓外面都没有。没有人看见。

她侧身躺着,扭动双臂,想要挣脱胶带。不停地扭动,直到手腕被胶带刮破。

胶带还在。

车慢下来。车在她的身下行驶着。苏菲用光脚推后备厢的盖子。盖子些微动了动。车又加速。

她用鼻子大口呼吸。刺耳的声音。她不喜欢。后备厢里空气浑浊,闻起来有陈年防冻剂和机油的气味。她觉得自己会晕过去。糟糕的想法。

但呼吸是她唯一能控制的事情。

她又侧身躺着。后备厢的地上铺着一块湿毯子。没那么糟糕。她专注于呼吸。感觉到呼吸慢下来。

控制好呼吸后,她开始弄嘴上的胶带。她在毯子上磨胶带。试图把它剥掉。

我们在伊利大道上往西急行,在风中开着车。交通灯依然黑漆漆的,所有的十字路口都是"四向停车"。我在冲过指示牌时按了喇叭。

我们超过一辆缓慢行驶的小货车,留下一道水幕。沃伦·芬恩看着前面的路,一只手抓着把手。小货车打了远光灯,很生气。

我们开了约八百米之后,掉进两条路之间的一个水坑。水坑里的黑水在雨中往外冒。皮卡成了水上飞机。它快速旋转一百八十度,又旋转了三百六十度,跳到一家便利店的停车场的边缘。我看到车头正向着两扇玻璃门飞驰。我猛转惰轮,使劲踩刹车。

皮卡的车头跳到左边。车尾扫过来,撞碎玻璃。

风消失了,雨悬在空中不动。除了轻轻左右摇晃的皮卡,什么都不存在了。漫长的几秒钟过去了。沃伦·芬恩把手从把手上拿下来,在座位上转身,查看损伤有多大。

"你没事。"他说。

皮卡仍在摇晃。我随着它摇晃。左右,左右。小货车开进停车场——愤怒地打远光灯的那辆。司机从小货车上爬下。我想他看起来很担心。

"该走了。"沃伦说。

他的声音听起来自信、理智而又冷静。我决定听他的。

我踩油门,皮卡毫无动静。

"抛锚了。"沃伦说。

我又踩油门。小货车司机走过来。

沃伦把皮卡的挡位换到"停"上,伸手转动点火器里的钥匙。引擎轰鸣着活过来。小货车司机停下脚步。

有人说:"我们走吧。"又是沃伦。

整个世界像引擎一样,轰鸣着回来了。风吹着,雨下着。

我拐上车道,加速。

苏菲·埃莫森感受着路上的每一处拐弯、每一次颠簸和每一个凹坑。车拐上路肩,拐上砾石场时,她都知道。她感受到车隆隆着停下。

发动机安静下来。车门打开又关上。脚步声。钥匙插进后备厢锁里的声音。

尼尔·普鲁伊特掀起后备厢的盖子时,遭遇了一场袭击。女孩用双脚踢他。她其中一只脚的脚后跟踢中他右手上的烧伤,手上的马卡洛夫手枪飞出去。

他旋过身去黑暗中找枪,在湿漉漉的砾石上滑了一下,摔倒了。手电筒的光照出手枪,但手枪不在伸手可及的范围之内。他爬过去,抓起手枪。

转过身,看见女孩已经出了后备厢,站在地上。她嘴上的胶带不见了,但双手仍被绑在身后。女孩走向他,抬脚踹向他的脸。

他转身,女孩的脚踹在他的肩膀上。他以双膝和双肘爬过砾石,躲避女孩。打了个滚,拿着枪站起来。女孩又把枪踢走了,但这一踢让她失去平衡。他抓住女孩的脚踝,使劲一拉。

然后女孩和他一起倒下,倒在地上。一道闪电突然照亮西边的天空。尼尔看到手枪躺在砾石场中间的一片草丛上。女孩也看到了。

女孩试图滚向手枪。但他先到那儿。他从草丛里捡起枪时,女孩又踢他。他站起来之后,女孩仍在踢他。他将枪口对准女孩的头,然后又将枪口抬高几厘米,开了一枪。子弹从地上掀起一块泥浆。

女孩不再踢他,发出一声绝望的哀号。

风带走她的声音。

我们来到胡马斯顿路的一处弯道上,暴风吹折的一根树枝横在路上。我从树枝上开过去,树枝挂在皮卡下面的什么东西上,我们拖着树枝,一路抵达卢克·道尔的拖车。

皮卡滑过砾石场,我停下车,感觉公牛的角又抵住我的脊柱。我没看到尼尔·普鲁伊特的车。我感觉自己的推测错了——他带着苏菲去了别的地方。

沃伦·芬恩带着手电筒从皮卡上下来。我跟着他。他进了拖车,片刻后又走出来,摇摇头。我摁亮自己的手电筒,感受到口袋里马卡洛夫的分量,感受到雨水拍打着脖子。我们绕到拖车的后面,看到普鲁伊特的车。颜色沉闷的轿车。

车里没有人。没法在砾石上看出脚印。但我们知道他们肯定去了那个地方。只可能是那个地方。

我们找到小路，沿着小路穿过树林。

圆月藏在谷仓上方的云层后面，发出淡漠的苍白的光。

尼尔·普鲁伊特拖着女孩，就着月光上了小山坡。他走到农舍和马车轮旁边，将手枪塞进口袋，拿出笔形手电筒。他用手电筒照来照去，找到铁环。

他推得女孩跪在地上，然后拉起沉重的门。他让门开着，靠在马车轮上，用手电筒照着洞口。看到通往地下的台阶。也看到了不对劲的东西：台阶上的烂泥。鞋印。

有人来过这儿。木头房间不再是秘密。

"我是不可能下去的。"女孩说。

尼尔关掉笔形手电筒。

"你开枪打死我吧。"女孩说。

他把手电筒放回口袋，拿出手枪。将枪口抵在她的头顶上。

"嘘，"他说，"我在思考。"

得改变计划。他不能再用这个木头房间。他可以回到车上。带着女孩去加里家。

他把女孩拉起来，闪电又亮起来。很近。就在池塘另一边。随后的雷声让他一哆嗦。

他的眼睛适应了闪电消失后的世界。他看向池塘——灰色的池塘，周边是灰色更浓的野地。他眨眨眼。

两个光点正沿着小山坡往上爬。

457

我先看到的是他们的轮廓：斜坡最上面的两个人影，映衬在夜空和云朵之下。然后闪电将天空照得如同白昼，我清楚地看见了他们：尼尔·普鲁伊特拽着苏菲的胳膊，另一只手拿着马卡洛夫手枪。

天空又变成黑夜的天空。沃伦和我跑上小山坡，手电筒的光柱在不平整的地面上晃来晃去。

枪声响起。

我丢掉手电筒，从口袋里掏出枪。雨斜斜地落下——我在沃伦手电筒的光柱中看到了。

"关掉。"我告诉他。

太迟了。

第二声枪响划破夜色。我扑到地上。

沃伦也扑到地上。

他的手电筒滚过湿漉漉的草。我爬过去，关掉开关。手电筒灭了。

第三声枪响听起来是从山顶传来的。我举起枪，漫无目标地开了两枪。我不想伤到苏菲。枪声听起来很响。眼睛条件反射似的闭上。我睁开眼睛后，看到两个人影在奔跑——一个拖着另一个，朝着谷仓的方向。

我爬向沃伦。他脸朝下躺着。我摇晃他的肩膀，听到他在呻吟。我把他翻过来。

我在黑暗中也能看到他白衬衫上的血。

尼尔·普鲁伊特带着女孩到了谷仓的另一头。宽大的大门开着。他把女孩推进去。雨水透过屋顶光秃秃的木结构，仍然落到他们身上。但墙壁挡住了大部分的风。

他仍然能摆脱这一切。

他只需要回到车上。除了山坡上的两个男人，路上没有其他障碍——他已经打中了他们中的一个，他肯定。

他们不是警察。如果警方已经发现木头房子，会来一群，而不是两个。

是的，警方还不知道农场。但大卫·马龙知道。马龙以前来过这儿。所以他要对付的是马龙和马龙的一个朋友。而他们中的一个已经倒下了。

雨水从尼尔的头发流到脸上。他用一条湿衣袖擦去脸上的雨水。女孩在对他说话。她以呆板而耐心的语气说个不停，你对外国人说话时可能会用的那种语气。他一直留着一半精神听着。她想让他放她走，这是她这通话的本质。她有钱，她父母也有钱，但只有他放她走，他们才会给他钱。

尼尔举起马卡洛夫手枪，对准她的鼻梁。

"嘘。"他说。

他从眼角看到谷仓的另一头有动静。有人走进那头开着的门——灰色夜空下的黑色人影。

"苏菲？"我喊道。

她以颤抖的声音回应："戴夫？"

雨变小了。我仍然能听见雨落下的声音,雨滴滴答答地落在谷仓地面的烂泥上。雨水让位于我们中间的小水坑起了波纹。我可以就着月光看到波纹:一个个漾开、合而为一的同心圆。

"他在那儿吗?"我问苏菲。

"他在这儿,"她说,"他有把枪,枪堵在我的脸上。"

"是的,我在这儿。"尼尔·普鲁伊特说。

"我想他疯了。"苏菲说。

"我知道。"我告诉她。

"放下枪。"普鲁伊特说。

我看着水坑里的那些圆。我没有照他说的做。我不打算做他说的任何事。

"警察已经在路上了,尼尔。"

没有回应。一开始没有。我听到谷仓另一头有动静,然后又听到苏菲的喘息声。我可以想象到普鲁伊特正在做什么:把苏菲推到前面当盾牌。

"你在撒谎。"他说。

"你说得对。我是在撒谎。但是沃伦·芬恩——被你打中的那个——没死。你只是打伤了他。我叫他去找警察了。所以他们还没上路,但快了。"

"你在撒谎。"普鲁伊特又说。

我想我看到了他,在另一头。他就在门口。他离我二十来米远,也许更远些。我歪着身子站着,把头转向他,尽量让自己不容易被打中。我把拿着枪的那只手伸到面前。

"沃伦现在肯定已经上了我的皮卡,"我说,"他会去找警察,带着他们回来。你没有什么可做的了。"

"他们就算来了,也来不及救你。"普鲁伊特说。

我耸耸肩。"这对我不重要。但对你很重要。他会把自己知道的关于你的事全讲给他们听。他们会追着你不放。我给你一个逃走的机会。你可以快他们一步。放了苏菲吧。"

谷仓里安静下来。只有雨水滴在水坑里的声音。

"如果我就是想把她留在身边呢?"普鲁伊特说。

"这不是我说的交易。"

普鲁伊特走到木门框里,拖着苏菲。苏菲轻轻地喊出声。我可以辨认出他们的轮廓。他的枪堵在苏菲的太阳穴上。

"我来说个交易吧,"他说,"放下枪,不然我现在就打死她。"

尼尔·普鲁伊特用枪管戳了戳女孩脑袋的一侧。

"马上放下枪。"他又说。

马龙没有动。"你在犯一个错误,尼尔。"他说。

"我真的会开枪。"

没有动静。然后马龙放下胳膊。他的枪掉进烂泥里。

"把枪踢到这边来。"

马龙踢了枪。枪落在水坑里。

"现在转身,双手抱头。"

我没有转身,我也没有双手抱头。

如果尼尔想开枪打我,他可以就这样开枪,我不愿背对着枪口。

我们之间隔着二十来米。他是高中教师,不是士兵。不是神枪手。他打中了沃伦,但那是乱枪。狗屎运。我不相信他能打中我。

他似乎有同样的想法。他推着苏菲,朝我移动几步。他把枪从苏菲的太阳穴上移开,对准我。

苏菲用后脑勺猛撞他的下巴,挣脱了他。

我把手伸到身后,又快速抽回来。

尼尔·普鲁伊特用他的马卡洛夫对着我开火。四枪。我感觉到第一颗子弹像嗡嗡的蜜蜂一样飞过我的衣袖。另外三颗子弹我完全没感觉到。

我没有朝他开枪。我的手里空空如也。我甚至没有拿着手机。我把手机丢进一片烂泥里,又将它踢到水坑里。

普鲁伊特放下子弹已经打完的马卡洛夫,转身奔跑。沃伦正在谷仓门外等着他,用另一把马卡洛夫射中他的腹部。

46

几周后,他们发现尼尔·普鲁伊特的尸体。

暴风雨在周六黎明前停歇,周六下午,城里的大部分地区又有电了。但还有很多清洁工作要做。屋顶需要修缮。我也忙起来。

梅根周一没去学校上课,也没打电话到学校,一些同事担心她。她的两个同事周二开车到她家,发现家里没有人。他们打电话给她丈夫,电话没人接。最后,他们开车来到布鲁姆菲尔德街,发现梅根的车停在房子前面。他们走上门廊,通过损毁的门,进到房子里,看到墙上的字母"K"。他们报了警。

警方在梅根汽车的后备厢里发现了其尸体。她被弓箭所杀。

他们因此开始寻找她的丈夫。

对尼尔·普鲁伊特的搜寻始于整个州,后来扩展到整个东北部。远到宾夕法尼亚州哈里斯堡和缅因州班戈都有人声称见过他。有个女人发誓说,她在尼亚加拉瀑布见过尼尔·普鲁伊特,他当时正要越境去加拿大。

人们会看见自己想看见的东西,而这个世界上有太多相貌平平、长着沙色头发的四十岁男人。

7月份,警方取得进展。一位退休的州警和他妻子在胡马斯顿路边停车,采摘野黑莓。州警一直在关注这个案子,他在卢克·道尔被遗弃的拖车后面看到普鲁伊特的车,认了出来。

三天后,在从县治安官那里借来的寻尸犬的帮助下,罗马城警方找到普鲁伊特的尸体。他们在卢克位于地下的房间里找到了他。是我把他关在那里的。

暴风雨之夜。衬衫被血浸染的沃伦手里拿着马卡洛夫手枪,低头看着尼尔·普鲁伊特。苏菲奔向我。我涉过小水坑,迎上前,抱住她,问她有没有受伤,告诉她我很抱歉。

我用小折叠刀割断她手腕上的胶带。

我们转身,看到沃伦对着普鲁伊特的肚子又开了一枪。雷声掩盖了普鲁伊特的叫喊。沃伦把枪对准普鲁伊特的头,再次扣动扳机。

什么事也没发生。

沃伦并没有就此罢手。他走到普鲁伊特的右边,用鞋跟猛跺普鲁伊特的手。他又来到普鲁伊特的左边,做了同样的事。他从口袋里掏出手电筒,砸断普鲁伊特的鼻子。这次没有雷声掩盖叫喊。

我们走向他。我拿走手枪——轻轻地——打开保险。他踢普鲁伊特脖子的一侧。

"够了。"我说。

沃伦收回脚准备再踢一次,但这一阵运动此刻让他站立不稳。他摇摇晃晃。我抓住他,扶他坐到地上。

"我很好。"他说。

我解开他的衬衫。子弹嵌在他的肩膀里。我们就着他手电筒的光查看伤口。苏菲凑近,眯眼瞧着。我想起她的眼镜——她的眼镜在沃伦的口袋里。我把眼镜给她。

"他需要去医院。"她说。

"不去医院。"沃伦说。

尼尔·普鲁伊特坐起来。我把他推回到烂泥里。

"我很好。"沃伦说。

他看起来没有那么好。

"你能开车带他去公寓吗?"我问苏菲,"你可以在公寓里处理他的伤口吗?"

"不去。"他说。

"也许可以。"苏菲说。

我把钥匙给苏菲。"皮卡在拖车旁边。处理好他的伤口后回来接我。"

"我不会走的,"沃伦说,对普鲁伊特点着头,"只要他还活着。"

我跪下来,以便能看到沃伦的眼睛。

"我来处理他，"我说，"我答应你。"

我站在谷仓旁边，看着苏菲扶着沃伦走下小山坡。我就着月光和偶尔亮起的闪电看着他们离开。沃伦能撑住。他走得挺稳当。

我回过头来时，看到尼尔·普鲁伊特站了起来，正试图把断掉的手指伸进他那把子弹已打空的手枪的扳机里。我把手枪夺走。

"走吧，"我说，抓起他的胳膊，"我们的事儿还没完呢。"

我带着他前往农舍，他摇摇晃晃时，我扶着他。地板门开着。普鲁伊特不想下去。但这由不得他。

我摁亮沃伦的手电筒。台阶已经被雨水打湿。我们下台阶到一半时，普鲁伊特滑倒。或者假装滑倒。他背对着我跌在我身上。也许他想把我撞倒。我挡开他，又推了他一把。他跌下余下的台阶。我想他摔到台阶底部那一下摔得挺重。他的腓骨——小腿上的一根骨头——断了。

骨头从皮肤里刺出来，还刺破了裤子的左裤腿。我看到骨头像矛头的细尖端那样凸出来。

尖叫。

我把他拖进门里，进入房间。

他晕过去，我清静了一会儿。我把他放到床垫上，让他仰面躺着，然后把铁链绕到他脖子上。我用挂锁把铁链固定，收起钥匙。

我撕下衬衫后摆,用它擦掉铁链和挂锁上的指纹。

普鲁伊特醒过来。但晕晕乎乎的。他用一只肿胀的手摸到铁链。

"你不能把我留在这儿。"他说。

我四处寻找卢克·道尔的骨头,大块的那些,沃伦可能用手拿过的那些。我找到一块,就擦拭一块。

普鲁伊特摸摸断掉的鼻子,呻吟起来。他的手在左腿上摸,最后指尖碰到暴露在外、边缘不规则的那段腓骨。

"不要摸,"我说,"这就是所谓的开放性骨折。很容易感染。"

他把手移到肚子上,手沾了许多血。他把手伸到面前,看着。

"太糟糕了。"

"看起来是这样。"

"我需要帮助。"

"也许你能熬过去。"

我找到卢克·道尔的钱包和驾驶证,擦拭一遍。

"你得把我弄出去。"普鲁伊特说。

我走到他身边,俯视着他。"也许你自己能出去。"

"别开玩笑了。"

我还留着嘉娜的那枚硬币。我把硬币拿出来给他看。"她用这个就出去了,"我说,"所以我们知道这不是没可能。"我收起硬币,"尼尔,你的口袋里有硬币吗?"

他没回答。他安静了一会儿。我继续擦拭卢克的骨头。五分钟过去了,也许是十分钟。我听见普鲁伊特喘起大气来。我把手电筒照向他。他想坐起来。

这番努力累垮了他,他倒下去。

"这种死法太惨了。"他说。

"我知道。"

"你没必要这样,"他说,"你可以开枪打死我。"

两把马卡洛夫都在我的口袋里。我把手电筒放到地上,拿出手枪。

"这两把枪是垃圾,"我说,"冒牌货。今天表现成这样,已经是奇迹了。"

"开枪吧。对我开枪。"

"我其实并不想这么做。"

尼尔·普鲁伊特又挣扎着想坐起来。他成功地用双肘撑住身体。

"我告诉你一件关于嘉娜的事。"他说。

我把子弹已经打空的那把马卡洛夫放回口袋。另一把还在我手里。

"她最后想起我来了,"普鲁伊特说,"当我在地板上占有她的时候。"

他绷着双臂,把身体抬高一些。

"她想起我了,"他说,"我从没见过谁那样害怕。"

我们头顶上没有雷声。没有闪电。只有雨水落在台阶上的悲伤的声音。我关掉马卡洛夫的保险,拉滑轨又松开手。没击发的那颗子弹落到床垫上,一颗新的子弹上膛。

弹夹里最开始有八颗子弹。我打掉了两颗，沃伦打掉了两颗。还有一颗在床垫上，剩下三颗。

普鲁伊特的胳膊在颤抖着。我把枪对准他的头，扣扳机。

咔嗒。

"我告诉过你了，"我说，"垃圾。"

他闭上眼睛。"再试一次。"

我拉滑轨。扣扳机。

咔嗒。

"天哪，"他说，"再来。"

最后一颗子弹。拉滑轨。扣扳机。

咔嗒。

"这肯定就是命。"我说。

他什么也没说。

我把枪塞回口袋。从地上捡起子弹和手电筒。然后我就离开了他。

他们发现他的尸体后，此事成为全国的新闻头条。"上纽约州地牢"。有线新闻数天报道此事。他们有很多新闻点可挖：普鲁伊特家兄弟俩加里和尼尔，他们的被谋杀的妻子。卢克·道尔和埃利·道尔，结局悲惨的大麻贩子。温蒂拒绝接受采访，但很多其他人愿意谈——和普鲁伊特家兄弟俩一起长大的人，有关于道尔家兄弟俩的事要分享的人。加里·普鲁伊特自己坐在监狱的娱乐室里接受了采访，声称自己是无辜的，他弟弟也是。

报道在7月底结束，结束于一位记者在内布拉斯加州的一个小镇找到卢克·道尔的母亲。在过去十九年里，麦吉·道尔一直在中西部的各个地方生活，做餐厅服务员。她是个满脸忧伤的女人，脸上可见年轻时的美丽，头发里有缕缕灰发，黑色的眼睛恍恍惚惚。她在镜头前崩溃，为死去的儿子，为自己在父亲手上所受的虐待哭泣。

8月份，西部发生校园枪击案，还有位漂亮的金发女孩在蜜月中失踪。有线电视台对普鲁伊特家兄弟俩、道尔家兄弟俩和纽约州罗马城失去兴趣。

整个夏天和秋天，罗马城警方都在调查此案。首席警探不是弗兰克·莫雷蒂，而是一个叫奥基弗的粗鲁的警察。他谢顶，戴吊袜带，抽雪茄。奥基弗认为，尼尔·普鲁伊特是被身份不明的毒贩所杀，道尔家兄弟俩也是这帮人杀的。基于这种理论，梅根·普鲁伊特是连带伤害的结果。她发现丈夫与毒品交易有涉，所以她丈夫杀了她。

9月份，警方对在地下房间里发现的血迹进行DNA比对，发现其与凯西·普鲁伊特的DNA吻合。人们开始猜测，凯西是否也是毒贩之间暴力行为的连带牺牲品。《罗马城哨兵报》发表社论称，新的证据足以让我们重新审视加里·普鲁伊特因为杀妻被定罪这件事。罗杰·托利弗声称，他会接手普鲁伊特的案子，努力让他重新受审。

在托利弗发表声明几天后，我和他通电话了。他的声音听起来坚决又乐观。他相信自己正在做的事情是嘉娜想做的。我没那么肯定。加里·普鲁伊特和他弟弟有点像，也许监狱是个正适合他的地方。他没有杀妻，但这可能是因为他一直没有机会，因为有人先杀了凯西。

我明白帮助他的价值——在理论上。因为每个人都有权得到公正的审判，如果公正得不到伸张，整个系统都会受损。但我不能说这是嘉娜想要看到的事。

9月份，我仍然住在嘉娜的公寓里。夜里凉了，自她去世以来，我第一次想生火。她的壁炉几个月没有清理过了。我扫除灰烬时，发现了自己一直在找的东西：几张纸的碎片，边缘烧焦了。在其中一张纸片上，我辨认出几个大字："奥奈达县验尸官"。

这是凯西·普鲁伊特验尸报告复印件的一部分。

我看着绿色文件夹（嘉娜对普鲁伊特案的笔记）的一部分。

一堆灰烬。

有一段时间，我认为是弗兰克·莫雷蒂拿走了文件——后来我又认为一定是凶手拿走了文件。但现在，我相信是嘉娜自己处理了文件，她在去世几天前的某个时间烧了它们。

我想，她这么做是因为她意识到，自己不应对加里·普鲁伊特的命运负责。因为她准备丢开这个案子往前走。准备过自己的生活。

我愿意相信，她这么做，是因为她快乐。

我愿意相信，我自己与此有关。

7月和8月，在警方发现那个地下房间之后，很多人前往胡马斯顿路的农场——人们对死过人的地方感到好奇。

但警方收集完证据后，奥奈达县派工人拆毁了卢克·道尔的创造。他们把木条一根根地拆下来。他们填平菜窖，拉走农舍的废墟。他们推平谷仓，把谷仓的废墟也拉走了。他们把卢克的拖车拉去了垃圾场。

到了9月，几乎没有人再去农场。没有什么可看的了。

我开车去过那里几次，特别是在天气没那么热之后。有一次，我在那里见到了安吉拉·里斯。她在小山顶上放了凳子，支起了画架。她从丙烯酸颜料转向了油画颜料，从抽象画转向了风景画。她已经用绿色和蓝色画出池塘，还画出了池塘那一边的香蒲丛。她告诉我，她春天会办一场画展，在锡拉丘兹的一家画廊。我告诉她我会去。

一周之后，我把车停在曾经停放卢克拖车的砾石场，惊讶地看到弗兰克·莫雷蒂的黑色雪佛兰。惊讶又不惊讶。我穿过树林，上了小山，看到莫雷蒂坐在地上的一块毯子上。他穿着灰色西装，衬衫衣领下的扣子没扣。他的领带卷了起来，在草丛里。

"我一直期望能见到你。"他在我坐到他旁边时说。

"是吗？"

"我喜欢来这儿。也许是因为这里很安静。"他停下来，以展示这里有多安静，"但我知道自己最终会见到你的。"

"为什么？"

"因为人们不会吸取教训。不管他们有多聪明。他们总是会回到犯罪现场。"

莫雷蒂从毯子边缘的地上薅了一把草，挑出叶片最长的草叶，丢掉其他的。他用手折弯草叶。

"原本应该是我的案子，"他疲惫地说，"当时我们发现了做妻子的，她身上戳着一支箭，局长让我领导调查。我不想。所以他把案子给了奥基弗。然后我们又发现了做丈夫的，他当然也归了奥基弗。"

我看着远处的桦树。树叶刚开始变色。

莫雷蒂说："不过我去过地下那个房间。部门里的几乎每个警探都下去过。不管是谁杀了尼尔·普鲁伊特，他们是业余的。凶手有些事做对了。他们没有留下痕迹，这很好。但他们也搞砸了一些事。如果你打算杀一个人，你会直接杀了他。你不会留下他等死。"

他玩着草叶，折弯又捋平。

"关于他一个人在黑暗中待了多久才死，法医说不出来，"莫雷蒂说，"也许是几个小时，也许是一天。但他在死之前，试图在地上留下信息。他用的是钥匙。留下了他的钥匙，这是凶手业余的另一个证据。他没能留下太多信息，只划出了一个字母，一个'M'。奥基弗认为，他想把杀他的人的名字写下来。"

"M 可以表示任何东西，"我说，"M 可以表示梅根。也许是留给他妻子的信息。"

"也许他在呼喊母亲。但我猜你想知道：奥基弗已经让人研究这个字母。他对那些钥匙也很好奇。我也好奇。有很多把钥

473

匙。奥基弗不知道其中一些是拿来开什么的。但他想知道。"

我不担心钥匙。我已经换了苏菲公寓所有的锁。还有嘉娜公寓的。

"关于钥匙,我没什么可告诉你的。"我说。

莫雷蒂举起草叶,任其被风带走。他把领带围到脖子上。

"你有时间散步吗?"他问。

我们慢慢走下小山,莫雷蒂胳膊下夹着毯子。我们走向池塘时,他说:"沃伦·芬恩的妻子生了。"

我知道。我已经去拜访过他们。他们的宝宝三千克重。我注意到沃伦用右胳膊抱着孩子。他左肩那一块还有点僵硬。

"我上上个周末开车去了那儿,"莫雷蒂说,"他们看起来很开心。莉迪亚也是。她爱那个宝宝,好像他是她自己的孙子。我想这样很好。"

我们到了池塘旁边,莫雷蒂从高高的芦苇间辟出一条路,领着我来到一个我以前没见过的小码头上,木板历经风吹日晒雨淋,已经变色。我们差不多走到小码头的尽头。

"关于嘉娜,莉迪亚还有问题,"他说,"她问我新发生的几起凶案,问我它们和嘉娜的死有没有关联。我告诉她没有关联。我看不出来它们怎么可能有关联。"

莉迪亚问沃伦和我的时候,我们也是这么对她说的。

"我不喜欢对她说谎,"莫雷蒂说,"但我又不想让她知道真相。我希望自己不知道真相。我下到那个房间里时,看到了墙上的那道缝——少了根木条。我知道那意味着什么。证物里有根木条——嘉娜公寓里用来放蜡烛的那根——那根木条和地下的那些木条尺寸一样。奥基弗还没有把二者联系起来。也许他永远都不会把它们联系起来。他差不多和你希望的一样迟钝。但也许还会有其他事情露馅。"

我们看着一只鹭低低地飞过池塘。

"我和莉迪亚在一起待了一会儿,"莫雷蒂说,"我听着她讲自己的人生经历。讲嘉娜去纽约的经历,讲嘉娜是坐大巴回来的,因为她只能卖了外祖母的车。"他揉揉脖后颈,"你认为那辆车怎么了?"

"我不知道。"

"我想它就在这儿,"他说,看着水面,"它从没有在任何其他地方出现过。它应该在水下的什么地方,也许就在那片睡莲下面。如果遇到干旱期,水位下降到一定程度,也许会有人发现它。然后一切就会大白于天下。那样我就没法对莉迪亚保密了,"他转向我,"所以我应该现在就告诉她吗?这个问题一直困扰着我。我想做正确的事。"

他在寻求答案,但我没有答案。我有别的东西,一种已经在我体内集聚了许久的东西:一种压力,滚烫烫的。我在思考从莫雷蒂的一个错误决定开始的一段事件链条:如果他没有构陷加里·普鲁伊特,把他送进监狱,那么嘉娜也就不需要拯救他,也就永远不会去见尼尔·普鲁伊特,那么她现在还活着。

我想,弗兰克·莫雷蒂想做正确的事的渴望来得太晚了些。

压力一直在集聚。它需要被释放出来。

我握拳打中他的下巴。

暴风雨之夜。处理完所有的痕迹，从谷仓的小水坑拿回手机后，我在卢克·道尔拖车的遮蔽下等着苏菲。她在凌晨四点左右来接我，然后把我带回她的公寓。沃伦·芬恩的伤口已被缝好和包扎好，他正在沙发上休息。

苏菲去查看他的情况，然后她和我进了卧室。我们躺在黑暗中，她告诉我醒来时发现尼尔·普鲁伊特在房间的事。她问我把他怎么样了，我告诉了她。

"我应该把子弹放到另一把枪里。"她说。

天快亮时，她睡着了。我陪着她。

那年夏天和秋天，我和她在一起待了很多时间。我没有搬回公寓——她没提出来——但她需要我的时候就会打电话给我。她一个人晚上觉得不安全，特别是在暴风雨之后的头几周里。

我们的这种相处模式被无声的协议终止。婚礼请柬一直没有寄出。我们曾经筹划在9月的一天举办仪式。那天苏菲没找我，但第二天打电话给我了——在我打了弗兰克·莫雷蒂之后那天。

那天晚上，我们在电视上看一部电影，梅格·瑞恩或者汤姆·汉克斯或者他们一起演的一部电影。我的手上敷着冰，关节损伤并肿了起来。弗兰克·莫雷蒂毫无防备。他倒下了。如果小码头再窄一些，他可能已经落水。

他坐在小码头上揉着下巴，他的神情向我表明了一切：震惊,被背叛,悔恨。我想扶他站起来。他自己站了起来。

"我希望自己刚才没有那么做。"我说。

莫雷蒂转身,沿着码头走回去。我看着他走远。他拖着脚步,看起来很疲惫。他总是看起来很疲惫。

我再也没和他说过话。

苏菲问起我的手时,我告诉了她真相。她说我不停地敷冰,手就会好。这不是我想听到的话。我想听她就此事取笑我。我想回来。我想听见她说:"戴夫,答应我你不会再打警察。"

到了深秋,她开始和别人约会——医院的其他实习生。不是布拉德·加温。另外一个。

还有最后一件事要说。这件事发生在 10 月一个周日的下午。当时我正在农场的小山上走着。

再过一年,一切都会无影无踪,但在那天,我仍然能看到曾经立着谷仓的地方现在是一块长方形印记,曾经堆着农舍废墟的地方现在是一块正方形印记。我在草地上拖着脚,在两者之间来回地走。

莫雷蒂此前来这里寻找安静,如果我想欺骗自己,我可以说我也希望在这里寻得安静,以获得平和。但我真正想的是找到嘉娜。

很多个夜晚,我在她的公寓里醒来,点燃壁炉架上的蜡烛,出门走到小院里,走到草坪上。如果有月亮,我几乎可以感觉到她就在那儿。几乎。

有一次,我在这小山坡上产生了同样的感觉。我站在暮光之中,看着最初的几颗星星在天空若隐若现。我闭上眼睛,她就在我身边,真实得好像马上就会触碰我的肩膀。

现在,我来到谷仓从前所在的地方,转身。在远处农舍曾经所在地方的边缘,我看到一只乌鸦。

它在地上,但是立在草上,轻若无物,好像草尖就可承受住它。我朝它走去。我以为它会飞走,但它没有。我走近后发现,它是立在一样东西上:马车轮。

马车轮被从地里拉了出来,但没有人把它拖走。它躺在草地旁边,乌鸦就立在它的边缘。

我在离马车轮一两米远的地方停下,不想吓到这只鸟。

它飞走了。

它在空中绕了一圈,飞往池塘。我跟着它,走在秋天红色和橙色的落叶中,慢慢下了坡。

乌鸦落在小码头上。

我穿过芦苇,走到被阳光晒得褪色的木板上,才又看到它。它扇动黑色翅膀,走到小码头的尽头。它低头看着水面。

我从芦苇里走出来,走向它。缓慢,小心翼翼。它允许我走近。我蹲下来,用双手和双膝爬过最后一段距离。我肚子朝下,趴在小码头上。我看着水。

我听着风吹着池塘对岸的香蒲。我看着头顶上的灰蓝色天空。我看着自己的脸在水中的倒影,还有在我身边的乌鸦的倒影。

乌鸦掠进空中。

我看着它飞过天空的倒影，直到它飞到视野之外。

我伸出手，手指打破水面。感觉很冷。波纹荡漾开，经过我的脸的映像。我就是在这时看到了她：嘉娜。她在水中，存在了片刻。我看见她那棕色的眼睛仰视着我。充满异域美的高颧骨。脸上没有瘀伤。嘴角似乎带着笑意。

那一刻，我伸出手，尽管知道自己永远都无法触碰到她。

我知道。

但我可以发誓，她也伸出了手。

致　谢

我是在纽约州罗马城长大的。在我长大成人的岁月里，那里几乎没发生过谋杀案。但在这本书里，情况有所不同。

在把这个故事的背景设定在家乡的过程中，我不仅调整了犯罪率，有时还改变这个地方的地理环境，以达成自己的目的。熟悉罗马城的人会认识到我在描述这个城市时有多随心所欲。

那个在罗马城长大的孩子有些狂野的想象力，但他永远也想象不到，他有一天会有幸与艾米·埃因霍恩和维多利亚·斯库尼克这样的人合作。我想代表他和我自己感谢她们。

还要感谢汤姆·科尔根、伊万·赫德、莱斯利·盖尔布曼、阿什利·休利特、格洛里·普拉塔、伊丽莎白·斯坦恩、汤姆·杜塞尔、大卫·切萨诺、梅丽莎·罗兰德、林赛·埃杰科姆、伊丽莎白·费希尔和米克·科西亚。

这本书是献给我的兄妹的,但我还要感谢全家人的支持:纽约州的多兰家和密歇根州的兰道夫家。而且一如既往,尤其感谢琳达。